장정일

쌈존지

2

장정일 삼국지 2

저자	장정일

1판 1쇄 인쇄 2004. 11. 17.
1판 2쇄 발행 2004. 11. 23.

발행처 김영사
발행인 박은주

등록번호 제406-2003-036호
등록일자 1979. 5. 17.

경기도 파주시 교하읍 문발리 출판단지 514- 2 우편번호 413- 834
마케팅부 031)955-3100, 편집부 031)955-3250, 팩시밀리 031)955-3111

글 ⓒ 2004, 장정일 · 그림 ⓒ 2004, 김태권
이 책의 글과 그림의 저작권은 각각의 저작권자에게 있습니다. 서면에 의한
저작권자와 출판사의 허락없이 내용의 일부를 인용하거나 발췌하는 것을 금합니다.

COPYRIGHT ⓒ 2004 by Jang Jung Ill
PAINTINGS COPYRIGHT ⓒ 2004 by Kim Tae Kwon
All rights reserved including the rights of reproduction
in whole or in part in any form. Printed in KOREA.

값은 표지에 있습니다.

ISBN 89-349-1541-2 04820
        89-349-1539-0(전10권)

독자의견 전화 02)741-1990
홈페이지 http://www.gimmyoung.com
이메일 bestbook@gimmyoung.com

좋은 독자가 좋은 책을 만듭니다.
김영사는 독자 여러분의 의견에 항상 귀 기울이고 있습니다.

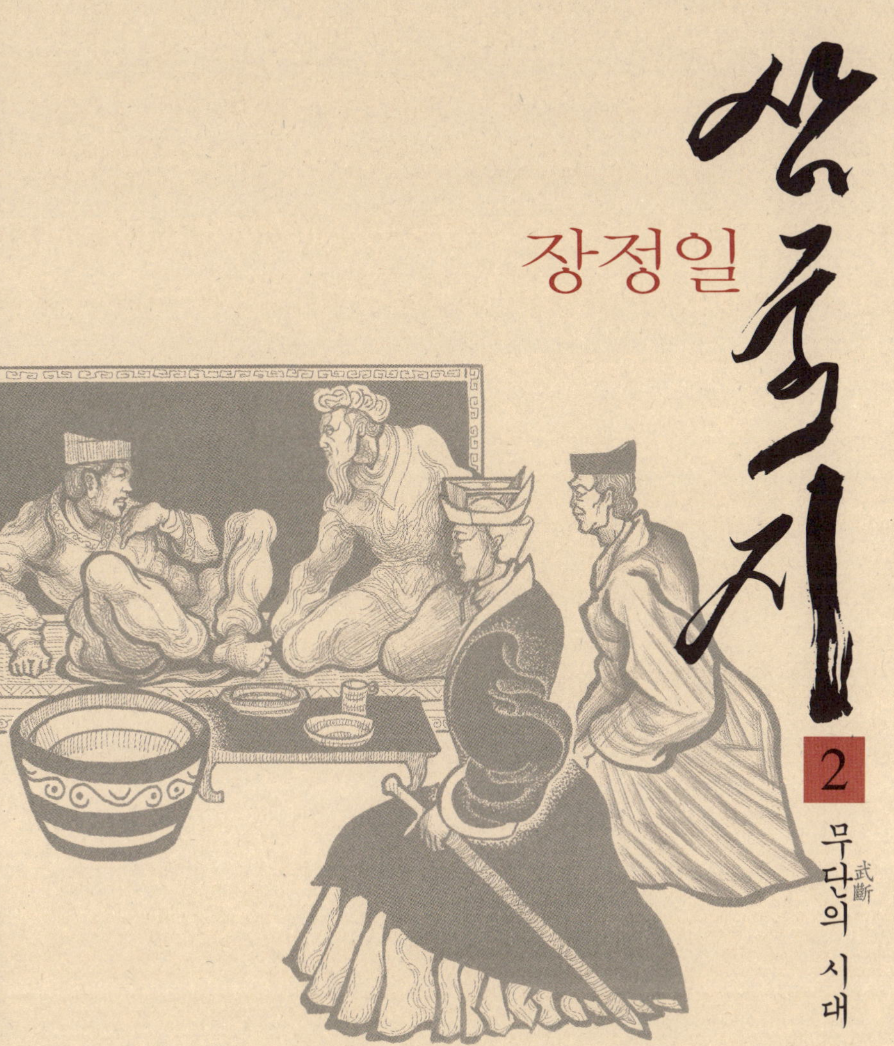

장정일

삼국지

2

무단(武斷)의 시대

김영사

이각李催 / 곽사郭氾 동탁의 장수들로 곽사는 강족(羌族)이었고 이각 역시 북방의 변경에서 태어났다. 동탁이 졸지에 죽은 뒤 다만 생명을 보존하기 위해 신군부를 꾸릴 수밖에 없었던 그들의 운명이야말로, 정변에 의해 성립된 정권이 평화적으로 인계될 수 없음을 역사적으로 입증해준다. 동탁·여포의 경우처럼 절친한 사이였던 이각·곽사가 여자를 이용한 이간계에 걸려 파탄을 맞는 설정은 비(非)한족에 대한 중국인의 질시가 어느 정도였는지를 암시한다.

진궁陣宮 동탁 암살에 실패한 조조가 수배령을 받은 채 고향으로 도망가다가 관군에게 체포되었을 때 그를 구해준 지방 관리. 조조가 여백사 가족을 몰살시키는 것에 격분해 극렬한 반조(反曹) 인사로 변신한다. 여포가 식견 높은 그의 말에 좀더 귀를 기울였다면 삼국시대는 더욱 혼란에 빠졌을 것이다.

태사자太史慈 황건 농민군의 잔존세력인 관해가 북해 태수 공융을 공격했을 때 어머니의 명을 받고 공융을 구하러 온 어린 장수. 유비는 공손찬 휘하에 있는 조운을 처음 본 순간부터 가슴 졸이며 탐을 내었으나, 이상하게도 공융을 구하러 포위망을 뚫고 달려온 태사자를 처음 대면하고서는 무덤덤하다. 그때 태사자는 아무 주인도 섬기고 있지 않는데 유비는 왜 태사자를 거두지 않았을까? 관해를 물리친 태사자는 이후 유요에게 잠시 의탁했다가 손책의 맹장이 된다.

손책孫策 손견의 장남으로 아버지가 죽은 후 원술에게 잠시 의탁했다가, 아버지 친구들의 도움으로 중원의 제후들이 거들떠보지 않던 강남으로 돌아가 호족들을 정벌하고 오의 기초를 닦았다. 자신이 옳다고 믿는 것을 지나치게 고집하고 주위의 말을 듣지 않는 모험가형으로, 26세의 나이로 요절한다.

진 규 陳珪
진 등 陳登
부자지간인 두 사람은 여포가 자신의 딸을 원술의 아들과 정략결혼시키려고 했을 때 언변으로 그 일을 막았고 연이은 계교로 여포를 자멸시켰다. 두 사람은 조조와 유비 모두에게 도움을 주고 「삼국지」 속에서 갑자기 사라졌다.

장 수 張繡
유 표 劉表
「삼국지」는 삼국시대가 위·오·촉, 세 나라만의 각축인 듯이 줄여 기술하지만, 실은 삼국 외에도 실력을 갖춘 군후들이 엄존하고 있었다. 유표가 지키고 있는 형주와 완성을 지키고 있던 장수, 그리고 서량에 은거하고 있던 마등 부자가 그들이다. 하지만 이들이 삼국시대의 주인공이 되지 못한 것은 조조·손권·유비가 갖고 있던 천하통일의 야망이 없었기 때문이다.

도겸 陶謙
서주 태수로, 조조의 아버지 조숭을 잘 대접하려는 의도가 도리어 화를 불러일으켜 궁지에 빠지게 된다. 그때 구원병을 데리고 온 유비에게 매료되어 두 아들을 놔두고 서주를 유비에게 양도한다. 무위의 도를 깨친 도학자처럼 비치지만, 정사의 평가는 반대다.

미 축 靡竺
손건 孫乾
두 사람 모두 원래는 도겸의 수하에 있었으나 서주가 유비에게 넘어간 시점을 전후로 유비의 사람이 된다. 능력은 모자라나 성실함 하나로 주인을 섬긴 사람들로, 역설적이지만 두 사람의 능력의 한계가 바로 그들의 예전 주인이었던 도겸의 한계였다. 그렇기는 해도 전심전력했던 두 사람의 보좌가 없었다면 유비는 제갈량을 만나기 전에 고사했을지도 모른다.

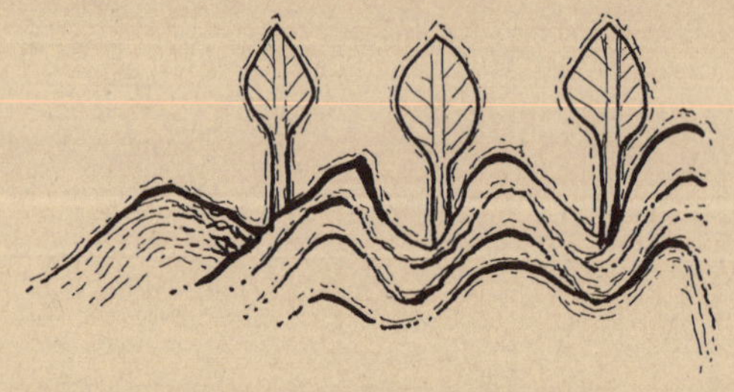

삼국시대 지도
선비족
양주(凉州)
황하
유주
위
요동
서량
병주
기주
청주
업
태산
연주
낭야
옹주
사주
낙양
허도
하비
농서
천수
수춘
서주
장안
남양
예주
건업
강 족
정군산
상용
양양
합비
오군
기산
한중
면죽
장강
익주
이릉
남군
회계
가맹
효정
언양
강하
성도
무릉
적벽
양주(揚州)
가릉
파군
장사
아미산
형주
오
익주
촉
천 축
영릉
계양
영창
운남
건녕
교주

혼자가 된 여포

유비가 왔다는 말에 도겸이 친히 나와 깍듯이 그를 맞았다. 도겸은 원정에 대한 고마움의 표시로 저녁에는 유비를 위한 연회를 베풀었다. 유비의 명성이 대단한 것은 아니었으나 그에게서는 왠지 함부로 얕잡아볼 수 없는 기운이 느껴졌다. 뿐만 아니라 남달리 겸손한 태도는 도겸의 특별한 호감을 사고도 남았다.

부드럽고 온화한 유비를 보면서 도겸은 그 동안 조조와의 갈등으로 쌓인 긴장과 피로에서 벗어나는 기분이 들었다. 차츰 취기가 오르자 처음 보는 이 젊은이에게 의지하고픈 마음까지 들었다. 도겸이 유비를 보면서 말했다.

"내 자리에 유공이 있었다면 아마 나처럼 우유부단하게 대처해 죄 없는 백성들에게 고초를 주는 일은 만들지 않았을 것입니다. 모두가 늙어서 판단력도 흐려지고 힘도 없어진 이 늙은이의 탓입니다."

"그렇지 않습니다. 태수께서는 그 아름다운 이름이 천하에 알려져 있는 분입니다. 판단을 잘못한 사람은 조조입니다. 시간이 지나면 조조는 이 일을 후회하게 될 것입니다."

유비는 도겸이 측은한 생각이 들어 성심껏 대답했다. 도겸이 손을 저으며 다시 말을 이었다.

"저는 이번 일을 당하면서, 더 이상 이 자리에 대한 미련이 없어졌습니다. 그리고 큰일을 해내기에는 너무 늙어버렸습니다. 진작부터 유공과 같이 젊고 능력 있는 사람이 나타났으면 하는 바람이 있었습니다."

그러더니 도겸은 미축에게 명해 서주목徐州牧의 관인을 가져오게 했다. 현재 자기가 맡고 있는 서주목의 벼슬자리를 유비에게 넘기려는 것이었다. 유비는 깜짝 놀랐다. 물론 서주처럼 큰 영토를 맡게 된다는 것은 평소에 바라 마지않던 일이었지만 이런 식으로 남의 땅을 차지하고픈 마음까지는 없었다. 더구나 누구보다 명분을 중요시하는 유비에게는 허락될 수 없는 일이었다.

유비는 정색을 하며 사양했다.

"공께서는 지금 무슨 일을 하시려는 겁니까?"

도겸 역시 진지하게 유비를 설득했다.

"세상은 이제 새 수레바퀴에 의해 움직이려 합니다. 황실의 기강이 무너진 지도 오래이며 후한 200여 년의 치세도 이젠 끝이 났습니다. 지금 천하는 맹수들이 우글거리는 산속과도 같습니다. 저 같은 기력 없는 늙은이가 감당하기에는 세상의 풍파가 너무 드셉니다. 그러나 유공께서는 황실의 종친이시고 게다가 사직을 구하실 역량도 지니셨습니다. 천하가 다시 한 왕조로 돌아가지는 못하더라도 후한을 열었

도겸은 서주의 통치권을 유비에게 양보하려 한다.
진현관(進賢冠)을 쓴 단정한 모습의 미축은 새로운 주인 유비를 섬기기로 마음먹는다.
연회를 치르느라 분주한 주방 풍경은 한나라 화상석에 근거한 것이다.

던 광무제와 같이 새로운 힘을 얻어 천하를 안정시키실 수 있는 분이라 믿습니다. 곧 조정에 표문을 올리겠습니다."

유비는 옷매무새를 고치고 도겸에게 사양의 뜻을 비쳤다.

"제가 한 황실의 후예이기는 하지만, 쌓은 공도 보잘것없고 그만한 덕을 갖추지도 못했습니다. 제 주제에 평원현 하나를 다스리는 것도 과분한 일입니다. 제가 태수를 도우러 온 것은 오직 대의를 위해서일 뿐입니다. 공께서 그런 말씀을 하시는 것은 저의 진심을 바르게 이해하지 못하셨기 때문입니다. 제가 그런 생각을 갖고 이 자리에 왔다면 저는 천벌을 받아 마땅합니다."

완강하게 거절하는 유비를 보며 도겸은 오히려 더 감동했다.

"저의 진심을 받아주시오. 유공은 천하의 명성 그대로 참으로 겸손하신 분입니다. 그러나 그 의로운 이름에 미치지 않게 실은 작은 고을의 현령으로 지내고 계실 뿐입니다. 후일 기회가 닿아 혹시라도 폐하께서 유공에게 도움을 청했을 때 지금처럼 기반도 없이 계신다면 그것은 폐하를 난처하게 하는 일이 될지도 모릅니다. 기회라 생각하시고 서주를 맡아주십시오."

진심을 다해 부탁해도 유비가 끝까지 거절하자 도겸은 이 일을 일단 뒤로 미루기로 했다. 유비는 시간이 더 가기 전에 조조와의 결전에 대한 대책을 협의해야 했다. 그는 분위기를 바꿔 도겸에게 말했다.

"우선 제가 조조에게 편지를 써서 두 분이 화해하시기를 권하겠습니다. 그래도 조조의 마음이 변하지 않는다면 그때 가서 일전을 치르도록 하겠습니다."

유비의 제안에 도겸과 미축도 동의했다.

서주에 뜻하지 않은 구원병이 몰아닥쳐 머리가 복잡해진 조조에게 편지가 전달됐다. 조조가 편지를 펼쳐보니 유비의 글이었다.

관외關外에서 한 번 공의 얼굴을 뵌 후, 천하가 어지러워져 그 동안 자주 뵙지 못했습니다. 지난번 공의 부친께서 뜻밖의 변을 당하게 된 것은 정말 애통하기 짝이 없는 일입니다. 그러나 그 일은 황건적의 도당인 장개의 잘못이지 결코 도겸의 잘못이 아닙니다. 요즈음 황건적의 잔당들은 외곽에서 다시 난리를 피우고, 죽은 동탁의 무리들은 서울에서 그들의 세력을 강화하고 있습니다. 나라가 이 지경으로 어지러우니 공은 먼저 이 나라를 구하는 데 힘을 기울여야 하지 않겠습니까? 사사로운 원수는 후일을 기약하셔도 되실 것입니다. 그래서 만약 서주에서 군사를 거두신다면, 서주를 위해 다행한 일임은 말할 것도 없고, 천하를 위해서도 다행한 일이라 생각합니다.

편지를 읽은 조조는 버럭 화를 내면서 편지를 구겨 던져버렸다.

"망둥이가 뛰니 꼴뚜기까지 설친다더니, 짚신이나 만들고 돗자리나 짜던 놈이 나를 설득하려 들어!"

조조는 편지를 가져온 사신을 당장 목베어 죽이고 서주성을 공격할 것을 명령했다. 그런데 곽가가 나서서 적극 말렸다.

"유비가 먼 곳에서 구원병으로 와서, 먼저 예를 갖추어 공께 글을 올린 것입니다. 그러니 유비 측에서 당장 군사를 일으키지는 않을 것입니다. 공께서는 먼저 부드럽고 좋은 말로 답서를 내리셔서 그들을 안심시킨 다음, 그들이 허점을 보일 때 공격한다면 확실한 승리를 거두실 것입니다."

조조는 흥분을 가라앉히고 곽가의 말을 좇아 유비에게 답신을 보내기로 했다. 그런데 조조가 붓을 들려는 순간, 예기치 못한 급한 전 갈이 날아들었다.

"큰일났습니다! 여포가 지금 연주를 치고 복양濮陽으로 진격하고 있습니다."

"아니 여포라니, 여포가 왜 연주를 친단 말인가?"

조조는 먼저 여포가 연주를 공격하게 된 경위를 순욱에게 알아보 게 했다. 순욱은 지체없이 그 경위를 알아내 조조에게 보고했다.

"여포는 장막의 명을 받아 연주를 공격하는 것이라 합니다."

"그것은 더더욱 모를 일이오. 여포가 장막의 명을 받아서 나를 공 격하다니, 도대체 무슨 영문이오? 어쨌거나 빨리 철수해야겠소. 혹 시 다른 위계가 있을지도 모르니 자세히 알아보고 조심스럽게 움직 여야 할 것이오."

동탁을 죽이고 만만히 보았던 이각과 곽사에게 쫓겨나다시피 했던 여포는 마땅히 갈 데가 없어 고심하다 원술에게로 갔다. 그러나 원술 은 오랑캐 땅에서 온 여포는 믿을 자가 못 된다며 거절해버렸다. 그 러자 이번에는 원술의 사촌형인 원소에게로 갔는데 원소는 원술과는 달리 그를 맞아들이고 변경에서 일어나는 크고 작은 전투에 여포를 투입시켰다. 여포가 나가 싸우는 전투마다 승승장구하자 원소는 차 츰 여포를 신임하게 되어 벼슬을 높여주었다.

그러나 여포는 원소 휘하 장수들과 원만하게 어울리지 못하고 불 화와 반목이 이어졌다. 직속상관이자 양부였던 동탁을 살해하고 돌 아선 주변인 여포가 전통 한족들로 이루어진 원소의 장수들과 스스 럼없이 어울리기란 그리 쉬운 일이 아니었다. 더구나 천하제일의 무 예를 자랑하는 여포였던지라 은연중에 그에게서 나타나는 우월의식이나 자만심이 기존 장수들을 자극하기에 충분했다.

결국 원소측 장수들은 여포를 암살하려 모의했고 이를 눈치챈 여포는 도주하여 상당 태수 장양의 휘하에 들어갔다. 이때 장안에 살던 여포의 친구 방서龐舒가 여포의 소실 초선을 숨겨두었다가 여포에게 돌려보낸 일이 있었다. 이 사실을 알게 된 이각과 곽사는 바로 방서를 죽이고 장양에게 편지를 띄워 여포를 죽이라고 충동질했다. 이렇게 하여 여포는 다시 장양의 곁을 떠나 장막에게 의탁했다.

여포가 장막에게 의탁하고 있던 중에 장막의 아우 장초張超가 진궁을 데려와 자기 형인 장막에게 소개했다. 진궁은 자기가 도겸의 일로 조조를 설득하려다 실패한 이야기를 하면서 장막에게 연주를 칠 것을 제의했다. 장막은 진궁으로부터 조조가 서주로 떠나 연주가 텅 비어 있으니 여포와 함께 연주를 공략할 좋은 기회라는 이야기를 듣자마자 연주를 공격하고 내친김에 복양까지 진격했다.

뜻하지 않은 일격을 받은 연주 땅 가운데 견성·동아·범현 세 곳만이 순욱과 정욱의 완강한 저항으로 지켜졌을 뿐, 나머지 지역은 모두 여포가 점령해 장막의 영토로 들어갔다. 설마했던 조조는 날마다 불리한 전황이 날아들자 마음이 급해졌다.

"연주가 놈들의 손에 넘어간다면 내가 서 있을 자리가 없어진다. 이러고 있을 것이 아니라 하루라도 빨리 철군해야겠다."

조조를 지켜보고 있던 곽가가 말했다.

"장군, 철군하기 전에 이곳에서 한 가지 해두셔야 할 일이 있습니다. 유비의 사자를 그냥 보내지 마시고 이번 기회에 유비와 관계를 돈독히 맺어놓으십시오. 유비가 지금은 미미한 존재이나 여기서 그칠 인물이 아닙니다. 그와 항상 함께 다니는 관우와 장비라는 자의 용맹은 현재 그 누구도 당할 자가 없다시피 합니다. 그리고 유비는 황실의 종친인데다 알게 모르게 주변 사람을 끌어모으는 힘이 남다른 자입니다. 훗날 분명 그를 이용하실 일이 있을 것입니다.”

조조는 곽가의 명석함에 탄복하며 그 말을 따랐다. 조조는 즉시 유비의 덕을 칭송하고 거병한 행위에 대해서도 적당히 아름답고 좋은 말로 화답한 다음 군사를 거두어 연주로 철수했다. 조조에게 갔던 사자가 서주로 돌아와 도겸에게 조조의 회답을 전했다. 유비의 권유대로 철군하겠다는 내용과 함께 유비에 대한 칭송의 글이 담겨 있는 회신을 보고 도겸은 기뻐 어쩔 줄을 몰랐다. 그야말로 헤쳐내지 못할 것 같은 먹구름을 걷어내고 밝은 햇살을 맞는 느낌이었다.

도겸은 즉시 유비를 비롯해 공융·전해·관우·장비·조운 등의 장수들을 모아 큰 잔치를 베풀었다. 연회가 무르익자 도겸은 유비를 청하여 윗자리에 앉도록 하고 여러 사람을 둘러보면서 말을 꺼냈다.

“여러분, 제 말을 들으시오. 이제 저는 이미 늙었고, 저의 두 아들은 지금 같은 난세에 서주목이라는 중책을 맡을 재목이 못 됩니다. 여기 계신 유공께서는 한 황실의 후예로서 황건적 토벌에도 혁혁한 공을 세우셨고, 높은 덕망으로 이미 그 이름이 널리 알려져 있으니 서주를 맡으실 가장 적임자라고 생각합니다. 유공께서는 이 늙은이의 충정을 모른 척만 하지 마시고 제가 쉬면서 병이나 고칠 수 있도록 해주시기 바랍니다.”

유비가 당황하여 극구 사양했다.

“북해 태수 공융께서 저를 이곳에 보낸 것은 오직 천하의 대의를 구하기 위해서였습니다. 제가 태수의 말씀에 따라 서주를 점거하게 된다면 세상 사람들이 저를 보고 뭐라고 하겠습니까. 의리를 모르는 표리부동한 사람이라고 비웃을 것입니다. 제발 저에게 그 같은 말씀을 하지 말아주십시오."

유비 옆에서 이 광경을 보고 있던 미축이 유비에게 말했다.

"지금 황실은 무너지고 천하는 사냥개들의 놀이터가 되고 있습니다. 유공, 사내대장부로 태어나 큰 뜻을 세울 때는 바로 이때입니다. 서주 땅은 기름지고 번성하며 인구는 100만이나 됩니다. 부디 사양하지 마십시오."

유비는 다시 거절했다.

"그렇다 하더라도 아무 명분도 없이 서주를 맡을 수는 없습니다."

유비가 주위의 간곡한 권유에도 불구하고 완강히 거절하자, 도겸은 마치 죽은 주공周公이 살아 돌아온 듯한 느낌마저 들었다.

'요임금과 순임금의 자리물림이 이 같은 것이 아니었겠는가?'

그런 생각을 하게 된 도겸은 자기의 뜻을 꼭 관철시키겠다는 의지를 가지고 거듭 권하기를 그치지 않았다.

"유공, 이 어지러운 나라를 다시 한번 생각해주십시오. 왜 천하가 덕이 없는 자들에게 넘어가는 것을 보고만 있으려 하십니까? 유공께서 나를 버리고 떠나시는 것은 바로 억조창생億兆蒼生을 버리고 떠나시는 것과 다르지 않을 것입니다. 그러면 저는 죽더라도 눈을 감지 못할 것입니다."

옆에서 듣던 관우가 앞으로 나와서 권고했다.

"태수님의 뜻이 저토록 간곡하시니 형님께서 잠시 서주를 맡도록 하시는 것이 좋겠습니다."

장비도 거들었다.

"우리가 서주를 내놓으라고 강요한 것도 아니요, 태수께서 천하를 생각하는 좋은 마음으로 서주를 내주시려 하는데 왜 굳이 사양하려고만 드십니까?”

유비는 두 아우를 나무랐다.

“권한다고 다 하는 것이 아닐세. 아무 합당한 공도 없이 남의 터전을 차지해보게. 천하는 나를 도적놈이라고 손가락질할 걸세.”

유비의 마음이 좀처럼 움직이지 않자 도겸이 방법을 바꾸어야겠다고 생각하고 다른 제안을 했다.

“주위 모든 이의 간곡한 사정에도 불구하고 유공께서 서주를 맡으실 의향이 없으시면, 소패小沛를 맡아주십시오. 소패는 여기서 멀지 않을 뿐더러 군사를 주둔시키기에 적당한 곳입니다. 그러니 유공께서 소패에 군대를 주둔시켜 서주를 보살펴주십시오.”

도겸의 제의에 주위의 여러 장수들도 권유하자, 유비는 더 이상 거절할 수가 없어 소패에 주둔하기로 했다. 도겸은 그제야 마음을 놓은 듯 흡족해졌다. 그날 밤 도겸이 미축을 불렀다. 둘은 오랜만에 긴장을 풀고 느긋한 마음으로 차를 나누었다.

“이보게, 지금 같은 난세에 유비처럼 신의가 깊은 사람을 주변에 둔다는 것은 얼마나 든든한 일인가. 하루 앞을 내다보기 힘든 시절이니 너나 할 것 없이 자기 한몸 돌보기도 어렵지 않은가. 그런데 유공은 눈앞의 이득보다는 신의를 지키려는 사람일세. 나는 유공을 보면서 주공을 보았네. 아마 이 시대에 그는 주공과 가장 가까운 인물일 걸세.”

“옳으신 말씀입니다. 유비는 의가 깊은 사람입니다. 이름이 거저난 것이 아닌 것 같습니다. 그는 남들이 가지지 않은 인간적인 매력을 가진 사람입니다. 어떻게 보면 고지식하고 대세의 움직임을 모르는 듯하나 실은 그릇이 보통 큰 사람이 아닌 것 같습니다. 그러면서도 누구라도 마음을 털어놓고 싶을 만큼 온화하고 겸손하니 앞으로 유현덕공 주변으로 큰 힘이 모일 것입니다.”

다음날 조운이 그의 군사를 거느리고 공손찬에게 돌아가려고 나섰다. 처음 봤을 때부터 옆에 두고 싶을 만큼 조운에 대한 인상이 좋았던 유비는 그의 손을 잡으며 각별한 애정을 표시했다. 조운도 유비에게 절을 하며 다시 만날 날을 기다리겠노라고 화답했다. 유비는 조운이 멀어질 때까지 그 뒷모습을 바라보며 재회를 기약했다. 말을 타고 떠나는 조운의 뒷모습이 보이지 않게 되자 유비는 관우·장비와 함께 군대를 이끌고 소패로 향했다. 소패에 도착한 유비는 다음날부터 보루와 성을 고치고 백성을 돌보는 일에 매달렸다.

한편, 연주가 걱정되어 부리나케 회군한 조조가 군사를 이끌고 돌아오자 조인이 고했다.

“여포의 군세가 막강합니다. 진궁이 군사軍師로서의 역할을 톡톡히 하고 있는 듯합니다. 연주뿐 아니라 복양까지도 빼앗겼는데 순욱과 정욱공의 힘으로 견성·동아·범현의 함락만은 모면했습니다.”

조조의 반응은 의외였다. 그는 자신의 가장 중요한 근거지를 빼앗겼다는 말에도 대수롭지 않은 듯 놀라는 기색이 없었다.

“여포는 용맹하지만 지략은 없는 자이니 주눅들 필요 없다.”

조조는 다시 군대를 정비하고 성을 굳건하게 지킬 대책 마련에 들어갔다. 여포는 조조가 서주에서 군사를 물려 돌아온 것을 알고 부장 설란薛蘭과 이봉李封을 불렀다.

“나는 자네들에게 오래전부터 큰일을 한번 맡겨보고 싶었네. 자네들에게 군사 1만을 맡길 테니 연주를 사수하게.”

여포가 설란과 이봉에게 연주를 지키게 하고 군사를 이끌어 조조를 치러 떠나려는데 진궁이 급히 여포의 앞을 막았다.

"장군께서는 이곳 연주를 내버려두고 어디로 가시려 하십니까?"

여포는 진궁이 수선을 떤다고 생각하며 대답했다.

"나는 복양에 군사를 주둔시켜 삼각대를 형성할 것이오."

"그러시면 안 됩니다. 설란이 연주를 지킬 만한 인재라고 생각하십니까? 여기서 정남쪽으로 200여 리쯤 가시면 태산泰山이 있습니다. 태산의 산길은 좁고 험해서 그 길목에 군사를 숨기기가 좋으니 장군께서 직접 군사를 이끌고 가 매복하고 계십시오. 조조군은 연주가 함락되었다는 말을 듣고 군대를 수습하여 허겁지겁 그곳을 통과할 것입니다. 조조군이 태산을 통과할 때를 놓치지 않고 친다면 조조까지 사로잡을 수 있습니다."

여포는 자신이 나서서 연주와 복양까지 점령한 마당에 전장에 나설 때마다 이래라저래라 하는 진궁이 짜증스러웠다. 자기나 진궁이나 장막의 휘하에 온 지 얼마 되지 않은 처지에 진궁이 일일이 나서는 것도 못마땅했지만, 여포 자신도 전쟁터에서 잔뼈가 굵은 사람이라 경험에 있어서는 남 못지않다고 자부하고 있었기 때문이다.

"진공의 말도 일리는 있으나, 내가 복양에 군사를 매복시키려는 것은 나대로 생각이 있어서 그러니 너무 염려하지 마시오."

여포는 다시 한번 설란에게 연주를 사수하도록 당부한 뒤 복양을 향해 군사를 이끌고 나갔다. 그때 조조의 군사는 진궁의 말처럼 태산의 험하고 좁은 길목에 이르렀다. 호리병목 같은 입구를 본 곽가가 갑자기 나서서 조조의 행군을 막았다.

"복병이 있을 만한 장소이니 조심하십시오."

조조가 껄껄껄 웃었다.

"여포가 그 정도 머리가 있으면 벌써 천하의 주인이 되었을 걸세. 그놈은 설란에게 연주를 지키게 하고 자기는 복양으로 갔을 것이오. 그러니 여기에 군사가 있을 까닭이 없다네."

조조가 자신만만하게 태산을 넘어가는데 실로 아무런 낌새도 없었다. 조조는 속으로 자신을 성실하게 보좌하는 곽가를 더욱 신뢰하게 되었고 곽가는 곽가대로 조조의 높은 식견에 놀라고 있었다. 산길을 넘어오면서 조조가 곽가에게 말했다.

"내가 곽공을 처음 보았을 때 세 번 놀랐네. 첫째는 그대가 너무 젊어서 놀랐고, 둘째는 그대의 지혜와 학식에 놀랐고, 셋째는 언제나 내가 생각하고 있는 것과 똑같은 생각을 하고 있어서 놀랐네."

곽가도 한마디했다.

"장군께서는 훌륭한 학식을 지녔을 뿐 아니라 뛰어난 전략가이기도 합니다. 더구나 이 시대의 영웅들 가운데 가장 풍부한 실전 경험을 가지신 분입니다. 어찌 저를 보고 대단하다 하십니까?"

"그렇지 않네. 실전 경험이 많은 사람이 오히려 기본과 원칙을 잊어버릴 때가 많다네. 전쟁이란 워낙 변수가 많아서 임기응변으로 대처해서 승전하는 경우가 종종 있지. 그래서 기본이나 원칙보다는 자신이 경험한 바를 따르기 쉽다네. 물론 그것도 장점은 있어. 전쟁이란 시기를 놓치면 낭패를 당할 수 있기 때문에 경험 많은 장수들이 필요하기도 하지. 그러나 원칙은 잊지 말아야 하네. 눈앞의 다급한 상황만 해결하려다 보면 더 큰 실수를 할 수 있는 법이거든. 그래서 자네 같은 사람이 꼭 필요한 거야. 산도 보고 숲도 보는 사람 말일세."

조조의 말에 곽가가 고개를 끄덕였다.

조조는 조인에게 연주를 포위하도록 영을 내리고, 자신은 군사를 이끌고 복양으로 향했다. 여포 진영의 진궁은 조조가 쳐들어온다는 말을 듣고 다급해져 여포에게 계책을 말했다.

"조조군은 먼 곳에서 오느라 지금 매우 피로한 상태입니다. 수가 많고 피로한 군대는 반드시 초전初戰에 섬멸해야 합니다. 때를 늦추어 원기를 회복할 시간을 주어서는 안 됩니다."

그러나 여포의 반응은 대수롭지 않았다.

"옳은 말이오. 하지만 나는 필마匹馬 단기單騎로 천하를 주름잡은 사람인데, 그까짓 조조가 무엇이 무섭겠소. 동태사 시절부터 내 손아래 있었던 사람이오. 조조놈이 나타나기만 하면 내가 나가서 당장 사로잡을 테니 두고 보시오."

여포가 여유를 부리는 사이에 조조는 이미 군사를 이끌고 복양에 당도하여 진을 치고 휴식을 취했다. 그런 다음 시위삼아 군사들을 이끌고 여포의 진지를 향해 나아갔다. 여포의 진지는 들판 한가운데 둥그렇게 펼쳐져 있었다. 조조가 다가오자 여포가 말을 타고 나왔는데, 좌우에 장요·장패·학맹·조성·성렴·위속·송헌·후성과 같은 맹장이 호위하고 있었다. 여포의 위세에 주눅들 리 없는 조조가 소리쳤다.

"나는 그대에게 원한을 산 일이 없는데, 그대는 왜 나의 땅을 빼앗으려 하는가?"

여포 역시 목청을 높여 답했다.

"여기에 네 땅 내 땅이 어디 있느냐? 모두 한나라 땅이지!"

조조가 이 말을 듣고 여포의 아픈 곳을 찔렀다.

"이놈아, 너는 북쪽 오랑캐 땅에서 자라서 인륜지대사를 모르는 놈이다. 네놈은 지금껏 자신에게 이익이 되면 손바닥 뒤집듯이 주인을 배반해왔다. 그게 어디 사람이 할 짓이냐? 너는 가금家禽만도 못한 근성으로 아버지라고 부르며 따르던 동탁을 죽이지 않았느냐? 싸움 잘하고 용맹만 있다고 영웅이 되는 것이 아니다. 너는 한낱 계집 때문에 주군을 살해한 천하의 잡놈이다."

여포는 화가 머리끝까지 치밀었다. 자기 인생에서 가장 부끄러운 일이요, 생각하고 싶지 않은 과거를 들추고 있는 게 아닌가. 옆에 서 있는 부장들 보기가 민망해진 여포는 이내 말을 몰아 달려나가며 전군에게 공격 명령을 내렸다. 여포의 군대는 소문 이상으로 강병이었다. 게다가 말 한마디에 격분해서 공격 명령을 내리리라고는 생각지도 못했기 때문에 조조군의 하후돈과 악진은 제대로 방비도 못한 채 대오가 깨졌다. 여포가 달아나는 조조군을 추격하여 닥치는 대로 도륙해버리자 조조군은 40여 리나 떨어진 곳으로 달아나 진을 쳤다.

이 싸움으로, 조조는 여포군이 예상했던 것 이상의 강군이라는 판단을 내리고 여러 장수들을 불러 대책을 협의했다. 먼저 우금이 입을 열었다.

"오늘 산 위에 올라가 여포군의 진지를 살펴보았습니다. 그들은 흉노족처럼 둥글게 진을 치고 있는데 매우 견고한 것이 틀림없었습니다. 그러나 복양 서편은 허술하고 다른 곳에 비해 군사 수가 극히 적었습니다. 여포군은 우리가 패해 달아났기 때문에 승리감에 들떠 주연을 벌일 가능성이 높습니다. 우리가 이 틈을 타서 복양 서편으로 치고 들어가 그들의 본영을 야습하면 여포를 무찌르는 것은 물론이

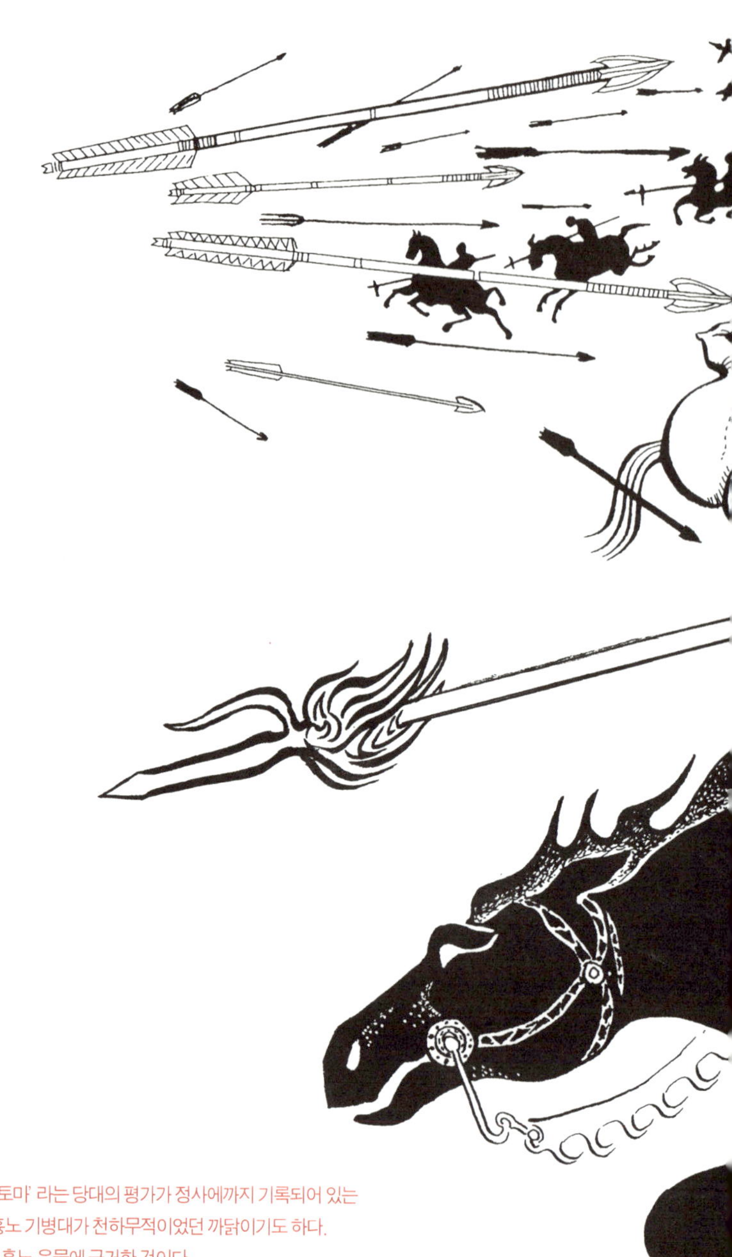

적토마를 탄 여포.
'사람은 여포, 말은 적토마' 라는 당대의 평가가 정사에까지 기록되어 있는
것은, 여포가 이끄는 흉노 기병대가 천하무적이었던 까닭이기도 하다.
여포의 투구와 갑주는 흉노 유물에 근거한 것이다.

요, 그 진지도 손쉽게 수중에 넣을 수 있을 것입니다."

조조는 우금의 의견에 따라 휘하 장수 조홍·이전·모개·여건·우금·전위 여섯 장수와 기병과 보병으로 이루어진 5천 명의 병사를 이끌고 여포의 본영을 기습하기로 했다.

우금의 예상대로 승리에 취한 여포는 병사들에게 음식을 배불리 먹이고 일찍 자게 했다. 그리고 자신의 군막으로 장수들을 불러 잔치를 베풀었다. 주연이 무르익어가는데 진궁이 또다시 근심스러운 듯 여포에게 다가서며 말했다.

"우리 군의 서채西寨는 본영에 직결되어 있는 군사적 요새입니다. 우리가 이렇게 주연을 즐기는 것을 조조군이 예상하고 그곳을 기습이라도 한다면 어찌시겠습니까?"

"우리는 그들이 다시는 덤벼들지 못하도록 혼찌검을 내주었소. 그런데 무슨 정신이 있어 서채를 기습한다는 말이오?"

진궁이 다시 간곡하게 말했다.

"조조는 작전에 능하고 계교가 뛰어난 사람입니다. 방비를 소홀히 해서는 안 됩니다."

진궁의 말을 듣고 보니 일리가 있었다. 여포는 고순·위속·후성 세 장수를 뽑아 군사를 이끌고 서채로 가서 지키도록 영을 내렸다. 주위에 희미한 어둠이 깔리자 조조는 군사를 이끌고 와 서채를 향해 사방에서 공격을 개시했다. 진궁의 말을 따르기는 했으나 아직 준비를 못 갖춘 마당에 조조군이 전격적으로 기습해오자 당황한 여포군은 폭우를 만난 개미떼처럼 사방으로 흩어져 달아났다. 조조는 별 전투를 치를 필요도 없이 쉽게 서채를 장악했다.

밤이 깊어 새벽으로 넘어갈 즈음, 손쉽게 서채를 점령한 조조는 군대를 정비하여 다시 여포의 본영으로 치고 들어갈 대담한 작전을 구상했다. 여포의 머리로는 조조가 하룻밤 사이에 두 번씩이나 기습하리라고는 상상도 못할 터였다. 당황할 여포를 생각하며 자기 꾀에 흡족해진 조조가 웃음을 깨무는 순간, 고순이 이끄는 여포의 군대가 들이닥쳤다. 병아리를 발견한 수리매처럼 조조군을 덮친 고순의 군대는 서채를 되찾기 위해 맹공을 퍼부었다. 조조군의 소수 정예부대와 여포군이 뒤엉켜 싸우자 어둠 속의 서채는 아수라장이 되었다.

조조는 직접 병사들을 독려하며 고순의 병사들과 맞서 싸웠으나, 동이 틀 무렵이 되자 불안해지기 시작했다. 기습대가 본진과 너무 멀리 떨어져 있다는 사실을 떠올릴 겨를도 없이, 서쪽에서 요란한 북소리와 함께 여포가 폭풍처럼 군사를 몰고 왔다. 소수의 특공대 조직을 거느리고 침투했던 조조군을 여포군이 에워싸자 도저히 당해낼 엄두가 나지 않았다. 그제야 황급히 철군을 명령했지만, 적군에 의해 물샐 틈 없이 포위된 다음에 내려진 후퇴 명령은 너무 늦은 감이 없지 않았다. 사력을 다해 서채를 빠져나가는 조조군의 뒤로 고순·위속·후성이 빠른 속도로 추격해왔고, 우금과 악진은 여포를 맞아 필사적으로 싸우고 있었다.

조조가 고순과 위속의 추격을 따돌리고 한시름 놓았다고 생각하며 산모퉁이를 돌아드는데 이번에는 장요와 장패가 좌우에서 호랑이처럼 달려들었다. 조조를 호위하고 있던 장수들이 이들의 공격을 막고 있는 사이에도 조조를 겨눈 화살이 폭우처럼 쏟아졌다. 이 자리가 자기의 무덤이 될지도 모른다는 생각이 든 조조는 있는 힘을 다해 소리쳤다.

"누구 날 구해줄 사람이 없는가?"

이 소리를 듣고 한 장수가 쌍지창雙枝槍을 들고 뛰어와 조조 곁에 바짝 붙어섰다.

"장군은 걱정 마십시오, 제가 구해드리겠습니다."

바로 전위였다. 전위는 자기를 따르던 10여 명의 부관과 함께 조조를 전후좌우에서 밀착 호위하며 힘겹게 앞으로 내달았다. 이들은 모두 활솜씨와 단검의 명수들로 조조를 노리고 다가드는 여포의 군사들을 차례로 쓰러뜨렸다. 그제야 조조도 안도의 숨을 쉬었다.

뒤엉켜 쓰러져 있는 병사들의 주검을 헤치고 간신히 포위망을 뚫은 조조는 마침내 본진으로 돌아왔다. 조조군의 후미와 여포군의 선봉은 추격과 반격을 반복하면서 치열한 접전을 벌였으나 날이 저물면서 소나기가 퍼붓는 바람에 각기 군사를 이끌고 자기 진영으로 돌아갔다. 사지死地에서 가까스로 목숨을 건지고 진영에 돌아온 조조는 자기 생명을 구해준 전위의 공로를 크게 치하하며 큰 상과 함께 영군도위領軍都尉의 벼슬을 내렸다.

조조를 죽일 수 있는 기회를 놓친 여포는 낭패한 기색을 감추고 진궁을 불러 작전을 협의했다. 진궁이 말했다.

"복양성 안에는 전田씨 성을 가진 큰 부자가 한 사람 있습니다. 식솔이 1천 명이나 되는 복양 최고의 부자이지요. 그 사람으로 하여금 사람을 시켜 조조에게 다음과 같은 내용의 편지를 한 통 보내게 하십시오. '여포는 잔악하고 포악하여 백성들이 모두 여양 땅을 떠나고 있습니다. 지금 여포가 복양성을 고순에게 맡기고 군사를 여양으로 이동시키려 합니다. 이때를 놓치지 마시고 야음을 틈타 진군하면 저도 그에 응하여 장군을 돕겠습니다.' 어떻습니까? 이렇게 하면 틀림없이 조조는 군사를 이끌고 올 것입니다. 조조군이 아무것도 모르고 성안으로 들어오면, 아군이 성을 완전히 포위한 뒤 성의 사대문四大門에 불을 지르고 압박해들어가는 겁니다. 그때 성밖 성문 주변에 우리 군사를 매복시켜 철통같이 포위한다면 조조가 제아무리 하늘을 오르는 재주가 있다고 해도 이번만큼은 살아서 도망치지 못할 것입니다.”

여포는 조조가 결코 만만한 상대가 아니라는 것을 실감하고 있었으므로 진궁의 계책이 반가웠다. 여포는 진궁의 말대로 전씨를 찾아 조조에게 밀서를 보내도록 은밀히 명령을 내렸다. 조조는 여포와의 첫 싸움에 대패하고 앞으로의 일을 고심하고 있던 참에 복양 땅 전씨에게서 밀서가 왔다는 전갈을 받았다. 그는 무슨 일인가 궁금히 여기며 그 밀서를 받아 읽었다.

조장군 보십시오. 저는 전주연田周延이라는 사람으로 별다른 재주는 없으나 복양 땅에서 가솔과 재물을 제법 거느리고 있습니다. 제가 사는 복양은 일찍이 그런 곳이 아니었는데 여포가 온 뒤로 하루가 다르게 민심이 흉흉해지고 있습니다. 자기 욕심 채우기에 급급한 포악한 여포가 백성들을 함부로 대하고 있기 때문입니다. 복양 땅 사람들은 하나같이 여포가 사라져주기를 바라고 있는데 마침 지금 여포는 여양으로 떠나 성안이 텅 비었습니 다. 제가 만반의 준비를 갖추고 있을 테니 조장군께서 내일 밤 속히 군사를 몰고 오시기만 하면 최선을 다해 내응하겠습니다. 성 위에 ‘의義’ 자를 쓴 흰 기를 걸어 신호로 삼겠으니, 이 기가 걸려 있으면 성문이 열려 있는 것으로 아십시오.

밀서를 읽은 조조는 갑자기 가슴이 시원하게 뚫리는 듯했다.

'하늘이 나에게 복양을 주시는구나!'

조조는 기쁨에 차서 밀서를 가져온 자에게 후한 상을 내리는 한편, 다시 군사를 수습해 공격 준비를 서둘렀다. 이를 옆에서 지켜보던 부장 유엽이 조조가 지나치게 들떠 있는 것 같아 조심스럽게 한마디했다.

"장군, 신중하셔야 합니다. 여포는 비록 무모하고 생각이 짧으나 그가 데리고 있는 모사 진궁은 계책이 뛰어난 사람입니다. 그리고 장군께서 일전에 도겸의 일로 진궁을 박대한 적이 있지 않습니까. 그러니 진궁도 장군에 대해 좋은 감정을 갖고 있지는 않을 것입니다. 이번 밀서에는 어쩐지 계책이 숨어 있는 듯합니다. 제대로 알지도 못하는 사람의 말만 믿고 함부로 따를 바는 아닙니다. 장군께서 꼭 출진하실 의향이 있으시면 군사를 세 부대로 나누어 두 부대는 성밖에 매복시키고, 나머지 한 부대만 거느리고 성내로 들어가십시오."

조조는 자신이 여포를 칠 생각에만 빠져 균형감각을 잃고 있었음을 반성하고 유엽의 말에 따랐다. 조조군은 세 부대로 나뉘어 복양성 아래에 이르렀다. 조조가 성 위를 살펴보니 어둠 속에서 여러 깃발들이 바람에 펄럭이고 있었는데, 과연 서문 쪽에 '의義' 자를 쓴 흰 깃발이 눈에 들어왔다. 조조는 반가운 마음에 회심의 미소를 지었다. 밤이 점점 깊어가자 조조는 휘하 부장들을 모아놓고 말했다.

"성루에 의 자를 새긴 기가 꽂혀 있는 것으로 보아 지금쯤 성문이 열려 있을 것이다. 하후돈은 좌군을 맡고, 조홍은 우군을 맡아라. 나는 하후연 · 이전 · 악진 · 전위를 거느리고 군사를 몰아 성안으로 들어가겠다."

조조의 명을 듣고 이전이 말했다.

"안 됩니다. 장군께서는 일단 성밖에 계십시오. 저희들이 먼저 들어가겠습니다. 아직까지 전씨의 의중도 분명하게 모르는 상태입니다. 장군께 불리한 상황이 발생할 수도 있습니다."

"물론 나도 전적으로 믿는 것은 아니다. 그러나 내가 가지 않으면 누가 앞장선단 말이냐! 그리고 성밖을 이토록 겹겹이 포위하고 있는데 무슨 큰 문제가 생기겠느냐?"

마치 며칠 굶은 배고픈 사자처럼 조조는 앞서서 성안으로 쳐들어갔다. 선발대로 간 병사들이 성문을 열자 과연 성문이 손쉽게 열렸다. 조조는 일이 제대로 풀리는 듯하여 매우 기분이 좋았다. 조조가 말에 박차를 가해 성문을 지나 안으로 들어서고 휘하 부장들과 군사들도 성안으로 속속 들어섰다. 그런데 조조군이 밤길을 헤치며 복양 관아官衙에 이를 때까지 이상하게도 사람의 그림자 하나 보이지 않았다. 아무리 밤이지만 사람들이 인위적으로 소개疏開된 듯한 느낌이 들었다. 조조는 그제야 진궁의 계교에 빠진 것을 알고 황급히 말 머리를 돌리며 있는 힘을 다해 외쳤다.

"군사를 물려라! 최대한 빨리 성밖으로 빠져나가라."

그러나 바로 그때 포성이 천지를 진동시키며, 복양의 사대문에서 불길이 치솟고 창검소리와 북소리가 일제히 들려왔다. 그와 동시에 폭풍 같은 함성이 높은 파도처럼 조조군 쪽으로 몰려왔다. 동문 쪽에서는 장요가 군대를 몰아오고, 서문 쪽에서는 장패가 군사를 거느리고 협공해왔다. 동쪽과 서쪽에서 몰려오는 여포군을 맞아 조조가 황급히 북문을 향해 도망치려고 했으나 그곳에서도 학맹 · 조성 두 장수가 포위해 들어오는데 화살은 숫제 하늘에서 우박이 떨어지듯 쏟아졌다. 조조는 할 수 없이 남문으로 말 머리를 돌렸다. 그러나 남문 쪽으로도 이미 고순·후성 두 장수가 조조군을 기다리고 있었다. 사면초가四面楚歌에 빠진 조조가 우왕좌왕하고 있을 때, "장군, 북문 쪽으로 가십시오!" 하고 절규하는 귀에 익은 목소리가 들려왔다. 전위였다. 그는 죽을 힘을 다해 남문 쪽에서 몰려오는 여포군을 막고 있었다.

조조가 숨을 몰아쉬며 다시 북문으로 피해 달아나려고 주위를 살펴보니 어둠 속에서 군사들 간에 피를 튀기는 혼전이 벌어지고 있었다. 적과 아군의 구별도 없는 그야말로 지옥의 한 모퉁이 같았다. 조조는 얼른 말에서 내려 장군복의 휘장들을 모두 벗어버렸다. 대신 병사들의 시체에서 투구 하나를 주워 머리에 쓰고 말을 끌면서 북문을 찾아갔다. 어둠 속에서 갑옷에 칼만 차고 있는 조조를 알아볼 사람은 아무도 없었다. 성밖에는 자신의 군사가 대기하고 있으므로 일단 나가기만 하면 된다고 생각했다.

조조는 침착하고도 신속하게 북문을 향해 움직여나갔다. 사방에서 화광火光이 치솟아오르고 여기저기서 병사들의 군호 소리, 고함 소리, 비명이 정신을 산란하게 했다. 어둠 속에서 말을 타고 가는 조조에게는 군마와 횃불을 든 병사들이 지나갈 때만 앞이 겨우 보일 뿐이었다. 눈앞에 네거리가 나타났다. 동서남북 교차로였다.

이때 갑자기 한 무리의 군마가 화염 속을 헤치며 들어왔다. 앞서 오는 장수의 얼굴이 불빛 속에 힐끗 보이는데 낯익은 얼굴, 바로 여포였다. 조조의 간담이 뚝 떨어졌다. 조조는 재빨리 말에서 내려 마치 여포군의 병사처럼 칼을 빼어 길옆으로 달려갔다. 그런데 어둠 속에서 여포가 조조의 투구를 툭 쳤다.

"여봐라, 방금 조조가 달아난 방향이 어디인가?"

깜짝 놀랄 겨를도 없이 조조는 노병의 쉰 목소리로 음성을 바꾸어 서문 쪽을 가리키며 말했다.

"지금 저 앞에 누런 말을 타고 길 왼쪽으로 달아나는 놈이 아마도 조조인 것 같습니다. 저도 그를 쫓고 있습니다."

여포는 그 말에 대꾸도 없이 이내 길 왼쪽으로 말을 달려갔다. 여포를 따르는 많은 부장과 병사들이 서문 쪽으로 사라지고 있는 사이 조조는 한숨을 쉬었다.

'여포야, 하늘은 나를 버리지 않는다.'

조조는 속으로 쾌재를 부르며 다시 말을 타고 동문을 향해 달렸다. 거기에는 부장 전위가 기다리고 있었다. 조조는 전위를 보자 마치 지옥에서 살아나온 사람처럼 감격에 겨워 소리쳤다.

"전위냐, 이제 내가 살았나 보구나."

조조의 말에 전위는 눈물을 글썽이며 말했다.

"장군, 장군을 찾아 얼마나 헤맸는지 모릅니다. 이렇게 살아계시니 정말 천행天幸입니다. 어서 이곳을 빠져나가셔야 합니다. 이번에야말로 꼭 제가 장군을 모시고 가겠습니다."

전위가 장병들과 더불어 조조를 호위했다. 그러나 어둠 속을 헤집고 다니는 사이 길을 잃어 북문이 아닌 동문으로 와버렸다. 가까이 이르러서 보니 이미 그곳도 온통 화염에 싸여 있었다. 성문 위에서 여포의 군사들이 불타는 짚단을 마구 떨어뜨리는 바람에 말이 놀라 더 이상 앞으로 나아가지를 않았다. 동문 앞의 땅바닥은 온통 불바다였다. 그 와중에 전위가 병사들에게 명해 방패와 창으로 불더미를 걷고 길을 만들게 했다. 전위는 말을 탄 채 병사들이 가까스로 내어놓은 길을 따라 불길 속을 앞장서서 달렸다. 그러자 조조도 재빨리 그 뒤를 따라나갔다.

조조와 전위가 동문을 빠져나와 무사히 본영에 도착했을 즈음에는 이미 동이 트고 있었다. 또 한번 사지에서 가까스로 살아나온 조조의 얼굴은 연기에 검게 그을려 알아보기 힘들었고 그때까지도 여포군 병사의 투구를 쓰고 있었다. 장군의 휘장들이 모두 달아난 채 찢어지고 불에 그을린 군복을 입은 조조의 몰골은 시장판의 거지 행색보다 못했다. 그 모습을 본 여러 장수들이 저마다 달려와 황망히 엎드렸다. 조조는 걱정하는 여러 장수들에게 계면쩍게 웃으면서 말했다.

"여포, 저 변변치 않은 놈에게 속아 큰 망신을 당했다. 내 저놈에게 기어이 뜨거운 맛을 보여주고 말리라."

곽가가 말했다.

"저놈들이 절대 빠져나가지 못할 계책을 세워 오늘 일을 반드시 응징할 것입니다."

"흠, 내 이놈들의 계책을 역이용해야겠어. 저놈들은 동문의 불바다 속에 내가 있었던 것으로 알 것이네. 어둠 속이라 내가 이처럼 무사히 돌아왔는지를 모른단 말일세. 곽가 자네는 내가 심한 화상을 입어 새벽녘에 죽었다는 헛소문을 전 군영에 퍼뜨리게. 그리고 마치 내가 죽은 것처럼 곡을 하도록 하게. 그러면 단순한 여포놈은 군사를 이끌고 쳐들어올 것이 틀림없네. 우리는 그 동안 저들이 오는 길목인 마릉산馬陵山에 군사들을 매복시켰다가 여포군이 절반쯤 산길로 들어섰을 때 틈을 주지 않고 앞뒤로 포위해 공격하면 여포놈을 사로잡을 수 있을 것이네."

이 말을 듣자 곽가는 뛰어난 묘책이라며 찬동했다. 곽가는 즉시 매복군을 조직해 여포군의 눈에 띄지 않게 아침 일찍 마릉산으로 떠나보내고, 남은 군대 가운데 일부는 눈에 잘 띄게 상복을 입도록 한 다음 조조가 죽었다는 헛소문을 퍼뜨렸다. 진중에는 여기저기 곡소리가 끊이지 않고 한편으로는 철군 준비를 한답시고 수선을 피웠다. 그러자 정오쯤 되어 조조가 어젯밤 복양성에서 탈출하다가 중화상을 입고 죽었다는 소식과 조조군의 진영이 철군 준비로 어수선한 상황이라는 보고가 여포에게 전해졌다. 이때 진궁은 성 내부를 점검하는 중이어서 진영에 없었다.

여포는 잠시 생각하더니 독단적으로 결정을 내렸다.

'조조군을 결딴낼 수 있는 절호의 기회가 아닌가. 잘만 하면 조조 땅을 모두 내 것으로 만들 수도 있겠어.'

여포는 즉시 휘하 군마 중 힘이 출중한 것들을 가려뽑은 후 조조군을 향해 쳐들어갔다. 조조가 죽었다는 소식을 손톱만큼도 의심치 않은 여포는 마릉산에 조조군이 매복해 있으리라고는 상상조차 못했다. 여포가 군사를 닦달해 마릉산으로 들어섰을 때 갑자기 통나무로 길이 막히고 북소리와 징소리가 울리면서 화살이 빗발치듯 쏟아졌다. 그와 동시에 조조의 군사들이 길 양쪽에서 튀어나와 우왕좌왕하는 여포군을 시살했다. 여포는 아무런 대책없이 무조건 후퇴를 명령했으나 이미 숱한 병사들이 활과 창에 맞아 죽거나 상해서 여기저기 어지러이 쓰러졌다. 여포는 너무나 순식간에 당한 일이라 부하 장수 몇 명과 함께 겨우 퇴로를 뚫어 복양으로 달아났다. 여포는 성문을 굳게 닫고 지쳐 있는 군사들을 일단 쉬게 했다.

조조는 조조대로 더 이상 전쟁을 계속하기가 어려웠다. 조조 자신

도 이번 전쟁에서 두 번이나 죽을 고비를 넘긴 터라 지쳐 있었고 군
사들 역시 절반 이상이 죽거나 다친데다 상당량의 군량미가 불타 더
이상의 전투가 불가능했다. 특히 그해는 메뚜기 떼가 논밭을 쓸고 지
나가면서 모조리 먹어버렸으므로 식량난이 어느 해보다 심각했다.
결국 조조는 군사들을 이끌고 견성甄城으로 돌아가고, 여포도 군량미
를 찾아 산양으로 갔다. 이로써 싸움은 잠시 중단됐다.

서주를 얻은 유비

서기 194년 봄.

서주의 도겸은 나이가 63세로 노환에다 중병이 겹쳐 병세가 나날이 악화됐다. 하루 앞을 예견하기 힘들다고 스스로 느낀 도겸은 어느 날 휘하 부장인 미축과 진등陳登을 불러 앞일을 걱정하며 말했다.

"이보게 진등, 내 병이 자꾸 깊어지고 있네. 아마 이제는 더 이상 일어날 수가 없을 것 같아서 자네를 불렀네. 내가 누워서 아무리 생각을 해봐도 앞으로 이 서주를 맡아줄 만한 이가 손에 잡히지를 않아. 그래서 내 마음이 참으로 무겁네."

진등이 근심스러운 표정을 지으며 말했다.

"태수께서는 그렇게 약한 마음을 버리시고 하루빨리 병석에서 일어나셔야 합니다. 그것이 저와 서주 백성들의 바람입니다. 만약 후계後繼를 정하신다면 당연히 큰 자제분 상商으로 하셔야 할 것입니다."

"아닐세. 그럴 것 같았으면 벌써 후계를 정했을 것이네. 지금 이 나라는 사실상 갈기갈기 찢어져 아귀다툼을 벌이고 있는 상태가 아닌가. 나는 내 아이들에게 너무 태평하게 글만 가르쳤어. 내가 다스리는 곳이 익주益州만 되어도 덜 염려스러울 걸세. 서주를 보게. 서쪽으로는 이미 원수가 된 조조가 있고, 북으로는 대권을 노리는 원소가 있네. 그리고 남쪽으로는 원술이 있어. 난세의 서주는 나나 우리 아이들이 다스릴 수 있는 곳이 아닐세. 오히려 멸문지화를 당하기 십상이지. 나는 차라리 지킬 만한 자에게 이곳을 넘겨주고 아이들도 낙향하여 몸이나 보전하기를 바라네. 내가 유비에게 그만큼 매달린 것은 그 사람은 남다르게 신의가 있어 보였기 때문이네. 자기 욕심에 눈이 어두워 의를 저버릴 사람이 아니야. 게다가 그를 목숨처럼 여기며 따르는 맹장들까지 있으니 믿을 만하지 않은가 말일세."

미축이 말했다.

"태수님의 심중을 헤아릴 것 같습니다. 현재와 앞으로의 서주는 참으로 위기 한가운데에 놓일 듯합니다. 조조가 철군한 것은 여포가 연주를 습격했고 흉년이 들어 군량미가 떨어졌기 때문입니다. 내년 봄이 되면, 조조는 분명히 다시 쳐들어올 것입니다. 그렇다고 서주를 막기 위해 다른 제후들을 끌어들이는 것은 더 큰 위험을 부르는 일이라 생각됩니다. 유비가 아직은 보잘것없으나 숨은 역량이 결코 만만치 않으니 서주를 맡겨도 좋을 듯합니다."

도겸은 미축의 말을 듣고 힘이 났다.

"지난번 유비에게 서주를 맡기려 했을 때 그렇게 완강하게 거절을 했는데, 지금 다시 부탁한다고 그 사람이 받아들이겠는가?"

"아닙니다. 그때는 태수님이 건강하셨기 때문에 유비가 끝까지 거

절한 것인지도 모릅니다. 그러나 지금은 다릅니다. 태수님의 건강이
전과 같지 않고 그도 이미 소패에 주둔하여 서주를 지켜주고 있으니
다시 한번 간곡히 부탁하면 더 이상 사양하지는 않을 것입니다."

도겸은 미축의 말을 듣고 힘을 얻어 소패로 사람을 보냈다. 유비가
아침 조련을 끝내고 돌아와보니 서주에서 사람이 와 있었다.

"저희 태수님께서 유비님과 긴급하게 상의할 일이 있어 급히 와달
라는 부탁을 전해드리러 왔습니다."

유비는 관우·장비와 함께 10여 명의 기마병을 거느리고 아침 일
찍 서주로 달려갔다. 태수 공관에 도착하자마자 일행은 도겸이 누워
있는 방으로 안내되었다. 유비는 병중에 있는 도겸을 보고는 예를 갖
춰 인사를 올리고 근심스러운 눈빛을 지으며 다가갔다.

도겸이 유비를 향해 입을 열었다.

"유공, 제 말을 꼭 새겨들어주십시오. 저는 이미 늙고 병들어 오늘
죽을지 내일 죽을지 모르는 상태입니다. 그러나 제가 눈을 감으려 해
도 차마 감을 수 없습니다. 그것은 우리 서주의 장래 때문입니다. 유
공은 한나라를 다시 중흥시켜야 할 분입니다. 이 늙은이가 죽음을 앞
두고 다시 한번 부탁드립니다. 유공이 제발 서주를 다스려주십시오.
더 이상 안 된다는 말씀은 거두어주십시오."

유비는 난처한 듯 자세를 고쳐앉으며 두 손을 가슴 앞에 모으고 말
했다.

"공께서 이 나라와 서주의 장래를 늘 근심하고 계시다는 것을 저도
잘 알고 있습니다. 그러나 저는 서주를 다스릴 적임자가 아닙니다.
공의 슬하에 자제가 두 분이나 계시는데 어째서 저에게 맡기려 하십
니까?"

"물론 제게는 상과 응應 두 아들이 있기는 합니다. 그러나 그들은 이 난세에 역도들과 어깨를 나란히 하여 서주를 지킬 만한 그릇이 아닙니다. 그러니 더 이상 거절할 생각은 마십시오."

시간이 갈수록 도겸의 몸에서 힘이 빠져나가고 있음이 역력했다. 유비는 또다시 부드럽고도 강한 어조로 말했다.

"태수께서는 저를 너무 과대평가하신 듯합니다. 저도 제가 감당할 수 있는 일이라면 태수님의 사정이 이와 같은데 왜 거절을 하겠습니까? 태수께서는 천하 제후들에게 인망이 높으셔서 조조가 아니라 이각의 군대라도 능히 이길 수 있을 만큼 주변의 도움을 받으실 분입니다. 그러나 저는 겨우 현령에 불과한 사람입니다. 지난번 공손찬에게 병력을 빌리는 것도 쉽지가 않았습니다. 그만큼 아직까지 저의 그릇이 태수께서 보시는 바에 미치지 못합니다. 더욱이 제 휘하에는 두 아우를 제외하고는 제대로 된 장수나 참모 하나 없습니다. 그러니 이 같은 대임을 어찌 맡을 수 있겠습니까?"

도겸이 안심하는 듯한 표정을 지으며 유비의 손을 잡았다.

"정 그러시다면 제가 유공을 도울 수 있는 참된 의인義人 한 사람을 천거해드리겠습니다. 북해 사람으로 손건孫乾이라는 사람이 있는데, 이 사람은 학식이 뛰어난 것은 물론이고 신의가 유공의 두 아우에 미칠 만한 사람입니다. 손건을 얻으면 서주성을 다스리는 일이 그리 힘들지 않을 것입니다."

유비가 결정을 못하고 난감해하자, 도겸은 유비가 보는 앞에서 미축을 불러 당부했다.

"유공은 당대의 인걸人傑이니, 그를 잘 섬겨라."

그리고 도겸은 마지막 남은 힘을 모은 듯 힘겨워하며 유비를 향해 말을 이었다.

"마지막으로 제 자식들을 부탁하겠습니다. 큰아들 상과 둘째 아들 응은 심약하여 난세를 감당할 만하지 못하니 유공께서 조금이라도 보살펴주시면 제가 편하게 눈을 감겠습니다. 그러나 제 아이들에게 절대로 서주의 통치를 맡기지는 마십시오."

말을 마치자 유비가 대답할 사이도 없이 도겸의 눈이 감기더니 숨이 가빠지기 시작했다. 눈물을 흘리며 이 광경을 지켜보던 도겸의 두 아들이 그의 곁으로 다가왔다. 그 순간 도겸은 마지막 숨을 거두고 말았다.

유비 스스로 서주목을 맡겠다고 나선 것은 아니었으나 유비는 맡겨진 책임을 더 이상 회피할 수가 없었다. 유비는 급한 대로 자신이 주축이 되어 미축·진등과 함께 도겸의 장례를 치렀다. 이들은 지위의 고하를 막론하고 모든 군사들에게 상복을 입게 하고, 황하黃河 변에 제단을 차리고 성대한 장사를 지냈다. 도겸의 장례가 끝나자 두 아들과 진등·미축 등은 먼저 도겸이 임종시에 쓴 유표遺表를 조정에 올렸다. 그런 다음 서주의 패인牌印을 유비에게 바쳤다. 그로써 유비는 마침내 서주 목사가 되었다. 한편 미축과 진등은 도겸이 말한 대로 손건을 부르러 사람을 보냈다.

유비는 손건을 맞이해 미축과 함께 보좌관으로 삼고, 진등을 막관幕官 자리에 앉혔다. 또한 소패에 주둔한 병마를 서주성 안으로 이동시킨 뒤, 곳곳에 방을 붙여 백성들을 안심시켰다. 한편 조조는 도겸이 죽고 유비가 서주 목사가 되었다는 소식을 듣고 앙분했다.

"도겸 그놈이 내 손으로 죽이기도 전에 죽어버리다니……. 그리고 그 촌부 유비놈이 화살 한 대 없애지 않고 그 큰 서주 땅을 손아귀에 넣었단 말이지! 내 유비를 먼저 잡아죽인 후에 도겸의 관을 뜯어내어 그놈의 시체를 갈기갈기 찢어 돌아가신 부친의 한을 풀리라. 세상이 그렇게 호락호락하지 않다는 것을 내가 꼭 보여줄 것이다.”

조조는 즉시 군사를 일으켜 서주를 치려고 했다. 이를 지켜보고 있던 순욱이 급하게 말렸다.

“절대로 서두르실 일이 아닙니다.”

“이보게, 지금 서주에 누가 있는가? 서주에 곽가가 있는가, 자네가 있는가? 아니면 여포가 있는가? 일당백이 아니라 일당천, 만이라도 그렇지, 한두 명의 용장으로 성을 지킬 수가 있는가? 죽은 도겸은 그래도 여기저기 원병을 청할 테나 있어 나의 길을 막았지만 유비놈이 감히 어떻게 나를 막는단 말인가?”

“물론 옳은 말씀입니다. 그러나 만약 장군이 서주를 차지하시고 여포가 연주를 차지하면 어찌 되겠습니까?”

순욱은 숨을 돌리며 말을 가다듬고 조조에게 다시 권했다.

“일찍이 한고조께서 관중關中 땅을 보전하셨던 것이나 후한의 광무제께서 하내河內에 본거지를 두신 것은 모두 그곳을 기반으로 하여 천하를 바로잡으려고 했기 때문입니다. 그 땅들을 잘 보십시오. 이곳은 하나같이 소수의 병력으로도 방어하기가 쉬울 뿐더러 외부를 공격하기도 용이한 곳입니다. 그렇기 때문에 진격하면 승리할 수 있었고, 비록 패하여 물러선다 해도 적을 견고히 막을 수 있었던 것입니다. 한고조나 광무제는 모두 처음에는 고전을 했지만 결국엔 천하통일의 대업을 완수하셨습니다.”

조조가 이 말을 듣고 물었다.

“그래, 연주가 관중과 하내만하다는 말인가?”

"그렇습니다. 지금의 연주와 하제河濟는 천하의 요새이며, 그 두 곳은 곧 옛날의 관중과 하내입니다. 만일 장군께서 지금 군사를 일으켜 견성을 떠나신다면 연주 전체가 여포의 손아귀에 떨어질 것입니다. 아무리 여포가 우둔하다지만 그가 어찌 어부지리의 단맛을 모르겠습니까? 장군께서 견성을 떠나자마자 여포는 이내 연주를 공격할 게 뻔합니다. 서주 땅은 여기서 먼 곳입니다. 연주를 잃을 것이 확실한데 만약 서주도 빼앗지 못한다면 그때 장군께서는 어디로 가시려 하십니까? 지금 비록 도겸이 죽었다고 해도 유비도 그리 만만한 상대는 아닙니다. 만약 유비가 그 백성과 더불어 총력전을 펼친다면 서주를 빼앗는 일이 결코 쉽지는 않을 것입니다. 장군께서 연주를 버리고 서주를 취하려는 것은 자칫 큰 것을 버리고 작은 것을 얻으려는 것이 될 것입니다. 신중히 생각하십시오."

조조가 좀 불만스러운 듯 말했다.

"자네 말이 틀린 것은 없네. 그런데 군대란 생산은 없고, 가만있으면서 있는 것 없는 것 다 까먹는 돼지와 같네. 돼지는 잡아서 먹을 수나 있지만 군대는 먹을 수도 없으니, 싸움이 없는 군대는 메뚜기보다 더 못하다네. 요즘 같은 흉년에는 군대에 들어오겠다는 자가 넘쳐나지 않는가. 모두 입 하나 덜려고 그러는 거란 말이지. 그러니 흉년에 군대를 유지한다는 것은 이만저만한 경제적 손실이 아니란 말일세. 나는 요즘 군을 유지하는 것이 부담스러워. 이를 빨리 해소하고 싶네."

순욱은 조조의 말을 듣자 조조의 심중이 어떠한지 비로소 깨달았다. 놀고 먹는 군대란 집안의 복병보다 더 무서운 존재였다. 순욱은 잠시 생각하더니 입을 열었다.

"군사를 이끌고 비교적 가까운 여남汝南 땅으로 가는 것이 좋겠습니다. 그곳에는 황건적의 잔당인 하의何儀·황소黃劭의 무리들이 백성들을 죽이고 그 재산을 약탈해서 금은보화와 비단 양곡을 산더미같이 쌓아놓았다고 합니다. 여기를 공격하면 네 가지 좋은 점이 따릅니다. 첫째, 황건적은 토벌하기가 쉽고 둘째, 장군께서 걱정하시는 군량미 문제가 말끔히 해결되며 셋째, 황건적을 토벌함으로써 천하에 명분을 크게 얻을 수 있고 넷째, 돌아가신 부모님의 원수를 갚을 수도 있습니다. 결국 여남 땅에 황건적이 일어난 것은 우리 군의 입장에서는 희소식이요, 하늘의 뜻을 따르는 순리이기도 합니다."

조조는 순욱의 말을 듣자 몹시 기뻐 그의 손을 잡으며 말했다.

"그 같은 생각을 하다니 나는 정말 자네를 따를 수 없네. 그것이야말로 배를 먹고 이도 닦는 일이구먼."

조조는 순욱의 말대로 하후돈·조인에게 연주의 견성을 지키도록 하고, 스스로 군사를 거느리고 여남과 영주潁州를 치러 나섰다. 하의와 황소는 조조가 군사를 이끌고 여남 땅으로 쳐들어온다는 것을 알고 무리들을 모아 양산羊山에 집결했다. 양군은 양산을 가운데 두고 대치했다.

조조는 상대가 농민군들인 점을 감안해 100여 명의 저격병에게 황건 농민군의 우두머리인 하의를 빨리 죽이도록 명했다. 또한 초반에 적의 사기를 떨어뜨리기 위해 전위를 대장으로 강한 철기병을 선봉에 세웠다. 그리고 자신은 산언덕에 올라 전투가 진행되었을 때 적의 퇴로가 될 만한 곳을 선정하여 신속히 병사를 매복시켰다.

드디어 전투가 시작되어 양쪽 병사들이 일제히 꽹과리와 북을 울리며 산 아래 작은 언덕을 넘어 내달았다. 전위가 손을 들어 신호하자 저격병들이 일제히 적장을 향해 화살을 쏘았다. 잠깐 만에 전위와 철기병은 적의 선봉을 격파하고 적장에게 달려들어 단번에 적의 장수를 찔러 죽여버렸다. 이를 본 하의는 바로 철군을 명령했다. 하지만 농민병들의 퇴로는 이미 조조의 매복병들에 의해 선점돼 있었다. 요지를 차지한 조조군이 만반의 준비를 한 채 전의를 잃고 도망쳐오는 농민군을 요격하자 하의가 끌어모은 황건 잔당은 짚단처럼 맥없이 쓰러졌다.

조조군은 이처럼 쉽게 양산을 점령했고 기대했던 대로 황건 농민군들로부터 많은 양곡을 얻게 되었다. 일이 계획대로 딱 맞아떨어지자 조조는 만족해하며 순욱에게 말했다.

"군인들의 농사는 역시 전쟁일세. 전쟁보다 더 좋은 사업이 어디 있겠나. 군대가 커지면 커질수록 전쟁은 불가피한 것이야. 그러니 천하가 통일될 때까지 전쟁은 계속될 수밖에 없는 것 아니겠나?"

조조의 매복작전으로부터 가까스로 목숨을 건진 하의는 전술과 전투력 양면에서 막강한 조조군에 연전연패했다. 전의를 상실한 농민군은 대오를 이루고 이동하는 중에 탈주하는가 하면, 야심을 틈타 무리를 이뤄 군대를 빠져나갔다. 그 바람에 하룻밤 자고 일어나면 그 수가 눈에 띄게 줄어들었다. 더 이상 전투가 불가능하다고 여긴 하의는 목숨을 부지한 몇 명의 농민 장수들과 몸 성한 수백 기의 군사를 이끌고 갈파葛陂로 도망쳤다.

여남 땅의 황건적을 모조리 청소하라는 명령을 받은 전위는 이들을 끝까지 추격했다. 지친 몸을 이끌고 몇 날 며칠째 산을 타고 이동하던 하의와 그의 부대 앞에 한 무리의 군사들이 나타나 길을 가로막았다. 군사들의 맨 앞에 선 사람은 어마어마하게 큰 거구로 큰 칼을

"군인들의 농사는 역시 전쟁일세."
조조는 황건 농민군을 공격하여 군량을 조달한다.
'화살 시(矢)' 자는 화살 모양을 본뜬 상형문자다.
'아프다'는 뜻의 '병 질(疾)' 자가 '사람이 허리에 화살[矢]을 맞은' 모습이라는 주장도 있다.

손에 든 채 버티고 서 있었다. 정규군이었다면 생각이 달랐겠지만 가만히 보니 양민들이 모인 의용군義勇軍인 것 같았다. 용기를 낸 하의가 창을 들고 앞으로 나섰다. 그러자 사방에서 던져진 올가미가 그의 사지를 순식간에 옭아맸다.

때마침 하의를 뒤쫓아온 전위 역시 갈파에 이르러 이 거한과 마주쳤다. 전위가 소리쳤다.

"네놈들도 황건적이냐?"

"이놈아, 보면 모르겠느냐! 내 머리 어디에 그 누런 수건이 있느냐? 나는 황건적 수백 명을 붙잡아놓은 사람이다!"

전위는 목소리를 가라앉히며 이번에는 이렇게 다그쳤다.

"그러면 양민良民이 어쩐 일로 병마를 움직이느냐? 황건적을 내 앞으로 끌고 오너라. 특히 적의 수괴인 하의를 내게 보내라. 이미 황소 놈은 사로잡았다."

전위의 다그침에도 아랑곳없이 거한이 큰 소리로 웃었다.

"네놈은 양민이 아니라 군관이란 말이지. 그러면 이놈아, 내 수중에 있는 이 보검을 빼앗아봐라. 이 보검을 빼앗으면, 내가 아무 말 하지 않고 너에게 황건적들을 넘기마."

전위는 바짝 화가 났다. 그러자 상관의 심기를 알아챈 부하들이 나섰다.

"장군은 참으십시오. 저희가 놈의 몸뚱어리를 두 쪽으로 쪼개놓겠습니다."

전위는 뒤돌아보며, 부하들에게 명령했다.

"이들은 황건적이 아닌 듯하니 함부로 움직이지 말라."

그러고는 거한을 향해 일대일 승부를 내보자고 요구했다. 거한은 호기롭게도 전위의 결투 요청에 응했다. 두 사람은 말을 타고 달려나가며 각자 창과 칼을 휘둘렀다. 양쪽의 군사들은 무술시합을 구경하듯 입을 벌린 채 두 장수의 진검 승부를 감상하게 됐다. 해거름녘, 창과 말발굽이 부딪치는 소리는 마치 빠른 바람소리처럼 들렸다.

두 장수는 꽤 오래 어우러져 싸웠으나 좀처럼 승부가 나지 않았다. 서로 갈증을 풀어가며 어두워질 때까지 싸워도 승부가 나지 않자 둘은 싸움을 중단했다. 전위는 진영으로 돌아와 조조에게 전령을 보냈다. 보고를 받은 조조가 말했다.

"전위가 천하장사 한 사람을 만나게 되었구먼."

사람 욕심이 많은 조조가 가만있을 리 없었다. 전위로부터 그날 오후에 있었던 일을 낱낱이 전해들은 조조는 전위와 부장에게 한 가지 계략을 일러주었다.

다음날, 전위는 또다시 그 거한을 찾아가 대결을 종용했다. 정체 불명의 거한도 잘됐다는 듯이 나와 전위와 겨루었다. 양쪽의 실력이 막상막하라 좀처럼 승부가 나지 않았다. 그 거한의 무술 솜씨를 본 조조는 달려온 보람이 있다며 기뻐했다.

얼마 후 전위가 조조의 지시대로 힘에 겨운 척 달아나기 시작하자 거한도 이를 추격하여 진문陣門 가까이까지 왔다. 그러자 갑자기 땅이 꺼지면서 거한은 말과 함께 큰 구덩이에 빠져버렸다. 말 다리는 부러지고 말을 탄 사람은 거꾸로 처박혔다. 때맞춰 사면에서 쇠갈퀴를 가진 구수鉤手들과 갈고리 창을 쓰는 병사들이 우르르 달려나왔다. 병사들이 갈고리 창으로 거한을 끌어올려 밧줄로 꽁꽁 묶어 조조 앞으로 끌고 왔다.

조조는 당 아래에 내려서며 들으라는 듯 거한을 묶어온 군사들을 크게 꾸짖었다. 그러고는 손수 거한의 결박을 풀어주었다. 손에 묶인 밧줄을 풀어주면서 보니, 이 덩치 큰 사나이의 옷이 땀에 절어서 흙과 범벅이 된데다 군데군데 찢어지기까지 했다. 조조는 시자를 돌아보며 말했다.

"천하 장사님의 의복을 왜 이 지경으로 만들었느냐? 내가 입으려고 가져왔던 의복 일습을 가져다 입혀드려라."

거한은 뜻밖의 대우에 감복한 듯 긴장을 풀며 조조를 바라보았다. 조조는 자신이 의도한 대로 일이 되는 것 같아 한층 부드러운 음성으로 물었다.

"장사님의 높으신 성함은 무엇입니까?"

"저는 초국譙國의 초현譙縣 사람으로 허저許楮라고 합니다. 장군의 부하가 나를 황건적 일당으로 알고 싸움을 걸어왔는데 나는 사실 그놈들을 물리친 사람이란 말이오. 지난번 황건적 난 때 그놈들을 피해 일가친척 수백 명을 거느리고 갈파 언덕 아래로 가서 적을 막은 적이 있습니다. 그런데 얼마 후 또 그놈들이 몰려왔어요. 그때는 우리 양식이 다 떨어져 내가 일부러 그들과 화친을 제의하고 우리 소와 그들의 양곡을 바꾸자고 했습니다. 그래서 그쪽 쌀과 우리 소를 바꾸었는데 며칠 후 황건적에게 끌려갔던 소가 되돌아왔습니다. 소를 쫓아온 황건적들이 우리 토성 앞에 와서 소를 내놓으라며 갖은 행패를 부리기에 제가 한손에 소꼬리 하나씩을 잡고 그놈들 앞으로 끌고 갔지요. 그러자 놈들은 놀라서 감히 소를 돌려달라는 말도 못하고 달아나더군요. 그후 황건적들이 우리 마을에 와서 괴롭히는 일이 사라졌습니다."

조조는 허저의 말을 무척 흥미롭게 듣더니 호감어린 목소리로 말했다.

"오, 그런 일들이 있었소? 허공, 나와 같이 일해보시는 것이 어떻겠소."

"그것은 오히려 제가 원하던 바입니다."

이렇게 하여 허저라는 장사는 그의 일가친척 100여 명을 거느리고 조조 휘하에 들어왔다. 조조는 허저에게 도위都尉 벼슬을 내리고 후한 상을 주었다. 이어 조조군은 황건 농민군의 두목 하의와 황소의 목을 베어 여남과 영주 땅을 평정했다. 견성으로 돌아온 조조는 조인과 하후돈에게 최근의 일들을 보고받았다.

"장군, 지금 연주성 안에는 여포는 없고 설란과 이봉만 남아서 성을 지키고 있다고 합니다."

조인이 무슨 반가운 일이라도 만난 듯 알려주었다. 그 소리를 들은 조조는 반색하며 말했다.

"연주성이 비어 있는 것이나 다름없지 않은가. 우리가 단지 북만 울리며 진군해도 연주성은 손아귀에 들어오게 되어 있네."

조인이 거들었다.

"물론입니다. 어서 군사를 동원해 결딴내야 합니다. 여포는 주군께서 아직 여남 땅에 주둔하고 있는 것으로 알고 있을 것입니다."

"잘됐다. 나는 이번에 허저라는 천하장사를 데리고 왔다. 그가 있으니 연주성은 이제 우리 것이나 다름이 없네."

조조는 바로 연주로 향했다. 조조군이 연주성으로 몰려오고 있다는 보고를 받은 설란과 이봉은 군사를 이끌고 성밖에 나와 조조군과 응전할 태세를 갖췄다.

양군이 대치하고 있는데 허저가 조조에게 청했다.

"제가 이제 처음으로 공을 세우게 되었습니다. 시간을 지체하지 않고 달려가 설란과 이봉, 저 두 놈의 목을 베어 주공을 만난 예물로 바치겠습니다."

조조는 기다렸다는 듯 만족스런 표정으로 허저에게 나가 싸우도록 했다. 허저에게 설란과 이봉은 적수가 되지 못했다. 채 하루가 지나기도 전에 이들은 허저가 장담한 대로 조조 앞에 바치는 예물이 되어버렸다. 허저의 활약으로 연주를 되찾은 조조군의 사기는 하늘을 찌를 듯했다. 부장 정욱은 이 기회에 복양마저 쳐서 여포를 제거해버리자고 제의했다.

조조는 정욱의 말대로 복양을 치기로 마음먹었다. 전위·허저를 선봉장으로 삼고 하후돈·하후연은 왼쪽에서, 이전·악진은 오른쪽에서 군사를 이끌도록 하고 자신은 중군을 맡아 진군했다. 조조는 복양성을 공격하기 하루 전날 밤 각 장수들을 불러 작전을 짰다.

"여포의 전투력은 따를 자가 없을 정도로 비범하다. 그놈은 마상에서 활을 쏘고 창을 던져도 백발백중이다. 지난번 우리가 마릉산에서 여포를 겹겹이 포위하고도 못 잡은 것은 그놈 혼자서 일당백의 무용을 지녔기 때문이다. 그러니 그놈을 잡기 위해서는 그 주변에 최소한 열 명 이상의 장수를 배치해야 한다."

하후돈이 되물었다.

"아무리 천하의 여포라 할지라도 그 한 사람만 용맹하고 그의 군대가 시원치 않으면 무엇이 두렵겠습니까? 그놈은 혼자 잘나서 참모들이나 모사 진궁의 말조차 듣지 않을 때가 많다고 합니다."

"그렇지 않다. 전투력이 강한 군대는 그때그때 적응도 빨라서 위기를 모면하는 데도 탁월한 법이다. 그리고 여포를 따르는 100여 명의 정예 기병들은 그가 병주에 있을 때부터 데리고 있던 자들이다. 그들의 무용은 당해내기 어려워서 그 기병 수가 100기이면 우리는 500기 이상을 동원해야 한다. 그리고 말들이 워낙 빨라 저격수들이 그들을 시살하기도 어렵다. 제후연합군 시절에 유비·관우·장비가 기병을 동원했지만 그들을 이기기가 어려웠다.”

조조는 특히 새로 들어온 허저에게 이 점을 주지시킨 다음, 여포의 기병을 제압하기 위해 거의 전부대를 동원할 계획이라며 작전을 지시했다.

“내가 허저의 능력을 믿지 못해서가 아니라 이번 전쟁은 규모 면에서 한두 사람의 무공으로 결판낼 수 있는 성질이 아니기 때문에 하는 말이다. 일단 여포를 성밖으로 유인하라. 여포는 자기의 강병만 믿고 공격 위주로 싸우는 놈이다. 우리는 이 점을 최대한 이용해야 한다. 나는 이미 사람을 시켜 과거에 나를 속인 전씨라는 놈을 찾아 그놈이 다시 배반할 경우에는 천여 명의 일가 족속들을 씨를 남기지 않고 모두 죽인다고 엄포를 놓아뒀다. 오늘 만약 여포가 성밖으로 나오면, 그 전씨놈이 자기 수하를 시켜 적교를 위로 올리고 성문을 굳게 닫아서 여포가 성으로 들어가지 못하게 할 것이다.”

조조는 장수들을 둘러보면서 계속 말을 이었다.

“일단 여포가 성밖으로 충분히 떨어져나왔다고 판단되면 우리는 여섯 방면에서 그를 공격해야 한다. 먼저 전위와 허저가 여포군을 동서 방면으로 협공하면서 시간을 끌어라. 그러면 곧 북쪽에서는 하후돈과 하후연이 공격하고, 잠시 후 남쪽에서는 이전과 악진이 여포를 공격한다. 그러면 천하의 여포라도 혼비백산할 것이다. 우선 여포의 혼을 빼두어라. 비록 여포가 하늘을 나는 재주가 있다 해도 여섯 장수가 번갈아가면서 공격하는 데야 제놈이 어쩌겠느냐? 그러면 나는 성으로 바로 진격할 것이다."

조조군은 다음날 20여 리 밖에서 진영을 짰다. 한편 조조의 대군이 복양 땅에 침범해온다는 말을 들은 여포는 스스로 총대장이 되어 조조군을 맞아 싸울 계획을 짜는데 부장 진궁이 이를 가로막았다.

"지금 바로 출전하시면 안 됩니다. 시간을 좀 두고 여러 장수들이 다 모여 대책을 상의한 뒤에 나가시더라도 늦지 않을 것입니다. 특히 조조는 먼저 공격하는 경우가 많지 않습니다."

"내가 조조놈 따위를 두려워할 줄 아오? 그놈은 내 손에 죽어도 여러 번 죽었을 놈이니 걱정 마시오."

여포는 이렇게 큰소리치며 출전 명령을 내리겠다고 고집했다.

"지난번에도 조조군을 가볍게 보시다가 곤욕을 치르지 않았습니까? 신중하셔야 합니다. 상대는 계교에 능한 조조입니다."

여포는 진궁의 말을 듣는 둥 마는 둥 기어이 군사를 이끌고 성밖으로 진군해나갔다. 조조는 멀리 여포의 기병들이 성밖으로 나오는 것을 보자 한층 긴장했다. 계획대로 허저와 전위가 선봉에서 여포군을 맞아 싸우는 척하며 계속 뒤로 후퇴하기 시작했다. 선봉 부대가 여포군에 밀려 10여 리 뒤로 물러났을 때, 갑자기 북소리가 나면서 여섯 방면에서 쏟아져나온 군사들이 여포를 공격하기 시작했다. 아무리 강한 여포군이라 하나 조조군의 수적 우위를 당해낼 수가 없었다. 결국 여포는 패주하기 시작했다. 여포가 말을 몰아 복양성 안으로 들어가려는데, 성루에는 이미 조조의 깃발이 휘날리고 있었다. 성 위에 있던 전씨는 여포가 패하여 도망쳐오는 것을 보고 있다가 급히 적교를 들어올렸다.

"문을 열어라!"

당황한 여포가 고래고래 소리쳤으나 전씨는 여포를 내려다보며 태연히 말했다.

"나는 이미 조장군에게 항복했소이다. 돌아가시오!"

여포는 그제야 비로소 자신이 너무 서두른 것을 후회했다. 그러나 이미 소 잃고 외양간 고치는 격이었다. 여포는 할 수 없이 바삐 군사를 돌려 정도定陶로 도망쳤다. 복양성 안에 있던 진궁은 전씨가 변절한 낌새를 알아차리고 급히 동문을 열고 여포의 가족들을 보호하며 성을 빠져나왔다. 복양성을 얻은 조조는 전씨가 지난날 자기에게 저질렀던 죄를 용서해주었다.

조조가 복양을 점령한 후 모사 유엽이 말했다.

"일이라는 것은 할 수 있을 때 끝을 보아야 합니다. 지금 당장은 여포가 대패하여 물러갔다고 하지만 멀리 내다보면 그는 원소와 더불어 중원을 삼분三分할 수 있는 위인입니다. 지금 주군과 대적할 자 그 누가 있겠습니까? 오직 원소와 여포뿐입니다. 그러니 전쟁으로 조금 지쳐 있기는 하나 지금 바로 정도로 공격해 들어가 여포를 제거하셔야 합니다."

조조는 유엽의 말을 듣고 현명한 판단이라고 치하한 다음 유엽에게 복양을 지키라는 명령을 내리고 스스로 군사를 이끌고 여포 추격에 나섰다. 정도에 도착한 조조는 군사를 이끌고 40리나 떨어진 먼 산기슭에 진을 쳤다. 때는 보리를 거둬들이는 철이라 조조는 보리를 베어 식량에 보태기 위해 군사들의 일부를 보리타작하는 데 동원했다. 조조가 보리를 거둬들이고 있다는 보고를 받은 여포는 군대를 이끌고 조조의 진지 가까이 갔다. 그런데 여포가 보니 조조군의 진영 왼쪽에 끝이 보이지 않을 만큼 울창한 숲이 펼쳐져 있었다. 여포는 마릉산에

보리 타작에 동원된 조조의 군사.
왼쪽 아래부터 시계방향으로, 보리 이삭에서 낟알을 털어내어,
키로 풍구질한 다음, 운반하여 방아로 찧는 탈곡 과정을 볼 수 있다.
병농일치는 옛 농경사회에서 가장 이상적인 군사 모델이었고,
조조는 후일 둔전제(屯田制)를 실시하여 성공의 기반으로 삼는다.

서 크게 당했던 기억을 되살리고는 수하의 장병들에게 말했다.

"분명히 저 숲에는 조조의 복병이 있을 것이다. 더 이상 속아서는 안 된다. 회군하라."

조조는 여포가 군사를 이끌고 왔다가 다시 돌아갔다는 말을 듣고 휘하 장군들을 불러모아 또다시 계책을 세웠다.

"여포가 오늘 우리를 공격하러 왔다가 그냥 돌아갔다고
한다. 이것은 필시 여포가 우리 진지 왼쪽에 있는 숲을
보고 복병이 있지나 않을까 염려했기 때문일 것이다.
내가 그 때문에 군진을 여기에 세운 것이다. 이제 여포
놈을 고양이 앞의 쥐꼴로 만들어주겠다. 오늘 밤 안으로
저 산림에 더 많은 기旗를 꽂아 여포놈이 헷갈리도록 하
라. 그리고 진지 서쪽에 있는 긴 제방은 물이 말라 있어 복
병을 숨겨두기에 좋은 곳이다. 내일 여포가 텅 비어 있는 저
숲에 복병이 있을 것이라 생각하고 불을 지르러 올 것이니,
아군은 제방에 복병을 숨겨두었다가 불을 지르는 여포군의
배후를 쳐라. 그러면 여포를 사로잡을 수 있을 것이다."

휘하 장수들은 조조의 계략에 탄복해 마지않았다. 조조의 작전대로
휼병부恤兵部에서 차출한 고수鼓手 50여 명은 북을 칠 준비를 하고, 주
변 마을에서 잡아온 사람들에게는 여포의 군사가 오면 지시에 따라서
고함을 치도록 명했다. 또한 제방 뒤에는 군사를 매복시켜두었다.

한편 여포는 정도의 진중에서 진궁과 함께 조조의 침공에 대응하
는 작전을 협의했다. 진궁이 말했다.

"장군께서도 잘 아시겠지만, 조
조는 변칙에 능하고 계책이
무궁무진한 사람입니다.
정공正攻법으로만 대응해서
는 안 됩니다."

"오늘 조조의 군진으로
가보니, 왼쪽에 숲이 우

거져 있기에 복병이 있을까 염려되어 그냥 돌아왔소."

"잘하셨습니다."

여포가 다시 진궁에게 말했다.

"숲속에 복병이 있으니 화공이 최고일 것이오. 느닷없이 들이닥쳐 화공법을 써서 우선 복병을 모조리 죽여버려야겠소. 이 생각은 어떻소?"

"숲속에 복병이 있는 것이 확실하다면 화공보다 나은 전략은 없을 것입니다. 그러나 문제는 지휘관이 조조라는 것입니다. 차라리 아침 일찍 가셔서 매복병이 정비되기 전에 공격해보는 것이 위험을 줄이는 길이 될 것입니다."

다음날 동이 틀 무렵, 여포는 진궁과 고순 두 장수에게 진을 지키게 하고, 자신은 대군을 이끌고 조조의 진지에 이르렀다. 그런데 주변을 둘러보니 더욱 알 수 없는 장면이 펼쳐져 있었다. 어제 복병이 있을 것으로 생각했던 숲에는 무수한 깃발이 꽂힌 채 바람에 나부끼고 있었다. 판단이 서지 않은 여포가 부하 장수들에게 말했다.

"이상한 일이다. 만약 복병이 있다면 오히려 군기들을 감추어야 할 판인데 군기를 꽂아서 시위를 하는 이유가 도대체 무엇일까?"

부장 장막이 말했다.

"이른 아침이라 이들이 미처 일을 끝내지 못해서 그런 것 아니겠습니까?"

"조조라는 놈은 도무지 알 수가 없는 놈이다."

무엇인가 생각을 해보려고 했으나, 여포에게 심사숙고는 어울리지 않았다. 잠시 후, 뭔가 결정을 내린 여포는 큰 소리로 명령했다.

"화공으로 공격하겠다. 전군은 숲 전체를 불질러라."

여포의 명과 함께 곳곳이 시뻘건 불길에 휩싸이기 시작했다. 그러나 나무가 타들어가는 요란한 울림만 있을 뿐 숲 어디에도 사람의 그림자조차 보이지 않았다. 여포가 의심이 들어 군대를 물리려고 하는 순간, 갑자기 조조의 진지로부터 지축을 뒤흔드는 듯한 말발굽 소리에 북소리, 고함소리가 뒤섞여 몰아쳐왔다. 벌떼처럼 몰려온 조조군이 여포군의 후미를 공격하자 우왕좌왕하던 여포군은 반격할 여력을 잃고 살길을 찾아 뿔뿔이 흩어졌다. 그러나 달아날 길이라고는 숲 옆으로 난 제방 길밖에 없었다. 여포는 어쩔 수 없이 제방을 통해 군대를 퇴각시키는데 곳곳에서 조조의 복병들이 몰려나와서 화살을 쏘아대 마치 폭우가 내리는 듯했다. 이때 용맹한 여포의 휘하 장수 성렴이 즉사하고 말았다. 여포군의 본진을 지키고 있던 진궁은 전령으로부터 조조군에 대패했다는 소식을 듣고는 크게 탄식했다.

"지금 본진에는 군사가 거의 없어 조조군을 대적하는 것은 불가능하다. 이를 어쩌면 좋은가!"

진궁은 남아 있는 군사들에게 최대한 빨리 철수하라 명하고 고순과 함께 여포의 가족을 데리고 바닷가로 도망갔다. 진궁이 빠져나가고 얼마 되지 않아 조조의 대병이 파죽지세로 정도성에 이르렀다. 성 안으로 들어가서 보니 여포의 휘하 장수 장초는 자결했고, 장막은 원술에게로 도망친 뒤였다. 이렇게 해서 산동성 일대는 모두 조조의 손아귀에 들어가게 되었다.

진궁 뒤를 이어 여포 역시 가까스로 바닷가에 이르렀다. 그는 진궁을 볼 낯이 없었으나 당장 거처할 만한 곳도 마련하지 못한 터라 남은 장수들을 불러 앞으로의 대책을 논의했다.

"공의 말을 귀담아듣지 않은 탓에 나서는 족족 패전하고 말았소.

이제 그대가 하라는 대로 할 테니 앞으로의 일을 일러주시오."

진궁이 대답했다.

"아군이 패한 것은 장군의 탓이라고만 할 수는 없습니다. 조조에게 는 뛰어난 장수와 참모들이 많이 있습니다. 그리고 조조는 여남 점령 과 함께 승세를 타고 있기 때문에 지금으로서는 우리 힘이 그를 능가 하기 어렵습니다. 이제 장초도 죽었고, 장막도 원술에게로 도망쳐버 렸습니다. 당장은 어디 의탁할 만한 곳이 없지만 차라리 잘된 일인지 도 모릅니다. 애초에 여장군께서는 장막 아래에 있을 분이 아니었습 니다. 장군이 주축이 되어 하루라도 빨리 천하를 도모할 수 있는 터 전을 잡아야 합니다. 지금 중원에는 장안을 중심으로는 이각과 곽사 가 있고, 북쪽으로는 원소가, 남쪽으로는 원술이, 서쪽으로는 조조가 있습니다. 천하가 이렇듯 분열되어 있으니 장군께서도 지금부터 힘 을 길러 천하를 아우르는 일에 도전해 보는 게 어떻겠습니까?"

조조에게 패하고 의기소침해진 여포에게 진궁의 말은 꺼진 아궁이 에 불씨를 지펴넣는 것과 같았다.

"내 공의 말을 따른다고 하지 않았소. 자, 어떻게 하는 것이 좋겠 소? 자세히 말해보시오."

진궁이 여러 장수들을 보면서 말했다.

"내가 먼저 살고 적을 공격한다〔我生後殺他〕고 했습니다. 그리고 적 이 강하면 일단 화친하고 강처強處를 피해 약한 고리를 찾아야 합니 다. 우리는 아직도 강한 기병을 가지고 있으니 힘을 잃은 것이 아닙 니다. 다만 때를 기다릴 필요가 있겠지요. 잠시 원소에게 의탁해보는 것이 좋을 듯합니다. 그러나 원소의 의향을 알 수 없으니 우선 그의 의사를 타진해보는 것이 급선무일 것입니다."

여포는 진궁의 의견에 따라 먼저 기주로 사람을 보내 원소의 근황과 의견을 알아보기로 했다.

이때 기주의 원소는 조조와 여포가 각축을 벌이고 있다는 소식을 들었다. 조조가 산동 일대를 수중에 넣었다는 말을 들은 원소는 조조의 움직임에 제동을 걸 때가 왔다고 생각하고 휘하 장수들과 모사들을 불러들였다. 그는 한자리에 모인 참모들에게 현 상황에 대해 스스럼없이 의견을 내보라고 했다. 먼저 모사 심배審配가 말했다.

"지금 천하의 형세는 주군과 조조·여포, 그리고 장안의 이각·곽사로 힘이 나뉘어 있으며 남쪽의 원술 장군도 막강합니다. 이 가운데 오랑캐 땅에서 온 여포란 놈이 가장 별볼일 없는 자입니다. 여포군의 기병이 대단하다는 것은 이미 알려진 일이나 대세를 장악할 인물은 결코 못 됩니다. 지칠 줄 모르고 날뛰다가 제풀에 쓰러질 자입니다. 중원 천지에 그놈의 친인척이나 제대로 된 연고자가 하나라도 있어야 말이죠."

원소가 말했다.

"지금 돌아가는 상황으로 봐서 조조가 문제다. 더 크기 전에 기를 꺾어야 하지 않겠는가?"

"그렇지 않습니다. 여포를 먼저 없애야 합니다. 지금 당장은 쫓기는 신세이나 힘이 커지면, 주인은 못 된다 해도 천하의 판도를 좌우할 수 있는 위인입니다. 그러니 약해져 있을 때 뿌리를 뽑아버려야 합니다. 그런데 그 일을 조조가 하고 있으니 우리는 우리대로 내실을 기하면 될 것입니다. 지금 조조를 건드리는 것은 우리군의 소모만 불러올 뿐 그리 득될 것이 없습니다. 오히려 조조에게 지원군을 보내 도와주는 척하면서 여포를 없애는 것이 후환거리를 남기지 않는 일이 될 것입니다."

심배의 판단이 옳은 것 같아 원소는 장수 안량에게 군사 1만을 주어 조조를 적당히 도와주는 척하며 돌아가는 상황을 자세히 보고하라고 일렀다. 그런데 원소군이 연주와 복양에 가보니 벌써 전쟁은 끝나 있었다. 원소군은 싱겁게도 그대로 회군할 수밖에 없었다. 원소의 동정을 살피기 위해 첩자를 보냈던 여포는 이 사실을 전해듣고 몹시 낙담했다. 원소가 아닌 또 다른 곳을 찾아야 했기 때문이다.

진궁이 또다시 대책을 일러주었다.

"최근에 유비가 도겸의 뒤를 이어 새로 서주를 다스리고 있다고 합니다. 저와 도겸은 특별히 가까웠던 사이이고 유비도 인덕이 있는 사람으로 알려져 있으니 우선 그에게 의탁해 후일을 도모하는 것이 좋을 듯합니다."

여포는 자신이 알아서 줄댈 곳도 없고 해서 진궁의 말을 그대로 따르기로 했다. 유비는 여포군이 서주를 향해 오고 있다는 말을 듣고 '드디어 올 것이 왔구나' 하는 심정으로 휘하 장수들을 불러모아 대비책을 짰다.

"여포가 서주로 와서 의탁하기를 바라고 있소. 어떻게 하는 것이 좋겠소?"

미축이 먼저 말했다.

"여포를 받아들이면 안 됩니다. 그 작자는 이 땅에서 발붙이고 출세할 수만 있다면 물불 안 가리고 무엇이든 하는 놈입니다. 그런 자를 서주 땅에 들이는 것은 위험을 자초하는 일입니다."

장비도 거세게 반대했다.

"어디 여포놈이 사람이오? 그놈은 오랑캐 땅에서 자라 의리라고는

모르는 놈이오. 우리가 무엇이 답답해서 그놈을 받아들입니까? 저도
반대입니다."

미축과 장비뿐 아니라 대부분의 장수들이 여포와 연대하는 것에
반대했다. 그러나 유비의 의견은 달랐다.

"여포는 뛰어난 용장이오. 지금 천하를 위협하고 있는 사람은 원소
와 조조인데 이들에게 대항하려면 여포와 같은 장수가 필요합니다.
조조나 원소는 언젠가 반드시 이곳 서주를 위협해올 텐데 아직 우리
힘만으로는 그들에게 대항할 형편이 되지 않습니다. 그러니 우리는
여포를 맞이하는 것이 좋을 것이오. 그리 길지는 않을지 모르나 여포
는 우리에게 힘이 될 수 있을 것입니다."

유비의 말을 듣고 있던 관우가 한마디했다.

"형님 말씀도 일리가 있습니다만, 여포가 서주에 들어오면 분명히
갖은 구실로 서주성을 취하려 할 것입니다. 형님께서는 이제 겨우 한
황실 중흥을 위한 터를 잡으신 마당에 어찌해서 그에게 성을 넘겨줄
일을 만드시려 합니까?"

유비가 다시 말했다.

"나도 그것을 생각하지 못한 바는 아니네. 그러나 모든 일에는 다
때가 있는 법이네. 두 아우를 섭섭하게 하려는 뜻이 아니라, 천하를
도모하는 것은 한두 명의 용장으로만 되는 게 아닐세. 그전의 일을
생각해보게. 만약 여포가 연주를 습격하지 않았다면 어찌 우리 서주
가 조조의 화를 면할 수 있었겠나? 지금 여포는 매우 어려운 처지이
네. 우리가 만약 그를 거부한다면, 그는 갈 곳이 없는 사람이라 서주
를 공격할 테고 그러면 서주는 버티기 어렵네. 도겸 태수가 돌아가신
마당에 누가 나를 보고 구원병을 보내주겠나? 여포군은 조조와 달리

기반이 없을 뿐 아니라 지금은 궁지에 몰려 있으니 그 공격은 집요할 것이네. 그렇게 되면 환난을 수습하기도 전에 서주는 또다시 전란에 휩싸이게 되네. 차라리 여포와 더불어 서주성을 보전하는 것이 상책일 것이네."

듣고 보니 유비의 생각이 옳은 듯했다. 장수들은 하는 수 없이 여포를 받아들이는 데 동조했다. 유비는 이왕 여포를 받아들일 바에야 아주 후하게 접대해 처음 만나는 이가 느낄 수 있는 긴장감이나 반감을 일절 허물어버리도록 하리라 마음먹고, 사신을 보내 여포를 크게 환영한다는 말을 전했다. 거기에 어떤 저의가 있는지 알 리 없는 진궁과 여포는 일단 기분이 매우 좋았다. 여포가 도착한다는 말을 들은 유비는 성밖 30리까지 나가서 여포를 맞이했다. 뒤끝이 없고 단순한 여포는 유비의 환대로 경계심을 풀고 유비와 어깨를 나란히 하여 덕담을 나누며 성안으로 들어왔다.

유비는 여포와 함께 서주의 아문衙門으로 들어와 대청으로 그를 안내한 다음 다시 한번 인사를 나누었다. 여포가 한층 부드러운 표정을 지으며 유비에게 말을 건넸다.

"유공, 정말 감사합니다. 지난번 천하에 어질기로 소문난 도겸 태수가 조조에게 환난을 당하고 있다는 말을 듣고 진궁과 함께 조조를 치려 했으나 놈의 간계에 빠져 물러나고 말았습니다."

이 말을 듣고 유비가 대답했다.

"얼마 전 도겸 태수께서 세상을 떠나셨습니다. 제가 여러 번 사양했음에도 불구하고 돌아가신 도태수께서 서주 땅을 다스릴 자가 없으니 도와달라고 하셔서 제가 잠시 서주를 섭정하고 있습니다. 이제 다행히 천하의 용장으로 이름이 높으신 장군께서 서주에 오셨으니,

이곳을 장군께 양보할까 합니다."

　이 말을 듣고 여포와 진궁은 놀라지 않을 수 없었다. 어쩌면 유비는 여포가 자신의 제안을 덥석 받아들이지는 않을 것이라는 것을 이미 헤아리고 한 말이었을 터이다. 유비는 이렇게 함으로써 오히려 여포가 쉽게 서주를 범하지 못하도록 빗장을 거는 효과를 계산하고 있었는지도 모른다. 그는 시자를 시켜 장패와 인뚱이를 가져오라고 했다. 순간 여포는 서주에 대한 욕심이 불같이 일었으나 유비를 둘러싼 아우들의 부릅뜬 눈을 의식하고 함부로 판단할 때가 아니라는 것을 느꼈다.

　"저는 한낱 무관에 지나지 않습니다. 제가 어찌 서주 목사의 일을 맡는단 말입니까?"

　유비가 여포의 말을 듣고 재차 권유하자, 옆에 있던 진궁도 한마디 했다.

　"유공의 높으신 덕은 이미 여러 차례 들어왔습니다. 저희를 이토록 환대해주시는 것만으로도 몸둘 바를 모르겠는데 하물며 어찌 손님이 주인 행세를 하겠습니까? 제발 그런 말씀은 거두어주십시오. 아마 유공의 그 덕을 보고 도겸 태수가 서주를 맡기신 듯합니다."

　진궁까지 나서서 사양하자 유비는 여포에게 더 이상 서주 목사 자리를 권하지 않았다. 대신 여포 일행을 위해 크게 잔치를 베풀고, 미리 마련한 숙소로 안내해 편히 지낼 수 있게 했다. 뜻밖의 환대를 받은 여포는 유비에 대한 경계심이 눈녹듯 사라졌다. 하루는 진궁을 불러 서주에 관한 얘기들을 주고받았다.

　"뜻밖에도 유비가 우리를 도울 줄을 어찌 알았겠소. 이 모두가 도겸과 가까웠던 진공 덕분이오. 그리고 유비라는 사람, 우리를 환대해준 것에 어떤 저의가 있는지 모르겠지만 첫인상이 나쁘지 않아요. 변방 출신이라 그런지 아직 촌티도 다 벗지 못한 것 같습디다.”

“예, 유비는 소문에 듣던 대로 인정이 많은 사람으로 보였습니다. 그러나 지금은 시절이 워낙 험하니 처음부터 너무 믿고 마음을 여는 것은 현명치 못한 일일 것입니다.”

진공의 말에 여포도 고개를 끄덕였다.

다음날 여포는 유비가 환대해준 답례로 유비를 초청해 잔치를 베풀었다. 이 자리에는 예외 없이 관우와 장비도 참석했다. 술자리의 분위기가 익어가며 유비와 이런저런 대화를 나누던 여포는 시간이 갈수록 그의 인간적인 풍모에 빠져들어갔다. 술이 거나하게 취한 여포는 유비 형제들과 함께 연회장을 빠져나와 후당으로 바람을 쐬러 나왔다. 이때 여포가 무엇이 생각난 듯 자기의 처 초선을 불러 유비에게 인사를 시키려 했다. 유비는 거듭 사양했다.

“아우님, 그렇게 사양할 게 뭐 있소. 내가 병주나 서량에 있을 때는 아주 가까운 벗들끼리 부부가 함께 연회宴會를 벌이기도 했는데……. 그리 어려워할 것 없소.”

여포가 유비에게 ‘아우’라고 부르자, 장비가 더 이상 참지 못하고 한마디했다.

“이것 보시오 여포 장군. 서주 목사님이신 유현덕공이 어째서 장군의 아우란 말이오? 유비님은 황실의 후예이시고 당신은 변방에서 온 이방인일 뿐인데, 자꾸 아우라고 하시니 듣기가 상당히 거북합니다.”

장비가 갑자기 거칠게 나오자 유비가 몹시 당황했다.

“아우는 무슨 말을 그렇게 하는가? 천하의 용장이신 여포 장군을 가까이 모신 것만으로도 영광이거늘 그렇게 무례하게 말하다니!”

"여포의 무예가 그리 뛰어나다면 당장 이 자리에서 어디 나와 한번 겨뤄봅시다."

술기운이 돈 장비가 유비의 책망에 더욱 열이 올라 당장이라도 여포에게 덤벼들 듯했다. 분위기가 어색해지고 유비의 안색이 좋지 않은 것을 본 관우가 장비를 말리며 밖으로 데리고 나갔다. 여포는 장비의 술주정을 겉으로는 모르는 체했지만 속으로는 분한 마음에 한숨이 나왔다. 스스로 택하지도 않았건만 변방 출신이라는 꼬리표는 일생 동안 자신을 따라다녔다. 연회가 끝나고 여포가 유비를 환송하려고 문밖까지 나오는데 장비가 또다시 뛰쳐나와 소리쳤다.

"여포, 앞으로 우리 유비 형님께 털끝만치라도 해를 입힌다면 가만두지 않을 것이오. 명심하시오."

유비가 달래는 듯한 표정으로 여포의 손을 잡으며 성찬의 초대에 감사를 표시했다. 그날 밤 여포는 몹시 착잡한 마음으로 혼자서 술을 마셨다.

'참으로 오랜만에 나를 인정해주는 사람을 만났는가 했는데 그게 아닌 것 같다. 무엇 때문에 내가 고향을 떠나 이곳까지 왔더란 말인가? 나아가기도, 돌아가기도 모두 힘이 드는구나.'

술기운이 오를수록 낮에 있었던 일과 장비의 모습이 떠오르며 분하기도 하고 앞일이 막막하기도 하여 타향살이의 서글픔이 복받쳐올라왔다. 대낮부터 마신 술 때문인지 자못 감상적이 되어가더니 죽은 동탁과 한때 자신의 후견인이었던 정원의 모습이 떠오르고 이숙과 왕윤의 모습도 어른거렸다. 여포는 자신이 왜 그들을 죽였는지, 왜 그토록 분개하고 싸웠는지 알 수가 없었다.

'그렇게 죽자살자했던 것이 결국 지금처럼 혈혈단신 헤매고 다니

'무엇 때문에 고향을 떠나 왔던가?' 여포는 홀로 술을 마시다가 회한을 이기지 못한다. 머리 위로 보이는 형상은 몽골의 암각화에 근거한 것으로, 초원에서 유목민족의 생활을 반영하고 있는 바, 여포가 떠나온 고향 풍경을 나타낸다.

기 위함이었던가. 차라리 고향으로 돌아가고 싶다. 그러나 나는 이미 너무 멀리 와 있구나!'

여포는 홀로 밤늦도록 술을 마시고 또 마셨다. 다음날, 다른 때보다 조금 늦게 잠에서 깨어난 여포는 어제의 일들을 떠올리고 별 대책도 없이 무작정 떠날 결심을 했다.

'모두들 나를 이용만 했지 제대로 사람 대접 해주는 이가 없었는데 유비를 만나 그나마 참으로 다행이었어. 그러나 어제의 장비를 보면 이곳 역시 내가 오래 발붙일 곳이 아니야.'

진궁이 굳이 그럴 필요까지는 없는 일이라고 만류했으나 여포는 유비를 만나 서주를 떠나겠다고 인사했다.

"갈 곳 없는 나를 그토록 극진히 대접해주신 유공께 마음으로 감사를 드리오. 그러나 이곳은 내가 오래 머물 곳이 아닌 듯하오. 나로 인해 자칫 분란이 일 것도 같으니 유공의 은혜를 생각해 일찍 떠나려 하오."

여포의 말에 유비가 놀라며 말렸다.

"만일 장군께서 이대로 가신다면 제가 큰 죄를 짓는 일이 됩니다. 천하를 호령하시는 장군께서 어인 말씀입니까? 무례하게 군 제 아우들을 대신해서 제가 사과드리겠습니다. 지금 장군께서는 갈 만한 곳이 없으니 정 저와 함께 있지 못할 것 같으면, 이 근처에 소패라는 곳이 있으니 그곳에서 머물러주십시오. 그곳은 제가 전에 군사를 주둔시킨 적이 있던 곳입니다."

유비의 만류에 한결 기분이 좋아진 여포는 못 이기는 듯 소패로 가겠다고 말하고 그날로 떠났다.

이각·곽사 연정의 분열

　동탁이 죽은 지도 어언 3년이 흘렀다. 그 동안 이각과 곽사는 헌제獻帝를 모시고 있다는 구실로 정권을 틀어잡고 전횡을 저지르고 있었다. 이들은 자신들의 이름을 전국에 알리기 위해 가후가 제시하는 정책들을 적극 실행하여 크게 민심을 잃지는 않았다. 더구나 이들의 군사력은 어느 제후들보다 막강했으므로 황실의 권력은 이들의 손안에 들어 있었다. 그러나 변방에서 온 이 이방인들이 권력의 중심에 앉아 천자를 대신하는 모습을 구 귀족세력들이 보고만 있을 리 만무했다.

　하루는 헌제가 태위 양표, 대사농 주준과 함께 한자리에서 자신의 처지를 한탄하며 울먹였다.

　"과거에 선조이신 화제和帝께서는 소년임에도 불구하고 충신 정중鄭衆과 더불어 권신들과 역적들을 주살하여 대한大漢 황실을 지켰는데 나는 어찌해서 아직도 권신들과 군벌들의 손아귀에서 벗어나지를 못하고 있는 것일까요? 이대로 내가 죽어 구천에 가면, 한고조와 광무제 그리고 돌아가신 아버님을 어찌 뵐 수 있을지……."

헌제의 탄식을 듣고 있던 주준은 놀라웠다. 항상 어린 소년으로만 생각했던 황제가 하는 말이 대견스럽기도 하고 이제 서서히 한 황실 부흥의 기치를 올릴 때가 왔는가 하는 생각이 뇌리를 스쳤다. 주준이 헌제를 위로했다.

"폐하께서는 강보에 싸여 있을 때부터 그 총명함이 천하에 널리 알려진 분이십니다. 지금 나라가 이렇게 어지러운 것은 폐하의 잘못이 아닙니다. 폐하께서 등극하셨을 때 이미 우리 조정은 걷잡을 수 없는 상태였습니다. 그리고 그때 폐하의 보령寶齡은 아홉 살이셨습니다. 어리신 폐하께서 감당하실 수 있는 일이 아니었습니다. 그러나 이제 폐하께서는 14세로 의젓한 장부가 되셨습니다. 폐하께서는 현군賢君의 자질을 모두 갖추신 분이시기에 많은 충신들이 아직도 폐하께서 찬란했던 '문경文景의 치세'와 '명장明章의 치세'를 이루실 수 있으리라 믿고 있습니다."

주준의 말을 듣자 헌제는 다소 진정이 되는 듯했다. 옆에 있던 양표가 나직이 말했다.

"신이 들은 바로는 조조가 크게 힘을 얻고 있다고 합니다. 조조는 동탁을 죽이려 했던 자이기도 하고 지난번 제후연합군에서도 유일하게 동탁과 싸운 사람입니다. 지금 조조의 휘하에는 5만 명의 장병이 있고 뛰어난 선비와 용맹한 장수들이 포진하고 있다 합니다. 만일 폐하께서 조조를 얻어 이각과 곽사 등 간신배들을 제거하시면, 사직의 보전은 물론이거니와 한 황실의 중흥을 이룩하여 광무제와 같은 명예로운 이름을 후세에 남기실 수 있을 것입니다."

양표의 말을 들은 헌제가 크게 관심을 가진 듯 자리를 고쳐앉았다.

"그러나 지금의 조조군이 이각·곽사의 군대를 이길 수는 없지 않소?"

"그렇습니다. 조조가 강하다고는 하지만 아직 이각·곽사의 군대를 이기기에는 역부족입니다. 그러니 이길 방법을 찾아야지요."

"양태위가 그 방법을 알고 있단 말이오?"

"네, 그렇습니다. 우선 이각·곽사 이 두 놈을 서로 이간시켜 싸우게 하여 힘을 분산시키는 것입니다. 그런 후에 비밀리에 조조에게 명령을 내려 장안으로 몰려와 적도들을 소탕하게 하는 것입니다. 이각과 곽사가 하나가 되어 있으면 강병이지만 그들이 둘로 나뉘면 그들을 넘어뜨리는 것이 어려운 일은 아닐 것입니다."

헌제의 얼굴에 걱정스런 표정이 스쳐지나갔다.

"그게 어찌 가능하겠소. 내가 들으니 이각과 곽사는 마치 피를 나눈 형제보다도 더 가까이 지낸다고 하오. 그들은 젊어서부터 고생을 함께 하며, 전쟁터에서 서로 죽을 목숨을 구해준 전우애로 맺어진 사람들이오. 그들을 무슨 수로 이간한단 말이오?"

양표가 헌제에게 더욱 가까이 다가앉았다.

"권력은 부자父子 사이에도 나누어가질 수 없다고 합니다. 세상의 수많은 제왕들이 아들의 손에 세상을 떠난 것을 보더라도 알 수 있지요. 전한의 여태후呂太后를 보십시오. 권력을 위해 자식을 죽인 것이나 무엇이 다르겠습니까? 권력의 속성이 그러하온데 이각과 곽사는 실제로 부자 사이도 아니요, 친형제도 아니니 이들을 이간시킬 수 있는 고리만 찾는다면 반드시 그 결말을 보실 수 있을 것입니다. 그들 곁에는 가후가 있어 염려스럽긴 하나 이 두 놈이 요즘 들어서는 예전

처럼 가후의 말을 귀담아듣지 않는 듯하니 물꼬가 터지기만 하면 가후도 크게 소용이 없을 것입니다."

"그러한 묘책이 과연 있겠소?"

"장안성같이 큰 제방의 붕괴가 작은 물 구멍 하나에서 시작하듯이 아무리 무서운 권력도 사사로운 감정 하나로 무너질 수 있습니다. 동탁이 그렇게 비참하게 죽은 것도 여포와의 사이에 일어난 작은 질투심 때문이 아니었습니까?"

양표는 잠시 숨을 돌리면서 여전히 낮은 목소리로 말을 이었다.

"제가 들어보니 곽사의 아내 현씨玄氏는 천하 절색으로 의부증疑夫症이 있다고 합니다. 이 의부증이란 겉으로는 전혀 표시가 나지 않지만 옆에서 작은 의심만 불러일으켜도 감당하기 힘들게 감정을 몰아갑니다. 곽사가 다른 중신들에 비해 축첩蓄妾이 적은 것도 실은 현씨의 병적인 질투심 때문이라고 하지 않습니까? 이 일이 성사되기 쉬운 것은 곽사가 그런 아내를 끔찍하게 아끼기 때문이지요. 우리는 이 여자를 이용해 이각·곽사 두 역도놈을 마치 지난번 동탁과 여포가 싸우듯 원수지간으로 만드는 것입니다. 그리고 만일 이것으로 일이 커진다 해도 저희에게 미칠 악영향은 없을 것입니다. 무력으로 이들을 치려는 것보다는 훨씬 안전하다는 것이지요. 여인들의 질투심은 잘만 이용하면 10만 대군을 능가할 수도 있습니다."

헌제는 그래도 마음이 놓이지 않는지 거듭 물었다.

"글쎄, 대부분의 사대부나 장수들이 수많은 처첩을 거느리고 있는데 그것이 무슨 문제가 되겠소?"

"이각은 북지北地 사람이고, 곽사는 장액張掖 사람으로 이들은 원래 오랑캐 땅에서 자란 놈들입니다. 특히 곽사는 흉노 땅이 고향인 오랑캐 중의 오랑캐놈입니다. 장액이 여기서 얼마나 먼 곳입니까? 재미 있는 것은 오랑캐 땅에서는 아내로 하여금 남편의 친구에게 술을 따르게 하는 짓거리를 한답니다. 그러다 보니 아내가 남편의 친구와 눈이 맞는 경우가 종종 있다고 해요. 그러니 가까운 사이일수록 이런 일이 더 많이 벌어지곤 한답니다. 제가 그들에게 직접 들은 얘기들이니 아마 틀리지 않을 것입니다."

양표의 말을 듣고 난 헌제는 마음의 결심을 하고 양표에게 조조를 부르는 밀서를 보내게 했다. 헌제는 이 일이 성공하기를 바란다며, 주준과 양표의 손을 잡고 오랫동안 놓아주지 않았다. 이처럼 헌제의 기대를 산 양표는 서둘러 집으로 돌아와 아내 이씨李氏를 불렀다. 그리고 오늘 있었던 일과 앞으로의 계책을 얘기해주며 적당한 날을 잡아서 곽사의 집에 다녀오도록 했다.

이후 양표의 부인 이씨는 궁중에서 큰 연회가 있어서 조정의 중신과 장군들이 밤늦도록 궁중에 머무를 것이라는 말을 듣고, 오후에 곽사의 집을 찾았다. 곽사 부인 현씨를 만난 이씨는 차를 마시며 주변의 이런저런 이야기로 시간을 보낸 다음, 정원 구경을 하고 싶다며 현씨를 일으켜 나란히 뜰을 거닐었다. 이씨는 의도적으로 조금씩 궁중 이야기를 흘리며 기회를 엿보았다. 그러다가 궁금한 듯이 곽장군의 근황을 물었다.

"혹시 요즘 곽사 장군께서는 별 다른 일이 없으신지요?"

"글쎄요, 나라 일이 워낙 바쁘다고들 하니……."

이씨는 현씨에게 지나가듯이 말했다.

"이각 장군은 사마司馬(태위)가 되어 폐하보다도 그 위세가 더 대단하다고 하던데, 곽사 장군님은 같이 고생을 하시고도 참으로 겸손하

곽사 저택의 정원에서 밀담 중인 두 여인.
남편 곽사에 대한 현씨 부인의 의부증을 부채질하기 위해, 이씨 부인(왼쪽)은 무슨 이야기를 했을까?
그림 오른쪽의 나무와 나무 사이를 자세히 살펴보면 곽사가 어떤 사람과 만나고 있는지 드러나 보일 것이다.

게만 계시는 것 같습니다."

현씨는 아무런 말을 하지 않았다.

이씨는 천연덕스럽게 의구심을 부채질했다.

"세간에는 요즘 두 분 사이가 예전 같지 않다는 말도 있고……."

현씨가 여전히 별 말이 없자, 이씨는 분위기를 바꾸어 참으로 딱하고 안타깝다는 듯이 다시 말했다.

"마님의 미모美貌는 가히 장안 제일입니다. 그런데도 곽장군께서는……."

현씨가 물었다.

"곽장군에 대한 무슨 소문이라도 있습니까?"

이씨는 호들갑스럽게 손을 저었다.

"아, 아닙니다. 혹 제가 잘못 들은 것을 가지고 괜히 저 혼자 염려했던 게 아닌가 합니다."

현씨는 얼굴색이 변하지는 않았지만 목소리에 긴장감이 묻어났다.

"무슨 축첩 얘기인 모양이죠?"

이씨는 몹시 난처한 기색을 띠며 말을 이었다.

"그게 아니라, 일전에 이각 사마께서 돌아가신 환제 때의 젊은 시녀를 새로 첩으로 두었다는데…… 그 시녀를…… 곽장군이…… 못 잊어…… 혹시라도 이각 사마께서 이 일을 아시면……."

그녀는 도저히 말을 다 마치지 못하겠다는 듯 말꼬리를 흐렸다. 그리고 아녀자들의 괜한 입놀림으로 나랏일을 하시는 분들에게 폐를 끼칠 수 있다며 화제를 바꾸었다. 현씨는 더 이상 묻지는 않았지만 그리 유쾌한 표정이 아니었다. 이씨는 여자의 직감으로 이만하면 일은 시작된 것이라 판단했다. 이씨는 애써 자연스러운 모습으로 현씨의 감정을 살피며 좀더 머물다 집으로 돌아왔다.

양표의 아내를 보낸 현씨는 장안에 소문이 다 난 일을 여태껏 자기만 모르고 있었다는 생각이 들어 속이 끓어오르기 시작했다. 그리고 이각 사마는 남편의 가장 절친한 친구인데, 그런 사람의 첩을 건드렸다고 하니 더 참기가 어려웠다.

'첩년이 몇 명 있어도 나뿐인 줄 알았더니 마음은 딴 데 가 있었더란 말인가. 이 사실을 이각이 안다면 또 어떻게 될 것인가. 내가 남편에게 당하고 있을 수만은 없다. 또한 남편이 이각에게 당해서도 안 될 일이야. 내가 나서서 남편의 마음을 돌려놓아야지!'

현씨는 무슨 수를 써서라도 남편이 이각의 집에 드나드는 것을 막아야겠다고 다짐했다. 사람이란 한번 의심하기 시작하면 이전에는 아무렇지도 않은 행동까지 모두 의심스러워지게 마련이다. 양표의 아내가 왔다간 뒤로는 남편의 행동 하나하나가 현씨의 눈에 거슬렸다.

'축첩은 대부에게는 흔히 있는 일이라 해도 그 첩이 왜 하필이면 이각의 첩이란 말인가. 차라리 듣지 않았더라면 이렇게 내 마음이 괴롭지도 않을 텐데.'

현씨는 아침에 잠자리에서 일어나는 것이 지옥처럼 여겨질 정도였다. 양표의 아내 이씨가 곽사에 대해 이야기하던 모습을 떠올리며 남편을 추궁하고도 싶었지만 자존심이 강한 현씨인지라 드러내놓고 투기妬忌를 부리는 일도 선뜻 내키지 않았다.

그러던 어느 날, 곽사가 이각의 집에 연회가 있다고 하자 현씨가 앞을 가로막았다.

"영감, 오늘은 가지 마세요. 요즘 항간에 떠도는 소문이 별로 좋지 못해요."

곽사는 갑자기 무슨 일인가 놀라서 물었다.

"소문이라니? 무슨 소문 말이오?"

"아니 별 소문은 아니에요. 하지만 영감도 알아야 할 것이 있어요. 이각은 성미가 괴팍한 사람입니다. 지난번에 번주를 죽인 것도 이각이 아니에요? 배고플 때는 콩 한쪽을 서로 나누어먹을 수 있어도 권력의 영화榮華는 부자간에도 나눌 수 없다고 합디다. 그런데 천하에 어찌 두 영웅이 한자리에 있을 수가 있습니까? 저는 늘 그 점이 염려가 되었어요. 요즘 두 분 사이가 예전 같지 않다는 소문이 있어요. 이각이 딴마음을 품기 시작한 것이 틀림없어요. 영감이 그렇게 이각의 집을 드나들다가 무슨 변이라도 당할 것 같아 한시도 마음이 놓이질 않습니다. 그러니 가지 마세요."

아내의 말을 들은 곽사가 어이없어 하며 현씨를 타일렀다.

"이각은 그런 사람이 아니오. 괜히 우리 둘을 시기하는 자들이 지껄이는 말들이 퍼진 것일 거요. 그러니 염려 마시오. 이각은 나와 지옥에라도 함께 다녀올 사람이오."

현씨는 굳이 가려고 하는 곽사가 더욱 의심스럽고 미워졌다. 그래서 어떻게든 곽사를 붙잡아야겠다는 생각밖에 없었다.

"영감, 이각과 나눈 우정은 배고플 때의 이야기예요. 이제 영감과 그가 권력다툼을 한다는 소문이 퍼지고 있는데 어찌 그를 믿을 수가 있겠어요?"

"원래 두 사람이 권력을 나눠 다스리다 보면 흔히 나올 수 있는 소문이오. 신경쓰지 마시오."

"영감, 그래도 오늘만은 나와 함께 있습시다."

곽사가 아내의 만류에도 불구하고 계속해서 나가려 하자, 현씨는 곽사 앞으로 넘어지며 애원했다. 곽사는 할 수 없이 외출을 포기하고 현씨의 방에 머물렀다. 그런데 이날 저녁 늦게 이각의 집에서 사람을 시켜 술과 안주를 보내왔다. 현씨는 아예 이각의 집에 곽사의 발길을 끊게 하려고 이각이 보낸 음식에 몰래 독초 가루를 넣어 곽사 앞에 내놓았다.

곽사가 음식을 먹으려 하자 아내 현씨가 끼어들었다.

"아무리 가까운 사람이 보냈다 하나 밖에서 들어온 음식입니다. 함부로 먹을 수는 없지요. 특히 요즈음처럼 수상한 시절에……. 잠시 기다리세요."

현씨는 하인들을 물린 후, 그 음식 중 몇 가지를 마당의 개에게 던졌다. 그런데 개가 달려와서 음식을 맛있게 먹고는 잠시 후 갑자기 깽깽거리고 토하더니 몸을 비틀면서 뻣뻣해져 버렸다. 이 일이 있은 후 곽사는 이각을 조금씩 의심하기 시작했다.

이들은 한형제처럼 가까운 사이였으나 두 사람을 따르는 자들 중에는 이각과 가까운 사람이 있고, 곽사에게 가까운 사람이 있었다. 곽사는 비교적 성격이 단순한 편이라 서량이나 병주 사람들을 좋아했고, 이각은 정치적인 성향이 강해서 고급 한인관료들이나 낙양의 한족 가문과 의도적으로 가깝게 지내고 있었다. 그러나 곽사는 한인들의 성격이 복잡하고 속을 알 수 없는 사람이라 믿고 있었기 때문에 이들을 늘 경계하는 편이었다. 그런 까닭에 무의식중에 이각이 한인 관료들과 가깝게 지내는 것도 별로 좋아하지 않았다.

그러던 어느 날 조정에서의 회의가 끝난 후, 이각은 지난 연회에 곽사가 오지 않은 것에 섭섭함을 표하며 곽사를 바로 자기 집으로 데려가 대접했다. 그런데 공교롭게도 만취한 곽사가 집으로 돌아와서 복통을 일으켰다. 그러잖아도 밤늦게 돌아온 곽사를 미심쩍어하던 현씨가 어느 연회에 참석했는지를 따져물었다.

"이각이 저번 연회 때 내가 참석하지 않아 섭섭했다며 기어이 자기 집으로 초대를 하기에……."

곽씨의 말에 현씨가 이각의 첩을 떠올리고 발끈했다.

"그것 보세요. 내가 그토록 말린 데는 다 이유가 있어요. 오늘 그만큼 술을 마시고 죽지 않은 것이 다행이에요. 이각은 술잔치를 벌이고 목을 자르는 것이 특기 아닌가요?"

그러더니 다시 말을 이었다.

"영감, 지금 잡수신 음식에 혹시 독이 있을지 모르니 소금물로 게위내도록 합시다."

하녀가 가져온 소금물을 마시고 한바탕 토한 곽사는 이때부터 이각을 본격적으로 의심하기 시작했다. 소문은 곽사의 집안 전체에 퍼져 그의 하인들과 심복들은 은연중에 이각을 무서워하고 그 동안 사이좋게 지내던 이각 쪽 사람들에 대해서도 의심을 했다. 곽사의 태도가 예전 같지 않자 이각은 처음에는 무슨 일인가 어리둥절했으나 곽사가 이유를 밝히지도 않은 채 자신을 멀리하니 그와 차츰 서먹함이 더해갔다. 이각도 곽사의 마음이 변해 뭔가 일을 꾸미고 있는 것이 아닌가 자꾸 의심하게 됐다. 어느 모로 보나 이들은 예전 사이가 아니었다.

초봄이 지나 4월에 접어들 무렵, 곽사는 여느 해처럼 정례적인 대규모 군사훈련을 계획했다. 그런데 이각은 지난해 흉년으로 백성들이 지쳐 있으므로 올해는 연기하거나 하지 않는 것이 좋겠다고 생각하고 있었다. 그러던 중 하루는 조정 대신들의 조례가 끝나고 이각이 곽사를 따로 불러 말했다.

"지난해에는 흉년이 들어 민간인들 사이에 인육人肉을 먹는 일까지 있었다고 합니다. 이런 마당에 대대적인 군사훈련을 한다고 백성들을 동원하면 원성이 높아질 수밖에 없을 것입니다. 그러니 내 말을 듣고 올해는 그냥 넘어갑시다."

곽사는 이각의 말에 전혀 동조할 수 없다는 표정으로 대꾸했다.

"장군은 하나는 알고 둘은 모르시는구려. 백성들이 굶고 있는 것은 우리 장안의 일만은 아니오. 그런데도 조조는 하루가 다르게 세력을 불리며 최근에는 그의 동향이 심히 수상하다는 말까지 나돌고 있어요. 그러니 방비를 하는 것이 마땅합니다."

둘은 한 치의 양보도 없이 자신들의 주장만을 고집하며 시간을 흘려보냈다. 그러던 중 곽사가 마침내 예정대로 군사훈련을 감행할 것이라고 이각에게 통보하고 휘하 부대를 모두 동원해달라고 요청하는 공문을 접수시켰다. 이각은 곽사의 일방적인 행동에 화가 나 견딜 수가 없었다. 양표는 이 틈을 놓치지 않고 제격 이각을 찾아갔다. 그는 곽사가 군사훈련을 강행하는 것에 대해 개탄하면서 이각을 두둔했다.

"사마, 요즘 곽사 장군의 행동이 이해가 가지 않습니다. 그분은 사마의 뜻을 거스른 적이 없었는데 올해는 유독 고집을 부리시니 그 이유를 알 수가 없습니다."

"양태위의 말이 맞소. 흉년 때문에 초근목피로 연명하다 이제 겨우 씨를 뿌리고 농사준비를 해야 할 판에 군사훈련을 시킨다는 것은 누가 봐도 원성을 살 일 아니겠소? 정례 훈련을 영 없애자는 것도 아니고 올해만 그러자는 것인데 무슨 생각으로 혼자 저렇게 나서는지……."

양표는 지금이 기회라고 생각하며 이각에게 귓속말로 속삭였다.

"소문이긴 하지만 미리 알아두시는 게 좋을 것 같아 말씀드립니다. 곽장군이 이번 춘계 훈련 때를 거사일로 정했다는 말이 있습니다. 처음엔 저도 터무니없는 소리라 생각했지만 요즘 곽장군의 거동을 보아하니 틀린 말은 아닌 것 같습니다. 그것이 사실이라면 큰일 아닙니까? 이제 닷새도 남지 않았으니 말입니다."

이각은 깜짝 놀랐다.

"거사라니요?"

"조정에서는 이미 곽장군이 이사마를 물리치고 실권을 독점하려 한다는 소문이 나돈 지 오래되었습니다. 곽장군을 각별히 여기고 계시는 이사마께 차마 말씀드리기가 어려웠지만 때가 때인지라 더 이상 보고만 있어서도 안 된다는 생각이 들어서……."

이각은 순간 배신감에 얼굴이 달아올랐지만 마음을 다잡고 말했다.

"아무리 그렇지만 곽장군이 그 정도는 아닐 것이오. 지금 당장 사람을 불러 곽장군에게 직접 물어봐야겠소."

양표가 펄쩍 뛰었다.

"지금 그걸 말씀이라고 하십니까? 역모를 꾀하는 자가 그것을 있는 대로 말해줄 리가 있습니까? 그 동안 이사마께서는 조정의 일에 전념하셨고 대부분의 병력은 곽장군이 통솔해왔습니다. 그렇게 기분대로 움직이실 일이 아닙니다."

이각은 자리에 털썩 앉았다.

"어허, 곽사 이 사람이 왜 이런단 말이오. 그 동안 나를 멀리하는 곽사의 행동이 이해가 가지 않았어요. 무엇 때문에 사람이 그렇게 변했단 말이오!"

양표는 때를 놓치지 않고 분위기를 몰아갔다.

"자고로 권력이란 함께 누릴 수 있는 것이 아니라 했습니다. 그 말이 곽장군에게도 적용된 것이겠지요. 두 분의 관계는 무엇으로도 무너지지 않으리라 늘 생각했는데 곽장군께서 저렇게 등을 돌리시니 이사마께서 얼마나 난감하고 허탈하시겠습니까?"

"그러면 도대체 어찌해야 하는가?"

양표는 잘됐다 싶어 말을 이었다.

"지금은 훈련을 명목으로 곽장군에게 병력이 집결하고 있습니다. 이들이 모두 모이기 전에 먼저 곽장군을 치십시오. 닷새 후면 이미 전군이 곽장군의 수중에 들어가게 됩니다. 오늘 밤이라도 기습적으로 공격해야지만 그를 이길 수 있습니다. 그리고 전령을 보내 서량의 군대를 이사마편으로 만드시면 모든 일은 쉽게 끝날 것입니다."

이각은 한숨을 쉬며 말했다.

"잘 알았으니, 돌아가보오."

양표는 집무실로 돌아와 승상부에 있는 심복들에게 일러 이각의 동향을 상세히 파악해 보고하라고 한 후 사람을 시켜 주준을 불렀다. 주준이 들어오자 양표는 주준의 손을 잡으며 말했다.

"이제 이 두 놈이 걸려들었소. 이각의 성격으로 보아 오늘 밤 늦게 분명코 군사를 일으킬 것이오. 두 놈이 제대로 싸워서 둘 다 힘이 빠져야 해요. 공은 오늘 저녁에 곽사에게 가서 다급하게 이각이 이 밤에 거병하여 곽장군을 시해할 것이라고 말하시오."

주준이 나가고 양표가 알아보니 이각의 진영에 뭔가 움직임이 있다는 첩보가 들어왔다.

양표의 말을 들은 이각은 반신반의半信半疑 하면서도 자신이 가까이 부리는 휘하 장수들을 불러모아 언제라도 나가 싸울 수 있도록 비상대기령을 내렸다. 오늘이 거사일이 되든 내일이 거사일이 되든, 혹은 곽사에게 그런 계획이 있든 없든 앞으로는 만반의 준비를 해두는 것도 나쁘지 않다고 생각했기 때문이다. 그런데 그날 밤의 일이 감군監軍 중 한 사람에 의해 곽사의 귀에 낱낱이 보고됐다. 이각에 대한 곽사의 의심이 곤두서 있던 중에 급하게 사람이 찾아왔다고 해서 나가 보니 주준이었다.

"곽장군, 이각이 곽장군을 죽이려고 오늘 밤 군사를 몰고 올 것이라 하오."

곽사는 군사훈련 준비로 한창 바쁜 와중에 이런 예기치 못한 일을 당하니 그 동안 참았던 분노가 폭발했다.

"내가 오늘날까지 이각 이놈을 친형제처럼 여겨왔는데 이제 와서 아무런 죄도 없는 나를 죽이려 하다니. 권력에 눈이 어두워도 유분수지 감히 나에게 이럴 수 있는가! 그놈이 정 이렇게 나오면 나도 가만 있을 수만은 없지. 내가 먼저 그놈을 없애버릴 테다."

곽사는 급히 장안성 밖에 주둔중인 군대에 파발을 띄워 성안으로 진격하도록 명하는 한편, 자신은 수하의 병사를 거느리고 즉시 이각의 집으로 쳐들어갔다. 곽사의 동향을 지켜보고 있던 이각의 부하들이 이 사실을 바로 보고했다. 이각은 이각대로 양표의 말이 사실임을 확인하는 순간 더 이상 설마했던 마음이 사라졌다.

"곽사란 놈이 이토록 의리가 없는 놈이었단 말인가! 내 어찌 그를 믿고 지금껏 나랏일을 의논했는지 모르겠다."

이각은 일단 조카 이섬李暹에게 어떤 경우에도 황제를 놓치지 말고 안전하게 호위하여 대피하라고 지시해두었다.

“전쟁의 승패는 황제를 모시고 있는 쪽으로 기울어지는 것이다. 이 점을 유념하라.”

이섬을 보낸 뒤 이각은 대기중인 군대와 수하의 병사를 거느리고 곽사를 치러 나섰다. 장안의 거리는 말발굽 소리와 징소리, 고함소리, 군호소리로 요란했다. 새벽 1시가 넘어가자 두 장수가 급하게 동원한 수천의 군사가 서로 맞붙어 장안성은 아비규환으로 빠져들었다.

이섬은 군사를 거느리고 대궐을 에워싼 뒤 수레 두 채를 끌어내 천자와 복황후를 각기 태워 가후에게 이들을 모시고 나가도록 했다. 이어서 내시와 궁인들은 걸어서 대궐을 빠져나갔다.

양편의 군사가 서로 어우러져 싸우는데 이각이 준비된 군사를 이끌고 나왔기 때문에 곽사군 쪽이 불리할 수밖에 없었다. 이각군이 곽사군의 배후를 공격하자, 곽사는 일부 군대만 남겨놓은 채 우선 챙길 수 있는 군사만 이끌고 성밖으로 철수했다. 이각은 황제가 성안에 그대로 있는 것은 위험하다고 보고 성밖에 새로 진지를 구축해 황제를 모셨다.

다음날 날이 밝자, 곽사는 이각이 천자를 데려간 사실을 뒤늦게 알게 되었다. 곽사는 발빠르게 움직인 이각에게 또 한번 속았다는 생각에 심한 배신감을 느꼈다. 곽사는 다시 군사를 이끌고 이각의 진지를 공격했다. 곽사가 쳐들어온다는 첩보를 들은 이각은 일찌감치 나이 어린 황제와 황후를 미오궁으로 옮겨 이섬에게 지키도록 하고 그들을 외부와 철저히 단절시켰다. 최고의 강병인 이각과 곽사의 군대는 장안성 안과 밖을 배회하며, 그야말로 전선도 없이 싸웠다. 하지만 각기 군사를 내어 100여 차례나 싸웠으나 결국 승부가 나지 않았다.

돌아가는 상황이 기대했던 대로 풀리지 않자 양표와 주준이 다시 대책을 협의했다. 주준이 먼저 입을 열었다.

"돌아가는 꼴이 어찌 이상하게 되었소. 두 놈을 싸우게 만들어 어부지리를 얻으려 했는데 장안성만 폐허가 되고 민생에 해를 입혔으니 이 일을 어찌하면 좋겠소? 여러 달이 지나도 도대체 승부가 나지 않고 있는데다 폐하께서도 난리 통에 어디에 계신지도 모르게 됐으니 이 사태를 빨리 수습하는 것이 낫지 않겠소? 이래서는 조조가 온다 해도 나아질 것이 없어요."

양표도 동의했다.

"제가 뿌린 씨니 제가 거두도록 하겠습니다. 아무튼 이 두 작자를 화해시켜 어리신 폐하를 궁으로 모셔와야 할 것 같아요. 일단 제가 두 진영을 차례로 방문해 화해를 시키리다. 이것 참, 병 주고 약 주는 격이니……."

양표는 두 장군의 진영을 차례로 방문해 화친을 제의했다. 이각과 곽사의 군대는 양쪽이 다 별 성과도 없이 군비만 축내고 있었으므로 각자 군사를 이끌고 진영으로 돌아간 뒤 휴전을 하게 됐다. 그처럼 쉽게 전투를 중지시킬 수 있었던 양표는 조정으로 돌아와 주준과 함께 60여 명의 대신들을 불러모아 다시 한번 사태를 협의했다. 대다수 대신들의 의견은 일시적인 휴전만으로는 장안성의 안전을 보장할 수 없다는 데로 모아졌다. 양표는 또 한번 두 진영을 찾아가 화해를 확답받기로 했다. 양표와 대신들은 먼저 곽사의 진지로 찾아갔다. 그런데 곽사는 이들을 모두 붙잡아 가두어버렸다.

양표가 나서서 강하게 항의했다.

"우리는 두 분을 위해 어렵게 찾아왔는데 어쩌자고 우리를 가두는 것이오?"

양표의 말이 끝나기가 무섭게 곽사는 허리에 찬 칼을 뽑아 당장이라도 쳐죽이려는 듯 높이 치켜들며 말했다.

"네놈은 원래 이각에게 붙어먹은 놈인 줄 내가 다 안다. 이각이 역적질한 것은 틀림없이 네놈이 부추겼기 때문일 것이다."

단칼에 양표의 목을 치려는데 중랑장 양밀楊密이 급하게 말렸다.

"아무리 전쟁중이라 하나 이들은 조정의 중신들입니다. 이들의 원한을 사서 장군께 도움될 일이 무엇이 있습니까?"

곽사는 그 말을 듣고 양표와 주준은 놓아주고 나머지 대신은 그대로 감금하여 인질로 삼았다. 집으로 돌아온 주준은 그 길로 병을 얻어 시름시름 앓다가 그만 죽고 말았다. 이각은 곽사에게 연락병을 보내 당분간 전쟁을 중단하자는 약속을 다시 한번 확인했다. 그리고 각자 현재 위치에서 40리씩 이동하고 가운데 50여 리는 완충지대로 삼기로 했다.

헌제를 인질로 두고 있기는 했으나 전선이 교착상태에 빠지자 이각은 착잡하기 그지없었다. 동탁을 따른 뒤로 늘 함께 움직였던 이각과 곽사는 고만고만하나마, 서로의 실력을 잘 알고 있었다. 답답해진 이각은 어느 날 무당을 불렀다. 그는 진중에 항상 무속인을 거느리고 다녔는데 그 무당은 늘 흰옷과 백마를 타고 다녀서 사람들의 눈에 잘 띄었다. 이각은 무당을 스승처럼 높이 받들었을 뿐 아니라 그를 통해 대소사 길흉화복吉凶禍福을 점치고 때에 따라서는 전술에 반영하기도 했다. 이각이 믿는 무속신앙은 서량주 북서부와 병주 북부에 널리 퍼져 있는 민간신앙이었다. 대부분의 기마민족이나 유목민들은 정주민들과 달리 문화 수준이 낮았기 때문에 무속신앙에 크게 의지했다. 이각은 다른 사람들에 비해 비교적 오랫동안 장안과 낙양에 있었지만,

이처럼 무당을 주변에 두고 그들의 말에 따랐다.

이각의 부름을 받고 달려온 무당은 잠시 전쟁이 중단된 틈을 이용해 죽은 병사들의 원혼을 달래기 위한 굿판을 벌이도록 권했다. 이각은 흔쾌히 무당의 권유를 받아들였다. 병사들은 대부분 서량주와 병주 출신이었기 때문에 굿판에 저절로 모여들었고, 병영은 꽹과리 소리와 북소리로 진동했다. 흰옷을 입은 무당은 방울과 북을 미친 듯이 흔들고 두드렸다. 그러면서 풀쩍풀쩍 하늘 높이 뛰어오르며 신대를 흔들다가 신이 들어 대자로 누웠다. 그럴 때마다 굿판은 절정에 이르곤 했다.

죽은 병사들의 수가 많아 이 굿판은 며칠 동안 이어졌다. 가후는 자신도 무위 출신으로 흉노족들이 사는 지역에서 자랐지만, 오랜 세월 한족문화에 동화되어 이제 와서는 굿판을 지켜보는 것이 별로 유쾌하지 않았다. 이각의 이런 행위는 이전부터 한인관료들 사이에서 멸시의 대상이 되곤 했기 때문이다. 굿판이 사흘째 계속되자, 참다못한 가후가 이각을 찾아가 이를 중지하도록 간청했다.

"사마, 군영의 모습을 보기가 민망합니다. 군대란 기본적으로 엄정해야 합니다. 기치창검으로 위용을 갖추어야 할 군진에 북소리, 징소리에 무당들이 이리저리 뛰어다니고 형형색색의 베와 비단이 어지럽게 널려 있으니 보기 민망합니다. 한족들에겐 낯선 일이니 그들이 사마에 대해 뭐라 수군거릴지 염려가 큽니다."

이 말을 들은 이각은 오히려 가후를 나무랐다.

"병사들의 원혼을 달래주지 않으면, 그 자들이 살아남은 병사들을 괴롭혀서 제대로 싸울 수가 없네. 자네는 고향이 무위 고장이면서도 그런 말을 하는가? 군대란 군심軍心이 중요한 법이네. 우리 군대가 막강한 것도 다 이런 훌륭한 당굴(흉노말로 '하늘' 또는 '하늘에 제사를 지내는 사람')이 있기 때문이야. 죽은 자들의 넋을 잘 다스려야만 전쟁운도 따르는 법이네."

이각은 여포를 쫓아내고 황실에서의 입지가 탄탄해지면서 사람 대하는 태도가 달라지는가 싶더니, 곽사와 결별해 따로 친정을 꾸린 뒤로는 그 누구의 말도 귀담아듣지 않게 됐다. 가후는 점점 자신의 간언이 통하지 않는 것을 감지하고 무력감을 느꼈다. 때마침 시중 양기楊琦가 이각을 만나고 나오는 가후의 얼굴이 무거운 것을 보고 은밀히 미오궁에 있는 황제를 찾아가 아뢰었다.

"제가 그 동안 보아온 바로는 가후가 비록 이각의 심복이기는 하나 폐하에 대한 충성 또한 깊은 사람입니다. 그 사람은 비록 오랑캐 땅에서 태어났지만 행동거지는 오랑캐가 아닙니다. 학식으로 보나 품격으로 보나 이각이나 곽사놈의 모사로 있기에는 참으로 아깝습니다. 근래의 태평성세太平盛世도 따지고 보면 가후의 덕이 크다 할 수 있습니다. 그러나 요즘에는 이각과의 갈등이 잦습니다. 제 생각에는 폐하께서 가후를 불러 국운을 일으킬 도움을 받는 것이 좋을 듯합니다."

그러나 어린 헌제의 얼굴은 그리 밝지가 않았다.

"양시중, 그런데 나는 왜 이리 걱정부터 되는지 모르겠소. 저번에 왕윤 사도가 동태사의 일을 도모할 때도 비슷한 말을 했는데 전보다 나아진 것이 하나도 없어요. 무슨 일을 이루고자 할수록 내 주변은 더 어지러워지는 것 같아요. 차라리 이대로 견디다 내가 어른이 돼 해결하는 게 낫지 않을까요?"

순간 양기의 눈시울이 뜨끈해지면서 지금까지 헌제가 겪어온 일들이 하나씩 눈앞을 스치고 지나갔다. 어린 황제에 대한 안쓰러운 마음

황제의 부름을 받는 가후.

진현관을 쓴 문신관료들과 무변대관(武弁大冠)을 쓴 무신관리들이 줄지어
퇴청하는 가운데, 황제의 권력을 상징하는 용이 가후를 슬쩍 부르고 있다.
건물과 관리들, 용의 모습과 질감은 한나라 화상석에 근거하였다.

을 더는 참을 수 없을 정도였다. 양기가 마음을 가라앉히고 황제를 설득했다.

"폐하, 절대로 그리 생각하시면 안 됩니다. 폐하께서 힘을 길러 주먹을 쥘 수 있을 때까지 세상은 마냥 기다려주지 않습니다. 선제先帝들께서 사직을 물려주실 때는 반드시 온전하게 보존해 만세에 이어지기를 바라는 마음이셨을 것입니다. 선조의 뜻을 받들기 위해서는 폐하의 끊임없는 노력이 따라야 합니다. 한번 잃은 사직은 쉽게 되돌릴 수 없습니다. 심지를 굳건히 하시고 이 나라를 폐하의 힘으로 바로 세우겠다는 소신을 가지십시오. 소신이 최선을 다해 폐하를 보필하겠습니다."

헌제는 자신의 나약함을 자책하며 양기의 말을 따르기로 하고, 가후를 어떻게 수하로 끌어들일 것인지 다시 의논했다. 다음날 헌제와 양기는 이각이 굿판을 벌이고 있는 것을 틈타 여러 문신들을 미오궁에 초청해 다과를 베풀었다. 때가 되어 신하들이 자리에서 일어나 돌아갈 적에, 가후는 잠시 남아 있으라는 황제의 전갈을 들었다. 가후가 헌제에게 다가가자 황제는 눈물어린 목소리로 그에게 물었다.

"짐이 등극한 지도 여러 해가 지났건만 한 황실 부흥은 왜 이다지도 멀리 있는지 모르겠소. 천하에는 도적이 출몰하여 백성의 근심은 늘어만 가는데……. 이렇게 해서는 내가 어찌 돌아가신 아버님을 뵐수 있겠소? 내가 듣기로 경의 재능과 학식은 천하 제일이라 하오. 그재능으로 도탄에 빠진 백성과 한나라 조정을 구할 수는 없겠소?"

가후는 황제에게 위로의 말을 했다.

"폐하께서는 이제 보령 14세이신데 어찌 그런 말씀을 하십니까? 소신이 비록 재주가 없지만 아직은 유소년이신 폐하와 한 황실의 안

위에 대해 어찌 생각지 않겠습니까? 그 동안 저는 여러 장군들을 도 왔지만 폐하께 누가 되지 않도록 모든 노력을 기울였습니다. 그러나 천하에는 대세라는 것이 있는데 이것을 함부로 거역하기는 어렵습니 다. 예로부터 대세를 따르는 자는 흥하고 그렇지 못한 자는 망한다고 했습니다. 폐하께서는 조금만 더 기다려주십시오. 신이 최선을 다해 폐하의 바람에 보답해 드리겠습니다."

가후가 땅에 엎드려 간하자 헌제의 눈에 눈물이 고였다. 가후가 헌 제에게 다시 진언했다.

"폐하, 지금은 이각과 곽사 두 장수가 서로 싸우고 있습니다. 우선 이들을 화해시키고 그런 다음 이들의 힘을 약화시켜야 합니다. 서량 사람 황보력皇甫酈이 지금 조정에 있사온데 그를 시켜 두 장군을 화해 시키는 것이 좋을 듯합니다. 황보력은 말주변이 뛰어나고 이각과 동 향이라서 아마 그 일을 잘할 수 있으리라 생각됩니다."

헌제는 황보력을 불러 이각과 곽사를 화해시키라는 명령을 내렸 다. 황보력을 통해 천자의 명을 받은 곽사가 말했다.

"만일 이각이 자기 진영에서 천자를 내보낸다면, 나도 대신들을 풀 어주겠소."

곽사의 말을 들은 황보력은 곧 이각에게로 달려갔다. 이각은 동향 사람인 황보력이 오는 것을 보고 반갑게 맞이했다. 황보력이 이각에 게 말했다.

"지금 천자께서는 두 분이 화해하시기를 바라고 계십니다. 저는 이 미 곽장군의 진영에 다녀왔습니다. 곽장군은 이미 천자의 뜻을 받들 기로 했습니다. 공께서는 어떻게 하시겠습니까?"

"곽사가 천자의 뜻을 받들어요? 천만의 말씀이오. 분명히 그놈이 요구하는 것이 달리 있을 거요."

황보력이 대답하지 못하고 우물쭈물하자, 이각은 훈시를 하듯 말했다.

"나는 여포를 격퇴시켰을 뿐만 아니라 폐하를 보필한 지 이미 4년이 되었소. 그 동안 나는 조정에 수많은 공훈을 세웠던 사람이오. 천하가 알다시피 곽사란 놈은 장액 출신 아니오? 젊었을 때 마적馬賊을 하던 곽사놈을 군문軍門에 들어오게 한 사람이 바로 나요. 그것은 아마 황보공이 더 잘 알 것이오. 그런데 그런 놈이 감히 대신들을 가두고 나와 맞서 싸우려 하다니, 그것이 말이 되겠소? 그런 놈은 죽여 마땅하오! 내 휘하에는 뛰어난 장수와 참모들이 넘치는데 내가 무엇이 부족해서 그따위 마적놈과 화해한단 말이오?"

황보력이 이각의 말을 받았다.

"그렇지 않습니다. 옛날 하夏나라의 후예后羿는 활을 잘 쏘아서 하나라를 멸망시킬 정도였지만, 자기의 활솜씨를 믿고 너무 자만한 까닭에 반격을 받아서 죽고 말았습니다. 또한 공께서도 아시는 바와 같이 동태사도 세력은 천하무적이었으나 여포로 하여금 은혜를 원수로 갚도록 했기에 그토록 비참하게 돌아가신 것이 아닙니까? 유능제강柔能制剛, 즉 부드러움이 강한 것을 이긴다고 했습니다. 공께서는 상장군의 몸으로 모든 권세를 한손에 쥐셨고 앞으로도 자자손손 모두 높은 벼슬에 오를 것이니 폐하의 하해 같은 성은을 입으신 몸입니다. 곽장군의 요구는 폐하를 장안에 편안하게 머무르게 하라는 것입니다. 사실 곽장군이 대신들을 감금하고 있는 것과 공께서 힘으로 천자를 감금하고 있는 것이 무엇이 다릅니까? 아무쪼록 서로 합의하셔서 이 전쟁을 중지시켜 주십시오."

황보력의 말을 듣고 있던 이각은 '힘으로 천자를 감금하고 있다'는 말을 듣고 격분했다. 이각은 자신이 어려운 경황 중에도 황제와 그의 수행인들에게 모든 지원을 아끼지 않고 있다고 생각했는데 황보력이 그것을 전혀 몰라주는 것 같아 괘씸했던 것이다. 이각은 칼을 빼어들고 일어나 황보력을 내려다보며 소리쳤다.

"이놈아, 보아하니 천자가 나를 욕하려고 네놈을 보냈구나. 당장 네놈을 베어 죽이고 내 천자에게 따져야겠다."

이각이 황보력을 칼로 치려는 순간, 기도위 양봉楊奉이 얼른 이각을 가로막았다.

"장군, 황제가 보낸 사람을 죽이면 세상의 여론이 등을 돌리게 됩니다. 어쩌자고 명분없는 살생을 치르려 합니까?"

양봉이 말리는 동안 가후가 황보력을 끌고 밖으로 나갔다. 황보력은 밖으로 끌려나오면서도 그치지 않고 외쳤다.

"이각은 천자의 조서를 받들지 않고, 천자의 사자를 이렇게 겁박하는가! 저자는 천자를 죽이고 스스로 천자가 되려고 한다!"

옆에서 그 말을 듣게 된 시중 호막胡邈이 깜짝 놀라 황보력의 입을 두 손으로 막았다.

"말조심하십시오. 해를 당하게 됩니다."

"이놈 호막아, 네놈 역시 조정의 신하이면서 어찌 역도들의 애완견 노릇을 한단 말이냐? 예로부터 임금이 욕을 당하면 그 신하는 마땅히 죽어야 하는 법, 내 비록 이각의 손에 죽는다 하더라도 그게 내 본분일 뿐이다."

이 사실을 안 양기는 황보력을 그대로 놔두었다간 이각의 제물이 될 것이라 판단하고 헌제에 주청해 그를 급히 서량으로 내려보내라는 영을 내리게 했다. 원래 서량 출신이었던 황보력이 중앙에서 서량으로 다시 돌아오자 서량 사람들이 황보력 주변으로 모여들었다. 황보력은 모여든 옛 친구들과 고향 사람들에게 이각은 모반자라고 하며 그를 따르는 이들은 모두 역적으로 몰릴 것이라는 말을 퍼뜨렸다. 황보력의 말은 거꾸로 군사들의 반 이상이 서량과 강족 사람들이었던 이각의 병영으로까지 퍼졌다. 이 소문으로 이각에 대한 여론이 좋지 않게 돌아가고 이어 군심이 동요하기 시작했다.

이때를 놓치지 않고 가후는 황제의 굳은 밀약이라며 강족 출신의 지휘관들에게 다음과 같은 소문을 퍼뜨렸다.

'이각은 기군망상을 서슴지 않는 역도다. 황제는 오래전부터 강족 출신의 장병들이 역심을 품은 이각의 부대를 떠나서 하루라도 빨리 고향으로 돌아가기를 바라고 있다.'

군문을 이탈해도 문제 삼지 않겠다는 황제의 언약이 지휘관들의 귀를 솔깃하게 했다. 그런데다가 고향으로 돌아가고 싶어하는 병사들의 원성이 드높자 강족 출신의 지휘관들은 몰래 병사들을 이끌고 군문을 떠나기 시작했다. 이각은 군사들이 자꾸 줄고 있다는 보고를 받고 가후에게 대책을 세우라고 했다. 가후는 사태를 알아보겠다는 말만 되풀이하며 시간을 끌었다.

그러던 중에 이번에는 서량병들의 이탈까지 잦아졌다. 강족과 서량병들은 한족 병사들과 달리 통제하기가 어려웠다. 이들은 대부분 기병으로 뿔뿔이 말을 달려 가버리면 그만이었고 그나마 잡으러 보낸 추격병들조차도 돌아오지 않는 경우가 많았다. 이각의 진영은 여기저기에 구멍이 나고 있었다.

더구나 이각은 그때까지도 가장 의지하고 있던 가후가 황제 편에서 일을 처리하고 있다는 사실조차 모르고 있었다. 이 때문에 어떤 방법으로 이 혼란을 수습해야 할지 실마리조차 찾지 못하고 있었다. 이때 가후는 이각과 강족 지휘관 사이를 완전히 갈라놓을 비책 하나를 황제에게 은밀히 상주上奏했다. 군사들의 이탈로 풀이 죽어 있는 이각을 위로하는 의미로 큰 벼슬을 내려보라는 것이었다. 황제는 맞장구를 치며 이각에게 사마의 벼슬을 올려 대사마의 칭호를 내렸다. 이각은 기뻐 어쩔 줄을 몰랐다.

"황제께서 이 벼슬을 내리신 것은 그 동안 하늘에 치성을 드린 당굴들의 신통력 덕분이로다."

이각은 그 동안 수고한 무당들을 모두 불러 각기 후한 상을 내렸다. 그러자 지금까지 그를 도와 몸을 아끼지 않고 싸웠던 강족 출신 무장들이 반발했다. 이각의 이런 태도에 실망한 기도위 양봉은 송과宋果와 함께 반란을 공모했다.

"지금까지 우리는 죽음을 무릅쓰고 화살과 돌덩이가 날아드는 전장을 누벼왔네. 그런데 우리의 공이 북을 치고 신대를 흔드는 무당들 공만도 못하단 말인가?"

"그러게 말입니다. 죽을 쒀서 개를 주느니, 우리가 저 역적놈을 죽이고 천자를 구하는 게 낫겠소."

그날 밤 두 사람은 각기 군사를 모은 뒤, 군중軍中에 불을 지르는 것을 신호로 이각을 치기로 했다. 하지만 두 사람의 모의를 엿들은 병졸 하나가 이각에게 둘의 모의를 밀고했다. 이각은 즉시 송과를 잡아 목을 베었다. 이런 사정을 모르는 양봉은 신호가 오르기만을 기다리며 성밖에 군사를 대기시켜놓고 있었다. 하지만 초조하게 기다리던 군호 대신 이각이 손수 군사를 이끌고 나타나자, 일이 틀어진 것을 알고 혼자서 이각군을 맞아 싸웠다. 양편의 군사가 동이 틀 무렵까지 싸웠으나 승부가 나지 않자, 양봉은 이각이 군사를 더 동원하기 전에 도망치는 게 상수라고 생각하고 서안으로 달아났다.

성공하지는 못했지만 기도위 양봉의 항명은 강족과 서량군의 이탈로 뒤숭숭한 이각군의 내부를 더욱 혼란스럽게 만들었다. 그러자 곧잘 바른말을 하는데다 사태 파악이 정밀한 가후가 차츰 군사들로부터 명망을 얻을 수밖에 없었다. 어느 날 가후의 심복 장교 중 한 명이 가후에게 변란을 일으켜 이각을 제거하자고 제의했다. 그러나 가후는 정색을 하고 그 말을 거절했다.

"나는 여포가 아닐세. 내 이상과 맞지 않다고 해서 좋든 싫든 한때나마 내가 모시던 사람을 내 손으로 죽일 수는 없네. 나는 그들이 현재의 상황을 제대로 깨닫기를 기다리고 있네. 지금이라도 이들을 권좌에서 몰아내는 것은 어려운 일이 아니네. 내가 이토록 기다리는 것은 나 자신도 공범이기 때문일세."

줄어든 이각의 군세는 예전 같지 않았다. 그런데다 황제가 황보력을 통해 벌인 바 있는 화친 권고가 엉뚱한 방향으로 비화하면서 이각과 곽사의 사이는 더욱 벌어져 있었다. 서로 40여 리씩 군사를 물린 채 휴전을 하자던 약속은 간헐적인 곽사 측의 공격으로 유명무실해진 지 오래였다. 군세가 약해진데다가 곽사의 파상波狀 공격으로 다치고 죽는 병사가 속출하는 이각의 진영에 어느 날 뜻밖의 파발이 당도했다. 섬서성의 장제張濟라는 자가 보낸 것이었다.

이각·곽사 두 장수는 즉각 화해하기를 권한다. 만약 계속해서 싸운다면 내가 군사를 이끌고 가서 두 장수를 공격하겠다.

황제는 낙양으로

원래 이각·곽사의 권력은 두 사람의 연합에서 나왔다. 그러나 두 사람이 결별하면서부터 연합정권이 지녔던 막강한 힘은 평가 절하됐다. 장제의 도전은 바로 그 같은 사태반전을 상징적으로 보여주는 신호였다. 이각과 곽사는 내심으로는 이를 갈 만큼 분했으나, 장제의 중재안을 받아들이지 않을 수 없었다. 그날로 두 사람은 전투를 중단했다. 황제는 이각이 감시하고 있던 미오궁을 빠져나왔고, 대신들은 곽사의 연금에서 풀려났다. 황제가 크게 기뻐하며 장제에게 표기장군驃騎將軍을 제수하자, 장제는 헌제에게 보답하는 마음으로 상주문을 올렸다.

이각과 곽사의 난리 통에 장안과 미오는 이미 폐허가 되었습니다. 폐하께서는 낙양으로 돌아가시는 것이 좋을 듯합니다.

표문을 받은 헌제는 기뻐서 무릎을 쳤다. 변방과 가까운 장안을 벗어나 중원으로 가면 갈수록 서량이나 강족과 같은 변방 민족의 세력권에서 벗어나 일신을 보존하기 쉬울 것이란 생각에서였다. 헌제는 양기에게 말했다.

"올해 2월에 시작된 변란이 이제 9월이 되어서야 끝이 나는가 보오. 짐이 아버지와 함께 있던 동도東都 낙양을 그리워한 지는 이미 오래되었소. 이제 낙양으로 가게 됐으니 얼마나 좋은지 모르오."

이각은 수백 명의 어림군御林軍에게 황제가 탄 수레를 정중히 호송하도록 했다. 미오를 출발한 황제의 어가는 화음·홍농·함곡관函谷關을 거쳐 낙양에 당도하게 돼 있었다.

황제를 실은 어가와 그 뒤를 따르는 인마의 기나긴 대열이 느린 속도로 신풍新豊을 지나 패릉霸陵에 이르렀을 때였다. 잠시 이동을 멈추고 휴식을 취하는데 전령이 달려왔다. 곽사의 대군이 황제를 인질로 잡기 위해 빠른 속도로 뒤따라오고 있다는 전갈이었다. 수백 명에 지나지 않는 황제의 어림군으로는 어떻게 막을 도리가 없는 상황이었다. 황제 일행은 서둘러 가던 길을 재우쳐 갈 수밖에 없었다.

낙양을 향해 쉼없이 길을 재촉하던 황제의 이동 행렬이 어느 다리목에 이르렀을 때였다. 난데없이 함성이 들리더니 수백의 군사들이 달려와 황제의 수레를 가로막았다. 급박한 중에도 시종 양기가 가만히 살펴보니, 지휘관인 듯싶은 두 명의 장수가 말을 탄 채 앞장서 있는 게 눈에 띄었다. 꽤 그럴듯한 갑옷과 견장을 달고는 있지만, 세상 경험이 많은 양기의 눈에는 아무런 관록이 없는 어리보기들 같았다. 두 명의 지휘관 가운데 한 명이 앙칼진 목소리를 냈다.

"너희들은 뭐하는 놈들이냐?"

양기는 침 한 모금을 소리내어 삼킨 다음, 말을 달려 다리 앞으로 뛰쳐나갔다.

"이놈들 감히 누구 앞을 막느냐? 성상의 행차인 줄 모르겠느냐?"

갑작스럽게 맞닥뜨린 황제의 행차 앞에 두 명의 말단 지휘관은 우물쭈물 서로 쳐다보기만 했다. 그러다가 이번에는 다른 지휘관이 한 풀 꺾인 목소리를 냈다.

"우리는 곽사 장군의 명을 받들어 이 다리를 지키고 있었소. 만일 당신 말처럼 성상의 행차라면 우리가 친히 뵙고 확인해야겠소."

그러자 헌제가 친히 수레 앞에 친 발을 들어올리며 말했다.

"짐이 여기 있다. 그러니 어서 길을 비켜라."

황제의 어명을 들은 두 지휘관은 말

에서 내려와 땅바닥에 엎드렸다. 그러자 그들이 데리고 온 병사들이 다리 양옆으로 갈라지며 만세를 불렀다. 황제의 행렬은 그 사이를 뚫고 가던 길을 서둘렀다. 황제의 수레가 멀리 사라진 뒤, 두 장수는 곽사에게 달려가 이 사실을 보고했다. 곽사는 그 말을 듣고 펄쩍 뛰었다.

"내가 이각과 화친을 맺었던 것은 쪼개진 세력으로는 장제의 대군을 당해낼 길이 없었기 때문이다. 황제의 수레를 쫓아가 미오로 모시려고 생각했는데, 내 녹을 먹고 사는 놈들이 어찌 이토록 생각이 없더란 말이냐?"

시세 판단이 어두웠던 두 지휘관은 곽사의 칼에 단번에 목이 달아났다. 어둡고 어지러운 세상에서는 자주 일어나는 일이었다. 두 지휘관의 목을 벤 곽사는 군사를 데리고 서둘러 황제의 뒤를 쫓았다. 그때쯤 황제의 어가는 서두른 행보 끝에 화음현 근처에 이르렀다. 이미 해질녘이어서 사위가 어둑해졌을 무렵, 횃불을 켜고 앞으로 나아가는 행렬의 뒤에서 돌연 천지가 떠나갈 듯한 군사들의 함성이 들렸다.

"황제는 수레를 멈추시오."

황제와 대신들은 놀란 토끼들처럼 서로의 얼굴을 쳐다보았다. 그

황제의 수레는 교량을 건너 탈출한다. 한나라 사람들은 수레가 건널 수 있을 정도로 튼튼한 교량을 지었다고 하며, 이러한 사실은 각종 화상석의 풍속도를 통해서도 확인할 수 있다.

러나 한숨을 쉬고 있는 황제의 행렬을 멈춘 자는 의외의 인물이었다.
한 장수가 행렬의 후미를 헤치며 말을 타고 달려오는데, 그 옆에는
'대한大漢 양봉楊奉'이라고 커다랗게 쓴 기를 든 병사가 따르고 있었
다. 양봉은 일찍이 이각에게 패한 군사를 이끌고 종남산終南山 아래
은둔중이었다. 그러다가 황제가 낙양으로 가는 길에 화음현을 거쳐
갈 것을 알고, 황제를 호위하기 위해 미리 기다리고 있었던 것이다.
 황제는 양봉이 이각으로부터 황보력을 보호해준 사람이라는 것과
미심쩍은 항명으로 이각에게 쫓겨난 사실도 알고 있었다. 그런 사실
로 보아 양봉이 자신을 해치지는 않을 것이라 짐작하고 안도의 한숨
을 내쉬었다. 1천여 명의 군사라면 충분히 곽사나 이각의 무리로부터
안전을 도모할 수 있을 성싶었다. 그러나 안도의 한숨이 채 가시기도
전에 곽사군이 폭풍처럼 몰려왔다. 낙양으로 향하는 헌제의 여정은
화음현을 발치에 두고 최대의 난관에 빠지고 말았다. 곽사군이 길목
을 막고 선 광경을 보고 황제는 절망에 빠졌다.
 "또다시 내가 저들의 소굴로 끌려가게 되었구나. 이제 이 일을 어
이할꼬?"
 황제의 탄식을 들은 양봉은 헌제를 안심시킨 뒤 신속하게 진영을
갖추고 곽사군의 공격에 대비했다. 곽사의 진영에서 부장 최용崔勇이
앞으로 말을 달려나오며 고래고래 고함을 질렀다.
 "반적叛賊 양봉은 항복하고 황제를 내놓아라!"
 양봉은 서두르지 않고, 자기 휘하에 있는 장수의 이름을 불렀다.
 "공명公明아, 너는 저놈의 목을 베어 공을 세우도록 하라."
 양봉의 지시가 떨어지자마자 등 뒤에 있던 장수 하나가 커다란 도
끼를 들고 나는 듯이 말을 달려 최용과 맞서 싸웠다. 양쪽의 군사들

이 횃불을 높이 쳐든 공터에서 최용과 공명은 함께 엉키며 풀어지기를 몇 차례나 거듭했다. 하지만 최용은 공명이라고 불린 장수의 상대가 되지 못했다. 그는 정수리에 도끼를 맞고 말 아래로 굴러떨어졌다. 이 틈을 타서 양봉이 군사를 휘몰아 적의 진영을 덮치니 곽사는 크게 패하여 20리나 달아났다. 밤이 깊어진 탓에 양봉은 곽사를 멀리 쫓아낸 데 만족하며 군사를 수습하고 황제에게 승전보를 알렸다. 낙양행을 결심하고 미오궁을 떠난 뒤로 한시도 마음을 놓지 못했던 황제는 오랜만에 근심에서 벗어난 얼굴로 양봉을 치하했다.

"짐이 곽사나 이각의 독한 손아귀에서 벗어날 수 있다면, 이는 다 경의 공이오."

양봉은 고개를 숙여 황제에게 예를 올렸고, 황제는 다시 물었다.

"아까 적장의 목을 벤 장수는 누구인가?"

양봉은 그 장수를 불러 황제에게 소개했다.

"저는 하동河東의 양군楊郡 출신으로 이름은 서황徐晃, 자는 공명이라 합니다."

황제는 서황을 치하하고 나서, 양봉의 호위를 받으며 화음을 목표로 야행을 계속했다. 밤늦은 시각에 황제 일행이 도착했을 때, 미리 기다리고 있던 장군 단외段猥가 의복과 음식을 갖추어 황제께 올렸다. 그날 밤 황제는 양봉의 영내에 여정을 풀고 피곤하고 지친 몸을 쉬었다.

다음날 황제 일행은 더 쉴 여유도 없이 낙양행에 올랐다. 그런데 장수를 잃고 20여 리나 달아났던 곽사가 전열을 수습해 또다시 황제를 추격해왔다. 양봉이 이끌고 온 1천 명의 병사와 서황의 사투에도 불구하고 대오를 정비하고 각오를 새롭게 다진 곽사군이 사면팔방을 막아선 채 압박해오자 황제의 수레가 탈취당할 위기에 처했다. 그때 동남쪽에서 갑자기 함성이 들리고, 연이어 그쪽의 포위망이 허물어지면서 곽사군과 혼전이 벌어졌다. 양봉은 때를 놓치지 않고 정체불명의 구원군에 합세해 곽사군을 거세게 몰아치니 곽사는 또 한 번 예기치 않은 군사의 습격을 받고 도망치고 말았다.

곽사군이 쫓겨 달아나자, 황제를 위기에서 구출한 장수의 정체가 밝혀졌다. 그는 동귀비董貴妃(헌제의 비)의 아버지 동승董承이었다. 그는 화음 근처에 당도한 황제가 곽사의 추격을 받아 위기에 처했다는 소문을 듣고 2천여 명의 군대를 규합해 달려온 것이다. 시종 양기가 그 사실을 크게 고하니 황제를 따라나선 대신과 환관은 물론이고 수레를 호위하던 군사들이 만세를 부르며 환호했다.

하지만 낙양을 점거한 채 황제를 끼고 온갖 권력의 단맛을 누렸던 곽사의 추격은 집요했다. 그는 흡사 여의주를 잃어버린 용이나 되는 것처럼 눈에 불을 켜고 황제를 뒤쫓아왔다. 곽사는 패하여 달아나자마자 곧바로 전열을 정비해서 밤낮을 가리지 않고 다시 덤벼들었다. 그때마다 양봉은 동승의 군대와 연합해 이들을 격퇴했다. 하지만 거듭되는 파상 공격에 황제나 병사의 심신이 고단하기는 이루 말할 수 없었다. 낙양까지 아직 반도 더 남은데다 곽사군의 끈질긴 추격에 놀란 황제는 조마조마한 심정을 진정하기 어려웠다. 황제가 동승을 보며 말했다.

"장인어른이 오지 않았으면 제 운명이 어찌 되었겠습니까? 제가 장인어른 덕분으로 무사히 동도(낙양)로 갈 것 같은지요?"

나이가 어린 황제의 심적 고통은 이만저만이 아니었다. 환란이 끊이지 않는 자신의 처지가 두렵고 한심스러웠는지, 천진난만해야 할 얼굴엔 근심이 가득했다. 이를 지켜보던 동승이 안타까워 위로의 말을 했다.

"폐하, 국가란 항상 편안하지만은 않습니다. 편안함은 오히려 예외일 수도 있지요. 천하의 태평성세를 일컬어 문경의 치세라 하오나 경제 때 또한 환란이 있었습니다. 역사란 다 지나고 난 뒤에 돌아보아, '그때가 난세요, 치세요' 하는 법이지요. 비 오고 난 뒤 땅이 더욱 굳어지듯이 어려움 속에서 나라의 기강이 더욱 튼튼해질 수도 있는 것입니다. 옛말에 집안이 가난해져봐야 어진 아내를 생각하고 나라가 위기에 처해봐야 어진 신하가 그리워진다는 말이 있지 않습니까? 이제 나라가 위기에 처하니 수많은 어진 신하들이 폐하를 위해 목숨을 바치려 하고 있습니다. 이 어찌 폐하의 성덕聖德이 없이 가능한 일이겠습니까? 폐하께서 안정된 치세에 등극하셨더라면 명제 때만큼의 성세를 이룩하셨을 것입니다. 더구나 폐하의 보령이 이제 14세임을 생각하신다면 아마 불가능한 일은 아닐 것입니다."

동승은 이렇게 헌제를 위로한 후 계속 말을 이었다.

"폐하, 너무 심려하지 마십시오. 저와 양봉이 몸이 가루가 되는 한이 있더라도 폐하를 받들어 낙양으로 모시겠습니다. 그리고 이각과 곽사 두 역도놈의 목을 베어 천하를 바로잡겠습니다."

헌제 일행은 밤낮없이 낙양을 향해 말을 몰았다.

한편 황제의 어가를 빼앗기 위해 수십 차례나 추격을 거듭했지만 그때마다 번번이 혼쭐이 난 곽사는 패한 병사들을 벌판에 부려놓고 있는 중에 이각을 만났다. 한때는 가장 친한 친구였지만 언제부턴가 불구대천의 원수가 된 두 사람. 이제는 황제도 대신도 권력도 그들 수중에 없었다. 두 사람이 편을 나누어 싸우는 동안 장안성은 장제가 어부지리로 취하고 말았다. 권력도 영화도 잃어버린 채 허허벌판에서 만난 두 사람은 동병상련同病相憐을 느끼며 두 손을 마주잡았다. 이각과 곽사는 워낙 오랜 지기였으므로 다시 가까워지는 데는 그리 긴 시간이 걸리지 않았다. 먼저 곽사가 말했다.

"양봉과 동승이 황제를 호위해 낙양으로 가고 있네. 그러니 지금 자네와 나는 중요한 기로에 선 걸세. 양봉과 동승이 자리를 잡고 나면 틀림없이 여러 제후들을 동원해 자네와 나의 구족을 멸하려 할 것이네. 그 점에 대해 생각해보았는가? 앞으로 우리는 어찌해야 하는가? 똑똑한 자네가 한번 말해보시게."

이각의 얼굴에도 수심이 가득했다.

"지금 장제가 장안에 진을 치고 있으니, 한참 동안 장안에 머무를 것이 틀림없네. 중요한 것은 장안이 아니라 황제일세. 황제를 인질로 데리고 있으면, 천하는 쉽게 장악하는 것 아닌가? 그러니 우리 둘이 다시 합치세. 그런 다음 황제를 모셔오고 다시 지난 세월처럼 조정을 평정하는 것이 좋겠네. 그러다가 천하가 평안해지면 천하를 동서로 나누어 자네가 서쪽을, 내가 동쪽을 다스리면 되지 않겠는가?"

이각이 이렇게 말하자 곽사의 얼굴에는 기쁜 빛이 역력했다. 곽사가 말을 이었다.

"이제야 말이지만 자네와 헤어지고 나서 곰곰이 생각해보니, 무언가 석연찮은 점이 많았네. 그래서 내가 처를 닦달해보니 양표의 아내가 이간질을 한 듯하이. 이보게 후회한들 무슨 소용 있나. 이제라도 알았으니 둘이 힘을 합쳐 이전으로 돌아가세나."

이각도 맞장구를 쳤다.

"우리가 한족놈들에게 당했어. 내가 아무래도 양표와 주준의 꼬임에 넘어간 듯하네."

이각과 곽사는 곧 군사를 합류하여 한곳에 집결시켰다. 그 동안의 전투로 양쪽 다 병력 손실이 많았으나 둘을 합쳐놓으니 예전만 못하지만 그래도 막강한 대군이 되었다. 뿐만 아니라 이각과 곽사가 어깨를 나란히 하여 군대를 지휘하자 병사들의 사기도 한층 높아졌다. 자신감을 얻은 이들은 곧장 황제의 어가가 떠난 방향을 더듬어 출발했다. 이각이 곽사를 보며 말했다.

"우리는 대병이고 저놈들은 2천~3천 명도 되지 않으니, 일시에 전방위로 공격하여 아수라장을 만드세. 그리고 특별히 별동대別動隊를 조직해 황제와 황후를 납치하는 임무를 맡기는 게 어떻겠나?"

곽사가 이각의 말에 전적으로 동의했다. 이각·곽사의 군대가 연합군을 만들어 기세 좋게 뒤쫓아온다는 소문은 황제를 수행하는 양봉과 동승의 귀에 들어갔다. 병사의 숫자나 전투력 어느 모로 보나 이각·곽사의 대군을 감당할 방법이 없었지만, 그렇다고 가만히 앉아서 당할 수는 없는 노릇이었다. 양봉과 동승은 일단 적의 길목인 동간潼澗에 머물며 적의 진로를 차단하는 작전을 세웠다. 이와 동시에 황제의 어가는 계속 낙양을 향해 나아가도록 조치했다. 계절은 벌써 겨울로 접어들고 있었다.

이각·곽사 연합군은 군사를 둘로 나누어 곽사는 동간의 오른쪽에서, 이각은 동간의 왼쪽에서 양봉과 동승의 호위군을 일시에 휘몰아쳤다. 기습 공격을 받은 양봉과 동승의 군대는 그들을 당해낼 재간이 없었다. 양봉과 동승은 방어선이 허물어지자 수십 기의 부하들만 데리고 황제의 어가를 뒤쫓아갔다. 오랜만에 승전을 맛본 이각과 곽사군은 황제의 어가를 추격하면서 길가에 있는 마을을 뒤져 부녀자들을 겁탈하고 백성들의 재산을 마구 약탈했다.

황제의 대열에 합류한 동승과 양봉은 행렬의 속도가 너무 느린 것을 염려해 대책을 강구했다. 황제는 이번에 이각·곽사군에게 잡히면 끝장이라는 생각으로 갖고 온 어용御用 물품들 가운데 책과 서류 등 꼭 필요한 것만 남기고 모두 버렸다. 그리고 궁인들도 몇 명만 남게 하고 모두 귀향시키거나 개별적으로 낙양에 오도록 했다.

이각·곽사의 추격이 너무 빨랐기 때문에 양봉과 동승은 홍농으로 가는 것을 포기했다. 홍농에 들어서면 낙양까지는 거의 반이나 온 셈이었다. 또 홍농은 꽤 큰 성도라서 그곳에 은거해 추격군과 대치하면서 원병을 구할 시간도 벌 수 있었다. 하지만 홍농행을 포기한 양봉과 동승은 황제와 황후를 모시고 섬북陝北으로 달아났다. 이에 질세라 이각·곽사는 군사를 나누어 이들을 추격했다. 곽사는 홍농으로 들어가 백성들의 재산을 마구 빼앗았고, 이각은 황제를 뒤쫓았다. 이각과 곽사의 군대가 분산되자 양봉과 동승은 겨우 한숨 돌릴 수 있었다. 두 사람은 이각의 군사를 맞아 싸우는 한편, 급히 황제의 밀조를 하동으로 보내어 한섬韓暹·이락李樂·호재胡才 세 장수에게 구원을 청했다. 이들 가운데 전투력이 가장 강한 것으로 알려진 이락은 산적 가운데서도 흉포하기 짝이 없던 자였으나 때가 때인지라 어쩔 수 없이 원병을 청하게 됐다.

세 장수는 황제가 지난날의 죄를 사하고 벼슬을 주어 부르자 모두 영채를 거두고 달려왔다. 그들은 한달음에 휘하 군대를 거느리고 와서 동승에게 사후 보장을 받았다. 하루 전만 해도 산적에 불과했던 이들은 졸지에 황제군이 되어 이각·곽사군과 맞서 싸웠다. 사면과 사후 보장책이 주효했는지 세 장수는 있는 힘을 다해 싸워 이각군을 물리치고 곽사군에게 점령돼 있던 홍농도 탈환했다. 세 장군에 의해 일대 타격을 받은 이각·곽사군은 후퇴하면서 또다시 양민을 약탈하고 젊은 장정들을 붙잡아들여 감사군敢死軍(죽기를 각오하고 싸우는 군대)이란 이름 아래 화살받이로 이용했다.

이락·호재의 군대가 이각·곽사의 군사를 뒤쫓아 위양渭陽까지 왔을 때 곽사는 전군에게 전투에 불필요한 옷과 각종 휘장들을 길바닥에 던져놓으라고 지시했다. 그들을 추격해온 군대가 본래 산적들이므로 산적의 속성을 역이용하려는 것이었다. 곽사의 작전은 주효했다. 이락·호재의 병사들은 길바닥에 흩어진 의복과 물건을 보더니 주위를 살필 생각은 하지 않고 떨어진 물건을 하나라도 더 챙기느라 혈안이 됐다. 이때를 놓치지 않고 이각·곽사군이 사방에서 몰아치자, 대오가 이리저리 흩어져 있던 이락·호재군은 크게 패했다.

이락·호재군이 이각·곽사의 대병을 추격하여 적당히 쫓아버리는 동안 양봉과 동승은 한섬과 함께 황제의 수레를 호위해 쉼없이 낙양을 향해 나아갔다. 그런데 이락이 세차게 말을 몰아오더니 헌제에게 뭔가 급하게 고했다.

"우리 군이 이각·곽사군에 대패하고 전투중에 호재 장군도 전사했습니다. 폐하, 지금 사태가 매우 급하오니 폐하께서는 어가를 버리시고 말을 타고 먼저 피하시는 것이 좋겠습니다."

헌제는 기가 막혔다.

"이장군, 짐이 어떻게 이 추운 겨울에 백관들을 버리고 먼저 달아난다는 말이냐? 짐은 그렇게 할 수 없다."

헌제의 말에 모든 신하들은 울면서 뒤를 따랐다. 곧이어 전령은 계속해서 이각·곽사군이 쫓아오고 있다는 소식을 전했다. 동승과 양봉은 함곡관 방향으로 가는 것을 포기하고 황하를 건너는 수밖에 없다고 생각하고 황제에게 수레를 버리고 빨리 걸어서 황하 강변으로 가도록 했다. 이 길은 오히려 걸어가는 편이 나았다.

헌제 일행이 황하 연안에 이르렀으나 나루터를 찾지 못해 배를 구하기가 어려웠다. 이락이 백방으로 수소문하여 작은 배 한 척을 겨우 준비했다. 헌제는 황하를 건너 가까스로 이각·곽사군의 추격을 피할 수 있었다. 이때 강을 건넌 사람들은 헌제와 헌제의 가장 가까운 측근 10여 명에 불과했다. 그러나 시간이 지나자 어떻게 강을 건넜는지 신하들과 군사들이 속속 황제 곁으로 모여들었다. 강을 건넌 뒤 양봉은 농가에 가서 달구지 한 대를 구해와 어가를 대신해 황제를 모셨다. 이들은 걸음을 재촉해 섬주陝州의 대양大陽에 다다랐다.

황제 일행이 그곳에 도착한 때는 사람들이 모조리 떠나간 뒤라 마을 전체가 텅 비어 있었다. 그해에는 지독한 흉년이 들어 백성들은 초근목피로 연명을 했고, 그나마도 구할 수 없어 굶어 죽는 사람이 속출했다. 그래서 그해엔 공공연히 양각양兩脚羊(다리 두 개 달린 양, 즉 인육)이 나돌았다. 인육상들은 불에 잘 쬐어 말려먹어야 하는 노인이나 야윈 남자를 요피화饒披火, 양고기보다 맛이 좋은 젊은 부녀를 불선양不羨羊이라고 불렀고, 삶으면 뼈까지 먹을 수 있는 어린 아이는 화골란和骨爛, 남자의 양 넓적다리와 여자의 유방은 한 입 먹으면 너무 맛있어 또 먹고 싶어진다는 뜻으로 상육想肉이라 불렀다.

황제는 장작으로 쓰기 위해 문을 떼어낸 흙집 가운데 하나를 찾아 대충 겨울바람만 막고 밤을 지샜다.

다음날 헌제가 이락을 정북장군征北將軍에, 한섬을 정동장군征東將軍에 각각 봉한 뒤 소달구지를 타고 길을 나서는데, 두 대신이 나타나 수레 앞에 엎드렸다. 바로 태위 양표와 태복 한융이었다. 양표와 한융은 무사히 황제를 만나게 되어 기뻤으나, 소달구지를 탄 황제를 보자 황제의 처지가 너무 안쓰러워 통곡했다. 헌제도 함께 울었다. 얼마 뒤 한융이 헌제 앞에 꿇어엎드려 말했다.

"이각·곽사는 그래도 제 말을 잘 듣는 편입니다. 제가 그들에게 가서 군사를 거두라고 할 터이니 폐하께서는 너무 걱정하지 마시고 용체龍體를 보전하십시오."

한융이 적진을 향해 길을 떠나자, 황제 일행은 안읍安邑으로 가서 피신하는 것이 좋겠다는 양표의 청에 따라 안읍으로 길을 떠났다. 안읍 역시 대양과 별반 다를 것이 없었다. 고을은 황폐하고 여기저기 보이는 집들은 대부분 빈집이었다. 황제와 황후는 그 가운데에서 바람을 가릴 수 있는 집을 골라 들어갔다. 문도 울타리도 없는 초가였다. 신하들이 거적과 짚단을 준비해 겨울바람을 막았으나 어느 틈에선가 새어 들어오는 바람으로 언 몸을 녹이기가 어려웠다. 그 경황에도 신하들은 언 손을 입으로 불어가며 가시나무를 베어 울타리를 만드는 한편, 병사들은 울타리 밖에서 불을 피우며 병기로 언 땅을 파서 진영을 세웠다.

헌제 일행이 한동안 안읍에 머무르자 이락은 자기가 마치 승상이나 된 듯이 행동하기 시작했다. 헌제의 일에 일일이 간섭을 하는가 하면, 자기 비위에 거슬리는 백관이 있으면 어전御前이건 어디건 가릴 것 없이 끌고나와 욕하고 구타했다. 그리고 인근에서 음식과 의복이 올라오면 그 가운데 좋은 것은 이락과 그 부하들이 먼저 차지하고 남는 것을 황제와 백관에게 보냈다. 황제의 밥상에 쉰밥과 농주가 올라오는 날도 있었다. 헌제는 양기나 동승에게 말하고도 싶었지만 혹시라도 이락의 비위를 상하게 할까봐 쉬쉬했다.

그러던 어느 날 이락이 헌제에게 와서 말했다.

"폐하, 저는 폐하를 사지에서 모시고 왔는데 저 식충이 같은 백관이라는 작자들은 도무지 신의 말을 제대로 듣지 않습니다. 이래서야 어찌 이 난국을 헤쳐나가겠습니까? 저희들이 없다면 폐하와 저 대신들이 입에 풀칠이라도 하겠습니까? 그러니 저의 부하들에게도 직책에 맞는 벼슬을 내려주셔야겠소."

황제는 어찌할 바를 모르다 이락의 험한 얼굴에 질려 말했다.

"그대의 노고를 내 모르는 바 아니오. 어떤 자들에게 어떤 벼슬을 내려달라는 말인가?"

헌제의 말에 이락은 좋아라 하며 자기 졸개들을 200여 명 이상이나 일일이 나열했다. 헌제가 들으니 그 가운데에는 무당이나 강도도 있고, 노복奴僕·무녀·관비官婢·백정에게까지도 교위校尉나 어사御史의 벼슬을 내려야 할 판이었다. 아무리 난중이라지만 무당에게 무슨 공이 있는지 황제는 알 수 없었다. 그러자 이락이 말했다.

"폐하, 곽씨郭氏 무당으로 말할 것 같으면, 우리 군사들의 길흉화복을 점쳐주고 전쟁을 잘할 수 있도록 굿도 해주었습니다. 황제의 목이 붙어 있는 것도 다 곽씨 무당 덕일 수 있으니 그 공이 어찌 크지 않겠습니까?"

헌제가 이 말을 듣자 한심하기 짝이 없어 잠시 시간을 끌다 말했다.

"그런데 급히 성을 떠나오는 바람에 옥새를 챙기지 못했구려. 그나마 남아 있는 어전용 기물들은 동간 부근에 모두 버리고 왔으니 벼슬을 내리려 해도 줄 인장이나 교지로 쓸 종이도 없구려. 그러니 어찌 하겠소?"

이락은 걱정 말라고 하더니 잠시 후에 나뭇조각과 송판을 수백 장이나 구해와서 옥새 대신에 송곳으로 서명을 해달라고 억지를 부렸다. 헌제가 시자로 하여금 송판에 글을 짓게 한 다음, 송곳으로 일일이 서명을 하여 옥새를 대신했다. 참으로 황제의 체통이 말이 아니었다. 황제는 생전 처음 잡아보는 송곳으로 송판을 팠다. 그러다보니 자신의 처지가 한스러워 죽을 지경이었다.

한편 이각·곽사를 찾아간 한융은 두 사람에게 엄동설한이니 회군할 것을 권유해 결국 그들을 돌려보냈다. 황제 일행은 역도들의 손아귀로부터 벗어난 것을 서로 축하했다. 하지만 이각·곽사가 물러났다고 해서 걱정이 줄어든 것은 아니었다. 황제가 닿은 고을마다 굶어 죽은 자들의 시체가 추수 후의 볏단처럼 쌓여 있을 뿐, 입에 넣을 곡식 한 톨 구하기 힘들었다. 그나마 상당 태수 장양과 하동 태수 왕읍王邑이 곡식과 육류 및 옷감을 바쳐 황제는 겨우 굶주림과 추위를 면할 수 있었다.

서기 196년 봄.

헌제를 모시고 있던 동승과 양봉이 서로 협의해 낙양의 궁전을 대강이라도 수축하게 한 뒤, 황제를 낙양으로 모시고 가려 했다. 그런데 이락이 이를 반대하고 나섰다. 동승이 그를 타일렀다.

"낙양은 본래 한 황실의 도읍이오. 지금 폐하께서 계신 안읍과 같이 좁은 시골 땅에서 황제를 오랫동안 머무르시게 할 수는 없는 일이 아니오?"

이 말에 이락이 퉁명스럽게 대답했다.

"당신들이나 그 어린 천자를 데리고 가시오. 나는 여기에 남겠소. 나는 당신네들이 이해가 안 되오. 아무런 힘도 없는 어린 아이를 천자랍시고 우르르 몰려다니면서 따라다니니, 나 원. 당신들은 차라리 고향으로 가면 땅도 있을 테니 호의호식好衣好食할 수 있는 것 아니오?”

이 말에 양봉·동승은 그저 웃을 수밖에 없었다.

양봉·동승이 헌제를 모시고 낙양으로 떠나자, 이락은 뭔가 빼앗긴 것 같은 마음에 보통 심통이 나는 것이 아니었다. 물론 헌제의 어가가 안읍에 머무를 것이라고 생각하지는 않았지만, 그 동안 실질적으로 가장 고생한 사람들은 자기들인데 황제나 백관들이 도무지 고마워하는 기색이 없을 뿐 아니라 벼슬이라고 받은 것도 녹봉이 없는 허명虛名에 불과했다.

생각하면 할수록 화가 치밀어오른 이락은 그 동안 황제를 위해 싸운 것이 후회됐다. 제후라도 줄 듯이 말해 황제의 어가를 따라왔거늘 이제 와 따져보니 소득 없는 고생만 잔뜩 한 셈이 되었다. 밤늦도록 궁리한 끝에 이락은 황제를 이대로 보낼 수 없다고 결론지었다. 캄캄한 밤에 이락은 급하게 이각·곽사에게 사람을 보내 ‘조건만 적당하면 황제를 납치해주겠다’고 전했다. 이각·곽사는 생각해볼 것도 없이 제후 자리를 보장해주었다. 이에 이락은 군대를 몰아 헌제의 일행을 추격하기 시작했다.

동승·양봉은 전령들을 통해 이미 이락의 음모를 알고 있었다. 그들은 황제가 탄 수레가 최대한 빨리 낙양으로 갈 수 있도록 재촉하는 한편, 이락의 추격군을 격파하기 위한 전투 채비를 서둘렀다. 바람처럼 휘달려온 이락은 새벽 기운이 잦아들 무렵 앞서가는 양봉·동승의 군대를 발견했다. 희붐한 어둠 속에서 이락이 고함을 질렀다.

“어가를 당장 멈추어라. 이각과 곽사가 여기 있다.”

양봉이 좌우를 보며 말했다.

"이각과 곽사가 올 수 있는 시간이 아니오. 저놈은 이락이오."

양봉은 즉시 서황으로 하여금 어스름한 어둠을 이용해 저격수 5명과 별동대 20여 명을 데리고 가서 이락을 주살하라고 명령했다. 서황과 별동대가 어둠을 타고 재빨리 적진 속으로 침투해 들어가더니 너무나 손쉽게 이락을 시살해버렸다. 화살을 맞은 이락이 말잔등에서 굴러떨어지자 서황이 단신으로 이락군을 헤치고 들어가 땅바닥에 나뒹굴고 있는 이락의 목을 베어 높이 치켜들었다. 그러자 이락의 졸개들은 전의를 잃어버리고 허둥지둥 달아나기 시작했다.

헌제 일행이 낙양의 길목인 기관箕關에 도착하자, 하내 태수가 마중나와 헌제에게 예를 갖추고 곡식과 비단을 바쳤다. 헌제는 하내 태수에게 대사마의 벼슬을 내렸으나, 하내 태수는 이를 사양하고 황제의 어가를 보호하기 위해 군사를 이끌고 야왕野王에 주둔했다.

드디어 헌제의 어가가 낙양에 도착했다. 헌제는 아직 어린 나이였지만 워낙 많은 일을 겪어서인지 낙양에 들어서자 만감이 교차했다. 황제는 어가에서 나와 주변을 둘러보았다. 광무제가 낙양을 도읍으로 정한 지 어언 170여 년. 그간의 왕업王業은 어디에도 없고, 명제와 장제의 영화도 짧은 봄꿈처럼 사라지고 없었다. 전란 통에 불탄 궁전은 기괴한 모습으로 힘겹게 서 있었고 시가지는 잡초들로 뒤덮여 황폐함을 더하고 있었다. 그처럼 아름답던 황궁의 정원인 탁룡원濯龍園은 계절을 뒤로한 채 잡초만 무성했다. 헌제가 이 광경을 보고 눈물을 글썽이며 지난날을 회고했다.

"황제가 나약하면 간신이 들끓고 종묘사직이 시들면 도적이 날뛴다고 하는데, 짐朕은 명장明璋의 치세는 고사하고 한 황실의 종적조차도 보존하지 못하고 있으니……. 어린 시절에 아버님이신 영제께서 짐을 안고 거닐던 탁룡원이 어째 이런 모습이 되어 있단 말인가. 짐의 이 큰 죄를 어찌 다 갚을 수 있을까.”

양봉이 헌제를 위로했다.

“폐하, 자책이 너무 심하십니다. 지금 한 황실이 이 지경이 된 것이 어찌 폐하의 잘못이겠습니까? 폐하의 보령 이제 15세이십니다. 앞으로 얼마든지 한 황실 중흥을 도모하실 수 있을 것입니다. 소신, 몸을 아끼지 않고 저희 한 황실의 영광을 되찾도록 폐하를 보필하겠습니다.”

헌제가 말을 이었다.

“장제께서는 19세에 즉위하시고도 명군明君으로 청사에 길이 빛나시고 그 이후의 선조대왕들께서는 모두 10세 전후의 어리신 나이에 즉위하시고도 나라를 잘 이끌어오셨소. 그런데 짐이 등극하고서 일어나는 변란은 이전과는 매우 다르오. 외척이 권세를 누린 적은 많았으나 오늘날처럼 전국에 군벌들이 맹수처럼 일어나 각축을 벌이지는 않았소. 모두 이 몸이 약한데다 천분天分이 미약하기 때문이오.”

낙담한 헌제를 어떻게든 위로하고 싶었던 양봉이 다시 말을 이었다.

“폐하, 이제 그토록 그리워하시던 낙양에 오셨으니 다시금 궁을 복원하여 황실 중흥을 위한 힘을 모아야 합니다. 이제부터 시작이라고 생각하십시오.”

이 말을 듣고 헌제는 우선 양봉에게 불타지 않은 작은 궁들을 수리하고 지붕이 없는 전각들에 지붕을 얹게 하여 황제와 백관의 거처를 마련토록 했다. 그러나 대전大殿이 마련되지 않아 당분간 문무백관들은 조례 때마다 바람 부는 빈터에 서 있어야 했다.

황제를 업은 조조

　낙양으로 돌아온 헌제는 어떻게 해서든 자신이 주축이 되어 황실의 면모를 제대로 갖추려 애썼으나 웬일인지 뜻대로 되지 않았다. 그해 여름과 가을에 걸쳐 또 한차례 흉년이 나라 안을 휩쓸었다. 백성들은 말할 것도 없고 헌제 주위에 모인 문무백관들조차 녹봉을 받을 수 없어 매일매일 양식을 장만하는 것이 전쟁을 치르는 것과 같았다. 먹을 것이 없는 백성들이 하나 둘, 입에 풀칠이라도 할 요량으로 성을 떠나니 수만을 헤아리던 낙양성 안의 가호家戶가 겨우 수백 호밖에 남지 않았다.

　헌제의 수심이 하늘을 찌를 듯했다. 헌제가 태위 양표를 불렀다.

　"지금 도성 안에 무너진 담과 빈터에는 시체들이 널려 있고, 상서랑 이하의 백관들은 땔나무를 구하러 성밖으로 나다닌다고 들었소. 한나라 400년의 역사에 이처럼 참담하고 쇠퇴한 적은 없었소. 이 일을 어찌하면 좋단 말이오?"

"폐하, 천재지변으로 나라 안이 비참한 지경에 이르렀으나 이를 타 개할 만한 인물이 한 사람 있긴 합니다."

"그 사람이 누구란 말이오? 그런 사람이 있는데 왜 진작 내게 일러 주지 않았소. 나는 지금 지푸라기라도 잡고 싶은 심정인 줄 양태위가 잘 알고 있지 않소?"

"조조라는 자로, 폐하께서도 이미 들어보신 이름인 줄로 압니다. 작년에 폐하께서 어명을 내리셨으나 이각·곽사와의 전쟁 통에 조조 에게 제대로 사람을 보내지 못했습니다. 그는 현재 산동에 머무르고 있다는데, 휘하에 뛰어난 장수들과 막강한 군사들이 있으니 그를 입 조시켜 황실을 보위하고 사직을 재건하는 길을 구하도록 해보심이 좋겠습니다."

헌제는 크게 반가워하며 말했다.

"짐이 이미 조서를 내린 바 있거늘 새삼스럽게 물을 필요가 뭐 있 겠소. 다시 조조에게 사람을 보내도록 하시오."

양표는 조조가 있는 산동성으로 곧 사람을 보냈다. 그때 조조는 헌 제가 무사히 낙양에 귀환했다는 소식을 듣고 참모들을 불러 앞으로 어떻게 대처해야 할지 논의했다. 순욱이 말했다.

"전에 진晋나라 문공文公은 종실宗室인 주周나라 양왕襄王을 받들어 모신 까닭에 천하의 제후들이 복종했고, 한고조께서는 무도한 항우項 羽에 의해 돌아가신 의제義帝의 장례를 잘 치렀기 때문에 천하의 제후 들이 그의 휘하로 들게 되었습니다. 지금 나이 어리신 황제께서는 몽 진蒙塵중이라 매우 어려운 처지에 계시니 이때를 이용해 장군께서 천 자를 받드신다면, 천하 백성들의 인망을 얻어 불세출의 영웅이 되실 것입니다."

순욱의 말은 조조가 듣고 싶었던 말이었다. 그래서 어떻게 하면 낙양으로 갈 수 있는 계기를 만들까 궁리하던 차에, 천자가 보낸 사자가 와서 조서를 전했다. 조조는 앞뒤 가릴 것도 없이 그날로 군사를 이끌고 낙양으로 떠났다.

겨울로 접어들면서 낙양의 사정은 더 어려워지고 있었다. 공무를 수행하거나 무너진 성곽을 수리하는 것은 고사하고 하루 세 끼를 해결하는 것도 힘들었다. 황제가 고통스러운 날들을 보내고 있는데 이각과 곽사가 합심해 낙양으로 쳐들어오고 있다는 소식이 날아들었다. 전투는커녕 끼니조차 이을 형편이 못 되는 처지에 그들과 맞서 싸운다는 것은 불가능한 일이었다. 동승은 어쩔 수 없이 급하게 황제에게 조조가 있는 산동으로 몸을 피할 것을 권했다. 적을 맞아 싸울 화살 한 대도 변변히 없는 처지라 황제는 별 수 없이 동승의 말에 따라 그날로 조조가 있는 산동으로 떠날 준비를 했다. 워낙 물자가 귀했기에 황제가 탈 수레는 어떻게 마련했으나 문무백관들은 타고 갈 말이 없어 걸어서 길을 떠났다.

낙양을 떠나 노양魯陽에 이르렀을 때 먼 발치에서 천지가 떠나갈 듯한 북소리와 함께 뿌연 먼지를 일으키며 대군이 몰려오고 있었다. 어린 황제와 황후는 무서워 어쩔 줄을 모르고 있는데, 그 대열에서 한 사람이 급하게 말을 타고 달려와 황제가 탄 수레 앞에 엎드렸다. 양봉이 보니 그는 산동의 조조에게 갔던 바로 그 사신이었다.

"조조 장군이 황명皇命을 받들어 군사를 거느리고 낙양으로 오던 중 이각·곽사가 침범한다는 보고를 받았습니다. 먼저 하후돈을 선봉장으로 하여 장수 10여 명이 정병 2만을 거느리고 폐하를 호위하러 오고 있습니다."

이 말을 듣자 헌제는 안도의 한숨을 내쉬었다. 잠시 후 하후돈이 허저·전위 등을 거느리고 어가 앞에 도열하여 군례軍禮를 올렸다. 황제가 기뻐하며 이들을 격려하고 있을 때, 전령이 와서 보고했다.

"조조 장군의 보병이 막 도착하고 있습니다."

얼마 후 조조의 보병을 이끌고 온 조홍·이전·악진이 어가 앞에 도열하여 또 한번 황제에게 군례를 올렸다. 조홍이 헌제에게 보고했다.

"신의 형 조조 장군이 이각과 곽사의 무리들이 어가 가까이 온다는 소식을 듣고, 하후돈만으로

는 부족할 것 같아 저희들을 보냈습니
다. 조조 장군의 지시대로 폐하를 보위
하여 안전하게 모시겠습니다."

　황제로서는 모처럼 만에 누리는 호사였
다. 게다가 그 장군들의 면면이 믿음직해 몹
시 기뻤다. 조조의 군단은 이전의 군벌들과는 다른
느낌이 들었다. 뭔가 동질감이 느껴지는 것 같기
도 했다. 우선 그들은 동탁이나 이각·곽사처럼
흉노 출신이 아니었다. 그리고 군지휘관의 태도
도 하나같이 공손하고 어린 시절에 아버지의 품안에서 보았던 의젓
한 어림군의 모습을 상기시켰다. 황제는 마음이 안정되어 의젓하게
말했다.

　"조장군은 한나라 사직을 바로 세울 참된 신하임에 틀림없소. 이제
어가를 호위하도록 하시오. 다시 낙양으로 돌아갑시다."

　헌제는 조조 휘하 장수들의 호위로 다시 낙양으로 발길을 돌렸다.
그러나 이들이 낙양성에 도착하기 전에 이각·곽사의 무리가 가까이
쳐들어오고 있다는 소식이 전해졌다. 헌제는 하후돈에게 그들을 맞
아 싸울 것을 명했다. 하후돈과 조홍의 군대가 좌우익을 맡아 대적하
자 이각·곽사의 군대는 엄정하고 잘 훈련된 조조의 군대 앞에 사족
을 쓰지 못했다. 그들이 거느린 군대는 긴 싸움으로 지쳐 있었기 때

문에 오랫동안 양병을 하며 때를 기다려온 조조군을 당해낼 수 없었다. 이로써 헌제는 다시 낙양으로 환궁하게 되었다. 성으로 돌아온 하후돈은 성밖에 군사를 주둔시켰다.

다음날 조조는 대군을 거느리고 낙양에 도착해 성밖에 병영을 설치하고 황제의 거처로 들어와 계단 아래에 꿇어엎드려 황제를 알현했다. 헌제는 너무 뿌듯하고 기뻐 친히 조조를 일으켜세웠다. 조조는 황제를 올려다보며 말했다.

"신 조조는 조상 대대로 나라의 은혜를 입은 몸으로 늘 그 은혜에 보답할 마음을 깊이 새겨왔습니다. 그 동안 폐하께서는 이각 · 곽사의 무리들로 인하여 얼마나 많은 고초를 겪으셨습니까? 이제 신이 정병 5만여 명을 동원해 저들을 완전히 토벌하겠습니다. 폐하께서는 안심하시고 용체를 잘 보존하십시오. 한나라 사직은 온전히 폐하의 용체에 달려 있습니다."

헌제는 조조를 사예교위에 임명하고 황제의 비서실장격인 녹상서사의 벼슬을 겸하게 했다. 이로써 조조는 공식적으로 중앙군사권과 행정권을 모두 장악, 정승의 반열에 오르게 됐다.

한편 이각 · 곽사는 멋모르고 덤볐다가 일격의 쓰라림을 당하고서도 또다시 낙양으로 진군할 계획을 세웠다. 조조만 오지 않았다면 다시 한번 황제를 손아귀에 넣고 천하를 좌지우지해볼 수 있었는데, 난데없이 나타난 조조가 얄밉기만 했다.

"그 환관놈의 군대는 먼길에서 달려와 지금은 피로한 상태이니 기다리지 말고 속전속결로 끝장을 봅시다."

그러자 가후가 만류했다.

"그건 불가능합니다. 지금 아군은 피폐한 상태입니다. 동원할 수 있는 병력도 채 1만여 명이 못 됩니다. 이 상태에서 조조의 5만 정병을 맞아 싸운다는 것은 스스로 죽자는 행위나 다름이 없습니다. 그리고 조조 휘하에는 하후돈·조홍·허저·전위·이전·악진 등의 용장들이 있습니다. 고향과 가까이 연락할 수 있는 장안으로 떠나거나 차라리 항복을 하시는 것이 상책이라 생각됩니다.”

가후의 말에 이각은 몹시 화가 났다. 언제부턴가 자신들의 일에 별로 적극적이지 않을 뿐 아니라, 먼발치로 물러나 있는 것처럼 행동하던 가후를 석연찮게 여겨온 터였다. 그런데 이제 항복하자는 말까지 하니 도대체 가후는 어느 쪽 사람인지 알 수가 없었다. 이각이 버럭 소리쳤다.

“너 이놈, 가후야! 나더러 항복을 하라니. 네놈이 저번에 굿을 벌인 일로 내게 간언한 이후, 네 행동거지가 여간 수상쩍지 않았다. 너는 나와 같은 지역에서 나고 자란 놈인데 요즘에는 머리끝부터 발끝까지 한족 행세를 하더구나. 이제 보니 네놈은 첩자임이 분명하다. 내 더 이상 너를 살려둘 수 없다.”

이각이 당장 칼을 빼들고 가후를 죽이려 하자 주변에 있던 많은 사람들이 만류했다. 그 덕에 가후는 겨우 죽음을 면했지만 그날 밤 홀로 말을 타고 고향 무위로 돌아가고 말았다.

다음날 가후의 충고에도 불구하고 이각은 군사를 이끌고 조조의 진지를 공격하러 나섰다. 조조는 먼저 허저·조인·전위 등에게 명해 이각의 선봉을 상대하게 하는 한편, 허저에게 좌우 측면을 교란하게 했다. 이각의 조카 이섬과 이별이 이 전투에서 죽었으며, 이각과 곽사는 가후의 말대로 대패하여 달아났다. 이 전쟁으로 재기가 어려워진 이각은 깊은 산중에 몸을 숨겼다.

　이각·곽사를 대파한 조조는 군사를 이끌고 낙양성 밖에 진을 쳤다. 그 동안 황제를 모시고 몽진을 이끌어온 양봉과 한섬은 조조군의 위용에 압도되어 앞으로의 일이 은근히 걱정되기 시작했다. 하루는 양봉이 한섬에게 말했다.

　"지금 조조가 공을 크게 세웠고 폐하께서도 조조 장군만을 신임하고 있으니, 앞으로 우리는 자리를 보전하기가 어려워지지 않겠소? 조조 장군은 우리를 거들떠보지도 않고 오히려 우리가 어린 황제를 겁박한 듯이 생각하고 있으니 장차 이 일을 어찌하면 좋겠소? 내가 무슨 큰 보상을 바라고 황제를 모시고 온 것은 아니지만 지금 황제의 눈엔 조조밖에 없어요. 이렇게 죽치고 있어서 될 일이 아니지 않겠소?"

　한섬이 대답했다.

　"저도 공의 생각과 같습니다. 지금까지 그 어려운 상황들을 헤치고 지나온 것은 헤아리지 않고, 뒤늦게 나타난 조조는 우리에게 폐하를 제대로 모시지 못했다고 책망의 눈길을 보내고 있어요. 더 이상 저들의 눈치를 볼 게 아니라 차라리 이각과 곽사의 잔당을 쳐부순다는 구실로 군대를 얻어 낙양을 떠납시다."

　양봉이 이 말에 동의했다.

　양봉과 한섬은 이각·곽사의 대역무도한 일을 낱낱이 고한 후 그들의 잔당을 뿌리뽑겠다며 헌제에게 수천의 군대를 지원해달라고 청했다. 헌제는 조조와 상의해 조조군의 일부와 낙양 주변의 군대를 소집하여 3천의 군사를 이들에게 주었다. 양봉·한섬은 자신들이 뜻한 대로 일이 해결되자 군사들을 이끌고 낙양을 떠났다.

　조조가 온 이후로 낙양이 제법 수도로서의 모습을 갖춰가자 헌제는 조조에게 의지하는 마음이 더 커졌다. 하루는 헌제가 조조의 진영에 동소董昭를 보내 조조를 어전에 들도록 명했다. 천자가 보낸 사자가 도착했다는 말을 듣고 조조가 맞이하러 나갔다. 동소를 맞이한 조조는 일순 놀라움을 금치 못했다. 지독한 흉년 탓에 모두들 초근목피로 연명하여 몰골이 말이 아닌데 동소는 수려한 얼굴에 기름기마저 번지르르했다.

'지금 동군東郡은 크게 흉년이 들어 군·관·민 할 것 없이 모두 굶주리는 판에 저놈은 어떻게 지냈기에 얼굴이 저토록 맑고 윤기가 도는가?'

조조는 속으로 그런 생각을 했으나, 겉으로는 친절하게 동소를 맞이했다. 그러나 조조는 궁금증을 잘 참지 못하는 성격이라 결국 천자의 사신에게 물었다.

"공의 이름은 무엇이오? 지금 동군은 크게 흉년이 들어 모두 초근목피로 연명할 뿐 아니라 인육마저 나돈다는 소문인데, 공의 얼굴은 유난히 윤기가 흐르는구려. 무슨 비결이 있소?"

이 말을 듣고 동소가 대답했다.

"저는 제음현濟陰縣 정도定陶 사람으로 성명은 동소, 자는 공인公仁이라 합니다. 제 혈색이 좋은 것은 별다른 방법이 있어서가 아닙니다. 다만 한 30여 년간 채식만을 해왔는데, 그것이 비결이라면 비결이 되겠지요."

이름이 자세히 기억나지는 않았지만, 그의 이름이 귀에 익은 것도 같았다. 고개를 끄덕이던 조조가 다시 물었다.

"지금 공이 맡고 있는 직책은 무엇이오?"

"저는 과거에 급제한 후에 원래는 원소 휘하에서 일을 돕다가 폐하께서 환도하셨다는 말씀을 듣고 와서 뵈었더니 재주도 없는 저에게

정의랑正義郎의 벼슬을 제수하셨습니다."

조조는 자리를 고쳐앉으며 말투를 바꾸어 공손하게 말을 이었다.

"공의 이름을 들은 지 이미 오래되었소. 이렇게 뵙게 되어 영광입니다."

조조는 동소를 위해 술상을 마련하고 그간의 일을 이야기하다가 순욱까지 불러들여 함께 어울렸다. 순욱이 들어와 자리에 앉자, 조조는 화제를 바꾸어 조정의 일을 물었다. 동소가 조조의 말을 듣고 대답했다.

"장군께서는 의로운 병사를 일으켜 폭도들을 진압하셨으니 그 공이야말로 춘추오패春秋五霸인 제나라 환공, 진나라 문공, 진나라 목공, 송나라 양왕, 초나라 장왕의 공적과 다를 바 없습니다. 그러나 낙양에 있는 사람들은 공을 시기해 업적을 폄하하려 들 것입니다. 저마다 황제의 어가를 호위한 공로를 인정받으려 할 것이고 조장군께서도 그 부류에 속할 뿐이라고 생각하는 사람이 대부분입니다. 원래 낙양은 그런 곳입니다. 제 생각으로는 한 황실이 400년이나 파먹은 장안과 낙양은 이미 운수가 다한 곳입니다. 황제를 설득하여 차라리 천도를 하십시오. 현실적으로 백관들의 녹봉도 주지 못하고 있지 않습니까?"

조조는 이 말을 듣자 귀가 번쩍 뜨였다.

"환도한 지 얼마나 되었다고 또다시 천도를 합니까? 그리고 어디로 옮긴다는 말씀이십니까?"

"장군께서 터전으로 삼고 계신 허도許都로 가시면 됩니다. 만일 장군께서 군사를 이끌고 낙양에 오래 계신다면 불편한 일이 일어날 것입니다. 그리고 뭔가 조금만 잘못되어도 그 공은 사라지고 대역무도

하다거나 기군망상한다는 소문이 난무할 것입니다. 하루라도 빨리 허도로 천도하심이 좋을 것입니다. 물론 장군의 근거지로 천도하겠다고 하면 모두들 입방아를 찧기는 하겠지만, 지금 낙양은 워낙 상태가 좋지 못하니 분명 좋은 구실을 찾을 수 있을 것입니다. 이 점을 집중적으로 부각시키면 그다지 어려운 문제는 아닙니다."

조조는 웃음 띤 얼굴로 동소의 손을 잡으며 물었다.

"사실 저도 그런 생각을 하긴 했습니다. 그러나 양봉과 한섬이 이각과 곽사의 잔당을 소탕한다는 구실로 군사를 몰아서 대량에 머물러 있고 대신들이 조정에 있으니 반발이 극심할 수도 있습니다. 또다시 변란이 일어나지는 않겠소?"

"그것은 걱정하실 게 못 됩니다. 먼저 양봉에게 글을 띄워 그의 노고를 치하하고 그 동안의 공로를 높이 인정하여 안심시키면 될 것입니다. 그리고 낙양에는 양곡이 바닥났으니 양곡의 운반이 용이한 노양魯陽을 가까이 둔 허도로 천자를 모실까 한다고 대신들을 설득하면 그들이 반대할 까닭이 없을 것입니다."

조조는 동소의 말을 듣자 크게 고무되었다. 그는 천자의 사신으로 온 동소가 궁으로 돌아가려 하자 아쉬운 듯 그의 손을 잡았다.

"앞으로 자주 들러서 항상 좋은 가르침을 주십시오."

"저는 별달리 재주가 없는 사람입니다."

동소가 다녀간 이후 조조는 날마다 측근들을 불러모아 도읍을 옮기는 문제에 대해 은밀하게 논의했다. 이들은 대부분 천도 쪽으로 의견을 모았다. 그러던 어느 날, 평소 주역에 해박한 곽가가 조조와 둘이 앉은 자리에서 오행의 논리로 천도의 정당성을 역설했다.

"『상서尚書』에 이르기를, 하늘은 친한 사람은 없고 오로지 덕이 있는 사람을 돕는다고 했습니다. 이와 같이 천명이란 사람이 어떻게 할수 없는 거취가 있는 법입니다. 오행에는 반드시 홍망성쇠가 있습니다. 화생토火生土라 하여 화기火氣가 쇠하면 토기土氣가 성하게 되어있습니다. 오행의 원리를 인위적으로 막기는 어려운 법이지요."

"그럼, 이 시대는 토기가 홍하는 시기란 말이오? 그렇다면 내가 토덕을 지녔어야만 천도에도 운이 따를 것인데, 내가 토덕을 가졌는지화덕을 가졌는지 어찌 안단 말이오?"

곽가가 대답했다.

"장군께서는 지금 토명土命을 받으려 하고 있습니다만, 실은 수덕水德을 가진 분입니다. 따라서 장군이 천하를 도모할 때는 선양禪讓으로 천하를 받으실 수는 없을 것입니다. 장군께서 들으시면 불쾌하시겠으나 이 혼돈의 시대에 내로라하고 나선 인사들 가운데 제가 보기에는 유비만이 선양을 할 운세를 가졌습니다. 물론 그자가 강한 힘을가졌다는 전제하에서 말이지요. 토덕을 가진 유비가 선양에 성공한다면 이는 상생에 의한 것입니다. 그러나 장군께서는 상생이나 선양의 논리로는 천하대세를 도모하기가 어렵습니다. 하지만 토덕을 가진 자에게도 치명적인 장애는 있습니다. 유비 같은 자는 상생의 시대에서나 천하의 주인이 될 수 있지 상극의 시대에는 어울리지 않습니다. 장군이 생각하시기에 지금 이 시대가 어떤 시대인 것 같습니까?"

조조는 고개를 끄덕였다.

"무슨 뜻인지 잘 알겠소. 그러면 천도는 어떻게 보시오?"

"천도를 하시되 장군께서는 타고나신 수덕은 숨기시고 대외적으로토덕을 강조하셔야 합니다. 음양오행설에 따르면 흙의 기운은 중화中和하는 성질을 가지고 있습니다. 따라서 분노를 삭이고 제후들과 사이좋게 지내야 합니다. 그리고 우선 황제를 높이는 존황尊皇의 예를 과시해야 합니다. 지금 가시려 하는 허도는 토에 속하는 땅입니다. 따라서 장군께서 토덕을 위장하시고자 한다면 더없이 좋은 땅이 될 것입니다."

조조가 의아해서 물었다.

"황제를 높이는 것은 그렇다 하더라도, 이 난세에 어찌 모든 사람들과 좋은 사이를 유지하며 지낸단 말이오?"

"그래서 원교근공遠交近攻, 즉 가까운 곳은 치고 먼 곳에 있는 제후들과는 가까이 지내라고 하지 않습니까."

조조는 곽가를 비롯한 참모들의 의견에 힘입어 천도를 실행에 옮기기로 마음먹었다. 다음날 그는 헌제를 찾아가 예를 올리고 말했다.

"폐하, 동도는 이미 오래전에 황폐해져 고치고 다듬어 사용하기가 불가능한데다가 변란이 일어나거나 흉년이 들면 양식조차 운반하기가 어려워졌습니다. 이에 비해 허도는 곡창지대인 노양이 가까워 양곡의 운반이 수월할 뿐만 아니라 성곽과 궁실이 이미 마련돼 있으며 산물이 풍부합니다. 이런저런 사정을 고려해볼 때, 신은 폐하께서 허도로 천도하시는 것이 조정의 안정에도 크게 도움이 되리라 생각합니다."

헌제는 이 말에 동감했다. 황제는 누가 말하지 않아도 낙양의 황폐함을 몸소 겪어 잘 알고 있었던 것이다. 물론 특정한 제후의 본거지로 수도를 옮긴다는 것은 분란의 소지가 많았다. 그러나 조조의 지원을 절대적으로 받고 있던 터라 딱히 반대할 명분도 서지 않았다. 그런데다 어전에 모여 있던 여러 신하들 가운데서도 특별히 저지하고 나서는 자가 없었다. 어쩌면 낙양은 그들에게 제대로 된 거처나 녹봉을 제공하지 못했으므로 은연중에 이곳을 벗어나 새 터전에서 새롭게 시작해 보고자 하는 마음들이 있었는지도 모른다.

허도 천도가 의외로 쉽게 결정되자 조조는 하늘이 자신을 돕는 것으로 여기고 내심 기쁨을 감추지 못했다. 그러나 겉으로는 오로지 황제의 안위와 대신들의 편리를 위해서 천도를 하는 것처럼 몹시 신중하게 처신했다. 일사천리로 천도 준비를 마치고 드디어 황제와 문무백관들이 새 수도를 향해 떠나는 날이 왔다. 대군을 거느린 조조는 황제의 어가를 호위하고 대신들은 그 뒤를 따랐다. 황제의 행렬은 풍요한 곡창지대로 이름난 노양을 거쳐가야 했는데, 노양에는 남북으로 나뉘는 두 갈래의 길이 있었다. 북쪽은 연주로, 남쪽은 허도로 이어지는 길이었다. 복우산맥伏牛山脈의 끝자락인 노양을 벗어나면 넓디넓은 또 다른 곡창 화중華中이 끝없이 펼쳐진다.

조조와 헌제 일행이 노양을 지나 산고개를 돌아들고 있는데, 갑자기 좌우에서 함성이 일면서 군마들이 앞을 가로막았다. 조조는 신속하게 어가를 대피시키고 난데없이 길을 가로막고 나선 무리들의 정체를 파악하기 위해 앞으로 나섰다. 그러자 이각·곽사 무리를 쫓아 장안으로 간다던 양봉이 나타나 큰 소리로 외쳤다.

"네 이놈 조조야, 너는 어찌 동도를 떠나 네 소굴로 폐하의 어가를 모시고 가느냐? 네놈은 곡창지대와 가깝다는 이유를 들먹이는데 낙양에서 허도가 도대체 몇 리나 되느냐? 그리 먼 곳도 아닌데 꼭 천도할 필요는 없다. 네놈에게 다른 꿍꿍이가 없다면 당장 황제의 어가를 멈추어라."

조조는 양봉의 출현을 전혀 예상하지 못했던 것도 아닌 터라 더 이상 긴 말을 하지 않고 곧바로 전투에 돌입했다. 조조가 볼 때 양봉·

한섬의 군대는 자기 군대의 10분의 1에 지나지 않는 병력이므로 문제될 게 없었다. 그런데 조조가 전투 명령을 하달하고 나서 적진을 살펴보니, 양봉의 진지를 예사롭지 않은 솜씨로 통솔하고 있는 인물 하나가 눈에 띄었다. 조조가 곁에 있는 조홍에게 물어보자, 그 이름도 처음 듣는 서황이라고 했다. 조조가 그를 눈여겨보니 적은 병력으로 다수에 대항해 싸우는 모습이 적장이긴 하지만 아주 훌륭했다.

조조는 서황의 무예가 궁금해서 허저를 내보내 싸우게 했다. 그러자 두 사람은 일진일퇴를 거듭하며 반나절이나 싸웠다. 둘의 결투를 지켜보던 조조가 일단 전투를 멈추게 하고 휘하 장수들에게 말했다.

"양봉과 한섬은 고지식하고 무용도 없어 입에 담을 만한 위인이 아니지만 서황은 참으로 대단한 장수다. 힘으로 잡아죽이기는 아까운 용사니 그를 사로잡아 나를 기쁘게 해줄 사람이 없겠느냐?"

행군종사行軍從事 만총滿寵이 나섰다.

"장군께서는 염려 마십시오. 저는 그리 가깝지는 않으나 오래전부터 서황과 알고 지내던 사이입니다. 서황은 아마 변란에 휩쓸려 양봉에게까지 간 것 같으니, 제가 병사로 변장하고 서황의 진영으로 들어가 서황을 설득해보겠습니다. 이해득실을 잘 따져 설명하면 그는 분명코 장군께 투항할 것입니다."

조조는 만총의 말에 크게 기뻐했다. 그날 밤 병사로 위장한 만총이 서황의 장막 앞에 이르러 살펴보니, 서황은 갑옷을 입은 채 혼자 촛불 앞에 앉아 있었다. 만총이 불쑥 서황의 막사 안으로 들어서며 말했다.

"이보게 친구, 그 동안 별고 없었는가?"

서황이 깜짝 놀라 자리에서 일어나 방문객을 살펴보니 만총이었다. 서황은 전쟁터에 그것도 한밤중에, 오래전에 알고 지내던 만총이 불쑥 찾아오니 참으로 황망했다. 그래도 눈치가 없지 않은 서황은 만총을 앉게 하고 막사의 휘장을 내렸다. 그러자 만총이 서황의 얼굴을 살피며 은근히 입을 열었다.

"자네 너무 놀라지 말게. 나는 지금 조장군의 종사從事로 있네. 오늘 자네를 보니 하도 오랜만이라 반갑기도 하고 그간 어떻게 지냈는지 궁금하기도 해서 이렇게 죽음을 무릅쓰고 찾아왔네."

변복까지 하고 밤늦게 자신의 군막을 찾아온 만총을 본 순간 서황은 내심 짚이는 데가 있었다.

"나도 자네가 반갑긴 하네만, 전시에 아무 까닭도 없이 적군의 진영을 기웃거리고 다녀서야 쓰겠는가?"

만총이 한숨을 쉬고 나더니 낮은 목소리로 말했다.

"내가 여기 온 것은 사실 자네를 아껴 구하기 위함일세. 생각해보게. 지금은 난세일세. 평범한 양민조차 제 한 목숨 온전히 보전하기 어려운 때네. 하물며 장수가 되어 이름을 떨치고자 나선 자네와 같은 사람에게 무슨 긴말이 더 필요하겠는가? 양봉과 한섬이 신실한 사람이라고는 하나 고지식하고 시대의 대세를 몰라 그들 휘하에 있는 것은 개죽음을 자초하는 일이네. 낮에도 봤겠지만 조조군은 양봉군의 열 배가 넘어. 자네는 용맹함이나 지략이 출중한 사람인데, 왜 양봉이나 한섬 따위에게 머리를 굽히고 있는가? 그 사람들이 천하의 영웅감이나 되는가? 자네도 알다시피 조장군은 당대의 영웅일세. 동탁군과도 유일하게 결전을 벌인 사람이 아닌가? 지금 중원에 조조와 원소 말고 누가 있는가? 더구나 조조가 능력 있는 인재를 목숨처럼 아낀다는 것은 천하가 다 아는 일이네. 사실 오늘도 조장군이 자네를 아껴

나를 보낸 것이네. 무슨 이유로 자네같이 재주 있는 사람이 한낱 가치 없는 죽음을 택하려 하는가? 그것은 필부의 용맹이지 영웅의 기상은 아닐세. 차라리 조장군과 함께 천하의 대업을 이루시게."

만총의 청산유수 같은 말을 듣자 서황은 긴 한숨을 내쉬며 말했다.

"내 비록 양봉과 한섬이 큰일을 할 사람이라고 생각한 적은 없네. 다만 그들은 내게 잘 대해주었고 몇 차례나 생사를 같이해서 쉽게 헤어지기가 어려울 뿐이네. 나는 천자의 어가를 호위한 사람이고, 황폐한 낙양의 사정은 누구보다 잘 알고 있네. 누가 개죽음을 당하고 싶겠는가?"

만총이 단호하게 말했다.

"그럼 됐네. 지금 나와 함께 가세. 나는 자네가 이름 없는 주인 밑에 있다가 덧없이 사라지는 것을 보고 싶지 않네. 자네의 재능을 좀 더 가치 있게 써보게. 옛말에 이르기를, '슬기로운 새는 나무를 가려서 앉고, 현명한 신하는 주인을 가려서 섬긴다' 고 하지 않던가? 지금 중원 천하는 마치 폭풍전야와 같다네. 양봉과 한섬이 감당할 수 있는 세상이 아닐세."

서황이 결심한 듯 자리에서 일어나며 말했다.

"그래, 자네의 말에 따르겠네. 조장군에게 잘 말해주게나."

그러자 만총이 신이 나서 슬며시 부추겼다.

"이보시게, 조장군께는 장수들이 많으니 이왕이면 자네가 양봉과 한섬의 목을 베어 조장군께 갖다바친다면 금상첨화錦上添花가 아니겠나?"

이 말을 듣자, 서황은 얼굴빛이 바뀌면서 손사래를 쳤다.

"그럴 수는 없지. 아랫사람으로서 주인을 죽이는 것은 불의한 짓일

세. 포부를 새로이 하여 떠나는 마당에 자기가 섬기던 주인을 죽여서
야 되겠는가? 그리고 양봉이 무얼 그리 잘못했는가? 그러려면 나는
차라리 여기 남아서 죽겠네."

만총이 겸연쩍은 듯 미안한 표정으로 서황의 손을 잡으며 말했다.

"아닐세, 아니야. 내 욕심이 과했네. 자네가 원래 의인인 줄은 알았
지만 자네는 참으로 좋은 선비네. 이제 그만 가세."

이렇게 하여 서황은 자기 휘하에 있던 수십 명의 부하를 거느리고
그날 밤 만총과 함께 조조에게 투항하러 갔다. 조조의 기쁨은 이루
말할 수 없었다. 서황이 조조에게 투항했다는 소문이 나자 양봉 휘하
군사 태반이 항복해 버렸다. 한섬과 양봉은 할 수 없이 수십 기의 군
사를 거느리고 쓸쓸히 원술에게로 달아났다.

양봉군을 순식간에 무찌른 조조는 헌제를 호위해 허도에 도착했
다. 허도에 이른 조조는 궁전으로 사용할 건물을 수리하고 그 아래에
는 행정기관으로 사용할 건물인 성省·대臺·사司·원院 등을 배치했
다. 이어서 조조는 종묘와 사직을 세우고, 성곽을 신축하거나 개축하
여 쌓고 부고府庫(궁정의 문서와 재보를 넣어두는 집) 등도 마련했다. 바
야흐로 허도는 서울의 면모를 갖추어갔다.

이루 말할 수 없이 험한 고생을 했던 황제와 백관들도 이제야 안정
이 찾아오는구나 싶어 매우 안심했다. 조조는 헌제에게 청해 동승을
비롯해 공이 많은 13명에게 각기 높은 벼슬을 내렸고 자신은 대장군
무평후大將軍武平侯가 됐다. 이때부터 신하들에게 상을 내리고 벌을
주는 권한이 모두 조조의 손아귀에 들어갔다.

스스로 대장군 무평후가 된 조조는 자기 심복들에게도 벼슬을 내
렸다. 순욱은 시중상서령에, 순유는 군사軍師에, 곽가는 사마좨주司馬

祭酒에, 유엽은 사공연司空掾에 봉했다. 또한 모개와 임준은 전농典農 중랑장을 삼아 금전과 양곡에 대한 감독과 생산 촉진을 담당케 했다. 정욱은 동평상東平相에, 범성과 동소는 낙양령洛陽令에, 만총은 허도 령許都令에 봉하고, 하후돈·조인·하후연·조홍 등에게는 모두 장군 의 칭호를, 여건·이전·악진·우금·서황에게는 교위의 칭호를 내 렸다. 그리고 허저·전위는 도위로 삼고 그 나머지 장수들에게도 각 자 능력을 고려해 벼슬을 내렸다.

조조가 자신의 사람들을 관직에 포진시키자 대권은 조조에게로 집 중되었고 조정의 대소사도 먼저 조조의 재가를 거친 다음 황제에게 통보해주는 식이 되었다. 얼마 되지 않아 조조에 대한 호칭도 승상丞 相으로 바뀌었다. 승상이란 사도나 재상宰相을 말하기는 하나 문무를 모두 통괄한다는 점에서 그보다 더 큰 권한을 가지고 있었다. 본래 승상이란 호칭과 관제는 평상시에는 없다가 주로 전시와 같은 국가 위기 상황에서 특별히 사용됐다. 조조는 혼란해진 시대를 평계로 문 무 전권을 틀어쥐게 된 것이다.

대권을 잡은 뒤 의기양양해진 조조는 후당에서 잔치를 베풀고 심복 들을 불러모아 천하의 대세와 향후 대책을 의논하곤 했다. 어느 날 연 회의 주연이 무르익을 무렵, 조조가 휘하 참모와 장수들에게 물었다.

"지금 중원은 나와 원소와 여포가 세 방면으로 나누어 쥐고 있는 형국이다. 그 중 여포는 일전에 치른 싸움에 패해 발톱 빠진 호랑이 꼴이 되었다. 그런데 그 여포가 서주를 차지한 유비에게 빌붙은 채 소패에 있다고 한다. 만약 유비와 여포가 연합하여 군사를 이끌고 쳐 들어온다면 골치 아픈 일이 아닌가? 공들은 그 일에 대해 좋은 계책 이 있으면 얘기해보시게."

허저가 호기롭게 말했다.

"승상, 유비와 여포가 문제될 것이 있습니까? 저에게 2만 명의 군사만 주신다면, 두 놈의 목을 베어 승상께 바치겠습니다."

그러자 순욱이 다른 안을 냈다.

"전쟁이란 용맹만으로 할 수 있는 것이 아닙니다. 허장군께서는 용맹함으로 천하에 이름이 높으신 분이라 그렇게 말씀하시는 것이 이해는 갑니다만, 제 생각으로는 적으로써 적을 제압하는 묘책을 써야 할 줄로 믿습니다. 지금은 허도에 도읍을 정한 지 얼마 되지 않아 아직은 자리가 잡히지 않았는데 군사를 일으키는 것은 매우 부담스럽습니다."

순욱의 말에 귀를 기울이던 조조가 물었다.

"이이제이以夷制夷, 적으로 적을 막는다. 그것은 주로 제濟와 노魯, 동이東夷족들에게 사용했던 계책이 아닌가?"

순욱이 말을 이었다.

"원래 제와 노, 동이족은 한 갈래 사람들입니다. 그래서 흔히 공자를 두고 동이 사람이라는 말을 하기도 하지요. 특히 장성 이북의 동이 사람들은 큰 활을 잘 쏘고 말을 잘 타는 강병을 가지고 있으며 호방하지만 직선적이어서 남들이 치켜세우면 쉽게 우쭐해지는 자들입니다. 또한 동이족은 인정에 약한데다 술이다 뇌물이다 해서 뭐든 갖다바치면 남의 말에 잘 넘어가니 이간질하기도 쉬운 상대입니다. 그래서 생겨난 말이 이이제이입니다. 주로 쉽게 제압하기 힘든 강자를

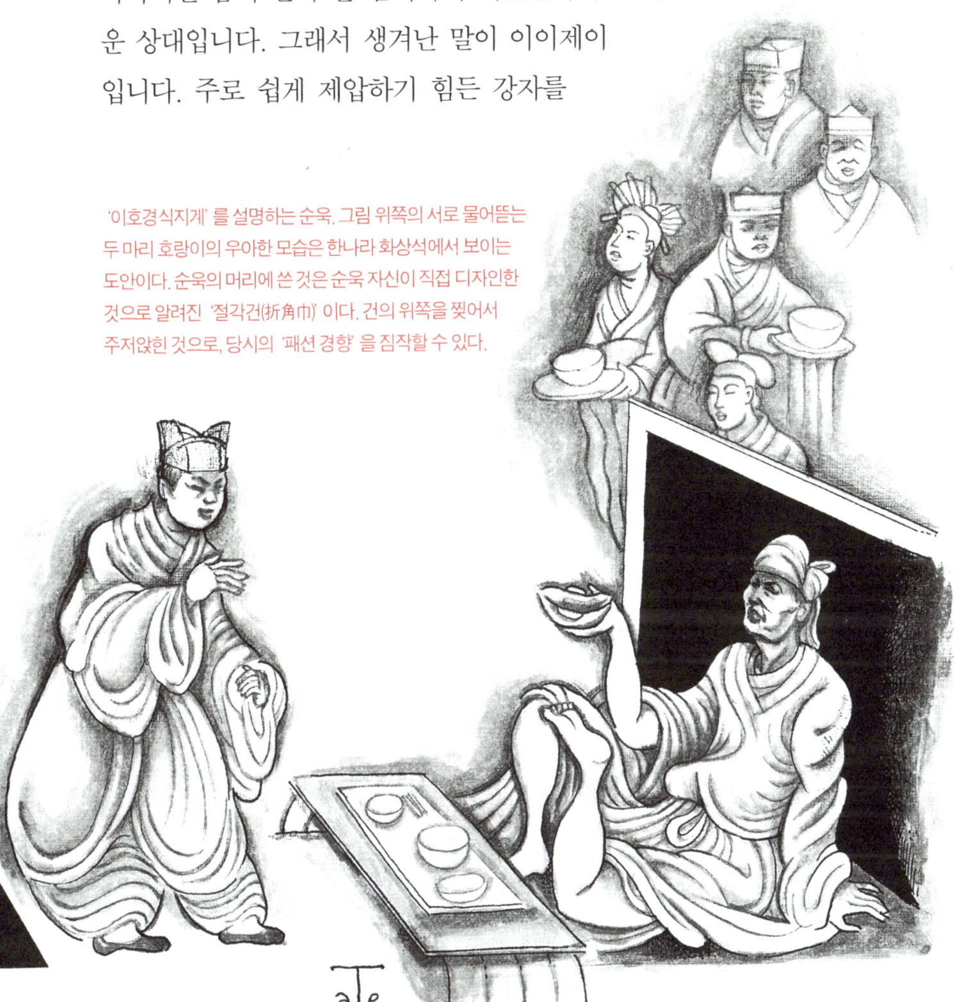

'이호경식지계' 를 설명하는 순욱. 그림 위쪽의 서로 물어뜯는 두 마리 호랑이의 우아한 모습은 한나라 화상석에서 보이는 도안이다. 순욱의 머리에 쓴 것은 순욱 자신이 직접 디자인한 것으로 알려진 '절각건(折角巾)' 이다. 건의 위쪽을 찢어서 주저앉힌 것으로, 당시의 '패션 경향' 을 짐작할 수 있다.

만났을 때 사용합니다. 이 고도의 이간계를 여포와 유비에게 사용해 보십시오."

조조가 다시 순욱에게 물었다.

"구체적으로 말해보게."

"유비와 여포를 제거하려면 두 범이 서로 다투어 잡아먹게 하는 이 호경식지계二虎競食之計라는 계책을 쓰는 게 좋을 듯합니다. 현재 유비는 천자의 조명詔命 없이 무단으로 서주를 다스리고 있습니다. 승상께서는 천자께 청해 유비에게 서주목의 벼슬을 내리도록 하시면 유비는 분명히 감격하여 받을 것입니다. 원래 촌부인 유비는 큰 벼슬을 해본 일이 없는데다 과하다 싶을 만큼 명분을 따지는 성격이기 때문입니다. 그와 동시에 비밀리에 여포의 과거 행적을 들어 유비에게 여포를 죽이도록 종용하십시오. 그 계책이 성공하면 유비는 여포를 잃게 돼 세력이 약화됩니다. 여포 없는 유비야 견제할 일조차 없게 되겠지요. 반대로 이 사실을 안 여포가 유비를 죽인다 해도 결국은 같은 효과를 얻을 것입니다. 이것이야말로 바로 두 범을 서로 싸우게 하는 계책이 아니고 무엇이겠습니까?"

조조는 순욱의 말에 무릎을 치고 고개를 끄덕였다. 그는 즉시 천자께 청해 유비에게 정동장군征東將軍 의성정후宜城亭侯의 벼슬을 내리고 서주 목사로 임명해 공식적으로 서주를 다스리게 하는 한편, 사람을 시켜 밀서를 보내는 것도 잊지 않았다. 천자의 사자가 온다는 소식을 듣고 유비는 백관들을 거느리고 성밖에까지 나가 그들을 영접했다. 유비는 천자의 사신에게 극진한 예를 갖추고 잔치를 베풀어 후하게 대접했다. 사자가 유비에게 말했다.

"공께서 이처럼 천자의 은혜를 입게 된 것은 조승상께서 천자께 공을 강력히 천거하셨기 때문입니다."

유비는 사자에게 손을 모아 고마움을 표시했다. 그러나 조승상이라는 말을 듣자 갑자기 의심이 스치고 지나갔다.

'승상이라, 조조가 천자를 모시고 있다는 것은 이미 알고 있었으나 이렇게 빨리 모든 권한을 장악했단 말인가?'

유비가 잠시 생각에 잠겨 있는데 사자가 은밀히 소매 속에서 조조의 서찰을 꺼내 전했다. 그 자리에서 편지를 훑어본 유비가 말했다.

"이 일에 대해서는 상의해 결정하겠습니다."

사자는 다시 나직한 목소리로 조승상께서 신신당부한 말씀이라고 귀띔하자 유비는 걱정 말라고 대답하며 사자를 안심시킨 뒤 숙소로 보내 쉬게 했다. 그날 밤 유비는 밤늦도록 측근들과 함께 이 일을 상의했다. 유비가 무겁게 입을 열었다.

"조조가 밀서를 보내 나더러 여포를 죽이라는데 공들은 이 일을 어찌 생각하오?"

유비의 말이 끝나기가 무섭게 장비가 입을 열었다.

"여포는 본래 의리 없는 놈입니다. 그런 놈과 형님이 가까이 지내는 것이 저는 몹시 불안합니다. 조조의 말에 따르도록 합시다."

관우와 미축도 이 말에 동의했다. 그러나 유비는 이들을 둘러보며 말했다.

"나는 결코 여장군을 죽일 수가 없소. 그는 궁지에 몰려 우리에게 투항하다시피 한 사람이오. 투항한 사람을 죽이는 것은 의리에 어긋나는 짓이오."

이 말에 장비는 펄쩍 뛰었으나 유비는 그 말을 듣지 않았다. 다음 날 오후에 유비가 천자에게 서주목의 벼슬을 제수받았다는 소식을 들고 여포가 축하하러 왔다. 유비는 여포가 찾아준 것에 고마움을 표시하고 더욱 겸손하게 그를 맞이했다. 이날도 여포는 유비에게 '아우님'이라 부르며 이런저런 얘기를 주고받았다. 유비도 여포도 나랏일 같은 무거운 이야기는 피해가는 눈치였다.

그런데 곁에서 이 모습을 지켜보며 술을 마시던 장비는 여포가 유비에게 말끝마다 '아우, 아우' 하는 것이 또다시 비위에 거슬렸고, 생각할수록 화가 치밀어올랐다. 유비와 여포의 대화 분위기가 한창 무르익었을 때, 장비가 참지 못하고 칼을 빼들어 상청上廳에 올라서며 소리쳤다.

"네 이놈, 우리 형님이 어찌 네 아우냐!"

장비는 금방이라도 여포를 찌를 듯한 기세였다. 유비는 안 그래도 계속 장비가 마음에 걸렸는데 결국 분위기를 흐트려놓자 당황스러운데다 화도 났다.

"아우, 항상 넘치지 않게 술을 마시라고 일렀는데 오늘 또 왜 이러는가! 이렇게 행동하려거든 다시는 이런 자리에 참석하지 말게."

유비가 타이르자 장비는 더 큰 소리로 뻗댔다.

"형님은 내가 단지 술기운에서 이러는 줄 아시오? 저놈이 천하의 망종인 줄은 삼척동자까지 다 알고 있소."

여포가 장비의 말을 듣자 더 이상 참지 못하겠다는 듯 벌떡 일어서며 고함을 질렀다.

"이 무식하고 어리석은 장비놈아, 네가 무얼 안다고 함부로 지껄이는 게냐! 촌구석에서 개 돼지나 잡던 놈이."

장비는 드디어 여포가 본색을 드러낸다며 당장에라도 잡아죽일 듯이 여포를 향해 욕설을 퍼부었다.

"그래, 이놈아 나는 촌구석에서 개 돼지를 잡던 놈이다. 그러는 너는 유식하고 잘나서 아비 같은 자를 둘씩이나 죽였느냐, 이 백정놈아! 네딴에는 날고 기는 줄 착각하고 있는 모양인데, 실제로는 인륜이 뭔지, 의리가 뭔지도 모르는 순 오랑캐놈 아니냐. 그러니 조조도 네놈을 죽여 없애버리라고 했다. 천지를 모르고 설치는 놈은 바로 네놈이다."

여포는 이 말을 듣고 깜짝 놀라서 망연자실했다. 흥분한 장비가 그만 해서는 안 될 소리를 하고 만 것이다. 유비는 장비를 크게 꾸짖어 물리친 뒤, 여포를 데리고 후당으로 들어가 조조가 보낸 밀서를 보였다. 이를 훑어본 여포는 너무 고마워 눈물을 흘리며 말했다.

"아우님, 이는 조조란 놈이 우리가 서로 싸우도록 일을 꾸민 것이 틀림없네."

"공께서는 너무 걱정하지 마십시오. 이 유비, 가진 것은 별로 없으나 남의 말에 그리 쉽게 넘어갈 사람은 아닙니다."

여포는 몇 번이나 유비에게 고마움을 표시했다. 이 일로 유비에 대한 여포의 신뢰가 더욱 깊어졌다. 밤이 깊어 여포가 돌아가고 나자 관우와 장비는 기다렸다는 듯 유비에게로 갔다. 세 형제가 깊은 밤에 마주앉았다.

"형님은 왜 천자의 조명을 받고도 여포를 죽이지 않으셨습니까?"

유비는 이들을 타이르듯 말했다.

"자네들은 아직도 뭘 모르고 계시는구먼. 조조가 승상을 칭하며 나에게 밀서를 내린 것은 나와 여포가 연합해 자기를 칠까봐 두려워서 꾸민 계교이네. 우리와 여포가 싸우게 되면 둘 다 힘을 잃게 되고 조조는 그 덕에 어부지리를 얻자는 게지. 그런 낌새도 몰라서야 되겠

나. 지금 서주의 형편을 보게. 여장군이 없어지면 우리 서주도 조조
군을 방어하기가 어렵지 않겠는가? 성급한 판단으로 일을 그르치지
말고 정황을 잘 살펴 처신해야 하네."

유비의 말을 듣고 장비와 관우는 다시금 역시 형님은 자신들보다
한수 위라고 느끼며 유비의 처소를 나왔다. 한바탕 소동이 있은 다음
날 유비는 허도로 돌아가는 천자의 사자 편에 사은의 글월을 올리고,
조조에게는 따로 밀서의 내용에 대해 충분히 상의해 결정하겠다는
답장을 보냈다.

유비가 여포를 죽이지 않았다는 말을 전해들은 조조는 다시 순욱
을 불렀다.

"유비가 보통이 아니군요. 출신은 미천하나 천하를 보는 눈이 있습
니다. 그렇다고 승상께서 그리 염려하실 일은 아닙니다. 이제 구호탄
랑지계驅虎呑狼之計, 즉 범을 몰아 승냥이를 잡아먹게 하는 계책을 쓰
실 차례입니다."

조조가 놀라며 어떤 계책인지 묻자, 순욱이 다시 말을 이었다.

"이 전술도 이이제이의 하나입니다. 지금 승상께서는 원소와 여포
라는 두 강적과 중원을 다투고 계십니다. 그러나 장기적으로 보아 유
비나 원술도 분명히 우환거리입니다. 특히 유비는 겉으로는 의리를
숭상하고 자기 혼자 충신입네 하지만 그 사람 역시 맺힌 것이 있어
언젠가는 대망을 드러낼 위인입니다. 유비가 외로운 범이라면, 원술
은 수만의 떼거리를 거느리고 있는 승냥이에 비유됩니다. 유비를 몰
아 원술을 치게 하면 똑같은 효과를 거둘 수가 있습니다."

"그러면 어떻게 유비를 끌어내어 원술을 치게 할 수 있겠나?"

"비밀리에 원술에게 사람을 보내, 유비가 원술이 점령하고 있는 남

군南郡을 공략하겠다는 상소문을 올렸다고 말하면, 성미 급한 원술은 반드시 유비를 공격하려 할 것입니다. 이때를 놓치지 않고 승상께서 황제의 명이라며 유비에게 원술을 치라는 명령을 내리시면 됩니다.”

“아무리 황명이라지만 유비가 그대로 따르겠는가?”

“그는 황제의 명이라면 분명 들을 것입니다. 유비와 원술이 맞붙어 싸우게 되면 여포가 서주를 가만두겠습니까. 여포는 반드시 서주를 취하려 할 것입니다. 구호탄랑지계가 노리는 것이 바로 이것입니다.”

조조는 기대해볼 만한 멋진 계책이라며, 사람을 뽑아 원술이 있는 곳으로 보냈다. 그런 다음 시기를 적절히 맞춰 천자의 조서를 서주의 유비에게 보냈다. 유비는 천자로부터 사자가 왔다는 말을 듣고 또 한 번 성밖까지 나가 조서를 받들었다. 뜻밖에도 군사를 일으켜 원술을 토벌하라는 조서를 읽은 유비는 참모들을 불러 의견을 물었다. 미축이 먼저 말했다.

“이 역시 조조의 계략입니다. 출병하지 않는 것이 좋겠습니다. 원술의 군세는 실로 막강합니다. 서주의 형편으로 정벌할 수 있는지 의심스럽습니다.”

관우도 거들었다.

“제후연합군 시절을 생각해보면 우리와 원술 사이가 좋은 것도 아니었지만 그렇다고 원수질 정도는 아니었습니다. 왜 굳이 그들과 싸웁니까? 게다가 우리가 뜬금없이 원술과 싸우는 것을 서주 백성들도 달가워하지 않을 것입니다.”

유비가 말했다.

“원래 청주나 서주 사람들은 명분과 의리를 중시하는 것으로 유명하지 않은가? 청주는 공자 · 맹자 · 순자荀子 · 묵자墨子가 탄생하신 지

역이고, 서주는 청주에 인접해 있으니 청주 외에 다른 어떤 지역보다
도 유가儒家의 명분이 강한 고장이네. 이 지역 사람들은 너무 이상적
이라, 오히려 우리가 너무 실리적으로 처신하면 인심을 얻기가 더욱
어려워지네. 더욱이 내가 천자의 조명을 받고서도 움직이지 않는다
면 정치적으로 수세에 몰릴 수도 있어.”

장비가 답답한 듯 대꾸했다.

“형님, 그것이 어찌 천자의 조서요? 조조놈의 계략이지.”

이 말을 듣고 유비가 비통하게 말했다.

“세상 사람들은 정치의 깊은 내막을 모른다네. 조서를 받고도 출병
하지 않으면 나는 그 길로 역적이 되고 마네. 그러니 내 어찌 황명을
거역할 수 있겠나? 내가 지금까지 이나마도 목숨을 부지할 수 있었
던 것은 의리를 숭상하고 천자에게 충성했기 때문이네.”

강동을 평정한 손책

유비는 하는 수 없이 출병을 결정했다. 군사들은 병과兵科에 따라 각 부대에서 차출되어 전투부대로 재편성됐다. 군동원령을 내린 지 사흘째 되던 날 출병준비가 어느 정도 마무리됐다. 그때 손건이 유비에게 말했다.

"출병하시기 전에 성을 지킬 사람을 정하시는 것이 좋겠습니다."

유비는 관우와 장비를 불러서 물었다.

"내가 출병하고 나면 누군가 성을 지켜야 하는데 어떻게 하는 것이 좋겠나?"

관우가 나서자 유비가 망설였다.

"아우님은 전투와 전술에 능하시니 내가 상의해야 할 일이 많을 것 같네. 그러니 아우님과는 멀리 떨어져 있을 수 없네."

그러자 장비가 나섰다.

"제가 형님을 따라가서 원술놈을 결딴내버리고 싶지만, 형님 대신 성을 지킬 사람이 있어야 하니 제가 남도록 하겠습니다."

유비는 또 망설였다.

"아우님의 용맹은 따를 자가 없으나 술이 과하여 혼자 있게 되면 자칫 실수하기 쉽네. 게다가 아우는 남의 말을 잘 듣지 않으니 행여 일을 그르칠까 염려가 되네. 어떻게 할 텐가?"

유비의 걱정이 큰 것을 보고 장비가 힘주어 다짐했다.

"형님, 정말 이번만큼은 걱정을 마십시오. 성을 지키는 일이 보통 일입니까? 형님께서 출병하심과 동시에 저는 술을 입에 대지 않을 것이며, 사병이나 참모 그 누구라도 함부로 대하지 않고, 항상 주변의 말을 듣고 신중하게 일을 처리하겠습니다."

옆에 있던 미축이 장비의 다짐을 듣고 웃으며 말했다.

"글쎄……. 참새가 방앗간을 어찌 그냥 지나칠 수 있겠소?"

이 말을 듣자 장비는 왈칵 성이 치솟았다. 하지만 미축의 여동생이 유비와 결혼을 해 장비에게는 미축이 사형舍兄이었다. 사형에게 함부로 대할 수 없는 장비가 불만스레 말했다.

"아니 사형, 이런 대사를 두고 내가 술주정으로 날을 보내겠소? 내 성미가 급하고 괴팍스러운 데는 있어도 지금까지 신뢰를 허물 만한 큰 잘못을 저지른 일은 없었소."

유비가 장비를 보며 타이르듯 말했다.

"처남의 말이 틀린 것도 없고, 아우의 말도 고맙네. 하지만 아무래도 마음이 놓이지 않으니 내가 진등을 불러 아우가 술을 덜 마시도록 말리고 실수하는 일이 없도록 하겠네."

유비는 평소에 아끼던 진등에게 단단히 부탁하고 군사 1만 3천을 이끌고 남군을 향해 떠났다. 한편 원술은 유비가 천자에게 표를 올려 남군을 공격하려고 한다는 소문을 듣고 화가 머리끝까지 치솟았다.

"돗자리나 짜고 짚신이나 삼아서 팔던 촌부놈이 어쩌다가 서주를 차지하고 보니 간이 아주 부었구면. 그놈들은 제후연합군 시절에도 분수를 모르더니 이제는 감히 나를 친다고 나섰단 말이지. 한 치 앞도 못 보고 빨빨거리는 개미새끼로다! 세상꼴이 어지럽다 보니, 그 천한 것들이 어디라고 나서서 날갯짓을 하겠다고! 우리 집안으로 말하자면 4대째 정승을 지낸 명문이 아닌가. 한 황실이 망조가 들었으면 나나 원소 형님이 천하의 주인이 되어야 하는데, 어쩌다가 환관놈의 자식 조조와 짚신쟁이 유비놈에다 오랑캐 여포놈까지 설치고 다니는 지경이 되었는가. 내 이놈들을 더 이상 그냥 두지 않겠다."

원술은 치미는 화를 삭일 틈도 없이 곧바로 상장군 기령紀靈에게 3만 군사를 이끌고 가서 서주를 치도록 했다. 이렇게 해서 유비군과 원술군이 우이盱眙 땅에서 서로 대치하게 됐다. 유비는 자신의 군세가 원술군의 절반도 안 됐기 때문에 산을 등진 채 계곡에 진을 쳤다. 산을 등지고 전쟁을 하는 경우에는 전투 장소가 상대적으로 좁아지므로 적은 병력으로 대병을 막아내거나 공격하기가 쉬웠다. 유비가 관우에게 일렀다.

"아우님, 일단 아군은 계곡에 의지하고 있고, 전망이 트인 고지를 점령하고 있으니 기병들을 너무 먼 곳까지 이끌고 가시지는 말고 원술군이 우리 쪽으로 가까이 오도록 유인해야 하네. 우리 병력은 적고 원술군은 많으니 이 방법이 상책이네. 원래 병법에 전망 트인 고지를 점령하고 있으면 공격하지 않는 법인데 적군은 군세를 믿고 밀고 들어올 것이야. 길게 끌면 끌수록 우리에게 불리하니, 이번에도 전투가 시작되면 어떡해서든 적장의 목부터 베시게."

드디어 양군이 충돌했다. 유비군에서는 관우가 기병을 이끌고 나왔고, 원술의 진영에서는 기령이 군사를 이끌고 나왔다. 유비의 말을 유념하고 있던 관우는 기령의 목을 베기 위해 애썼으나, 기령을 둘러싼 기병에 막혀 일진일퇴만 거듭할 뿐 좀처럼 승부를 내지 못했다. 그러니 좁은 들판에서 양군의 보병들도 제자리걸음을 할 수밖에 없었다. 전투가 소강 상태에 빠지자 기령은 일단 군사들을 물리고 중군中軍인 부장 순정荀正을 내보내 관우군과 싸우도록 했다.

양군이 치열하게 결전을 벌이고 있던 중에 관우가 재빠르게 말을 달려나가 순정을 청룡도로 베었다. 순정의 머리가 땅바닥에 나뒹굴자 원술군의 진영에서는 동요가 일었다. 이 기회를 놓치지 않고 유비가 본진을 몰아서 원술군을 공격했다. 수효는 적지만 사기가 충천한 유비군이 쉴 틈 없이 압박하자 원술군이 후퇴하기 시작했다. 기령이 이끌던 원술군은 수적 우위를 지키지 못한 채 순식간에 패퇴하여 회음淮陰 강 하구에 진을 치고 다시는 맞서 싸우려 들지 않았다. 양군이 대치하면서 전선은 무기한 휴전상태에 빠져들었다.

한편 서주의 장비는 잡무 일체를 진등에게 맡기고 자기는 군사에 관한 일만 처리했다. 그런데 시간이 지날수록 참았던 술 생각이 간절해 일이 손에 안 잡힐 지경이었다. 그러나 출병 전 유비와 한 약속을 저버릴 수 없어 하루하루 간신히 참아내고 있었다. 그러던 중 도저히 술에 대한 유혹을 떨쳐내지 못하게 된 장비는 머리를 짜내 드디어 술 마실 구실을 찾아냈다. 그 동안 애쓴 관원들의 노고를 치하하는 연회를 베푼다고 공지한 것이다. 그러자 여러 관원들이 즐거운 마음으로 연회에 참석했다. 장비가 관원들에게 말했다.

"우리 형님께서 떠나시면서 나에게 술을 적게 마시라고 분부하셨소. 그것은 내가 술을 마시고 혹시 실수라도 할까봐 내리신 분부요. 그런데 보시오. 그 동안 며칠이 지났는데도 아무런 일이 없지 않소. 그렇다고 내가 앞으로 술을 마시겠다는 것은 아닙니다. 오늘 하루만 취하도록 마시고 내일부터는 각자 술을 삼가고 성을 지키는 데 최선을 다합시다. 그러니 오늘 하루는 모두들 가벼운 마음으로 신나게 취해봅시다."

말을 마친 장비는 자리에서 일어나 돌아다니면서 여러 관원들에게 일일이 술잔에 술을 가득 부어 권했다. 그리고 한잔씩 주거니받거니 하면서 술상 주위를 돌았다. 그런 가운데 조표의 차례가 돼 조표에게도 술을 가득 부었다. 조표는 황망하게 술을 사양했다.

"장군, 저는 체질적으로 술을 잘 마시지 못합니다. 그저 잔만 받아 두겠습니다."

장비가 버럭 소리를 질렀다.

"아니 장부가 술도 마시지 못한다니 말이 되오? 그냥 한잔 드시오. 술을 마시지 않으면 입에 술을 부어서라도 꼭 마시게 하겠소. 당신은 벌로 두 잔이오."

장비의 서슬에 조표는 하는 수 없이 술잔을 두 잔이나 받아 단숨에 들이켰다. 그것을 보던 장비는 맞장구라도 치듯 그 자리에서 커다란 대접으로 연거푸 다섯 잔을 들이켰다. 취기가 한껏 오른 장비가 다시 부지런히 잔을 돌리다가 또 조표의 차례가 되었다. 조표가 복통을 호소하며 거듭 사양하자 장비는 핏발 선 눈을 부라리며 호통쳤다.

"이 늙은 것이 보자보자 하니, 나의 명령을 못 듣겠다는 것 아니냐? 여봐라, 저 늙은 놈을 끌어내어 곤장 100대만 때려라."

"내 사위 여포의 체면을 봐줘야 하지 않겠소?" 조표가 여포를 들먹이자 장비는 분을 참지 못한다.
수염과 머리털이 곤두서고 소매를 걷어 팔을 드러낸 장비의 성난 모습은 벽화와 비단그림,
화상석 등에서 볼 수 있는 분개한 무사를 나타내는 한나라 시대의 정형화된 표현 방식이다.
술단지 및 오리 모양의 잔은 당시의 화상석과 화상전에 근거한 것이다.

이것을 보고 있던 진등이 급히 만류했다. 장비는 진등을 보더니 또다시 소리쳤다.

"네놈은 문관이니 네가 할 일만 하면 되지 술자리까지 간섭할 셈이냐?"

진등이 몇 번을 말리다가 장비의 기세에 눌려 할 수 없이 옆으로 물러났다. 난감한 조표는 장비에게 용서를 빌면서 말했다.

"장군, 제가 잘못했소이다. 그런데 제 몸이 따르지 않으니 어떻게 하겠소. 내 사위의 체면을 봐서라도 날 용서해 주시오."

"그래? 네놈의 사위가 누구냐?"

"……여포입니다."

여포라는 말에 장비는 술에서 깬 듯 움찔하더니 더욱 화가 나서 소리쳤다.

"옳아, 내가 원래는 네놈에게 곤장을 칠 생각은 없었다만, 네놈이 여포의 힘을 믿고 나를 깔본다면 그것은 용서할 수 없지. 네놈은 내가 직접 곤장을 치겠다. 여봐라, 당장 곤장 틀을 대령하라. 그리고 내가 널 치는 것은 너를 치는 것이 아니라 바로 여포놈을 치는 것이다. 그런 줄 알고 날 원망하지는 마라."

술에 취하면 장비의 성격이 포악하게 변하는 것을 모두가 알고 있던 터라 아무도 나서지 못했다. 결국 조표는 여러 관원들이 보는 앞에서 곤장을 맞았다. 조표의 비명소리가 관아의 마당에 메아리치고 피가 뒤범벅되면서 주연장은 난장판이 돼버렸다. 주변의 시선에는 아랑곳없이 장비가 씩씩거리며 늙은 조표에게 곤장 50여 대를 쳤을 때, 진등이 나서서 막고 주위에서도 간곡하게 말리자 그제야 술기운이 깨는 듯 장비는 곤장을 땅바닥에 던지고 물러났다.

그러나 애꿎게 곤장을 맞고 연회에서 돌아온 조표는 장비를 용서할 수가 없었다. 그날 밤 조표는 사람을 시켜 소패에 있는 여포에게 신세를 하소연하는 편지를 보냈다. 조표의 글을 받은 여포는 진궁을 불러 장인의 편지를 보여주면서 분을 삼켰다.

"그 장비란 놈이 기어이 일을 저질렀네. 이 일을 그냥 넘기면 내 체면이 말이 아닐 것이고 그렇다고 내가 그놈 버릇을 고치려 들면 그놈도 나를 죽이려 들 것이네. 그러다가 유비와 엉뚱하게 싸우게 되지 않겠나? 더구나 지금은 유비도 없지 않은가."

"유비가 없는 마당에 이런 일이 생겨서 난처하긴 하지만 오히려 잘된 일입니다. 이번 기회에 차라리 서주를 치십시오. 이 작은 소패는 장군이 오래 머무를 곳이 아닙니다. 사실 유비 혼자서 서주를 꾸려나가는 것은 처음부터 역부족이었습니다. 저도 겪어봐서 알지만 인덕으로만 백성을 다스릴 수는 없는 법이죠. 그런 면에서 유비는 아직 제대로 갖추어진 인물이 아닙니다. 그대로 놔두면 서주는 패권자들의 각축장이 되어 혼란을 겪을 게 틀림없습니다. 사람 사이의 사사로운 인정을 떠나 서주만 놓고 봐도 장군처럼 힘을 갖춘 사람이 다스리는 것이 훨씬 안정적일 것입니다."

"그래도 그처럼 호의를 베풀어준 유비의 성을 취한다는 것은 도리가 아닌 것 같네. 이곳 중원에 온 이래 참으로 모처럼 만에 느껴본 사람의 정이었네."

"혈혈단신이던 장군께서 겪은 마음고생은 알겠지만, 천하를 다투는 자가 사사로운 인정에 이끌려 일을 그르친다면 후세에 두고두고 웃음거리가 될 것입니다. 초패왕 항우를 보십시오. 한생韓生이 항우에게 관중 땅이 요해처要害處이니 이 땅을 차지하라고 했을 때, 항우가 '부귀하여 고향에 돌아가지 않는다면 모처럼 비단옷을 입고 밤길을 가는 것〔錦衣夜行〕과 무엇이 다른가' 하면서 오히려 고향으로 돌아가버려서 결국 천하는 한고조의 차지가 돼버렸습니다. 소패는 서주로 진입하기 위한 길목이나 마찬가지입니다. 그러니 서주보다 더 위험한 곳이지요. 조조나 원소의 침공을 받게 되면 버티기 힘든 곳입니다. 서주를 취하십시오. 이번 기회에 서주를 취하지 못하면 두고두고 후회하게 될 것입니다."

앞날을 예견하는 진궁의 말을 듣고 보니 소패에 잠자코 머무는 일이 어리석게 여겨지기도 해서 여포는 일단 서주를 치기로 마음먹었다. 그는 바로 갑옷과 투구를 갖춰입고 말에 올라 500여 기병을 거느리고 앞으로 나아갔다. 그리고 진궁에게 대군을 거느리고 자신을 뒤따르도록 하고, 고순에게는 후군을 맡아서 진궁의 뒤를 따르게 했다. 소패는 서주에서 불과 40~50리밖에 떨어져 있지 않았으므로 여포의 기병들은 어느새 서주성 앞에 다다랐다.

조표는 성루에서 여포군이 오는 것을 보고 이내 군사들에게 문을 열라고 명령했다. 성안으로 진격하라는 여포의 명령이 떨어지자 기병들은 일제히 성난 파도처럼 성안으로 들이닥쳤다. 서주성 전체가 기병들의 말발굽 소리로 가득하고 성안에 남아 있던 군병들의 무기고가 차례로 여포군의 손에 넘어갔으며 관아와 군사령부도 모두 이들의 차지가 됐다.

이처럼 서주성이 발칵 뒤집혔는데도 장비는 술에 취한 채 세상 모르고 자고 있었다. 사병들이 급하게 달려와 잠에 곯아떨어진 장비를 깨웠다.

"여포가 성내로 들어와 군기고軍器庫를 접수하고 서주병들을 무장해제하고 있습니다. 장군 어서 일어나시오. 지금 이러고 계실 때가 아닙니다."

잠에서 깨어 병사들의 보고를 받은 장비는 정신이 번쩍 들었다. 그는 불같이 일어나 갑옷을 입고 창과 방패를 들고 말에 올라 단기로 성문을 향해 달려나갔다. 그러자 장비를 발견한 여포군도 우르르 장비 주변으로 달려왔다. 과거에 몇 차례나 여포의 정예 기병을 경험한 적이 있었던 장비는 술이 덜 깬 상태였지만 내심 긴장하지 않을 수 없었다. 술에 취한 장비가 흐트러진 차림으로 장팔사모를 마구 휘두르고 있을 때 여포가 방천화극을 꼬나쥐고 말을 몰아 달려왔다. 무예나 힘에서는 지지 않는 장비였지만, 여포야말로 무예 솜씨 하나로 천하에 이름을 떨친 장수였다. 장비는 술에 취한데다 아무런 사전 준비도 못하고 싸우러 나온 탓에 몇 합을 겨뤄보고는 대번에 역부족임을 느꼈다. 개죽음을 당하느니 일단은 몸부터 건사하기로 작정한 장비는 황급히 말고삐를 낚아챘다.

그날 밤 장비는 뒤늦게 따라온 심복 10여 명만을 대동하고 꽁지 빠지게 동문 밖으로 달아났다. 서주성 안에는 유비의 가족들이 고스란히 남아 있었지만, 장비는 그때까지 그들을 떠올리지 못했다.

술에 취한 장비가 10여 명의 부하들과 달아나는 것을 목격한 조표는 50여 기의 군사를 거느리고 장비의 뒤를 쫓았다. 서주성을 10여 리쯤 벗어날 즈음, 장비는 뒤쫓는 자가 조표임을 알고 강 하구에 연해 있는 어두운 갈대숲에 숨어서 기다리고 있다가 창을 들어 일격에 조표의 심장을 찔렀다. 가슴에 창을 찔린 조표는 타고 있던 말과 함께 강물에 빠져 죽었다. 지친 장비는 무성한 갈대숲 속에 숨은 채 부하들과 동이 트기를 기다렸다. 그러자 서주성에서 빠져나온 군사들이 한 무리씩 모이기 시작했다. 장비는 그 군사들을 수습해 유비군이 있는 회남을 향해 힘없이 떠났다.

한편 엉뚱한 일을 계기로 너무도 손쉽게 서주성을 손에 넣은 여포는 백성들을 안심시키는 한편, 100여 명의 부하들에게 유비의 집과 가족을 지키게 하고 그들이 이전과 다름없이 생활할 수 있도록 배려했다.

얼결에 서주를 빼앗긴 장비는 수십 기의 군사만을 거느린 채 밤낮을 가리지 않고 달려 회남 땅 우이에 도착해 유비를 찾아갔다. 변명을 하기도 군색했던 장비는 유비를 만나자마자 무릎을 꿇고 통곡했다. 무엇인가 일이 잘못됐음을 직감한 유비가 놀라서 물었다.

"아우가 여긴 어쩐 일인가?"

장비가 유비를 볼 낯이 없어 말문을 열지 못하고 울먹이다 겨우 전후 사실을 얘기했다. 듣고 있던 주위 사람들은 너무도 허탈해 할말을 잃었고 유비는 비통한 심정으로 망연히 앉아 있었다. 이때 관우가 갑자기 유비의 가족이 생각나 안타까운 음성으로 물었다.

"형수님은 어떻게 되었느냐?"

"……성안에 그대로 계실 것입니다."

관우가 참았던 화를 터뜨리며 소리쳤다.

"장비야, 네가 애초에 성을 지킨다고 나섰을 때, 형님께서 술을 그만큼 삼가라고 하셨거늘 이제 성도 빼앗기고 형수님들까지 놈들에게 붙잡혔으니 이 일을 도대체 어찌할 것이냐?"

관우의 책망에 장비는 어찌할 바를 몰라 칼을 뽑아 자결하려고 했

다. 유비가 이를 보고 급히 달려가 장비의 칼을 빼앗아 땅에 던지며
말했다.

"옛말에 '형제는 손발과 같고 처자식은 의복과 같다'고 했네. 의복
은 찢어지고 해지면 새로 지어입을 수 있지만, 손발이 끊어지면 이을
방법이 없어. 우리 세 사람이 도원에서 결의하기를, 비록 같이 태어
나지는 않았지만 죽기는 같이하자고 했지 않았는가. 설령 서주성과
내 가족을 잃었다고 해도 형제의 의를 어찌 끊을 수 있겠는가? 서주
성은 원래 우리 것도 아니고, 또 내 식구들이 붙잡혀 있다고 해도 여
포가 그들을 죽이지는 않을 것이네. 그러니 그들을 구해낼 방도를 찾
아보면 될 것이야. 약속을 지키지 않은 아우의 잘못이 크긴 하나 죽
을 일은 아니네."

장비와 관우는 유비의 아량에 감복해 소리내어 울었다.

유비가 없는 사이에 여포가 서주성을 차지했다는 소식을 들은 원
술은 여포에게 사람을 보내 여포군이 유비군을 공격해주면 양곡 5만
석, 말 500필, 금은 1만 냥, 비단 1천 필을 주겠다고 제안했다. 진궁은
좋은 기회라고 역설했으나 여포는 조금 망설였다.

"장군, 이는 거절하실 일이 아닙니다. 원술은 오래전부터 물자가
풍부하기로 소문난 사람입니다. 우리는 그 동안 조조와 싸우느라 군
량미나 전비戰費가 극히 부족한 상태입니다. 그리고 꼭 유비군을 치
자는 것이 아닙니다. 그저 유비군에게 앞뒤 사정을 얘기하고 치는 척
만 하면 되는 것이 아닙니까?"

"관우와 장비란 작자가 있는데 마음대로 되겠나?"

진궁이 두 손을 모아쥐며 말했다.

"이렇게 해보면 어떻겠습니까? 미리 우리쪽 사람 몇몇을 유비군이

있는 곳으로 보내 그들이 떠난 것을 확인하고 난 뒤에 우리 군이 도착하게 하면 아무런 문제가 없을 것입니다. 그러면 유비와 불화가 생길 리도 없고 많은 군수물자를 챙기게 되니 좋은 기회가 되지 않겠습니까?"

이 말을 듣자 여포는 얼굴이 환해지면서 휘하 장군 고순高順에게 군사 5천을 주어 진궁의 지시대로 하라고 했다. 유비는 더 이상 원술군과의 대치도 의미가 없어지자 우이에서 군대를 거두어 동쪽의 광릉廣陵으로 떠났다. 고순은 유비군이 이동한 것을 확인하고 이내 우이로 들어왔다. 고순은 우이에서 원술군의 진지에 당도해 원술의 부장 기령을 만나 약속한 바를 이행하라고 요구했다. 입장이 난처해진 기령은 고순을 설득하기 시작했다.

"장군은 일단 회군하십시오. 제가 원술 장군을 만나 이 일을 상의해보겠습니다."

기령의 말을 듣고 고순은 서주성으로 회군해 여포와 진궁에게 그 사실을 모두 이야기했다. 그때 원술에게서 편지가 왔다.

여장군 보시오. 비록 고순이 왔다고는 하지만 유비를 제거한 것은 아니지 않습니까? 앞으로라도 유비를 붙잡기만 하면 약속한 물건을 보내드리겠습니다.

편지를 읽은 여포는 원술이 자기를 갖고 노는 것 같아 화가 머리 끝까지 치솟았다. 그래서 진궁을 불러 차라리 이번 기회에 원술을 치면 자기 속이 편하겠노라고 이야기했다. 이 말을 듣자 진궁은 절대 안 된다며 말렸다.

"아직은 군사를 일으킬 때가 아닙니다. 지금 우리 군은 정비와 훈련이 필요합니다. 원술은 현재 수춘壽春 땅을 점거하고 있는데 거느린 군사도 많고 군량 또한 풍부하기 때문에 그들을 가볍게 보다가는 큰 낭패를 볼 것입니다. 원술은 장기적으로 제거해야지 성급하게 칠 대상은 아닙니다. 그 점은 원술측에서도 마찬가지일 것입니다. 먼저 유비군을 아군으로 만드십시오. 그와 연합하면 원술을 치는 것은 어렵지 않을 것이고, 일단 원술을 쳐서 성공하면 천하를 손아귀에 넣는 것도 훨씬 수월해집니다."

진궁의 말을 유심히 듣고 있던 여포는 특히 유비와 연합한다는 말에 마음이 누그러져 당장 사람을 시켜 유비에게 서주로 돌아오라는 편지를 보냈다. 이때 유비군은 동쪽 광릉을 점령하려고 시도하다가 원술군의 기습을 받아 군사의 절반을 잃은 상태였다. 유비가 실의에 차서 퇴각하다가 때마침 여포가 보낸 사자를 만나게 됐다. 여포로부터 서주로 돌아오라는 편지를 받은 유비는 몹시 반가워 바로 서주로 군을 이끌고 돌아갔다.

여포는 유비가 온다는 말을 듣고 유비의 가솔들을 안전하게 성밖으로 내보내 유비와 먼저 만날 수 있게 했다. 유비가 서주성에 다다르자 유비의 두 부인인 감부인과 미부인이 마중을 나와 있었다. 이들은 전과 다름없이 편안한 얼굴로 유비를 맞았다. 미부인이 유비에게 한걸음 다가서며 말했다.

"저희 소식을 듣고 영감께서 얼마나 놀라고 걱정하셨을까 애가 탔어요. 하지만 여포 장군께서 군사들을 시켜 우리 집을 보호해주셨습니다. 또한 잡인들의 출입도 막아주시고 시녀들 편에 생활에 필요한 물품들을 아낌없이 보내주셔서 아무런 어려움 없이 지냈습니다."

이 말을 듣고 유비가 관우와 장비를 보며 말했다.

"나는 여포가 내 가족들을 해치지 않을 것을 알고 있었다."

유비는 여포에게 고마움을 표하고자 했다. 그러나 관우와 장비는 서주를 빼앗긴 마당에 그럴 필요까지 없다며 감부인과 미부인을 모시고 소패로 향해 먼저 떠나버렸다. 유비가 서주성으로 들어가 여포를 만나 절을 하며 가족들을 안전하게 보호해주어 고맙다고 말했다. 여포는 유비를 보자 반갑기도 하고 미안하기도 해서 할말을 찾지 못했다. 서먹함을 풀기 위해 그는 유비에게 최대한 부드럽게 대하며 다과를 베풀었다.

"아우, 내가 처음부터 서주를 빼앗을 요량으로 그런 건 아닐세."

유비가 손을 저으면서 말했다.

"아닙니다. 저도 다 들었습니다. 모두 장비가 술주정이 심해서 생긴 일입니다. 저는 처음부터 형님께 서주를 양보하고자 했던 것을 잘 아시지 않습니까?"

이 말을 듣고 여포는 더욱 무안해졌다.

"아무래도 안 되겠네. 아우님이 오셨으니 원래대로 돌아가세. 나는 역시 소패에서 서주를 지켜주겠네."

"그러지 않으셔도 됩니다. 편안한 마음으로 서주를 잘 다스려주십시오."

여포가 유비에게 서주를 다시 돌려주고자 했으나 유비는 끝까지 사양하고 소패로 돌아갔다. 유비가 아무 일 없이 소패로 돌아오자 관우와 장비는 답답해서 견딜 수가 없었다. 이번에도 먼저 고함을 지른 것은 장비였다.

"이제 도적놈이 주인을 몰아내고 주인 행세를 하게 생겼습니다."

관우도 거들었다.

"형님, 여포가 굳이 서주를 되돌려준다는데도 안 받으시는 것은 무슨 영문입니까?"

유비는 관우와 장비를 보며 타일렀다.

"우리의 분수를 알고 때를 기다리자는 것이네. 그 동안 곰곰이 생각해보니, 우리 힘으로 한 주를 맡아 주위의 제후들을 막기에는 아직까지 힘이 모자라는 것 같네. 그러니 아예 서주를 여포에게 주어 그가 어떻게 이 위기를 넘기는지 잘 지켜보세. 여포가 서주를 지키는 동안 우리는 소패에서 군사를 키우는 데 진력할 수 있으니 그 또한 나쁘다고는 할 수 없지 않겠나."

관우는 유비의 생각에 마음 깊이 수긍을 했으나, 단순하고 다혈질인 장비는 장형長兄의 태도가 우유부단하게 여겨졌다. 하지만 자신의 실수도 있는지라 장비 역시 아무 말 없이 따르기로 했다. 이후 여포는 소패의 유비에게 정기적으로 양곡과 비단을 보내는 등 호의를 베풀었고, 유비 역시 자주 사냥물과 가죽을 보내 여포의 호의에 화답했다.

유비와 여포가 서주를 놓고 벌어진 감정의 앙금을 가라앉히고 있을 때, 수춘에 있던 원술은 휘하 장수들을 위해 여러 차례 잔치를 베풀었다. 그날도 원술이 기분좋게 술을 들이켜고 있는데, 손책이 여강태수 육강陸康을 정벌하고 돌아온다는 보고가 들어왔다. 원술은 기쁘지 않을 수 없었다.

"역시 천하의 손책이로다. 내게 손책과 같은 아들이 있다면 죽어도 무슨 걱정이 있겠나! 나이가 아직 20도 채 안 되었는데 저리 용맹스럽고 지략까지 뛰어나니 확실히 영웅의 자식이라 다르긴 다른 모양이네."

옆에서 듣고 있던 부하 장수가 말했다.

"장군, 또 그 말씀이십니까? 공자님들이 들으시면 정말 섭섭하시겠습니다."

그 사이, 아직 소년 티를 벗지 못한 손책이 갑옷을 당당히 갖춰입고 연회장으로 들어왔다. 허리에 보도를 찬 채 투구를 벗어 옆구리에 끼고 당 아래에서 군례를 갖춰 절하는 모습을 본 원술은 연신 흐뭇함을 감추지 못했다.

"그래, 고생 많았다. 어서 올라오너라. 여봐라, 우리 장한 젊은 장수에게도 자리를 마련해주어라."

어린 손책은 시자들의 인도로 말석이긴 하지만 원술의 장수들과 함께 잔치에 어울렸다. 원래 손책은 자기 아버지 손견이 죽은 후 강남에 물러가 살면서 어진 선비를 받들고 사람들에게 인심을 얻어 지역에서 발판을 굳히는 듯했으나 뜻대로 되지 않았다. 서주 태수 도겸과 손책의 외삼촌 단양 태수 오경吳璟의 사이가 몹시 좋지 않았기 때문이다. 오경은 도겸으로부터 자주 핍박을 받았는데 손견이 죽고 홀로 된 오씨 부인은 이를 불안하게 여겨 강남 땅에 더 살지 못하고 곡아曲阿로 이사를 했다.

이후로 손책은 아예 원술에게 몸을 의탁하게 됐다. 손책에 대한 원술의 총애는 사방에 화제가 될 만큼 소문이 나 있었다. 원술은 손책을 볼 때마다 늘 '범이 호랑이를 낳지 고양이 새끼를 낳았겠나'라고 칭찬하면서, 나이답지 않게 무용과 지략이 뛰어난 손책을 아꼈다. 오래전에 원술은 손책에게 회의교위懷義校尉의 벼슬을 내려 경현涇縣 태수 조랑祖郎을 치도록 했고, 크게 승리하고 돌아오자 다시 육강을 공

격하게 했는데 손책은 이번에도 대
승을 거두고 개선한 것이다.

손책은 원술의 배려로 유비군을
물리친 승전 잔치에 배석했으나 대
부분의 장수들은 손책을 애송이 취급
하며 거들떠보지 않았다. 나이가 좀 든
장수들은 심지어 손책에게 안주를 가져오
게 하거나 돌아가면서 술도 치게 했다.
전장에서 승리하고 돌아온 장수가 아니
라 한낱 나이 어린 심부름꾼으로 취급
하는 분위기였다.

그날 잔치가 끝나 자기 숙소로 돌아온
손책은 자신의 처지가 너무 한심해 마음을
다잡기 어려웠다. 아버지 손견이 살아 있었더
라면 자신이 그런 대접을 받을 리 만무했다. 아
무리 원술이 자기를 총애한다고는 하지만 그의 보살핌에는 한계가
있었다. 그런데다가 손책은 성격상 남 밑에 진득이 있을 사람도 아니
었기 때문에 원술이 보여주는 애정이 오히려 부담스러웠다.

손책은 달빛이 훤히 비치는 뜰을 거닐며 이런저런 생각을 하다 죽
은 아버지가 떠올라 한층 더 우울해졌다. 요절한 아버지의 정이 새삼
그립기도 하고, 한편으로는 막료들과 천하를 논하며 동탁군을 무찌
른 부친에 비해 현재의 자신이 너무 초라하게 여겨지기도 했다. 아무
리 장수라고는 하나 아직 어린 소년에 불과한 손책의 눈에서는 어느
새 눈물이 흘렀다. 쉽게 자주 흘리는 눈물이 아니었기 때문에 한번

전장에서 돌아온 손책과 연회를 즐기는 원술.
갑작스럽게 아버지를 잃고 집안이 몰락했던 손책과 당대
최고 명문가의 '도련님'이었던 원술은, 성장 배경부터
너무나 대조적이다. 손책 뒤의 문지기 병사는 화상석에,
원술 뒤편 무용수들은 당시 칠기 그림에 근거한 것이다.

울기 시작하자 그 동안의 설움이 복받쳐 멈출 수 없는 통곡이 됐다. 그때 손견의 종사관從事官이었던 주치朱治가 손책의 처소에 들렀다. 누가 온 줄도 모르고 울고 있던 손책은 인기척이 나자 황급히 울음을 멈추고 소매로 눈물이 흥건한 얼굴을 닦았다. 고개를 들고 앞을 보니 물기로 흐릿해진 눈앞에 누군가 웃고 서 있었다.

"아니, 우리 공자님이 지금 울고 있는 게 아닌가? 승전한 장수가 무슨 슬픈 일이 있어 그리 우시는가?"

손책이 주의해서 보니 그는 아버지의 참모 가운데 하나였던 단양 사람 주치였다. 손책은 평소에 그를 아저씨라 부르며 의지하고 따랐다. 손책은 눈물을 씻어내고 예를 갖춰 인사하며 말했다.

"아저씨께서 오시는 줄 몰랐습니다. 오늘따라 돌아가신 아버님 생각이 왜 이리 나는지 모르겠습니다. 아버님의 큰 뜻을 제대로 계승하지 못하고 있는 저의 처지가 한심스러워 그만 울음이 나오고 말았습니다."

주치는 손책의 손을 잡으며 말했다.

"주군이 살아계실 때는 나와 중요한 일을 많이 상의하셨는데, 어찌 우리 공자님은 어려운 일이 있어도 나를 찾지 않는가? 무슨 일이든 내게 말해보게. 도움이 될지는 모르겠으나, 아무래도 자네보다야 내가 세상일을 더 많이 겪지 않았겠나."

손책은 다소 힘을 얻은 듯 주치에게 말했다.

"아버님의 뜻을 받들어 반드시 큰일을 하고 싶습니다. 그러나 원술 장군님 밑에만 있다가는 일을 도모하기가 어려울 것 같습니다. 원술 장군님이 저를 아끼시는 것은 고맙지만 그렇다고 이대로 있다가는 지하에 계신 아버님을 뵐 면목이 없을 것 같습니다."

주치가 손책의 말을 듣자 반가운 듯 말했다.

"진작에 왜 그 말을 하지 않았나? 자네가 원술 장군의 휘하로 들어오게 된 것은, 자네 외삼촌과 도겸이 견원지간犬猿之間처럼 사이가 나빴기 때문일세. 그런데 이제 서주 태수는 죽고 대신 양주 자사 유요劉繇가 외삼촌을 핍박하고 있다고 하네. 그러니 이 기회를 놓치지 말고 외삼촌을 도우러 간다는 핑계를 대고 원술에게 군사를 빌리게. 그리고 강동으로 내려가서 대업을 이루도록 하게. 원술은 오만하여 오직 자기 집안만 최고라고 여기는 사람이라 인재 귀한 줄을 모르네. 그러니 누구든 원술 밑에는 오래 있을 곳이 못 돼."

손책이 다시 물었다.

"그런데 원장군님이 과연 군대를 빌려주실까요?"

주치는 잠시 생각에 잠기더니 말했다.

"잠깐 있어보게. 불가능한 일만은 아닐세. 나도 주군이 돌아가신 뒤에 원술 장군에게 의탁하면서 사귀어둔 사람이 있네. 여범呂範이라는 이로 여남汝南 세양細陽 사람이네. 지금은 원술의 참모로 있는데 별로 처지가 좋지는 않은 듯하네. 아마 이 사람이면 자네에게 큰 도움이 될 걸세."

주치가 사람을 보낸 지 얼마 되지 않아 여범이 찾아왔다. 손책은 공손하게 그를 맞이했다. 주치가 그간의 사정을 이야기하자, 여범이 말했다.

"우선, 제 휘하에 용감한 장정 100명이 있으니 손공자의 한 팔이 되도록 도와드리겠습니다. 그런데 원장군은 오랫동안 공인 생활을 한 사람이라 사사로이 군사들을 빌려주지는 않을 것입니다. 아무리 아들처럼 아끼는 손공자라도 군대를 빼기는 힘들 것입니다. 그 사람

은 생각보다 계산적이고 원칙도 따지는 편입니다. 아마도 군대를 빌
리려면 그에 따른 확실한 조건이 있어야 할 것입니다."

손책이 여범의 말을 듣고 뭔가 곰곰이 생각하더니 입을 열었다.

"제게는 돌아가신 아버님께서 유물로 남겨주신 옥새가 있습니다.
그것을 원장군님께 저당잡힌다면 군대를 빌릴 수 있지 않겠습니까?"

여범이 무릎을 치며 말했다.

"왜 안 되겠습니까? 그 옥새는 원술공께서 오래전부터 탐내고 있
던 물건입니다. 원소 장군이나 원술 장군은 옥새만 있으면 자신들이
천하의 주인이 될 것이라고 믿는 사람들입니다. 아마 옥새를 갖다바
치면 군사를 빌려주는 것 이상도 해줄 것입니다."

여범이 말을 잠시 중단하고 주치를 보고 웃으면서 말했다.

"주선생, 혼자만 손공자를 따라가지 말고 같이 갑시다."

세 사람은 앞으로의 일들을 좀더 상의한 뒤 다시 만나기로 약속하
고 헤어졌다. 주치와 헤어진 다음날 아침, 손책은 원술을 만나 눈물
을 흘리며 말했다.

"저는 그 동안 장군님의 배려로 오늘날까지 잘 지내왔습니다. 그러
나 지금까지 돌아가신 아버님의 원수를 갚지 못해 한이 맺혀 있던 중
에, 또다시 외삼촌께서 일찍이 도겸의 사주를 받은 양주 자사 유요에
게 욕을 당하고 있다 합니다. 지금 저의 어머니는 외삼촌에 의지해
곡부에 계신데 혹여 해를 입으실까 걱정됩니다."

"그런 일이 있었는가? 참으로 딱한 일이다. 그래 내가 어떻게 도우
면 되겠느냐?"

원술의 물음에 손책이 용기를 내어 말했다.

"장군께서 제게 용감한 군사 수천 명만 빌려주신다면 강을 건너가

유요군을 물리치고 어머니의 안전도 돌봐드리고 오겠습니다. 혹시라도 장군께서 저를 못 믿으시겠다면 돌아가신 아버지께서 가보로 남겨주신 옥새를 장군께 맡기겠습니다."

말을 마친 손책은 품속에서 비단보에 싸여 있는 작은 상자 하나를 꺼내 원술에게 바쳤다. 옥새라는 말에 머릿속이 하얘진 원술이 손책을 보면서 겨우 말했다.

"너와 나는 부자지간이나 다를 바가 없는데 뭐 그럴 것까지 있겠느냐만, 네 생각이 정 그렇다면 옥새를 맡겨두고 가거라. 그런데 네가 아직 나이가 어리고 직위도 낮아서 수천의 대군을 지휘하기 어려울 것이다. 내가 황제께 표를 올려 너를 절충교위折衝校尉 진구장군殄寇將軍에 앉히도록 하겠다. 내가 군사 2천과 말 200필을 너에게 빌려줄 테니 일을 마치는 대로 빨리 돌아오도록 해라."

손책은 원술에게 고마움을 표시하고 부장으로 주치와 여범은 물론이고 손견 휘하 장수였던 정보·황개·한당까지 이끌고 먼길을 나섰다. 손책은 무엇보다 먼저 사람을 보내 자신의 의동생인 주유周瑜에게 이 사실을 알리고 도움을 청했다. 주유는 손견이 동탁을 토벌할 때 가족과 함께 서성舒城으로 이사했는데, 두 사람은 그때부터 알게 됐다. 주유와 손책은 우정이 깊어져 형제의 의를 맺었다. 둘의 나이는 동갑이었으나 손책의 생일이 두어 달 빨라 주유가 손책을 형이라 불렀다.

손책 일행이 역양歷陽 땅에 이르렀을 때, 풍채가 뛰어나고 용모 또한 수려한 주유가 일군의 군사들을 거느리고 와서 인사를 했다. 손책은 주유가 찾아오자 기분이 좋아서 어쩔 줄을 몰랐다. 주유가 손책을 보며 말했다.

"제가 아직 어리고 비록 힘은 부족하지만 강동 땅이 형님을 중심으로 일어난다고 하니 죽을 힘을 다해 옆에서 돕겠습니다."

손책은 주유의 손을 잡고 흔들며 기쁨을 감추지 못했다.

"내가 아우를 만났으니 이제 강동 땅도 다시 일어날 걸세. 돌아가신 아버님께서도 얼마나 좋아하시겠는가?"

손책은 주유를 아버지의 장수들과 일일이 인사시켰다. 역양에서 잠시 머무르면서 손책은 다시 가업을 일으킬 수 있다는 자신감을 갖게 됐다. 주유가 손책에게 말했다.

"형님이 큰 일을 하시려면 강동에 있는 두 장張씨를 모셔와야 합니다."

"두 장씨라니?"

"팽성彭城 사람 장소張昭와 광릉廣陵의 장굉張紘입니다. 그 두 사람은 지금 난리를 피해 강동에 살고 있는데 하늘도 놀랄 만한 학식과 재주를 지닌 분들입니다."

손책은 어려운 시기에 인재를 한꺼번에 둘씩이나 얻을 수 있음을 기뻐하며 당장 사람을 보내 이들을 모셔오라고 했다. 그러나 장소와 장굉은 극구 사양하며 오지 않았다. 그러자 주유가 손책에게 직접 찾아가서 모셔오는 게 어떻겠냐고 제안했다. 손책이 망설이지 않고 이들을 찾아가 간청하자 두 사람은 더 이상 거절하지 못했다. 손책은 장소에게 장사長史 겸 무군중랑장撫軍中郎將의 자리를, 장굉에게는 참모參謀 정의교위正議校尉 자리를 주어 유요를 공격할 대책을 협의했다. 유요는 연주 자사 유대의 아우로 전에는 양주 자사로 수춘에 있었으나, 원술에게 쫓겨 강동으로 왔고 지금은 곡아를 차지하고 있었다.

손책은 장소와 장굉의 간책에 따라 사방으로 통문을 보내 강동을 부흥시킬 수 있는 인재를 조건 없이 구한다고 널리 알렸다. 얼마 되지 않아 두 장수가 왔는데, 한 사람은 구강 수춘 사람 장흠蔣欽이고 또 한 사람은 구강 하채下蔡 사람 주태周泰였다. 둘은 난세를 당해 장강(양자강) 연안에서 전란으로 유민이 된 사람들을 모아 노략질을 하며 지내다가, 손책이 강동의 어진 사람과 호걸을 초빙한다는 말을 듣고 거느리고 있던 무리 300여 명을 이끌고 투항했다. 손책은 여러 날을 쉬지 않고 군사들을 모집하고 조련하여 5천여 명의 정예군을 거느리게 됐다.

유요는 손책이 군사를 이끌고 온다는 말을 듣고, 급히 여러 장수들을 불러모아 대책을 협의했다. 부장 장영張英이 말했다.

"제가 군사를 이끌고 우저牛渚에 진을 치고 있으면 비록 백만 대병이 온다 해도 철통같이 지켜낼 수 있습니다. 그리고 손책의 군세는 그리 염려하실 만큼 강하지 않은 듯합니다."

장영이 말을 마치기도 전에 한 사람이 큰소리를 쳤다.

"장장군님이 가신다면 저를 선봉장으로 삼아 보내주십시오."

모두 돌아보니 태사자였다. 유요가 그를 보면서 말했다.

"여기는 네가 나설 자리가 아니다. 그 용기는 가상하다만 아직 어린 네가 감당할 일이 아니다. 이번에는 차라리 전령傳令을 맡아 경험이나 쌓도록 해라."

유요의 말을 들은 태사자는 의기소침해져 뒤로 물러났다. 유요는 군을 정비한 후 장영을 선봉장으로 삼아 전선으로 출발시켰다. 장영은 우저에 도착해 군량미 2만 섬을 창고에 쌓고 일전에 대비했다. 이윽고 손책도 군사를 이끌고 이곳에 이르자 양군은 진영을 구축하고 전투준비를 했다.

손책군의 선봉으로는 부장 황개가 나섰다. 그러자 손책은 이 주변 지리에 능통한 장흠과 주태를 전투가 벌어질 지역에 미리 매복시켜두었다가 황개와 장영이 어우러져 일진일퇴를 하고 있는 사이, 좌우를 급습하게 했다. 손책의 작전대로 장흠과 주태가 황개와 맞서 싸우고 있는 장영의 양 측면을 기습하니 장영은 질겁을 하고 우저를 버리고 깊은 산속으로 달아났다. 과거 손견 휘하에서 실전 경험을 쌓은 부장들이 참가해서인지 손책군은 예상했던 것 이상으로 잘 싸웠다.

자기가 직접 이끄는 군대가 첫 전투에서 승리하자 손책은 크게 기뻐하며 주태와 장흠에게 거전교위車前校尉의 벼슬을 내렸다. 손책은 장영이 버리고 간 우저 창고의 군량과 무기를 몽땅 거두어들이고, 포로 2천여 명과 함께 신정神亭으로 군진을 옮겼다.

장영이 패퇴했다는 소식을 접한 유요는 친히 군사를 이끌고 신정 남쪽에 진을 쳤

고, 손책은 신정 북쪽에 진을 쳤다. 양군이 대치하고 있던 어느 날 손책이 신정 땅의 주민들에게 물었다.

"이 근처에 혹시 한나라 광무제를 모신 사당이 있느냐?"

"예, 지금 유요가 진을 치고 있는 신정고개 남쪽에 광무제의 사당이 있습니다."

주민이 광무제의 사당이 있는 곳을 자세히 가르쳐주자, 주유가 옆에 있다가 궁금해서 물었다.

"뜬금없이 광무제의 사당을 찾는 연유가 무엇입니까?"

손책이 말했다.

"지난 밤 꿈에 광무제가 나타나셔서 내게 덕담을 하셨다. 그러니 오늘은 사당을 찾아가서 제사를 올리려고 한다."

그 말을 들은 장소는 사당이 적진 가까이 있다고 말렸다. 그러나 손책은 '조상이 나를 돕는데 무엇이 걱정이냐'며 기어이 뜻을 굽히지 않았다. 장소가 장수들과 함께 갈 것을 종용하자 손책은 마지못해 정보·황개·한당·장흠·주태 등 12명의 장수를 거느리고 갔다. 사당이 가까워지자 멀리서 유요군의 모습이 보였다. 손책은 사당에 이르러 예를 갖춰 분향을 올렸다. 그런 다음 꿇어 엎드려 소원을 빌었다.

"만약 제가 강동에서 선친의 대업을 부흥시킨다면, 사당을 중수重修해드리고 사계절 빠짐없이 제사를 올리겠습니다."

손책이 축원을 끝내고 사당을 나와 말에 올랐다. 주변을 돌아본 손책은 태연한 낯으로 여러 장수들에게 말했다.

"내 여기까지 온 김에 저 고개에 올라가 유요의 진지를 살피고 오겠다."

손책이 말을 달려 떠나려 하자 모든 장수들이 위험하다고 완강하게 말렸다. 그러나 나이답지 않게 담이 큰 손책은 주위의 권유를 무시한 채 말을 몰아 고개로 올라갔다. 그러자 따라간 장수들도 손책이 다칠세라 뒤를 따라 고갯마루로 올라가 함께 적진을 살폈다. 이때 숲속 작은 길 옆에 매복하고 있던 유요군의 병사들이 손책과 장수들을 목격하고 급히 유요에게 알렸다. 이 말을 들은 유요가 석연찮은 표정으로 말했다.

"이는 분명히 손책이 아군을 유인하려는 계책이다. 추격하지 말고 그대로 두어라."

유요의 말을 듣고 태사자가 나섰다.

"장군, 지금 손책을 붙잡지 않으면 기회를 다시 잡기 어려울 것입니다. 그는 대담한 성격이어서 필시 많은 군병들을 대동하지 않았을 게 뻔합니다. 제게 병사를 주시면 사로잡아 오겠습니다."

"네 뜻이 정 그렇다면 일단 가보아라. 하지만 군병은 20여 기만 데리고 가라."

아직 태사자가 못 미더웠던 유요는 정찰대 임무나 수행할 정도의 적은 병력을 주었다. 태사자는 개의치 않고 서둘러 갑옷으로 갈아입고 창을 든 채 말 위에 올라 20여 기의 기병을 데리고 출발했다. 손책은 유요군의 군진을 머릿속에 담아두려는 듯 한참 동안 둘러본 다음 본진으로 돌아가기 위해 말 머리를 돌렸다. 그런데 손책 일행이 고개를 내려오는 순간, 맞은편에서 갑자기 말발굽 소리와 고함소리가 몰아쳐왔다.

"손책아, 꼼짝 마라!"

손책이 아래를 바라보니 태사자가 창을 비껴들고 쏜살같이 달려오고 있었다. 나머지 장수들이 태사자의 기병들과 접전을 벌이고 있는 동안 손책은 창을 들고 태사자를 맞아 싸웠다. 20여 기의 기병은 손책의 용장들에게 밀려나고 있었으나 태사자와 손책의 승부는 좀처럼 가려지지 않았다. 두 사람의 무예가 워낙 출중해서 말 두 필이 어우러져 한참을 싸워도 승부가 나지 않았다. 손책을 따라갔던 부장들은 젊은 두 장수의 무예를 보고 그저 놀라 입이 쩍 벌어졌다.

대결 당사자들도 서로의 무예 실력에 감탄했다. 손책과 태사자는 죽일 듯이 칼을 부딪치면서도 마음속으로는 상대의 출중한 무예 실력에 감탄하고 있었다. 시간이 흐르자 태사자는 술수를 써서 손책을 유인해내야겠다고 생각하고, 왔던 길을 버리고 북쪽으로 난 작은 길을 돌아 달아났다. 그러면서 마음속으로 이렇게 되뇌었다.

'손책 뒤에는 12명의 용맹한 장수가 따르고 있다. 비록 내가 손책을 붙잡더라도 결국 그들에게 빼앗길 것이니 이놈을 좀더 으슥한 곳으로 유인해서 붙잡아야겠다.'

손책은 태사자의 의도를 알아차리지 못하고 말발굽 소리를 따라 계속 추격했다. 마침내 깊은 산속에 넓은 평지가 나타났다. 평지에 이르자 달아나던 태사자는 갑자기 말 머리를 돌려 손책과 다시 싸우기 시작했다. 그러나 이번에도 좀처럼 승부가 나지 않았다.

서로 맞붙어 싸우던 중에 손책의 창이 태사자의 목을 향해 날아들었다. 순간 태사자가 왼손으로 그 창끝을 휘어잡았다. 손책의 창을 잡은 태사자가 오른손으로 창을 휘둘러 손책의 목을 치려 하자 이번에는 손책이 태사자의 창을 잡았다. 두 사람은 있는 힘을 다해 서로 창을 빼앗으려다가 말에서 굴러떨어져 뒹굴었다.

두 사람은 다시 창을 버리고 맨주먹으로 치고받고 싸우는 바람에 갑옷이 너덜너덜해졌다. 손책이 재빨리 손을 뻗어 태사자의 등 뒤에 꽂힌 단검을 빼어드는 순간, 태사자도 순식간에 손책의 투구를 낚아챘다. 손책이 태사자의 심장을 찌르려고 하자 태사자는 손책의 투구로 단검을 막았다.

이미 날은 어두워지고 사방이 희미해지기 시작했다. 그 사이에 함성이 들리면서 그들이 싸우는 양쪽에서 군사들이 몰려왔다. 유요와 주유가 각기 1천여 명씩의 군사를 급히 이끌고 자기 쪽 사람을 찾으러 나섰던 것이다. 조그마한 싸움이 뒤늦게 대규모의 전투로 변하는가 했으나 해가 져 시야가 희미해졌기 때문에 이들은 제대로 싸우지 못하고 자기 진영으로 군사를 물렸다.

다음날 손책은 군사를 이끌고 유요의 진지 가까운 곳에다 진을 쳤다. 유요군과 손책군이 각기 둥글게 진을 치고 나자, 손책이 빼앗은 태사자의 단검을 창끝에 높이 달고 군사들에게 야유하게 했다. 손책의 군사들이 일제히 입을 모아 유요군을 조롱하자 태사자 역시 손책의 투구를 장대에 높이 내걸어 '손책의 머리통이 여기 있다'고 부하들에게 맞받아치게 했다.

양편 군사가 지르는 함성으로 신정 땅이 들썩거릴 정도였다. 다시 태사자가 군대를 이끌고 나왔다. 손책은 정보를 시켜 이에 대응하게 했는데 그날 싸움도 일진일퇴를 거듭하다 다시 중단됐다. 오후 무렵이 되자 전령이 달려와 유요에게 고했다.

"장군, 지금 손책군의 주유란 자가 군사를 이끌고 진무陳武와 내통하여 곡아를 습격했다고 합니다."

유요의 얼굴색이 싹 변했다.

"곡아는 아군의 기지인데 이러다가 그곳을 빼앗기게 생겼구나. 내 진지를 먼저 굳히고 적을 공격하는 것이 병법의 기본이거늘 여기서

지체할 수 없다. 빨리 군대를 돌려 일단 말릉秣陵으로 가서 설예薛
禮·착융笮融과 상의해 곡아를 탈환해야겠다."

유요군은 곡아 쪽으로 먼지를 일으키며 철수하기 시작했다. 손책
은 멀어지는 유요군을 더 이상 추격하지 않았다. 이 광경을 보고 있
던 장소가 손책에게 진언했다.

"저놈들이 철군한 것은 분명 곡아가 주유에게 습격당했다는 소식
을 들었기 때문입니다. 지금 저놈들은 곡아를 탈환하느라 정신이 없
을 것입니다. 아마 말릉 방면으로 후퇴하는 것으로 봐서 그곳에서 일
단 전열을 정비한 다음 곡아를 칠 것 같습니다. 오늘 밤, 그들이 전열
을 재정비하기 전에 바로 습격하는 것이 좋겠습니다. 가장 좋은 공격
은 뜻밖의 기습입니다. 이 기회를 놓치지 마십시오."

손책은 장소의 말대로 그날 밤 유요의 진지를 급습했다. 갑작스런
습격을 당한 유요군은 모래알 흩어지듯이 사방으로 달아나버렸다.
손책은 유요의 진영을 완전히 파괴해버리고 불태웠다. 주유가 곡아
를 장악했기 때문에 이곳의 군영만 확실히 파괴해버리면 유요군의
근거지는 완전히 없어지게 되는 셈이다. 손책은 태사자를 잡을 욕심
으로 말을 탄 채 군사들의 맨앞에 섰다. 급습을 당한 태사자는 휘하
부하들과 사력을 다해 싸웠으나 역부족임을 느끼고 군사 10여 기만
거느린 채 유요와 함께 경현涇縣 땅을 향해 달아났다. 손책은 유요와
태사자를 사로잡으려고 그 뒤를 쫓아 경현으로 진군했다.

경현으로 달아난 유요와 태사자는 말릉에서 따라온 정병 1천여 명
을 모아 반격을 준비했다. 눈앞에 경현의 작은 성곽이 나타나자 손책
이 주유에게 말했다.

"아우, 내가 유요를 쫓아 예까지 달려온 것은 유요보다 태사자에게

관심이 많아서네. 내 그놈을 사로잡아서 우리 편으로 만들면 좋겠는데, 아우 생각은 어떤가?"

주유는 그 말을 듣고 껄껄 웃으며 말했다.

"걱정 마세요. 제게 계책이 있습니다."

주유는 눈앞에 펼쳐진 성을 바라보며 말을 이었다.

"경현성은 별로 크지 않아 포위하기가 그리 어렵지 않습니다. 만약 태사자를 잡으시려면 먼저 날랜 병사 500여 명을 뽑아서 매복시키셔야 합니다. 경현성 동문에서 20여 리 떨어진 곳은 갈대밭이 무성해 군사를 매복시키기가 좋습니다. 그런 다음 아군이 동문의 위치를 모르는 듯 서·남·북문만을 포위하십시오. 지금 경현성에는 태사자의 병사는 거의 없을 것이니 아군이 총공세를 펼친다면 반드시 빠져나갈 출구를 찾다가 동문으로 몰려들 것입니다. 그때 일부러 동문을 터주면 태사자는 자연히 아군의 매복군에게 사로잡힐 것입니다."

손책은 주유의 계책에 감복하며 그의 말을 따라 경현성을 포위하기 시작했다. 그러자 낌새를 알아챈 유요군은 하나 둘씩 달아나거나 투항했고 승산이 없다고 여긴 유요마저 총공세가 시작되기도 전에 심복 몇 명만을 데리고 형주의 유표에게로 달아나버렸다.

그 사실을 모른 채 부하들을 독려하며 경현성의 방비를 돌아보던 태사자는 손책군의 총공세가 시작되자 뒤늦게 유요가 몰래 도망한 것을 알았다. 태사자는 도망간 유요를 욕하며 결사적으로 항전하다가 세 성문에서 불길이 치솟아오르는 것을 보고서야 위급함을 느꼈다. 곧바로 말에 올라탄 태사자는 부하들을 모아 적군이 지키지 않는 것처럼 보이는 동문을 향해 달려갔다. 과연 거기엔 개미 새끼 한 마리 보이지 않았다. 태사자와 부하들은 안도하며 동문을 빠져나가 정신없이 말을 달렸다. 하지만 뒤를 돌아보니 어느새 손책군이 바짝 쫓아오고 있었다. 태사자는 말에 채찍을 가하며 더욱 속도를 냈다. 그러다가 손책의 매복군이 쳐놓은 반마삭絆馬索(말을 넘어뜨리기 위해 쳐놓은 밧줄)에 걸려 말과 함께 땅바닥에 나둥그러졌다.

손책의 매복병들은 태사자를 사로잡아 꽁꽁 묶어서 본진으로 돌아왔다. 태사자를 본 손책은 당상에서 내려와 군사들을 물리며 손수 태사자를 묶은 오랏줄을 풀어주었다.

"장군은 참으로 맹장입니다. 장군만큼 무예가 출중한 분을 아직 본 적이 없습니다. 만약 장군이 대군을 통솔하신다면 천하를 진동시켰을 터인데 어찌 유요 같은 사람에게 있었소? 유요가 장군의 뛰어난 재능을 잘 쓸 줄 몰랐기에 이렇게 패한 것입니다."

손책은 자기의 도포를 벗어 태사자에게 입혀주고 그의 손을 잡아 끌어 당상으로 올랐다. 태사자는 젊고 패기 있는 손책의 따스한 후의厚誼에 감동했다.

"일찍이 장군의 명성은 알고 있었습니다. 그리고 요즈음은 장군을 항우에 비유하여 작은 패왕霸王이라고들 한다고 들었습니다. 이번에 장군과 싸우면서 장군이 실로 일세의 영웅임을 알았습니다. 장군께서 받아만 주시면 그날부터 장군을 돕겠습니다."

이 말을 듣자 손책은 너무 기뻐서 두 손으로 태사자의 손을 덥석 잡았다. 이어 잔치를 벌여 태사자를 상석에 앉혀놓고 참모들을 한 사람씩 소개했다. 술잔이 몇 순배나 돌고 흥겨운 가락이 오고갈 무렵, 손책이 호탕하게 웃으면서 태사자에게 농담을 건넸다.

"우리가 신정에서 싸울 때, 공이 나를 잡았으면 나는 어찌되었겠소?"

태사자는 그때의 일을 떠올리며 대답했다.

"제가 공을 잡지 못했으니 어찌 알겠습니까?"

손책은 다시 한번 크게 웃었고 태사자도 함께 웃었다. 손책의 장수들 역시 몇 번의 싸움에서 승승장구한 손책을 보고, 젊은 주군에 대한 일말의 우려를 말끔히 씻어버리고 모두 흥겨운 기분으로 잔치를 즐겼다. 얼마 후 태사자가 손책에게 말했다.

"비록 유요가 오갈 데 없는 처지가 되어 형주로 도망가고 있지만, 유요가 뿌려놓은 관리들과 패잔병들이 아직 많습니다. 유요가 은밀히 사람을 보내 흩어진 세력을 모아 전열을 가다듬는다면 곳곳에서 문제가 생길 수 있습니다. 그러니 제가 나서서 유요의 패잔병들을 모아 장군에게 투항하도록 설득하고자 합니다. 그대로 놔두면 화근이 될 테니, 저를 믿고 이 임무를 맡겨주실는지요?"

손책은 뜻밖에 흔쾌히 대답했다.

"믿다마다요. 저는 이미 장군을 완전히 믿습니다. 내일 흩어진 유요군의 진영으로 다시 돌아가셔도 좋습니다."

다음날 태사자는 손책에게 예를 차려 인사했다.

"결코 신의를 저버리지 않고 다음날 정오까지는 돌아올 것입니다."

태사자는 그렇게 약조한 뒤 말을 타고 유요군의 패잔병들을 찾아 떠났다. 이 광경을 보고 있던 손책의 장수와 참모들은 모두 한마디씩 했다.

"태사자는 다시 돌아오지 않을 것입니다."

그러나 손책은 머리를 저었다.

"태사자는 의리가 있는 사람이오. 신의를 저버리는 일은 없을 것입니다."

그러나 이를 믿는 사람은 아무도 없었다. 다음날 손책은 공연히 아침부터 영문에 장대를 높이 세워 해그림자를 살피고 있었다. 정오가 막 넘어서자 멀리서 태사자가 500기가 넘는 기병을 거느리고 나타났다. 손책은 천하를 얻은 듯이 기뻤다. 이 일로 사람들은 이구동성으로 '손책은 사람을 알아보는 장군'이라며 격찬했다.

유요를 격파하면서 1만의 정병과 2천의 기병을 거느리게 된 손책은 장소의 강력한 권유에 따라 강동으로 내려가 백성들이 생업에 전념할 수 있도록 여러 가지 정책을 폈다. 먼저 군인들이 민간인에게 피해를 입히는 사례를 줄였고 군을 동원해 무너진 농업시설을 개량해나갔으며 곳곳에 도로를 닦아 해상과 육로의 소통을 원활히 했다.

뿐만 아니라 손책은 장굉의 권유를 받아들여 유요의 군사 중에서 자기를 따르기를 원하는 자는 그대로 손책군에 편입시키되, 원하지 않는 사람들은 달리 상급을 주어 귀향시킨 뒤 농업에 종사하도록 했다. 이 정책은 양자강 남쪽의 곡아·남서南徐·우저·선성宣城·말릉 등에 이르는 강동 땅에서 손책의 명성을 더 높이는 계기가 됐다. 항복한 병사들에게 노자를 주어 보내는 것은 물론이요, 고향으로 돌아가게 배려하자 백성들 사이에서 손책의 명망은 더욱 높아졌다. 또 과다한 군병들을 재정리하여 많은 병사들을 고향으로 되돌려보내 생업에 종사하게 함으로써 생산력도 부쩍 늘어났다.

손책의 이 같은 조치들로 백성들은 날이 갈수록 그를 따르고 환영했다. 스무 살을 갓 넘긴 나이에 강동의 맹주로 떠오른 손책의 존재는 강동에 할거하던 여느 세력과 다른 의미를 가지고 있었다. 일찍이 중앙의 힘이 미치지 않아 수많은 토호 세력으로 나뉜 장강 이남에 드디어 구심점이 생긴 것이다. 손책의 능력이 이 지역의 맹주로서 손색이 없다는 것이 알려지자 주변의 군현에서 투항해오는 자도 많아졌다. 단기간에 세 불리기에 성공한 손책은 곧 그 동안 흩어져 살던 어머니와 숙부 및 아우들을 곡아에 불러모았다.

손책은 아우 손권과 부장 주태로 하여금 선성을 지키게 했다. 곡아가 안정되자 손책은 스스로 다시 군사를 거느리고 오군吳郡(현재의 상하이 부근)을 정벌하기 위해 습지와 늪지대를 헤치며 남으로 내려갔다. 이때 손책의 군세는 이미 2만이 넘어 있었다.

오군은 황해黃海에 접해 있는 지역으로 수산물이 풍부하고 토지도 비옥했다. 하지만 오군은 중원에서 멀리 떨어져 중앙의 통제가 미치기 어려웠을 뿐 아니라, 천하의 영웅들 역시 변란이 생길 때마다 중원을 다투었기 때문에 늘 무풍지대로 남아 있었다. 따라서 이 일대는 지방 제후들이나 호족과 같은 군소 세력들이 서로를 견제하거나 보호해주면서 동거하고 있었다.

그렇게 지내오던 그들에게 손책의 침입은 실로 커다란 충격이었다. 자잘한 변방 토호들로서는 규모가 크고 잘 훈련된 손책군과 맞서 싸울 수가 없었다. 오군 근방의 토호들은 평소 동오東吳의 덕왕德王을 자처하고 있던 엄백호嚴白虎의 장원으로 달려가 회동을 가졌다. 거기에 모인 이름뿐인 지방 제후들과 토호들은 손책군의 남하를 저지할 총사령관으로 엄백호를 추대하고 병권을 위임했다. 엄백호는 자신에게 맡겨진 병사들을 규합하여 오정烏程과 가흥嘉興에 저지선을 쳤다.

한편 손책은 군사를 수륙으로 나눈 뒤에, 수군에게는 양자강을 따라 황해로 나아간 다음 오군의 동쪽에 상륙하도록 했다. 그리고 육군은 북서쪽에서 오군을 협공하는 전략을 세웠다. 손책군이 수륙 양면으로 오군을 압박해오자 엄백호는 몹시 당황하여 오군성에 숨어 싸

울 엄두를 내지 못했다. 토호들끼리의 자잘한 분쟁에서 이기고 군신
이나 된 듯이 으스댔지만, 땅과 바다에서 동시에 치러지는 입체적인
전면전은 경험해본 적이 없었다. 게다가 자신이 거느린 장수들로는
손책의 부장들과 겨루기도 힘든 형편이었다. 초반의 기세 싸움에서
눌린 엄백호는 사흘이 지나도록 성문을 걸어 잠그고 나와 싸우려 하
지 않았다.

사통팔달로 트인 중원에서라면 가까운 제후들에게 원병이라도 청
해보겠지만, 바둑판의 한쪽 귀와 같은 남쪽 변방에서는 그런 운도 따
르지 않았다. 엄백호는 친동생 엄여嚴輿와 머리를 맞대고 의논한 끝
에 동생의 의견에 따라 화친을 맺기로 하고, 엄여를 성밖으로 내보내
손책을 만나도록 했다. 엄여를 맞이한 손책은 항복하러 온 사자로 여
기고, 그에게 음식과 술을 내어 대접했다. 그러나 분위기가 한껏 고
조되었는데도 엄여에게서 아무 말이 없자, 손책은 은근히 화가 났다.
그래서 엄여의 속을 떠보기 위해 넌지시 말을 건넸다.

"그래, 엄백호가 어떤 조건을 가지고 강동의 주인인 내게 화친을
하자고 하더냐?"

"저의 형님은 장군께서 군사를 물리시면, 그 동안 다스리던 강동
지방을 반으로 나누어드릴 용의가 있다고……"

엄여의 말이 채 끝나기도 전에 손책은 술잔을 내던졌다.

"이런 쥐새끼 같은 놈이 있나. 내 이미 양자강 남쪽의 곡아·무호
蕪湖·남서·우저·선성·말릉·광릉·단양丹陽 등을 평정하였고 이
제 남은 곳이라고는 오군·오정·가흥·전당錢塘 등 작은 고을뿐인
데, 그런 나와 강동을 반으로 나누자니! 이놈들이 감히 누구와 맞먹
자고 드는 거냐!"

상황을 오판한 엄백호의 제안에 분을 참지 못하는 손책. 건을 쓰고 도포를 입은 손책이 이배(耳杯)를
집어던지자, 갑주를 입은 병사들이 사자로 찾아온 엄여를 끌어내고 있다.

손책은 분을 참지 못하고 엄여의 목을 베라고 부하에게 명을 내렸다. 그리고 엄여의 수급을 오군성 너머로 던지게 했다. 아우의 수급을 본 엄백호는 자신의 화친 제의가 실패했음을 깨닫고 안절부절못했다. 연이어 손책군의 대공세가 시작되자 엄백호는 화살 한 대 날려보지 못하고 날랜 말에 올라 성을 버리고 달아났다.

손책은 이번 기회에 오군 이남 지역을 확실히 장악하기로 하고 부하들에게 순순히 백기를 들고 투항하지 않은 토호들을 철저히 소탕하게 했다. 그리고 자신은 직접 군사를 몰아 엄백호를 추격했다. 손책의 명령에 따라 황개는 가흥에서 저항하는 토호 연합군을 공격해 초토로 만들었고, 태사자는 오정과 여항余杭에서 항거하는 토호 연합군을 소탕했다. 이로써 태호太湖를 중심으로 펼쳐진 광활한 강동 일대와 양자강 연변이 모두 나이 어린 손책의 수중에 들어가게 되었다.

오군성을 버리고 달아난 엄백호는 부춘강富春江을 건너 회계를 향해 달아났다. 손책은 엄백호를 끝까지 추격하기로 하고 부춘강을 건넜다. 강을 건너자 이내 선하령仙霞嶺이 나타났는데 굽이치는 산맥이 바다를 향해 끝없이 달리고 있는 장관을 보자 젊은 피가 뜨겁게 용솟음쳤다. 회계 태수 왕랑王朗은 엄백호가 쫓겨온 것을 보자 조만간 자신에게도 큰 위험이 닥칠 것을 우려하지 않을 수 없었다. 회계·산음山陰·온주溫州·오상吳上은 한나라 남쪽의 변방 지역인데 이 먼 골짜기까지 군벌들이 치고 내려오고 있으니 예삿일이 아니었다. 왕랑은 동병상련의 심정으로 엄백호를 크게 환대하고 연합군을 편성해 손책군에 대항하기로 했다.

손책은 엄백호가 왕랑에게 도망간 것을 알고 진군을 멈추고 군막으로 장수들을 소집했다. 손책의 의중을 파악하고 있던 주유는 이번 기회에 회계까지 평정하도록 강력히 권고했다. 그러면서 한 가지 계책을 냈다. 손책은 주유의 계책에 따라 주유와 정보에게 일단의 군사를 주어 왕랑의 배후로 우회하게 했다. 그리고 자신은 그들이 왕랑의 배후에 이를 때까지 진군을 늦추면서 진격했다. 왕랑의 전초 기지를 지키고 있던 회계 병사들이 손책군의 진격을 막기 위해 교전을 했으나 상대가 되지 못했다.

한편, 왕랑과 엄백호는 손책군이 다가오는 동안 군사를 정비하고 성밖으로 출진했다. 두 사람은 성밖 20여 리에 있는 작은 산기슭에 군사를 부리고 진채를 만들었다. 왕랑과 엄백호가 맞서 싸우러 나온 것을 알고 손책군도 맞은편에 둥글게 진을 쳤다. 양쪽 군사가 서로 둥그렇게 진을 친 상태에서 팽팽하게 대적하고 있을 때, 손책이 앞으로 달려나와 왕랑에게 외쳤다.

"나는 의로운 병사를 일으켜 절강浙江 땅을 평정하러 내려왔다. 왕랑은 어찌해서 도적놈을 도우려 하는가. 모두 투항해 난세에 강동 땅을 평안하게 하는 것이 좋을 것이다."

이 말을 듣고 왕랑 역시 큰 소리로 되받았다.

"너는 어린 나이에 과욕을 부리지 말라. 네 아비도 욕심 때문에 일찍 죽은 줄 모르느냐! 오군을 손아귀에 넣었으면 그것으로 충분한 줄 알아야지, 또 무엇이 부족해서 회계 땅까지 넘보느냐? 나는 엄백호를 도와 강남의 경계를 원상회복하려고 하니 더 이상 경거망동하지 말라."

이 말에 손책이 당장 말을 몰아 나가려 하자, 태사자가 이를 막더니 대신 앞으로 달려나갔다. 그러자 태사자 휘하 기병과 군졸들도 벌떼처럼 왕랑을 향해 달려나갔다. 왕랑도 이에 지지 않으려는 듯 칼을

휘두르며 군사를 몰아 태사자를 맞아 싸웠다. 작은 산기슭 앞의 평지
는 어느새 군마들의 어지러운 말발굽으로 자욱한 먼지가 피어올랐
고, 가뭄으로 말라 있던 땅바닥은 칼과 창에 찔린 병사들의 피로 흥
건해졌다.

태사자는 좌우의 적병을 벌초하듯이 무찌르며 왕랑의 본진을 찾아
깊숙이 파고들었다. 그러자 왕랑은 태사자를 피해 군의 후미로 밀려
갔다. 이때 갑자기 왕랑군의 후미가 어지러워지면서 왕랑과 엄백호의
군사들이 앞으로 마구 밀려나왔다. 그러자 회계의 병사들은 앞뒤 구
분 없이 군열을 잃고 아수라장이 돼버렸다. 왕랑군의 후미를 친 사람
은 주유와 정보였다. 앞뒤로 협공을 당하게 된 왕랑은 더 이상 싸우기
힘들다고 판단하고 엄백호와 더불어 사력을 다해 전장을 빠져나갔다.
이들은 성안으로 들어가 적교를 걷어올리고 성문을 굳게 닫았다.

절강 지방은 산이 많은데다가 회계성은 험지에 웅크리고 있는 천
연의 요새여서 공격이 쉽지 않았다. 손책은 여러 날 성을 공격했지만
왕랑은 일체 응하지 않은 채 방어만 하고 있었다. 회계성으로 통하는
모든 도로를 봉쇄하고 사람과 물자를 차단했지만 회계성은 쉽게 함
락되지 않았다. 그는 참모들을 불러 대책을 협의했다. 손책의 숙부
손정이 입을 열었다.

"병법에 험준한 지형에 있는 적군과는 오래 교전하지 않는다고 했
다. 우리가 여기서 적이 나올 때까지 무작정 기다리는 것은 장기적으
로 매우 위험하다. 지금 왕랑이 성밖으로 나오지 않고 움직임이 없다
는 것은 그가 이미 이 지형의 특성을 십분 활용하고 있다는 의미다.
여기서 시간을 보내고 있는 것은 어리석은 일인 것 같구나."

손책이 물었다.

"그러면 회계성을 공략하지 않고 철군하자는 말씀입니까?"

"아니지. 방비가 약한 곳을 쳐서 성을 지키고 있는 적들을 끌어내자는 것이다. 굳이 어렵게 성을 공략할 필요 없이, 그들이 믿는 구석을 단단히 움켜쥐면 제놈들이 안 나올 리가 있겠느냐?"

"회계성으로 가는 길목을 다 막았는데도 굶어 죽지 않으니 저도 그게 무척 궁금했습니다. 왕랑이 믿는 구석이 어디입니까?"

손정은 최근에 알아낸 것을 손책에게 말해주었다.

"적들은 군량미의 대부분을 사독查瀆에 두고 있기 때문에 사독을 공격해야 해. 그곳은 여기서 불과 수십 리밖에 안 되니 군사를 풀어 공격하면, 왕랑은 군량을 지키기 위해 정신없이 성밖으로 나올 게 분명하다."

손책은 기뻐하며 바로 명령을 내렸다. 군사들을 사독으로 출동시키는 대신 각 영문에는 횃불을 높이 밝히게 하고 오색 군기를 세워, 성에서 보면 군사들이 여전히 진을 지키고 있는 것처럼 보이게 했다. 그런데 주유가 떠나기 전에 한마디했다.

"혹 왕랑이 낌새를 알아차려 우리 진영을 공격이라도 한다면 곤란합니다. 그러니 몇 대의 기병을 인근 숲속에 매복시켜놓는 게 좋겠습니다."

주유의 말이 옳았으므로 손책은 주유에게 기병 1천여 명을 주고 진지 주위에 매복하라고 지시한 다음, 주유와 헤어져 곧바로 사독으로 출발했다. 이같은 손책의 움직임은 곧 왕랑에게 전해졌다. 그는 손책의 군사들이 어디론가 가고 있다는 보고를 받고 여러 참모를 거느리고 성루에 올라가 직접 적진을 찬찬히 살펴보았다. 그런데 성문 밖 그들의 진지에는 별다른 변화가 보이지 않았다. 왕랑은 무언가 계

략이 있음을 눈치챘다. 이때 옆에서 손책의 진영을 살피던 부장 주흔
周昕이 말했다.

"지금 저 병영에는 아무도 없는 게 분명합니다. 군사가 있는 것처
럼 깃대를 세워놓고 불을 피워놓았지만, 무슨 속셈이 없고서야 일부
러 저렇게 많은 횃불을 밝힐 필요가 없습니다. 손책이 어디론가 가기
위해 우리 눈을 속이려는 것이니, 바로 성문을 열고 나가 적들을 쳐
부수는 것이 좋겠습니다."

왕랑이 물었다.

"저들이 이 밤중에 병영을 비우고 어디로 간단 말인가?"

왕랑을 수행하던 엄백호가 거들었다.

"흑심 많은 손책이 아무런 이유 없이 군대를 철수할 리가 있겠습니
까? 손책군의 방향을 보니 분명히 사독을 향해 떠난 것 같습니다. 제
가 주흔과 함께 저놈들을 추격하겠습니다."

이 말을 듣고 왕랑이 깜짝 놀라 말했다.

"이럴 수가 있나. 사독은 우리의 군량이 보관되어 있는 곳입니다.
그곳을 지키지 않으면 우리는 버틸 수가 없어요. 일단 엄장군이 주흔
과 함께 손책군을 뒤쫓으시면, 제가 곧 뒤를 따라가겠습니다."

엄백호는 주흔과 함께 3천여 군사를 거느리고 성을 떠나 손책의
뒤를 쫓았다. 그들이 회계성을 벗어나 5리쯤 갔을 때 손책의 진영이
나왔다. 예상한 대로 군사들이 보이지 않았다. 주흔은 자신의 판단이
옳다는 확신이 들자 엄백호와 함께 더욱 빨리 군사를 몰아 사독 방면
으로 향했다. 오로지 군량미를 지켜야 한다는 다급함에 사로잡힌 주
흔은 주위를 경계하지도 않고 어둠이 깔리고 있는 산기슭으로 곧장
접어들었다. 그 순간 양 길가에 무성히 자라난 키 큰 풀섶이 불길에

타오르면서 바위가 굴러와 앞길을 막았다. 엄백호가 깜짝 놀라 말 머리를 돌리자 숨어 있던 손책의 기병들이 쏟아져나왔다. 주흔을 따라 나왔던 많은 병사들은 제대로 손도 써보지 못하고 전멸하다시피 했고 남은 병사들은 손책군에게 항복했다. 이 전투에서 주흔은 전사했으나, 엄백호는 또 한번 목숨을 건져 여항으로 도망쳤다.

엄백호와 주흔이 떠난 후 약속대로 왕랑도 그 뒤를 따라 출병했다. 하지만 진군중에 전방에서 병사들의 비명 소리가 들리고 불길이 치솟는 것을 보고 잠시 진격을 멈추었다. 이때 앞서 간 전령이 와서 엄백호가 크게 패했다고 보고했다. 왕랑은 손책의 위계에 속았다고 생각하고, 사태가 이 지경이 되었으면 성은 이미 함락되었을 것이라 판단했다. 왕랑은 약간의 망설임 끝에 부하들을 거느리고 해우海隅로 도망쳤다.

손책은 주유의 작전이 성공했다는 전령의 보고를 받고 급히 군사를 되돌려 회계로 달려와 성을 점령했다. 손책은 입성하자 이내 방을 붙여 자신이 거병한 이유를 알려 회계 백성들을 안심시키는 한편 고을 관아에 있는 양곡들을 풀어 빈민들에게 나누어주었다. 그리고 전군에 명해 백성들에게 민폐를 끼치는 장졸에 대해서는 지위고하를 막론하고 참수할 것이라는 엄명을 내렸다.

다음날 여항 땅에 사는 동습董襲이라는 이름의 젊은 장수가 엄백호를 죽여 그 머리를 베어 들고 와서 손책에게 바쳤다. 손책은 이제야 '강동의 근심이 사라졌다'고 기뻐하며 그 젊은 장수에게 포상하고 벼슬을 내렸다.

이것으로 황해에 연한 양자강 남부의 강동 지역은 모두 손책의 손에 들어갔다. 양자강 남쪽과 전당강錢塘江(절강성 북부를 흐르는 강) 사

이에 있는 곡아·무호·남서·우저·선성·말릉·광릉·단양·오
군·오정·가흥·전당·여항 등과 전당강 남쪽의 절강 지방, 즉 호
림虎林·회계·상우上虞·온주·산음·사독·부춘·오상 등이 모두
손책의 지배하에 들어간 것이다.

손책은 이전과 마찬가지로 장소와 장굉이 내놓는 정책들을 적극 수
용하고 시행했다. 전쟁으로 부서진 성곽과 마을을 개축하고 군을 동
원해 불타버린 농업시설물을 복구했다. 그리고 산악이 많은 절강 땅
곳곳에 길을 내고 도로를 넓혀 군대와 백성이 쉽게 다닐 수 있도록 했
다. 뿐만 아니라 왕랑의 군사들 가운데서도 원하는 자는 그대로 손책
군에 편입시키고 원하지 않는 사람들에게는 노자를 주어 귀향시켰다.

손책이 전당강 남부의 절강 지역을 장악한 지 6개월이 못 되어 이
지역은 평온을 되찾았다. 이제 그는 황해에 연한 양자강 남부의 강동
지역과 전당강 남쪽의 절강 지역을 포함하는 강남의 더 넓은 지역의
완전한 주인이 됐다. 손책은 젊은 나이에 그것도 아주 짧은 시간에
조조나 원소의 근거지에 못지않은 기반을 다지고 인재를 모았다.

누구도 예견하지 못했던 손책의 눈부신 성공은 옥새를 담보로 한
원술의 지원이 바탕이 되었지만, 실제로는 아버지 손견의 부장과 참
모들의 도움이 더 컸다. 거기다가 강동 지역과 절강 지역은 천연의
요새인 양자강 이남에 위치하여 아직은 천하 영웅들의 눈독이 미치
지 않고 있었으므로 손책은 이 지역을 거저 확보할 수 있었다. 이는
모두 어린 손책에게 임자 없는 강동을 취하도록 권고한 주치·여범
과 같은 참모들의 선견지명이 있었기 때문이다. 또한 나이 많은 참모
들의 말에 귀를 열고 기꺼이 따른 손책의 신중함도 한몫했다. 변방으
로 물러가 기반을 다지기보다, 젊은 혈기만 믿고 어떻게 해서든 중원

에 빌붙으려 했다면 피기도 전에 크게 상하거나, 고작 그 시대에 창
궐했던 흔한 도망자로 신세를 망쳐야 했을지도 모른다.

  손책은 곡아로 돌아오는 길에 숙부인 손정을 회계 태수에, 주치는
오군 태수에 임명했다. 그리고 장소에게 명해 조정에 표문을 올리는
한편, 조조에게도 사신을 보내 진귀한 강남의 특산물과 금은 등의 보
석을 올려 환심을 샀다. 중앙 조정이 꽤 오랫동안 조조의 손아귀에
장악되리란 걸 예상한 손책은 자신의 앞날을 위해 조조와의 관계를
터놓는 것이 중요하다고 생각했던 것이다. 뿐만 아니라 조조에게 선
물을 바치는 예를 치름으로써 손책은 자신이 양자강 이남의 유일한
실력자가 되었다는 사실을 천하에 두루 알리는 기회로 삼았다.

강동의 넓은 지역을 단기간에 평정해버린 손책은 아버지가 물려준 보물이 원술의 손에 저당 잡혀 있다는 사실이 내내 마음에 걸렸다. 그래서 옥새를 돌려달라는 편지를 써서 원술에게 보냈다. 예전의 고마움에 대한 언급은 한마디도 없고 저당 잡힌 옥새를 돌려달라는 내용만 씌어 있었다. 손책의 편지를 받은 원술의 실망은 이루 말할 수가 없었다.

'예전에 나에게 신세 진 일을 생각한다면 손책이 어찌 이렇게 나올 수 있단 말인가?'

배은망덕도 괘씸했지만, 원술은 누구보다 황제 자리에 대한 욕심이 컸으므로 옥새를 돌려달라는 손책의 요구는 천부당만부당하게 여겨졌다.

"손책이 이럴 수가 있는가? 나는 그를 항상 아들 대하듯 했는데,

이제 와서 내게 이런 편지를 보내다니, 이게 말이 되는 소리인가!"

옆에 있던 원술의 심복 기령도 흥분했다.

"그 어린 놈이 천하의 의리를 모르고 함부로 처신하고 있습니다. 주군께서 군대를 빌려주지 않았던들 그놈이 어찌 강동을 꿰찰 수 있었겠습니까? 그리고 만약 손책이 아닌 다른 사람이 바로 우리 코앞에 있는 강동 땅을 치고 있었다면 주군께서 그것을 그대로 두었겠습니까? 일이 이렇게 되고 보니 주군께서 너무 안일하게 대처하신 것 같습니다. 결국 범 새끼를 키운 셈이 되었습니다. 이제 강동은 쉽게 정벌하기 힘들게 됐습니다. 오도가도 못하던 애송이를 거두어주었더니 그 은혜는 깡그리 잊어버리고, 이제 와서 제 아버지와 같은 분을 도적이나 된 듯 추궁을 하다니 말이 됩니까?"

기령의 말에 원술의 감정이 더욱 복받쳤다.

"이번에 손책이 점령한 땅은 나의 군대로 점령한 땅이 아니더냐. 그 땅과 내 지역을 합하면 천하를 삼분한 크기이니 능히 천하의 주인이 될 것이라고 생각했는데 손책이 저렇게 나오다니……. 아무리 그래도 손책이 설마 내게 칼을 들이대기야 하겠느냐? 모르긴 해도 어린 놈 옆에 붙어 콩고물을 얻으려는 주위의 인사들이 충동질한 것일 테지."

기령이 말했다.

"주군은 절대로 옥새를 돌려주시면 안 됩니다. 지금 천하의 주인이 될 이는 원소 장군과 주군이신데, 이를 다시 어린 손책에게 돌려주는 것은 말이 안 됩니다. 일단 적당히 구슬리는 답신을 보내고 나서 어떻게 나오나 지켜보시는 게 좋겠습니다. 제놈이 제대로 된 녀석이라면 빌려간 병마를 돌려보내고, 주군께서 베풀어주신 고마움에 대해 충분히 사례한 다음 옥새 문제를 거론하는 것이 도리일 것입니다."

기령의 말에 따라 원술은 편지의 제일 앞줄에 손책의 업적을 치하하는 말부터 썼다. 그런 다음 옥새를 반환하는 일은 자신의 군대를 돌려받는 일이 선행된 다음 거론하는 것이 순서라고 일침을 놓았다. 이런 편지를 써서 손책의 사자에게 들려보낸 뒤, 원술은 앞으로의 일을 논의하기 위해 곧바로 참모들을 불러모았다. 평소에 원술의 신임을 얻고 있던 장사長史 양대장楊大將이 입을 열었다.

"손책의 배신으로 주군께서 크게 상심하셨으리라 생각합니다. 그런 만큼 더 냉철하게 현실을 바라보셔야 합니다. 이제 손책, 그 어린아이는 장강이라는 천혜의 방어막에 의지하면서 풍요한 농지를 일궈 군사를 기를 수 있는 유리한 거점을 얻게 되었습니다. 거기다가 그가 거느린 장수와 참모들은 대부분 그의 아버지 때부터 손씨 일가에 충성하던 인물들입니다. 대를 이어 충성을 맹세하게 된 이들의 결집력과 생존력을 만만하게 보았다간 낭패를 당할 수 있습니다. 현재로서는 손책을 가볍게 제압하기는 매우 어려운 상황입니다. 그러니 손책 건은 잠시 미뤄놓고 먼저 유비를 정벌하는 게 좋겠습니다. 유비놈은 제 분수도 모르고 주군의 군대를 공격하여 피해를 주었습니다. 일단 유비를 공격해 합병한 뒤에 손책을 공략하는 것이 상책일 것입니다. 이를 위해 이미 제가 생각해둔 게 있습니다."

원술이 생각해둔 계책을 얘기해보라고 일렀다. 양대장이 말했다.

"주군께서도 아시는 바와 같이 여포와 유비가 화친하고 있는가 했더니 어느 날 주객이 바뀌어 여포가 서주성을 차지하고 유비는 소패로 쫓겨나 있습니다. 주군께서 이 상황을 잘 이용하시면 유비를 쉽게 제거할 수 있을 것입니다. 여포는 아주 단순해 미끼만 잘 이용하면 얼마든지 우리 편으로 끌어들일 수 있는 작자입니다. 그는 천하의 주인이 되려는 욕심은 없는 듯합니다. 다만 재물과 벼슬을 가지고 안락하게 사는 데에 만족할 위인입니다. 확고한 제후 자리면 충분하다는 것이지요. 그런 반면에 유비는 그 속을 간파하기가 어려운 자입니다. 지금 서주성에 주둔하고 있는 여포에게 우리가 전에 주기로 했던 금은보화와 양곡·군마를 주어서 여포의 마음을 붙들어맨다면, 아군이 드러내놓고 유비군을 격파한다 해도 여포는 유비를 도와주지 않을 것입니다. 그렇게 되면 주군께서 허약한 유비를 깨트리는 데 아무런 어려움이 없을 것입니다."

원술이 다시 물었다.

"그런데 우리가 그 보잘것없는 유비를 공격해서 얻는 것이 무엇인가?"

"물론 지금의 유비는 보잘것없습니다. 그러나 그자를 그대로 놔 두면 나중에 조조와 협잡해 무슨 짓을 저지를지 알 수 없습니다. 그래서 위험하다는 것이지요. 그리고 현재의 유비와 여포는 이와 입술의 관계입니다. 아군이 소패를 점령한다면 서주성은 그곳에서 불과 수십여 리도 안 되는 지척에 놓이게 됩니다. 서주성에서 가까운 거리에 있는 소패를 아군의 진지로 만들어놓는다면 아무 때고 기습작전을 펼칠 수 있으니 얼마나 유리한 일입니까? 먼저 한줌도 안 되는 유비 일당을 토멸하십시오. 그러면 여포를 죽이고 서주성을 차지하는 것도 두부에 못박기처럼 쉬울 것입니다."

원술은 양대장의 말을 듣고 크게 기뻐하며 양곡 5만 섬을 준비해 한윤韓胤 편에 밀서와 함께 여포에게 보냈다. 여포는 가만히 앉아서 절을 받는 것만 같아서 벌어진 입을 다물 줄 몰랐다. 한윤은 황제의 칙사처럼 융숭한 대접을 받고 원술에게 돌아가 성과를 보고했다. 여포가 기분좋게 양곡을 받았다는 말을 들은 원술은 때를 놓치지 않고 군사를 일으켰다. 원술은 기령을 대장으로 뇌박雷薄 · 진란陳蘭 등을 부장으로 삼은 다음, 3만의 군사를 몰아 소패를 공격하라는 영을 내렸다.

원술군이 쳐들어온다는 소식을 들은 유비가 부랴부랴 참모들을 불러모았다. 하지만 소패에 거느리고 있는 참모라고 해야 고작 대여섯도 안 되는 인사들이었고 실제로 도움이 되는 이는 손건밖에 없었다. 손건이 유비에게 말했다.

"소패에는 군량미도 부족할 뿐만 아니라 군사도 보잘것없습니다. 이 상태로는 원술의 대군을 이기지 못할 것이니 여포에게 빨리 원군을 청하십시오."

이 말을 듣자 여포라면 두 눈에 쌍심지부터 켜고 드는 장비가 버럭 소리를 질렀다.

"재물이라면 환장을 하고 설치는 놈이 무슨 군대를 보내준단 말이오?"

유비가 흥분하는 장비를 저지했다.

"아니다. 손건의 말이 옳다."

유비는 곧 편지를 써서 여포에게 보냈다.

장군께서 그 동안 베풀어주신 덕분으로 유비가 여기 소패에서 편안하게 머물게 되었습니다. 이것은 모두 장군의 하늘 같은 은혜 덕분입니다. 그런데 지금 원술이 사사로운 원한을 갚고자 기령에게 대군을 주어 소패를 침공하도록 하니 이제 소패는 바람 앞의 등불 신세가 되었습니

여포에게 도움을 청할 것인가? 고민에 빠진 유비. 그림 속 낯선 문자는, 실제로는 한자가 아니라, 영어 'HELP'를 한자처럼 꾸며본 것으로, 중국현대미술가 쉬빙(徐冰, 1955~)이 창안한 조형적 실험을 새롭게 응용했다. 병풍에 보이는 글자는 '도움(HELP)을 청(請)하자'는 의미다.

다. 장군이 아니시면 소패를 구원하실 분이 아무도 없습니다. 한 개의 여단 병력을 보내주시면 유비가 생명을 보전할 수 있을 듯합니다. 소식 기다리겠습니다.

유비의 편지를 받은 여포는 그 동안 유비에게 진 신세를 갚게 되어 잘됐다고 생각하고 진궁에게 말했다.

"유비의 편지를 받고 보니, 일전에 원술이 나에게 양곡을 보낸 것은 원술이 유비를 공격할 때 내가 유비 아우를 구원해줄 것이 염려되어 미리 손을 쓴 것이었네. 하지만 원공이 뭔가 착각을 했구먼. 유비가 내게 구원을 요청하는데 내가 모른 척할 수야 있나? 한족들이 나를 미련하게 생각한다는 것쯤은 잘 알고 있지만, 그렇다고 소패에 있는 유비가 당하면 서주성도 위험하다는 간단한 이치를 내가 왜 모르겠나. 만일 원술이 유비를 죽이고 북으로 태산의 여러 장수들과 모의해 나를 사방에서 협공한다면 나와 내 가족들이 어떻게 베개를 편히 고이고 잠을 잘 수 있겠나? 유비를 도와야겠네."

몇 번 곤경에 처해보더니 여포는 제법 판세를 분석할 줄도 알게 됐다. 진궁은 빙긋이 웃으면서 여포의 말에 맞장구를 쳐주었다. 여포는 유비를 구원하기 위해 군사를 거느리고 소패로 향했다.

한편 기령의 군대는 이미 소패의 동남쪽에 도착해 진을 치고 영채를 세우느라 분주했다. 낮에는 세워든 창검이 하늘을 뒤덮을 기세였고, 밤에는 횃불들로 불야성을 이뤄 군대의 막강함을 연출했다. 간간이 주변 공기를 갈라놓는 듯한 북소리가 들리고 군사들의 웃음소리도 들려왔다. 유비는 이 광경을 두려움 속에서 바라보았다. 역시 서주성을 맡았던 일은 자신에게 과분했다는 생각이 들었다.

'지금까지 나는 대군단의 대대장 정도의 전투를 치러 봤을 뿐인데 이제 막강한 제후군과 일전을 벌여야 하다니, 과연 내가 감당할 수 있을 것인가? 힘들 것이다. 반드시 여포의 구원병이 와야 한다.'

유비는 원술군의 상대가 되지 않음을 알면서도 싸움을 피할 수도

없어 무작정 병력들을 소패 외곽으로 이끌고 나와 군진을 세우기 시
작했다. 원술군에 비교할 수 없을 만큼 초라한 자신의 진을 돌아보며
유비가 근심에 젖어 있는데, 여포의 병사들이 소패에서 겨우 1리밖에
떨어져 있지 않은 서남쪽에 진을 치고 있다는 소식이 날아들었다. 유
비는 반가워 안도의 숨을 돌렸다.

한편 기령은 전령을 통해 여포가 군사를 거느리고 유비를 구하러
왔다는 것을 알고는 여포에게 급히 편지를 보내 '도대체 이럴 수 있느
냐' 고 항의했다. 기령의 편지를 받은 여포가 휘하 장수들에게 말했다.

"내게도 생각이 있다. 내가 왜 내 아우를 해치며 또 원술과는 무슨
원수가 졌기에 싸워야 한단 말이냐? 나는 이 둘을 모두 피하는 방법
을 택했다. 내가 누구더냐? 천하 명장 나 여포는 신기의 무술로써 이
들의 싸움을 중지시킬 것이다."

여포는 이처럼 묘한 말을 하더니 바로 연회 준비를 하라고 일렀다.
그리고 사람을 보내 기령과 유비를 자기 진영으로 청했다. 유비가 이
말을 듣고 거리낌 없이 여포의 진영으로 향하려 했다. 그러자 관우와
장비가 나서서 그를 말렸다.

"여포는 믿을 자가 못 되니 이런 상황에서 여포에게 가는 것은 위
험합니다."

"여포가 아무리 의리가 없다고 해도 나에게 함부로 하지는 않을 것
이네."

유비가 망설임 없이 말을 타고 나서자 관우와 장비도 하는 수 없이
그 뒤를 따랐다. 유비가 여포의 진지에 도착하자 여포가 나와서 유비
의 손을 잡으며 반갑게 맞이했다.

"아우, 이번 일로 염려가 크셨겠네. 그러나 걱정 말게. 내가 이번

전투를 막아줄 것이네. 그렇게 되면 내 공을 금세 잊지나 말게."

여포의 말에 유비는 두 손을 가슴에 모으며 허리를 굽혀 절을 했다. 유비와 여포가 잠시 이야기를 나누고 있는 사이 기령이 왔다는 전갈이 왔다. 기령은 말에서 내려 여포의 군영으로 들어오다가 유비가 여포의 상좌에 앉아 있는 모습을 보고 깜짝 놀라 몸을 돌려 나가려고 했다. 여포가 급히 일어나 마치 어린 아이 다루듯이 기령의 어깨를 감싸고 유비가 앉아 있는 곳으로 다가가자 기령이 깜짝 놀라 소리를 질렀다.

"장군께서는 저를 죽일 작정입니까?"

여포가 껄껄 웃었다.

"허허, 저희 집 연회에 손님으로 오신 분에게 그럴 리가 있겠소?"

"그러면 유비놈을 죽이겠다는 말이오?"

"물론 그것도 아니지."

다시 기령이 못마땅한 표정으로 물었다.

"그러면 도대체 어쩌자는 것이오?"

여포는 빙긋 웃으면서 기령에게 말했다.

"유비와 나는 형제지간이오. 그런데 장군 때문에 우리 아우가 어려움에 처했으니 내가 아우를 돕는 것이 당연하지 않겠소?"

기령의 얼굴이 노래지더니 이렇게 말했다.

"저는 두 사람 사이가 그런 줄은 몰랐소이다. 그러니 이 기령은 이제 장군 손에 죽겠구려."

여포는 더욱 크게 웃으며 말했다.

"아니, 내가 장군하고 무슨 원수가 져서 장군을 죽인단 말이오? 나는 싸움하기보다 말리는 편이 좋소. 나는 내 신의를 걸고 자네와 내 아우를 화해시키자는 것 외에 딴 뜻은 없소."

기령이 안도하면서 다시 물었다.

"그래 장군께서 유비와 저를 화해시키는 방법이란 도대체 무엇입니까?"

여포는 웃음을 멈추고 진지하게 말했다.

"그 방법이란 하늘의 뜻을 따르는 것일세."

여포는 기령을 왼쪽에, 유비를 오른쪽에 앉히고 자기는 그 가운데 앉은 다음, 술상을 가져오도록 했다. 술이 몇 순배 돌자 여포가 입을 열었다.

"아우님과 기령 장군 두 분께서는 날 봐서라도 각기 군사를 이끌고 돌아가시게."

유비는 묵묵히 있는데 기령은 강하게 반박했다.

"저는 저의 주공 원술 장군의 명을 받들어 3만 대군을 거느리고, 제 분수도 모르고 날뛰는 촌놈 유비를 잡으러 왔습니다. 그리고 이 일은 장군과는 무관한 일입니다. 그런데 어째서 장군께서 돌아가라고 하십니까?"

기령의 말에 장비가 칼자루에 손을 올리며 소리쳤다.

"네가 보기에는 우리가 하찮을지 모르지만 네놈들의 짓거리야말로 하룻강아지로밖에 안 보인다. 당장 이 자리에서 목을 쳐 죽여버릴 테다."

느닷없는 장비의 행동에 놀란 관우가 급하게 막으며 말했다.

"좀더 지켜봐도 늦지 않다."

여포가 다시 입을 열었다.

"내가 두 사람을 청한 것은 화해를 시키기 위해서이지 서로 죽이

고 죽게 하자는 것이 아니네. 내가 보기에 양쪽 다 화해할 의사가 없으니 이제 하늘의 뜻에 따라서 싸울지 말지를 결정하도록 하세."

그러더니 여포는 좌우에 있는 시자에게 자기의 창인 방천화극을 가져오게 한 다음 그 창을 원문轅門 밖 150보 떨어진 곳에 꽂아 놓으라고 명령했다. 그러고 나서 여포는 다시 기령과 유비를 바라보면서 말했다.

"두 분이 보시는 바와 같이 원문은 여기서 150보의 거리에 있네. 내가 활을 당겨 창끝 옆에 달린 작은 가지를 명중시키려 하오. 만일 내가 명중시키지 못하면, 기령 장군이 군대를 몰아 유비를 죽이든지 말든지 상관하지 않겠소. 그러나 내가 명중시킨다면, 싸움을 중지하고 돌아가시오. 만일 내 말을 거역한다면 기령 장군은 살아서 돌아가지 못할 것이오, 알겠소?"

기령은 미처 생각지도 못한 엉뚱한 제안을 받고 우물쭈물하면서도 마음속으로는 이렇게 생각했다.

'제 놈이 아무리 천하에 이름난 무예를 가졌기로서니, 어찌 150여 보가 떨어진 곳에 꽂혀 있는 창끝의 가지를 활로 쏘아 맞힌단 말인가. 이 일은 결코 성공할 수 없는 일이다.'

그러나 겉으로는 아무 내색도 하지 않고 대답했다.

"여장군의 생각이 정 그러시다면, 이 전쟁을 할지의 여부는 하늘의 뜻에 맡기기로 하지요. 하지만 약속은 꼭 지키셔야 합니다."

여포는 기령의 다짐에 소리내어 웃었다. 그러고 나서 언약의 표시로 유비와 기령에게 술 한잔씩을 돌리고 자신도 한잔 따라 함께 건배한 뒤, 화살을 가져오라고 명했다. 유비는 잠시 눈을 감고 여포의 화살이 명중하기를 빌었다. 여포는 이미 도포 소매를 걷어올리고 화살을 빼어 활 시위에 메기고 있었다. 그는 있는 힘을 다해 팔을 벌려 화

한 병사가 극(戟)을 잡고 여포의 화살을 기다리고 있다. 유비는 과감히 활을 당긴 여포 뒤에서 화살이 맞게 해달라고 간절히 기도한다. 여포는 흉노, 유비는 한족의 무장을 하고 있다. 위 왼쪽은 출토된 유물에 보이는 한나라 기병의 모습이며, 오른쪽은 『삼재도회』에 나타난 흉노의 복원도이다.

살을 당겼다. 여포의 활에서 떠난 화살은 포물선을 그리며 파란 하늘 속으로 날아갔다.

'따악.'

명중이었다. 화살에 맞은 창의 작은 곁가지가 부러져 팅겨나갔다. 그 자리에서 이 광경을 지켜보던 사람들 가운데 기령을 제외한 모든 장수와 병졸들은 입을 모아 '천하 명궁', '천하 영웅'이라고 함성을 지르며 갈채를 보냈다. 목표물을 명중시킨 여포는 보란 듯이 기령과 유비의 손을 붙잡으면서 말했다.

"지금 이것은 내 재주가 아니네. 하늘이 양쪽 군사가 싸우지 말고 화평하기를 바라는 뜻일세."

기령은 말없이 고개를 숙이고 있다가 여포에게 하소연했다.

"장군, 약속을 지키지 않을 수 없게 됐소이다. 저는 장군의 활솜씨가 이처럼 신궁神弓의 경지에 이른 줄은 몰랐습니다. 이제 장군의 말씀을 따르지 않을 수 없지만, 오늘의 일은 삼황오제三皇五帝 시대에나 있을 법한 신화 같은 이야기라서 제가 군사를 이끌고 돌아가면 원술 장군이 오늘 일을 어찌 믿겠습니까? 저는 이제 죽은 목숨입니다. 천하의 제후가 동원령을 내려 모은 3만여 대병을 제게 주어 여기까지 이끌고 왔는데 아무런 성과도 없이 돌아간다면 저는 물론 제 가족까지도 무사하지 못할 것입니다."

"내가 직접 원술에게 편지를 써보내도록 하겠네. 너무 상심하지 말고 우선 술이나 마시게."

그들은 술상이 나오자 다시 몇 순배 술을 마셨다. 여포는 그가 거느리고 나온 군사들에게도 술을 내어 큰 잔치를 베풀고 실컷 술을 마시게 했다. 잔치가 무르익을 즈음 기령이 여포의 편지를 갖고 먼저 떠나고 유비 역시 여포에게 사례하고 소패로 돌아갔다.

기령의 이야기를 들은 원술이 노발대발했다.

"여포, 그놈은 많은 양곡을 받고서 어린애 장난 같은 짓거리로 유비를 도와주다니. 이번 기회에 내가 직접 군사를 동원해 여포를 쳐야겠다. 서주성이고 소패고 모조리 발밑에 깔아 뭉개버릴 것이다."

기령이 말렸다.

"주군, 절대로 안 됩니다. 원소 장군은 숱한 인재들을 거느렸고 조조가 천자를 모시고 있듯이 여포는 최강의 군사력을 가지고 있습니다. 그런데다 이번 일로 다시 확인된 것처럼 유비와 여포의 관계는 여간 각별하지 않습니다. 유비는 한낱 촌부에 불과하지만 여포 같은 오랑캐의 신망을 교묘하게 얻어내고 있습니다. 만일 여포와 유비가 함께 일을 도모한다면 작은 눈덩이가 산비탈을 굴러가는 것처럼 걷잡을 수 없게 될 것입니다. 다행히도 아직은 둘 사이에 그런 조짐은 없으니 서둘러 유비를 여포로부터 분리시켜 제거하고 난 후에 서주를 공략하여 차지하는 것이 안전할 것입니다."

"여포와 유비를 무슨 수로 떼어놓는단 말인가?"

"방법이 있지요. 여포의 상황이 남다르고 성격도 특이한 구석이 있기 때문에 가능합니다."

"남다르다니?"

"예, 여포는 겉보기와는 달리 의외로 약한 구석이 있는지 아내들의 말에 잘 넘어가고 가족들을 끔찍이 생각한다고 합니다. 때로는 참모들의 말보다 아내의 말을 더 귀담아듣는 이해하지 못할 모습을 보이기도 한다고 들었습니다. 게다가 그는 하나밖에 없는 외동딸을 애지중지 여긴답니다."

"여포의 아내는 몇인가?"

"두 명의 처와 첩 하나가 있습니다. 첫째 마누라는 엄씨라 불리는 여자이고, 소패에 있을 때 조표의 딸을 둘째 처로 삼았습니다. 그리고 천하가 알고 있는 동탁의 애첩 초선을 자기 첩으로 삼았지요. 그런데 조씨는 얼마 못 가 죽고 초선에게서도 자식을 얻지 못했습니다. 다만 엄씨가 딸 하나를 낳아서 여포는 무남독녀를 두었지요. 그런데 바로 그 딸이 이제 시집갈 나이가 되었습니다. 주공의 자제분도 혼기에 들어섰으니 여포의 딸과 공자께서 결혼을 하면 여포와 주군은 사돈이 되어 여러모로 이득을 취하실 수 있을 것입니다. 아무리 여포가 유비를 아낀다 하나 자기의 친딸에 비하겠습니까? 이것이 소위 소불간친지계疎不間親之計라고 하는 것입니다."

원술은 기령의 말을 듣고 여포의 딸을 며느리로 맞아들이기로 결정했다. 그는 아내에게 갖가지 예물을 마련하게 하여, 한윤을 중매쟁이로 삼아 서주의 여포에게 보냈다. 청혼을 받은 여포는 예상치 못한 일이라 크게 당황하면서도, 원술처럼 대단한 가문에서 청혼을 하니 기분이 우쭐해졌다. 여포는 이 청혼이 정략적이라는 것을 모르는 바는 아니었으나 한편으로 집안일이기도 해서 부인 엄씨와 상의했다. 엄씨 역시 상대의 가문을 보고 한껏 들뜨지 않을 수 없었다.

"여보, 원술공의 가문은 4대째 내려오는 정승 집안으로 오랫동안 회남 땅을 차지하고 있어 군사도 많고 군량도 풍부하다고 하지 않습니까? 게다가 천자의 옥새까지 가지고 있어 세상 사람들은 원술공이 머지않아 천자가 될 것이라고 수군거리고 있습니다. 이 말이 사실대로 된다면 우리 딸아이는 장차 황후가 되는 것이 아닙니까?"

여포가 웃으며 말했다.

"일이 그렇게 간단하다면야 얼마나 좋겠소. 원술이 옥새를 가진 것으로 마치 황제가 된 양 행동한다면, 천하의 제후들이 가만있지 않을 것이오. 옛날에 동태사가 어디 천자가 무서워 죽이지 못했겠습니까? 천자보다 더한 권력을 가지고 있었으면서도 황제를 대접하고 산 것은 천하의 인심을 잡기 위한 것이었소. 그런데 원술이 황제 운운하며 나선다면 우리 딸아이를 보내기는 더욱 어렵소. 다만 서주와 회남 땅은 가깝기 때문에 원술과 내가 서로 반목하게 되면 조조에게 당하기가 쉬워요. 그래서 원술과 사돈을 맺는 것도 좋겠다는 생각이 드는 것이오."

여포는 딸의 결혼에 대해 마음을 정하고 원술의 청혼을 받아들였다. 그리고 진궁을 불러 혼례에 따른 절차에 대해 물었다.

"예로부터 혼인을 허락한 다음부터 결혼이 이루어지기까지는 지위에 따라 정해진 기간이 있습니다. 천자는 1년이요, 제후는 6개월, 대부의 경우는 3개월이고 일반 서민은 1개월입니다."

진궁의 말에 여포가 물었다.

"원술은 하늘이 내린 옥새가 있으니 머지않아 천자가 될지도 모르지 않소. 그러면 천자의 예를 좇아야 하는 것이오?"

"아니지요."

"그렇다면 제후의 예를 따라야 하오?"

"그것도 역시 안 됩니다"

"그렇다면 사대부의 예를 따라야 하오?"

"그것도 역시 안 되는 일입니다."

여포는 껄껄 웃으며 진궁에게 물었다.

"공은 나더러 일반 서민의 예를 따르라는 말이오? 내가 그것밖엔

안 된다는 말이오?"

"그것도 아니지요."

"이것도 아니다, 저것도 아니다. 그럼 뭐요, 도대체?"

진궁이 웃으면서 대답했다.

"지금 천하는 난세로 제후들이 서로 다투고 있습니다. 이 판에 장군께서 원술 집안과 혼인을 통해 인척관계를 맺으면 다른 제후들이 가만히 있겠습니까? 회남 땅을 끼고서 막강한 힘을 자랑하고 있는 원술이 서주를 장악한 장군과 연합하는 것은 천하 무적이 되는 일입니다. 그리고 그것은 중원천하의 3분의 1을 장악하는 것과 다름없는 일입니다. 천자나 제후의 예에 따라 택일을 한다면 상당한 시일이 필요합니다. 사대부의 예조차도 그렇습니다. 그러니 그 동안에 무슨 일이 일어날지 모르는 일입니다. 그간에 따님께서 어려움에 처할 수도 있다는 얘기입니다. 장군께서 원술의 청혼을 받아들인 사실을 다른 제후들이 알게 되면 신행新行 길에 복병을 매복했다가 신부를 납치해 갈 수도 있는 일입니다."

여포가 이 말을 들으니 일리가 있었다.

"그러면 어떻게 하는 것이 좋겠소?"

"차라리 여러 제후들이 약혼 사실을 알기 전에 미리 따님을 수춘에 보내 별관에 거처하게 한 후 길일을 택해 혼사를 치르는 것이 안전할 것 같습니다."

"하아, 그렇겠구먼. 그리 하도록 합시다."

여포는 마치 일이 다 해결된 것 같아 기분이 좋아져 그날로 아내 엄씨에게 시자들과 함께 갖가지 예단에 경대와 의장, 의복과 보마寶馬, 향거香車 등을 준비하라고 일렀다. 그리고 그날 밤 안에 송헌宋

憲 · 위속魏續 · 한윤에게 딸을 호위하여 수춘으로 보내도록 했다.

그날 하루종일 여포의 저택은 결혼 준비로 분주했다. 해거름녘이 되어 마침내 신부를 태운 향거香車가 나서고 어느새 소문을 듣고 몰려온 성내 인파들이 거리에 줄을 지었다. 신부의 행렬을 따르는 북소리와 풍악소리가 노을 빛을 타고 화려하게 번져 누가 보아도 잔치행렬임을 알 수 있었다. 백성들은 여포의 하나뿐인 딸을 보기 위해 우르르 몰려다녔다.

이때 유비가 서주목 시절에 아꼈던 진등의 아버지 진규陳珪가 노환으로 집에서 요양하고 있었는데 요란한 풍악소리를 듣고 '이 소리가 무슨 소리냐'고 물었다. 사람들이 여포의 딸이 원술의 집으로 출가하는 길이라고 대답하자 그는 크게 탄식했다. 곁에서 그 모습을 본 진등이 부친이 걱정하는 이유를 물었다.

"이 결혼은 원술의 계략이다. 즉, 정략 결혼임에 틀림없다. 이제 어질고 어진 유비공도 살아남지 못하겠구나."

진규는 말을 다 마치지도 않은 채 병든 몸을 이끌고 여포에게로 급히 갔다. 연로한 진규가 찾아오자 여포는 의외라는 듯 물었다.

"대부님께서 어쩐 일로 오셨습니까?"

진규는 숨을 헐떡이며 말했다.

"장군께서 죽을 때가 되었다기에 이렇게 조상弔喪하러 왔습니다."

"아니, 그게 무슨 말씀이오? 제가 죽을 때가 되었다니요?"

숨을 돌린 진규가 말을 이었다.

"일전에 원술이 금은보화를 보내 유비를 죽이라고 사주했을 때, 장군께서는 활을 쏘아 화해를 시키셨습니다. 그런데 이제 원술이 갑자기 장군과 사돈을 맺자는 것은 따님을 인질로 하여 유비를 쳐서 소패

땅을 빼앗자는 수작이지요. 순망치한脣亡齒寒이라 소패가 망하면 서주 역시 위기에 놓이게 됩니다. 원술이 터를 잡고 있는 회남 땅의 수춘과 소패는 먼 곳입니다. 그러나 그들이 소패에 군사기지를 만들어놓으면 장군께서는 바로 코앞에 원술의 기지를 두게 되는 것입니다. 그렇게 되면 원술은 따님을 인질로 삼아 장군께 군량미를 빌려달라, 군사를 빌려달라 하며 부탁할 것이고 이를 들어주지 않으면 갖은 공갈과 협박을 할 것입니다. 그렇게 되면 장군께서는 군사적으로 매우 위험하게 됩니다.

이번 혼인이 성사되면 장군께서는 원술의 신하에 불과한 신세가 되고 말 것입니다. 원술의 명령에 따라 바삐 움직여야 할 것이란 말입니다. 원술의 손아귀에 장군의 따님이 계시기 때문이지요. 더욱 두려운 것은 요즘 와서 원술이 손책에게서 얻은 옥새로 황제가 다된 양 야심을 굳히고 있다는 것입니다. 이것은 분명한 반역행위로 천하의 웃음거리가 될 뿐 아니라 제후들의 공격까지 받게 되어 살아나기 힘든 지경에 빠질 것입니다. 그렇게 되면 장군께서는 역적 무리들의 친척이라는 이유로 살아남을 수 없을 것입니다."

깜짝 놀란 여포가 중얼거렸다.

"원술의 청혼에 저의가 있다는 것은 짐작했으나 내가 거기까지는 생각하지 못했습니다. 진궁이 일을 그르칠 뻔했구려!"

여포는 즉각 군사를 보내 신행 길을 막고 다시 성으로 돌아오도록 명을 내렸다. 군사들은 거의 30여 리를 달려서 신행을 가던 여포의 딸을 데리고 돌아왔다. 그리고 원술에게는 좋은 말로 '아직은 혼수가 제대로 마련되지 못해 곤란하다'는 편지를 보냈다. 이 일로 여포는 진궁이 사태를 제대로 파악하지 못했다고 생각하며 책사로서 한계가 있다고 여기기 시작했다.

약혼 소동이 지난 어느 날, 염탐을 맡은 군졸 하나가 급히 달려와 여포에게 알렸다.

"유비가 소패에서 군마를 사고 군사를 모은다고 합니다."

"허어, 그거야 장수로서 마땅히 할 수 있고 해야 할 일인데 뭐가 이상하다는 말이냐?"

여포는 대수롭지 않게 생각하고 넘어갔다. 그런데 그날 밤에 송헌과 위속이 진흙이 잔뜩 묻은 갑옷과 투구를 쓴 채로 여포에게 달려와 씩씩거리며 이렇게 고했다.

"저희들이 장군의 명을 받들어 군마를 구해 돌아오던 중에 패현沛縣에서 복면을 쓴 떼강도들을 만나 말의 절반을 빼앗기고 말았습니다. 그런데 병사들의 말이, 그 강도가 바로 장비라는 것입니다. 장비 놈이 떼강도로 가장하여 칼을 휘두르며 말을 빼앗아갔다고 합니다. 저도 목소리를 들었는데 틀림없는 장비였습니다."

"패현이라면 벌판의 한복판인데 그곳에서 무슨 강도를 당한단 말이냐?"

여포가 솟구치는 화를 가라앉히며 물었다.

"그러니까 장비인 것이 더 확실하다는 말입니다. 산적이라면 패현까지 올 리가 없지 않습니까? 그곳은 평야 한가운데라 은신처라고는 없습니다."

여포는 더 이상 장비를 그대로 두어서는 안 되겠다고 생각하고 진궁을 불렀다. 그는 진궁·장요·고순에게 군사를 주어 소패로 달려가서 당장 장비를 잡아오라고 일렀다. 여포는 이번 기회에 장비의 버릇을 단단히 고쳐야겠다고 마음먹었다. 여포군이 쳐들어온다는 말을 들은 유비는 영문도 모른 채 우선 병마를 이끌고 성 앞으로 나가 급하게 진을 치고 대처했다. 맞은편에서 진궁이 소리쳤다.

"이 말 도적놈들아, 빨리 투항해라. 너희놈들이 위기에 처할 때마다 우리가 구해주었는데 겨우 한다는 짓이 도적질이냐? 그래도 소패를 책임지고 있다는 자들이 말이나 빼앗는 강도 짓거리를 하다니, 그것이 말이 되느냐?"

이 말에 유비가 무슨 오해가 있었구나 생각하고 다소 안심하면서 대답했다.

"이곳은 말이 귀해 제가 사람을 시켜 말을 사도록 한 적은 있습니다만 어찌 감히 제가 여장군께서 사가시는 말을 강탈하도록 했겠습니까?"

그러는 사이 장비가 손에 창을 들고 말을 몰아 앞으로 달려나오며 소리쳤다.

"그래, 너희 군마를 빼앗은 사람은 바로 나다. 네놈들이 날 어쩔 테냐? 너희놈들은 서주를 통째로 빼앗지 않았느냐?"

어느새 장비가 병사들을 이끌고 말을 몰아 나오자 고순과 장요도 지지 않고 기병을 몰아 앞으로 내달았다. 이들은 제법 긴 시간 동안 서로 맞붙어 싸웠으나 승부가 나지 않았다. 그대로 두어서는 안 되겠다고 여긴 유비가 급히 징을 쳐서 장비와 군사들을 성안으로 들어오게 하고 성문을 닫았다. 진궁은 되돌아가지 않고 군사들을 네 개의 성문 쪽으로 보내 성을 겹겹이 에워쌌다.

성내로 들어온 유비는 장비를 불러 크게 꾸짖었다.

"아우는 왜 또 이런 일을 저질렀나? 작은 불씨가 큰불을 부른다고 했는데 아우는 왜 그렇게 앞뒤를 가리지 않고 일을 하는가! 도대체 아우가 훔쳤다는 군마는 어디다 두었느냐?"

"이 주변의 절에다 두었습니다."

유비는 성루에 올라가 진궁에게 깊이 사과하고 말을 찾아서 보내줄 테니 피차에 군사를 물리자고 제안했다. 그러나 진궁은 다른 것은 필요 없고 장비를 꼭 사로잡아 가야겠다고 고집했다. 유비가 그 제의를 받아들일 수 없음을 잘 알고서 한 말이었다. 진궁은 이번 기회에 소패에서 유비를 완전히 몰아내려는 속셈을 갖고 있었다.

진궁은 곧 총공격을 명했다. 성의 사방에서 화살이 비오듯 쏟아지고 곳곳에 성을 오르는 사다리인 운제雲梯가 걸쳐지면서 여포군이 성을 넘어왔다. 소패성은 순식간에 전쟁터로 변해버렸다. 유비는 급하게 미축·손건 등과 대책을 의논했다. 손건이 먼저 입을 열었다.

"지금 우리가 여포군을 상대로 싸운다는 것은 스스로 죽겠다고 하는 것이나 다름없으니 차라리 성을 버리고 조조에게로 가시는 것이 좋겠습니다. 조조는 여포를 앓는 이처럼 생각하고 있으니 조조에게 투항한 뒤, 군사를 빌려 여포를 치는 것이 좋지 않겠습니까?"

그들은 장비와 관우 등을 총동원하여 정예 기병 300여 명만 대동하고 북문으로 군대를 몰았다. 유비는 장비에게는 앞을 뚫도록 명하고 관우는 뒤를 막도록 지시한 뒤 자신은 어린 아이들과 늙은이들을 보살피기 위해 부지런히 중간에서 포위망을 뚫고 나갔다. 진궁과 장요는 유비의 군사가 도망치는 것을 보고는 더 이상 쫓지 않았다. 진궁은 소패에서 유비를 쫓아내는 것이 목적이었으므로 더 이상 추격할 필요가 없었다.

진궁은 군사들을 거느리고 성안으로 들어가 백성들을 안심시킨 뒤, 고순에게 소패를 다스리게 하고 자기는 군사를 거느리고 다시 서주로 돌아갔다. 진궁이 여포에게 그간의 일을 보고했다. 여포도 진궁이 일을 그렇게 처리하리라 짐작하고 있었으므로 그리 놀라지는 않았으나 그래도 지금까지 유비와 쌓아놓은 교분을 생각하니 기분이 좋지만은 않았다. 이역만리에 와서 그래도 자신을 진심으로 대해준 사람은 유비뿐이라고 생각했던 적이 한두 번이 아니었기 때문이다. 여포는 이제 서주를 완전히 얻었으나 몸은 다시 혈혈단신이 된 듯한 기분에 젖어들어 그날 밤을 스산한 심정으로 보냈다.

한편 허도에 도착한 유비 일행은 허도 성밖 10여 리에 머물렀다. 유비는 먼저 손건을 조조에게 보내어, 여포군의 공격을 받아서 소패를 버리고 몸을 의탁하러 왔다는 사실을 알렸다. 조조는 유비가 왔다는 말에 크게 기뻐했다.

"유비가 왔단 말이지. 이렇게 반가울 데가 있나?"

조조는 당장 사람을 보내 유비 일행이 성안으로 들어오도록 했다. 조조는 직접 유비에게로 가 환대하고 그들을 위한 잔치를 베풀었다. 그날 밤 잔치가 끝나고 유비가 성밖으로 나간 후, 순욱이 조조를 찾아왔다.

"유비는 촌부이면서도 이미 천하의 인심을 얻고 있는 사람입니다. 그를 승상 곁에 두는 것은 그를 키워주는 일만 될 뿐 장래를 보아 이득이 없습니다. 우환거리를 만드느니 일찌감치 그를 처치해버리는 것이 현명할 것입니다."

조조도 순욱의 말을 모르는 것은 아니었으나 자신의 행보를 생각할 때 이미 세상에 알려져 있는 사람의 목숨을 그리 쉽게 처단할 수는 없는 일이라 여기고 다시 곽가를 불러 의견을 물었다.

"유비가 인심을 얻는 것은 천하의 인심이 그 자신에게로 향하도록 하는 덕을 가지고 있기 때문이지요. 관우와 장비가 무엇 때문에 보잘 것없는 유비를 그토록 중히 여기며 따르겠습니까? 그것이 바로 남들이 가지지 못한 유비만의 힘입니다. 그러한 힘이 우환거리가 될지도 모른다는 이유로 다 죽여버리면 누구와 더불어 천하를 도모하겠습니까? 유비를 승상 아래에 둘 수 없을지 모르나 분명 그를 통해 큰 것을 얻을 수 있을 것입니다. 승상께서는 이 땅의 영웅들을 다스리는 영웅이 되셔야 합니다. 그래야만 가히 천하의 주인이 되실 수 있습니다. 지금 승상은 천하의 백성들에게 폭정을 일삼는 자들을 물리치려고 의로운 군사를 일으키신 분으로 알려져 있고, 또 반드시 그렇게 하셔야 합니다. 유비라는 자는 이전에 말씀드린 바와 같이 휘하에 두고 있을 때 잘 활용하면 큰 소득을 얻을 수도 있고, 승상께서 천하의 인심을 모으는 데 일조를 할 것입니다."

곽가는 잠시 생각하다 다시 말을 이었다.

"승상께서는 천하의 호걸들이 의탁해 온다면 그들을 크게 환대하여 맞이하셔야 합니다. 그래야만 영웅들 중의 영웅으로 높이 서실 수 있습니다. 지금은 이각이나 곽사 · 원술까지도 천하를 넘보고 있습니다. 이에 비하면 유비는 그 잠재력에 비해 참으로 겸손한 사람이지요. 승상께 의탁하는 자는 최고의 대우로 맞아들이십시오. 설령 그들이 나중에 배신해 가버린다 해도 민심은 남습니다. 따라서 영웅들이 오지 않는 것을 오히려 두려워하셔야 합니다. 유비가 설령 힘을 키운다 해도 천하를 운운하는 것은 수십 년이 지나도 가능치 않은 일일 것입니다. 그런데 남의 일을 자기 일처럼 발 벗고 나서서 하는 영웅으로 알려져 있을 뿐 아니라 다른 자들에 비해 약점이 없는 유비를 죽인다면 천하의 인심을 잃는 일이 될 것입니다."

조조는 곽가의 말을 듣자 속이 시원해졌다.

"내 생각이 바로 그것이야."

다음날 조조는 대궐로 들어가 천자를 알현하고 유비를 예주 목사에 천거하려 하자, 순욱이 또 나서서 말렸다.

"유비는 남의 밑에 있을 사람이 아닙니다. 기회가 왔을 때 그를 제거해야 합니다."

조조가 순욱을 타일렀다.

"자네가 말하는 뜻을 내가 못 알아듣는 것은 아니나 지금은 때가 아니네."

황제를 알현하고 나온 조조는 군사 3천과 군량 5천 섬을 유비에게 주어 예주 목사로 부임하게 하고, 유비로 하여금 군대를 소패 가까이로 진주시키게 했다. 그리고 흩어진 군사를 다시 소집하여 여포를 공격할 태세를 갖추도록 명했다. 그런데 이때 뜻하지 않은 사건이 벌어졌다. 예상치 못했던 새로운 세력이 허도를 압박하여 천자를 납치하려 한다는 보고가 조조에게 날아들었다. 전령의 보고에 의하면, 동탁의 장수 장제張濟가 형주로 쳐들어가서 양성穰城을 공격하던 중 화살에 맞아 죽자, 장제의 조카 장수張繡가 모사인 가후의 도움을 받아 군대를 정돈하고 형주자사 유표와 결탁하여 완성宛城에 진을 치고, 대궐을 습격하여 천자를 납치하려 한다는 것이었다.

조조는 여포를 공격하기도 전에 발목이 단단히 잡힌 격이 되었다. 그는 장수와 유표의 연합군을 막는 것은 어렵지 않다고 보았다. 다만 문제는 여포의 움직임이었다. 조조가 장수를 치기 위해 허도를 비운다면 여포는 그 틈을 타 허도를 공격해올 것이 분명했다. 조조는 이래저래 망설이다 순욱을 불러 의견을 물었다. 그런데 의외로 순욱은 대수롭지 않게 말했다.

"여포라는 사람을 잘 안다면 그리 걱정하실 것이 없습니다. 여포는 천하의 주인이 되는 일에는 아무런 관심이 없는 사람이고, 일신의 부귀영화만 보장되면 그것으로 만족할 사람입니다. 지금 승상께서는 천자를 모시고 계시니 여포의 그런 욕구들을 충족시켜주기란 아주 쉬운 일 아니겠습니까?"

"그게 무슨 말인가?"

"대의를 모르거나 천하의 숙제宿題와 대세大勢에 무딘 자들을 보면 자기에게 실리를 주는 쪽으로 쉽게 기울어지지요. 승상께서는 천자의 명을 받아 서주의 여포에게 사람을 보내 관작을 올려주고 상을 내리면 여포도 그것에 만족할 것입니다. 그리고 유비가 여포와 싸워서 이겨서도 안 되고 또 진다 해도 승상에겐 좋은 일이 없을 테니, 일단 이들을 화해시키도록 하십시오. 다행히 여포는 유비를 남달리 생각하고 있다고 하니 유비만 화해를 청하면 여포도 이에 따를 것입니다. 유비와 여포를 화해시킨 후 승상께서는 마음놓고 장수와 유표의 연합군을 격파하십시오."

"맞는 말이로다."

조조는 순욱의 말에 맞장구를 치고 바로 봉군도위奉軍都尉 왕칙王則을 보내어 여포에게 새 관작을 내리고 유비와 화해하라는 편지를 서주로 띄웠다. 그리고 조조 스스로는 3만에 달하는 군사를 일으켜 장수를 토벌하러 나섰다. 조조군의 오색 군기와 창검은 10여 리에 뻗쳤으며 북소리는 천지를 진동시킬 듯했다. 조조는 먼저 군사를 세 부대로 나누어 하후돈을 선봉장으로 삼아 진군했다. 그리고 육수淯水에 당도하여 군의 대오를 정비하고 대대적인 군영을 설치하기 시작했다. 조조의 움직임이 이내 장수에게 전해졌다.

　장수는 기습 공격을 하려 했는데 사태가 커지자 몹시 당황했다. 무엇보다도 조조가 장안과 서주 및 기주의 공격을 철회하고 오로지 장수 자신을 치기 위해 3만여 명에 이르는 대군을 동원했다는 사실에 난감하지 않을 수 없었다. 1만도 채 안 되는 군병으로 조조의 대군을 맞아 싸운다는 것은 불가능한 일이었다. 장수는 가후에게 물었다.

　"아마 우리가 천자를 모시러 왔다는 소문이 나서 조조가 대군을 몰고 온 듯하오. 이 일을 어쩌면 좋겠소?"

　가후가 담담하게 대답했다.

　"무리해서 싸우다가는 목적한 바를 이루지도 못할 뿐 아니라 자신을 죽이고 수많은 백성들과 가솔들까지도 죽게 만듭니다. 우리가 조조군을 상대로 싸우는 것은 불가능합니다. 그러면 도피를 하거나 투항을 해야 하는데, 장군의 입장에서는 몸을 의탁할 곳도 마땅치 않습니다. 일단 유표의 군대는 돌려보내고 차라리 항복하는 게 좋겠습니다."

　장수도 지금 와서 되돌릴 수도 없는 일이라 생각하며 어쩔 도리 없이 가후의 말에 따르기로 했다. 그러자 가후가 조조에게 투항하는 사신의 임무를 자청하고 나섰다.

　조조는 가후가 왔다는 말을 듣고 몹시 기대가 되었다. 가후의 능력을 일찍이 들어왔기 때문이다. 조조를 만난 가후가 먼저 항복의사를 밝히는 동안 그의 거침없는 언변과 학식에 넋을 잃은 조조는 가후를 얻고 싶은 마음에 투항이니 하는 문제에 대해서는 대수롭지 않게 생각했다. 가후가 최종적으로 투항 의사를 밝히고 나자, 조조는 상석으로 그를 앉히고 말했다.

　"과연, 천하의 재사라더니 오늘 드디어 공을 뵙게 되었구려. 당대

최고의 천재이시고 정치와 전쟁 모든 면에서 공보다 풍부한 경험을 가진 사람은 천하에 없소이다. 나는 어차피 이 전쟁의 승패를 보려고 온 것이 아니오. 형주의 유표나 장수는 나의 적수가 될 수 없는 자들이오. 이번 전쟁은 내가 공을 뵙기 위해 벌어진 듯합니다. 나는 감히 공이 내 옆에 계시면서 나를 도와주시기를 청합니다.”

조조의 말을 듣고 가후는 한껏 겸손한 자세로 말했다.

“승상께서 저를 이토록 존중해주시니 몸둘 바를 모르겠습니다. 저는 충심으로 천자를 모시고자 했으나 수차례의 정변으로 여러 장수들을 거치면서 결국에는 동탁의 사람이니, 이각의 사람이니 하는 조롱을 받는 몸이 되었습니다. 이각에게 있을 때는 제가 모사를 잘못하여 천자와 백성들에게 큰 죄를 진 적도 있습니다. 지금의 장수는 진심으로 저를 아껴주고 계시니 그를 저버릴 수는 없습니다. 다만 오늘 승상께서 이처럼 저를 환대해주신 데 대한 보답을 할 날이 오기를 기원하겠습니다.”

조조는 이 말을 듣고 더욱 가후에게 반했다. 능력있고 재능있는 모사로만 들었던 가후가 이처럼 앞뒤를 가리는 인품과 온화함을 지니고 있는 줄 몰랐기 때문이다. 가후는 여러 장군을 거친 사람이었으나 간특한 티가 없어 보였다. 어쩌면 그가 있었던 까닭에 천하가 그나마 덜 혼란스러웠던 게 아니었을까 하는 생각마저 들었다. 그러고 보니 동탁과 이각·곽사 시절에 한때나마 짧은 태평성대를 누렸던 것도 우연한 일은 아니었던 것 같았다.

가후가 사자로 다녀간 후로 조조군과 장수군 사이에는 전쟁의 조짐이 사라졌다. 이 일은 가후의 존재가 조조의 참모들에게 알려지는 계기가 됐다. 완성으로 돌아간 가후는 또 한번 장수를 설득시켜 장수와

더불어 조조를 친견했고, 조조는 이들을 최대한 후하게 대접했다.

장수가 항복한 이후 조조는 친위대만 거느리고 완성에 입성했다. 조조의 주력 부대는 성밖에 주둔했는데 그 진지가 주변의 여러 지역에 뻗어 있어서 마치 대군들의 정례 훈련장처럼 보이기도 했다. 장수는 여러 날 동안 조조를 위한 잔치를 베풀었고 자연스레 조조도 여러 날을 완성에서 보냈다. 그러던 어느 날 술에 많이 취한 조조가 침실에 들면서 옆에 있는 시자들에게 물었다.

"애들아 성안에 혹시 기생은 없느냐?"

시자들 가운데 있었던 조조의 조카 조안민 曹安民은 조조의 적적한 심사를 눈치채고 이렇게 말했다.

"어제 제가 관사 옆을 지나는데 미모가 출중한 부인 하나를 보았습니다. 부하들을 시켜 그 부인이 누구인지 알아보라고 했더니 지난번에 죽은 장수의 숙부 장제의 미망인이라고 했습니다."

『삼국지』에서 힘이 으뜸인 장사로는 조조의 호위를 맡았던 전위와 허저를 꼽을 수 있다. 허저가 훗날 높은 지위에까지 오른 것과 달리, 전위의 결말은 안타까웠다. 그림 속 전위의 얼굴은 중국의 경극에 나오는 모습으로, 경극에서 전위의 얼굴색은 날쌔고 사나움을 상징하는 노란색으로 정해져 있다.

이 말을 들은 조조가 침대에서 벌떡 일어나더니 기분이 흡족한 얼굴로 말했다.

"그러면 과부가 아니냐? 내 곁에 데려온다 해도 시끄러운 말썽은 없을 터이니 재주껏 모셔오너라."

조조의 말을 들은 조안민은 혹시나 하는 마음으로 무장한 병졸 10여 명을 데리고 부인의 처소에 들이닥쳤다. 그는 재빠르게 부인을 납치해 조조의 침실로 데려왔다. 영문도 모르고 조조 앞에 붙잡혀온 여인을 보니 과연 눈부실 만큼 아름다웠다. 시자들이 가벼운 술상을 들이고 나갔다. 실내에는 곧 두 사람만 남게 되었다. 침묵이 흐르는 가운데 조조가 촛불에 비친 여인을 유심히 바라봤다. 조카의 말이 아니더라도 그녀의 미모는 과연 출중했다. 조조가 여인에게 물었다.

"그래, 성씨는 무엇이오?"

"장제의 전前 아내 추씨鄒氏입니다"

"그래 부인은 저를 아시오?"

"제가 어찌 천하에 위대한 이름을 떨치고 계신 조승상을 모를 리 있겠습니까? 이상한 인연이나, 이렇게 가까이서 뵙게 되어 영광이기는 합니다만……."

젊었을 때 조조는 낙양의 명문가 귀족 자제들과 화류계를 누볐던 적이 있었다. 특히 그보다 두서너 살 위였던 원술과는 각별히 친하게 지내면서, 명문가 자제들과 어울려 망나니짓을 꽤나 많이 하고 다녔다. 그런 조조인지라 전쟁터에서 살아남은 약한 여자의 마음을 후리는 일 쯤이야 식은죽 먹기였다.

"내가 일찍이 과수가 된 부인의 아름다운 이름을 익히 들었으니 망정이지 그렇지 않았다면 오늘날 완성은 모두 불에 타 없어지고, 장수의 가족들은 씨도 남기지 않고 모조리 죽었을 것이오. 하지만 내가 부인을 생각하여 특별히 장가 일족들을 살려둔 것이니, 이는 모두가 부인의 덕이오."

조조의 작전대로 추씨의 낯빛이 붉어지면서 목소리가 애절하게 바뀌었다.

"정말 제 생각이 깊지 못하였습니다."

추씨는 자리에서 일어나 큰절을 했다.

"저의 목숨과 장씨 혈족들을 살려주신 은혜에 감읍합니다."

조조는 아무것도 모르고 자신의 속셈에 걸려든 추씨가 더 어여쁘게 느껴졌다. 조조는 더욱 근엄하고 장부다운 표정을 지으며 말했다.

"뭐 그 정도 가지고 그러시오. 원래 사내들 세계란 다 그런 것이지요. 강자가 있으면 약자가 있는 법이고 약자는 강자의 발 아래 무릎을 꿇어야 하는 것이지요. 그러나 진짜 대장부는 힘없는 패자에게 큰 아량을 베풀 줄 알아야 하오."

추씨는 조조의 말에 연신 고개를 끄덕이며 동의를 표시했다. 조조는 더욱 신이 났다.

"오늘 저녁에 이렇게 꽃같이 아름답고 달보다 환한 부인을 만나게 된 것은 진정으로 하늘의 뜻인가 하오. 나는 오늘 밤을 그대와 함께하고 싶소. 내 뜻을 따라준다면 그대는 앞으로 허도로 돌아가 부귀영화를 누릴 수 있을 것이오. 내가 그대의 행복을 위해 모든 애를 써줄 테니 나의 뜻에 따르시오."

추씨는 이것저것 생각할 겨를도 없이 조조가 권하는 합환주 서너 잔을 연거푸 마셨다. 그러자 이내 취기를 이기지 못하고 전신이 노곤해지면서 머릿속이 아뜩해졌다. 추씨는 술기운이 오르는 것을 느끼는 순간, 부드러운 말씨로 자신의 마음을 사로잡은 조조의 품에 살며시 안겼다.

그날 밤 이후 조조는 외부출입도 그만두고 여러 날을 추씨와 함께 보냈다. 여인에 대한 마음 씀씀이가 세심했던 조조는 술을 마시면서 자신의 빼어난 시재를 발휘해 추씨에게 사랑의 시를 읊조려주었다.

무덤 속에 내가 있을 때는
당신이 불러도 대답 않으리.
산 아래 마을 잔설은 녹아 흐르고
동구에 복사꽃이 피어 난리일지라도
눈과 입속으로 흙이 차고 들어와
대답은커녕 나는 울음 소리조차 못 내리.
무덤 속 내가 있을 때는
당신이 불러도 대답 않을 테니
다만 나를 기억해주오, 여인이여
양귀비가 봄을 기억하듯이!

바깥일을 모두 잊고 술과 시와 여인의 향기에 묻힌 채 여러 날이 지나자 추씨가 걱정스러운 듯 조조에게 말했다.

"벌써 우리가 함께 보낸 지가 여러 날이 지났어요. 내가 여기 있는 줄을 알면 시조카 장수가 가만있지는 않을 것입니다. 사람들이 알까봐 걱정도 되고……."

"그래, 그러면 오늘이라도 성밖 내 진지로 나가면 되지."

다음날 조조는 비밀리에 추씨와 함께 성밖으로 나와 자기의 막사

인 중군장中軍帳으로 갔다. 그리고 전위에게 중군장 막사 20보 안으로
는 자기의 특별한 부름 없이 누구도 얼씬거리지 못하게 하라고 명령
했다. 그렇게 하여 중군장의 막사는 조조의 침실로 변했고 이곳은 외
부와 완전히 단절되었다. 처소를 옮긴 조조는 추씨의 품에 안겨 꿈같
은 세월을 보내느라 허도의 일은 아예 잊은 것 같았다. 이렇게 한 달
이 지났다. 그러던 가운데 이 소문이 은밀하게 돌다가 결국은 장수의
귀에도 들어가고 말았다. 장수는 조조의 처사에 분하고 어이가 없어
가후를 불러 의논했다.

　"도대체 삼촌이 죽은 지가 얼마나 되었다고 이런 일이 벌어집니
까? 아무리 우리가 항복했기로서니 조승상이 어떻게 이처럼 함부로
나올 수 있는 것입니까? 양 진영간에 전쟁을 하려다가 그만둔 마당
에 다른 사람도 아니고 적장인 저의 숙모님을 납치해가는 것이 천자
를 모시고 있는 승상이 할 일인가 말입니다."

　가후도 이 말을 듣고 조조에 대한 실망감을 감출 수가 없었다. 그
렇다고 이 일을 겉으로 드러나게 처리해서도 안 될 것이었다. 가후와
장수는 어떻게 해서든 이번 기회에 조승상의 오만함을 반드시 꺾어
놓으리라 다짐했다. 가후는 장수에게 분을 가라앉히고 이성적이고
냉정하게 이 일을 처리해야 한다고 하면서 하나의 계책을 일러주었
다. 다음날 장수는 아무것도 모른 척 조조를 찾아갔다. 그러나 그를
만날 수가 없었다. 그 다음날도 마찬가지였다. 그래서 장수는 중군장
막사를 지키는 전위에게 말했다.

　"이보시오, 전위장군. 조승상을 뵐 수가 없으니 우리끼리라도 이야
기합시다. 지금 저희 군사들이 조승상의 군대에 항복하여 군 편성을
새로 하고 있는 중인데, 제게 속해 있던 병사들 가운데 적응하지 못

해 탈영하는 자가 자꾸 늘어납니다. 그래서 이들을 중군의 진중에 두는 것이 오히려 좋을 듯한데 이 일을 승상께 말씀드려주시오."

전위가 말했다.

"저도 지금 승상을 잘 뵙지 못하고 있습니다. 중군장 막사 안에서 중요한 업무를 처리하시는지 아무도 범접을 못하게 하고 계십니다. 그렇지만 탈영병이 자꾸 생긴다니 문제군요. 사정이 급하니 승상께는 뒤에 허락을 받도록 하고 우선 병사들을 중군장에 두도록 하십시오."

이로써 장수는 조조가 친히 이끌고 있는 중군에 자기 부하들을 속속 집어넣었다. 이들은 네 개의 행동조로 나뉘어 2천여 명 이상이 중군에 배치되었고, 장수의 명령만을 기다리고 있었다. 장수에게 가장 큰 골칫덩이는 전위가 거느린 친위대였다. 친위대를 이끄는 전위는 힘이 장사인데다 무용이 대단해서 500근 무게의 짐을 지고 하루 100리를 갈 수 있는 사람으로 유명했던 것이다. 군사도 막강하지만 전위가 조조를 지키는 한 조조를 습격하기란 쉬운 일이 아니었다. 상황을 지켜보던 가후가 장수에게 일렀다.

"전위를 만취하게 만든 다음 그를 무장해제 시키고 나서 조조의 막사를 습격하는 수밖에 없겠습니다."

이 말을 듣고 장수는 병사들에게 만반의 준비를 시킨 후 완성 고유의 토주가 잘 익었다며 전위를 불러냈다. 특별한 일도 없는데다 조조가 그를 찾거나 부르는 일이 아예 없었으므로 전위도 마음놓고 장수가 권하는 대로 술을 받아마셨다. 밤늦도록 마신 전위는 대취하여 걸음을 제대로 걷지도 못할 정도였다. 장수는 전위를 바래다준다는 핑계를 대고 그를 따라 중군막으로 들어갔고 자기 막사에 들어서자마자 전위는 바로 잠이 들었다. 조조의 막사에는 아직도 불이 켜져 있었고 조조는 그날 밤도 추씨와 더불어 술을 마시며 늦은 밤을 보내고 있었다.

칠흑 같은 어둠이 막사 뒤로 장막을 친 밤 10시 쯤, 갑자기 군마에게 먹일 풀을 쌓아놓은 임시 창고에서 불길이 치솟으면서 함성이 터져나왔다. 장수가 행동을 개시한 것이었다. 추씨와 운우지정을 나누고 있던 조조는 깜짝 놀라 옷을 갖춰입고 추씨를 안전한 곳에 피신을 시킨 뒤 전위를 불렀다. 그러나 전위는 보이지 않았다. 조조는 상황이 심상치 않음을 눈치채고 교위들에게 군대를 무음舞陰으로 철수시키라고 명령하는 한편 병사들에게 전위를 찾으라고 했다.

술에 취해 곯아떨어졌던 전위는 귀를 찢는 북소리와 고함소리에 놀라 번쩍 눈을 떴다. 술기운으로 눈앞이 어질어질한 가운데 자기의 무기인 쌍철극을 찾았으나 보이지 않았다. 그는 급한 대로 막사를 지키던 보병의 허리에 찬 칼을 빼들고 중군장의 조조 막사로 달려갔다. 전위가 그곳에 이르렀을 때 사방에는 이미 헤아릴 수도 없이 많은 군사들이 긴 창과 칼을 들고 포위하고 있었다.

전위가 나타나자 장수의 병사들이 벌떼처럼 달려들었다. 전위는 술에 취해 몸을 제대로 가눌 수는 없었지만 필사적으로 칼을 휘둘렀다. 장수의 병사들은 전위와 전위가 거느리고 온 심복들의 뛰어난 용맹에 함부로 나서지 못하고 화살을 쏘아대기 시작했다. 그러자 중군장 앞을 막고 서 있던 전위와 친위대는 미처 피할 사이도 없이 온몸에 화살을 맞고 쓰려졌다.

조조는 전위가 오는 소리를 듣자마자 앞문을 그에게 맡기고 자신은 뒷문으로 말을 타고 달아났다. 전위는 온몸에 화살을 맞고서 이미 숨이 끊어졌는데도 한손에 창을 들고 중군장의 막사 입구에 그대로

조조와 조앙 부자는 절체절명의 위기에 처한다.
조조가 여색을 탐하느라 목숨을 건 것은 이번이 처음은 아니다.
젊은 시절 원소와 어울려 신부를 강탈하여 달아나다가 위기에
처한 적도 있다. 후한 말에서 위진남북조시대까지 명문 자제들
사이에서는 제멋대로 행동하는 것을 멋으로 여기는 풍조가
유행했다고 한다. 그러나 이번에는 대가가 너무 비쌌다.

서 있었다. 장수와 그의 병사들은 마치 살아 있는 듯한 전위의 형상을 보고 더 이상 중군장 막사에 범접하지 못했다. 그 사이에 조조가 탈출했다는 보고가 들어왔다. 장수가 용기를 내어 전위의 시체를 밀치고 조조의 중군장 막사로 들어가니 그곳은 텅 비어 있었다. 한발 늦었다고 생각한 장수는 군대를 여러 대로 나누어 예상되는 탈주로를 쫓아가게 했다.

정신없이 도망치는 조조의 뒤를 조조의 큰아들 조앙曹昻과 조카 조안민이 호위하며 따랐다. 조조가 육수 강변에 이르렀을 때, 이 지방의 지리를 잘 아는 장수군이 이미 조조의 뒤를 바짝 쫓아왔다. 조안민은 말리는 조조에게 하직인사를 하고 적병을 막기 위해 말 머리를 돌렸다. 이 덕분에 조조는 좀더 멀리 달아날 수 있었으나 조안민은 적병에게 붙잡혀 온몸이 칼과 창에 찢겨 죽고 말았다.

그 사이에 조조와 조앙은 급히 말을 몰아 육수의 거센 물결을 헤치고 건너편 기슭에 닿았다. 조조가 큰아들 조앙과 함께 강기슭을 오르는 사이 화살 하나가 날아와 조조의 팔을 스치고 지나갔다. 그 바람에 조조는 팔을 움직이기 어려운 지경이 됐다. 거기다가 조조가 타고 있던 말에 여러 대의 화살이 한꺼번에 꽂히면서 말이 땅바닥에 나뒹굴자, 조조도 거칠게 땅바닥으로 곤두박질쳤다. 그러자 조앙이 달려와 땅에 쓰러진 조조를 일으켜세우면서 자신의 말을 아버지에게 내주었다.

"아버님, 제 말을 타고 어서 몸을 피하십시오. 어서……."

조앙이 눈물로 하직인사를 하자 조조가 거절했다.

"안 된다. 이러면 너는 이 자리에서 죽고 만다."

조조 부자가 말을 두고 옥신각신하는 동안 장수의 추격군이 강을

건너기 시작했다. 적병들이 강 중간쯤 건넜을 때, 조앙은 조조를 강
제로 말에 태우고 말등을 힘껏 내리쳤다. 말은 놀라서 황급히 달아났
다. 키 높이까지 자란 강변의 갈대밭에 몸을 숨긴 조앙은 추격병이
강을 건너오자 칼을 빼어 한 명씩 베기 시작했다. 장수의 병사들은
갈대밭에 조조가 있다고 생각하고 추격을 멈춘 채 갈대밭을 샅샅이
뒤졌다. 조앙은 결국 이들에게 온몸이 난자당해 죽고 말았다.

조카와 큰아들의 희생으로 간신히 사지로부터 벗어난 조조는 그
길로 하후돈에게 달려갔다. 목숨을 건지기는 했으나 아끼던 큰아들
과 조카, 심복 전위를 잃은 조조는 크게 상심했다. 아들과 조카의 죽
음도 피눈물이 나는 일이었으나 전위와 같은 뛰어난 지휘관을 잃은
것은 더욱 애통한 일이었다.

한편 조조가 천신만고 끝에 목숨을 건져 하후돈과 함께 후퇴하는
동안, 하후돈의 주력인 청주병들은 들르는 고을마다 백성들의 재산
을 빼앗고 물자를 함부로 징발하는 등 심하게 민폐를 끼쳤다. 이들은
침상으로 사용한 문짝을 부수어 불쏘시개로 썼고, 이불로 사용한 멍
석을 돌려보내지 않고 말먹이로 줘버렸다. 그리고 농민들의 집으로
뛰쳐들어가 닭이나 소를 닥치는 대로 잡아먹었다. 청주병은 원래 중
앙 정부에 대적해 일어난 농민 봉기군이었으나 조조에게 진압되어
조조의 주축 부대로 편성되었다.

개구리 올챙이 시절 생각하지 못한다는 말처럼 반란군의 신분에서
졸지에 정부군의 지위로 격상된 청주군의 패악은 방약무인의 지경으
로 커졌다. 그러자 평로교위平虜校尉 우금于禁이 이 같은 사실을 먼저
하후돈에게 알리고 민폐를 끼치는 병사들을 철저하게 가려내어 백성
들이 보는 앞에서 효수경중梟首警衆했다. 그렇게 하여 우금이란 이름

이 백성들에게 알려지고 칭송을 듣게 되자, 일부 원한을 품은 무리들이 조조에게 와서 우금이 반란을 일으켜 청주병과 군마를 모조리 죽였다고 무고를 했다. 마음이 잔뜩 상해 있던 조조가 이 말을 듣자 사실 여부를 가리지도 않고 흥분하여 우금을 죽이겠다고 고함을 질렀다. 그러나 곧 참모들이 나서서 말렸다.

"우금처럼 강직한 사람이 그럴 리가 없으니 확인해보고 결정하십시오."

우금은 조조가 자신을 오해하고 있는 것을 알면서도 아랑곳하지 않고 군사들을 시켜, 추격중인 장수를 격파할 진지를 세우고 있었다. 자신이 위험에 처해 있음을 알면서도 적을 맞을 준비만 하고 있는 우금을 본 순욱이 답답해서 물었다.

"참으로 안타까운 일이오. 청주병들의 무고로 승상께서는 장군이 반기를 든 것으로 알고 노발대발하고 있는데 그것은 해명할 생각도 않고 어째 진지부터 만들고 있는 겁니까?"

우금이 태연하게 말했다.

"시간이 없기 때문입니다. 지금 장수군의 군대가 급한 물살처럼 우리를 추격하고 있어요. 아마 그놈들은 곧 이곳에 도착할 것이오. 만일 지금 우리가 방비를 단단히 하지 않는다면 어떻게 그놈들을 막아낼 수 있겠소? 지금 제가 할 일은 타인의 비방에 대한 해명이 아니라, 우선 적을 맞아 싸우는 일이오."

순욱의 물음에 급한 듯 대충 말을 마친 우금은 다시 부하들을 불러 전투에 대한 방비책을 일렀다. 다음날 장수의 군대가 우금 부대가 주둔하고 있는 쪽을 향해 두 갈래 길로 들이닥쳤다. 우금은 선봉에 나서서 적을 맞아 싸우기 시작했다. 전투가 시작되고 얼마 되지 않아 장수의 후방이 우금군의 매복에 크게 당했다. 그리고 연이어 우금군의 별동대가 나타나 좌우 측면을 화공으로 기습하자 장수의 군사들은 크게 패해 수많은 사상자를 내고 100여 리 밖으로 달아났다. 치밀한 전략을 구사한 우금군에게 대패하여 부하와 장군들을 잃은 장수는 패잔병 수십 기만 거느리고 형주 유표에게 의탁하러 갔다.

우금이 장수군을 물리치고 조조에게 승전보를 가져오자 조조는 그제야 우금이 청주병들에게 모함당했다는 것을 알게 됐다. 조조는 아무런 보고도 없이 진지를 쌓는 것이 자신에 대한 적대 행위로 비치는 줄 뻔히 알면서도 묵묵히 장수군을 맞아 싸울 준비를 한 우금을 크게 치하했다.

"장군께서 그런 모함을 당하고도 아무런 변명 없이 군사를 정비하고 적을 맞이할 진지를 쌓았으니 이 어찌 아무나 흉내낼 수 있는 일이겠소? 장군께서는 청사靑史에 빛날 대장부의 귀감이 되셨으니 정말 장하십니다."

조조는 우금을 격려하며 큰 상을 내리고 익수정후益壽亭侯에 봉했다. 이와 반대로 하후돈에게는 군사를 잘 다스리지 못하여 백성들을 괴롭힌 죄를 엄하게 물었다. 이어 자기를 지키기 위해 싸우다 죽은 전위 · 조앙 · 조안민을 위해 제단을 만들고 위령제를 올렸다.

조조는 제단 앞에 엎드려 친히 잔을 올리고 서럽게 곡했다. 조조가 어찌나 슬프게 우는지 주위 사람들도 숙연해졌다. 조조는 곡을 마치고 휘하 장수들에게 말했다.

"나는 이번에 사랑하는 나의 큰아들과 아끼던 조카를 잃어 가슴이 찢어질 듯하다. 그러나 내 아들이나 조카의 죽음보다도 더욱 서럽고 원통한 것은 전위의 죽음이구나. 내가 죽어서 어찌 그를 볼 수 있을꼬."

조조는 시자들을 둘러보며 말을 이었다.

"전위의 가족들에게 공신전功臣田을 주도록 하여 자손들이 생활에 아무런 불편이 없도록 하고 그 자식들은 조정에 중용하도록 하라."

조조의 말을 들은 장수들 모두가 인재를 사랑하는 조조의 마음에 감탄했다. 다음날 조조는 군사를 이끌고 허도로 돌아왔다.

조조와 원술의 싸움

　한편 조조가 장수를 토벌하러 나서기 전에 조조의 명을 받고 서주에 간 왕칙은 여포에게 평동장군平東將軍에 봉한다는 조서와 함께 이를 증명할 직첩職帖과 도장을 건네주었다. 또한 '승상 조조께서 여포 장군을 각별히 공경하고 있다'는 말과 함께 조조의 사적인 편지도 전했다. 조조의 속셈에는 아랑곳하지 않고 여포는 천자와 조조로부터 각별한 대접을 받는 것 같아 그저 흐뭇하고 기쁘기만 했다. 왕칙이 여포의 영접을 받고 있을 때 원술에게서 사신이 왔다는 전갈이 왔다. 여포가 원술의 사신을 맞이하자 원술의 사신이 예를 차리고 나서 말했다.

　"원술공께서는 곧 황제의 위에 오르실 것입니다. 그 전에 원술공께서는 동궁東宮을 세우고, 앞으로 황태자비가 되실 여장군의 따님을 회남으로 모셔오고자 하십니다."

여포는 사신의 말을 듣고 어이가 없다는 듯 소리쳤다.

"황제라니! 그러면 원술이 역적질을 하겠다는 말이 아니냐? 그런데 내게 딸을 보내라 한단 말이지? 나를 보고 역적질에 동참하란 말이냐?"

여포는 당장 사신의 목을 베어 죽이라는 영을 내렸다. 그리고 진등을 시켜 조조가 자기에게 신경을 쓰고 배려해준 데 대한 사례의 편지를 가지고 왕칙과 함께 허도로 가 사은하게 했다. 조조는 여포가 원술과 사돈관계를 포기한 것을 알고 크게 기뻐했다. 진등은 조조를 만난 자리에서 이렇게 말했다.

"승상의 후덕하심은 이미 오래전부터 들어왔습니다. 저는 지금 여장군을 모시고 있다고는 하나 여장군은 부하에 대한 따뜻한 배려가 없고 오랑캐 출신이라서 생각하는 바도 달라 충심으로 모시기가 어려운 자입니다. 저희 한인관료들은 유비 장군이 여포에게 서주를 넘겨준 것에 대해 몹시 안타까워했습니다. 오랑캐 땅에서 온 여포가 어디 감히 중원의 한 자락을 차지한단 말입니까?"

조조로서는 듣던 중 반가운 소리였다.

"진공, 그러면 어찌하면 되겠소? 그대가 좀 도와주구려."

진등이 다시 말했다.

"알려진 대로 여포는 워낙 무예가 뛰어나고 그 아래 군사들도 막강하니 승상의 우환거리가 될 것입니다. 여포가 세력을 더 키우기 전에 없애야 합니다."

"여포놈의 흉악함은 내 이미 오래전부터 경험하고 있던 바요. 그러니 보고만 있어서는 안 된다는 것도 잘 알고 있소. 그래, 공의 부친과 공이 부디 날 도와주시오. 지금은 장안과 형주도 정리되지 않은 상태이니 군대를 몰아 여포를 치기는 어려운 일이오. 머지않아 내가 서주를 평정하러 갈 때 공과 공의 부친이 나를 꼭 좀 도와주구려."

"승상께서 오시기만 한다면 저희들은 목숨을 걸고 승상을 돕겠습니다."

흡족한 조조는 진등의 아버지 진규에게는 2천 섬의 녹을 내리고 진등에게는 광릉 태수의 벼슬을 내렸다. 그러면서 염려가 되는지 이런 말을 덧붙였다.

"이렇게 갑자기 벼슬과 녹을 내리면 여포가 의심하지 않겠소? 혹시 공과 공의 부친이 여포에게 핍박을 당할까 걱정이 되오만……."

진등이 웃으면서 대답했다.

"승상, 그리 걱정하실 필요가 없습니다. 그 점에 대해서는 이미 제가 다 생각해둔 바가 있습니다."

조조는 감격했다.

"동방 공략은 오직 공의 손에 달려 있소."

여포는 진등이 서주로 돌아오자 그를 불러 조조에게 다녀온 일을 물었다. 진등은 천자가 자기 아버지에게는 녹을 내렸고 자기에게는 광릉 태수의 벼슬을 주더라고 말했다. 자신을 서주목으로 인정하는 절차에 대한 답을 기대했던 여포는 진규와 진등 부자만이 벼슬을 받고 돌아왔다는 말에 기분이 몹시 상했다.

"너는 내가 서주를 확실하게 다스릴 수 있도록 조조를 설득하라고 보내지 않았느냐? 그런데 도대체 무슨 일이 있었기에 너희 부자의 봉록만 받아왔느냐? 지금 내가 서주목의 직책이 필요한 줄을 네가 모른단 말이냐? 너를 엄중 문초하여 진상을 밝히겠다."

진등은 여포가 분에 겨워하는 모습을 보고 오히려 웃으며 말했다.

"너무 노여워하지 마십시오. 나라의 녹봉을 받는 것을 저희가 어찌
함부로 결정할 수 있겠습니까? 다 천자께서 그럴 만한 이유가 있어
서 주신 듯합니다. 장군께서 서주목을 제수받지 못한 것도 다 까닭이
있습니다. 제가 조조에게 장군의 벼슬을 얘기했는데 조조는 이를 꺼
리는 듯했습니다. 그래서 저는 여포 장군을 기르는 것은 범을 기르는
것과 같으니 고기를 배불리 주지 않으면 양이 차지 않아 사람을 문다
고 했습니다."

여포는 도대체 무슨 소린지 알 수가 없어 궁금한 듯 물었다.

"그랬더니 조조가 뭐라 하더냐?"

"그러자 자기는 여포 장군을 매 기르듯 한다고 했습니다."

여포는 또다시 궁금해졌다.

"아니, 내가 매라니?"

"조조는 '여우와 토끼를 잡으려면 먼저 매를 굶주리게 해야 한다.
배가 고프면 사냥을 하지만 배가 부르면 달아난다'고 했습니다."

"그래 내가 매라면 그놈의 여우며 토끼는 다 누구냐?"

"조조가 설명하기를, 회남의 원술, 강동의 손책, 기주의 원소, 형양
의 유표, 익주의 유장, 한중의 장로 등이 모두 여우와 토끼라고 했습
니다."

진등의 예상대로 이 말을 들은 여포는 기뻐 우쭐해하며 말했다.

"조승상이 사람을 알아보는군."

한편 원술은 비옥하고 넓은 회남 땅에다 옥새까지 차지하게 되자
황제의 제위에 오를 날만을 헤아리고 있었다. 그러던 어느 날 원술이
여러 부하들을 불러 모아놓고 물었다.

"옛날 한고조는 사상이란 조그마한 고을의 벼슬아치에 불과했으나

천하를 얻어 지금까지 400년 동안 그 자손이 중국을 다스리고 있다. 그러나 이미 한나라의 운이 다한 지금, 천하는 마치 가마솥에 끓는 물처럼 되었다. 우리 원씨 가문은 4대에 걸쳐 정승 벼슬을 했으며 천하의 온 백성들도 우리 집안에 의지하고 있다. 나는 하늘의 뜻을 받들어 황제의 자리에 오르려는데 여러분의 생각은 어떠한가?"

주부 염상閻象이 말했다.

"아뢰옵기 송구스러우나 그것은 아직 시기상조인 듯합니다. 주周나라의 후직後稷은 덕과 공을 쌓아 그 후손들이 문왕文王 때에 이르러 천하의 3분의 2를 차지했는데도 오히려 은나라를 멸하지 않고 도왔습니다. 지금 장군의 가세가 번성하다고는 하지만 아직 주 황실만큼 가세가 왕성한 것도 아니요, 또한 한나라가 병들긴 했지만 은나라의 주왕紂王같이 폭정을 하는 것도 아닙니다. 이 일로 공연히 천하 제후들의 표적이 되어 어려움에 처할 수도 있으니 때를 기다리심이 좋을 줄 압니다."

주부라는 자가 주인의 뜻을 헤아리지 못하고 오히려 주의를 주는 듯한 말을 하자 원술은 섭섭하고 화가 나 목소리를 높였다.

"우리 원씨 집안은 순舜임금의 후예로 진陳의 원줄기이다. 오행에서 말하기를 불〔火〕이 사라지면 흙〔土〕만 남는다고 했다. 그런데 우리 가문의 뿌리가 흙의 운세를 타고난 진陳이 아닌가? 요즘 세상에 떠도는 비결에 '도고塗高가 한漢을 대신한다'는 말이 있다고 한다. 내 자字가 공로公路이니, 이 글자는 도塗와 마찬가지로 '길'이라는 뜻이 아닌가? 이처럼 천명에 의해 옥새까지 나를 찾아왔으니 내가 천자에 오르지 않는다는 것은 오히려 하늘의 뜻을 저버리는 것이 아닌가? 이미 내 뜻이 결정되었으니 더 이상 왈가왈부하지 말라. 계속 천명을 거역하는 자가 있으면, 내가 목을 베리라."

원술의 의지가 이처럼 확고하자 더 이상 말리는 부하들도 없었다. 원술은 곧 중씨仲氏라는 별호를 짓고 따로 관청을 세우는가 하면, 수레에는 황제를 상징하는 용과 봉을 아로새겨 위용을 갖췄다. 그리고 남방과 북방을 향해 황제가 된 제례를 지내고 풍방馮方의 딸을 황후로 삼고 아들을 동궁東宮(태자)에 앉혔다. 그리고 여포의 딸을 동궁비로 삼으려 했다.

그러던 차에 자신이 보낸 사신을 여포가 죽였다는 소식을 듣고 당장 서주를 정벌하겠다고 군사를 동원시켰다. 원술은 곧 장훈張勳을 대장군으로 삼아 군사 4만을 준 다음, 서주·소패·기도沂都·낭야瑯琊·하비下邳·준산浚山의 일곱 방향으로 나눈 칠로군七路軍을 편성하여 출정시켰다. 원술도 자칭 근황군이라 이름 지은 1만의 군사를 거느리고 나섰다. 여포는 원술이 거병했다는 소식을 듣고 신속히 참모들을 불러모아 대책을 협의했다. 진궁이 말했다.

"원술이 침공해오는 것은 진규와 진등 부자가 조조에게 벼슬을 받아서 마치 우리가 조조와 매우 가까운 듯한 인상을 주었고, 혼인을 위해 보낸 원술의 사신까지 죽인 때문입니다. 그러니 이제라도 진규와 진등을 죽여 수급을 보내면 원술은 철군할 것입니다."

이 말을 듣자 진등이 뭘 모른다는 듯 반박했다.

"필요 이상으로 겁을 먹고 계신 것 아니오? 원술군은 강해 보이지만 허세에 지나지 않습니다. 내가 보기엔 쥐새끼들의 진군일 뿐입니다."

여포가 이 말을 듣고 물었다.

"무슨 좋은 계책이 있으면 말해보라. 그러면 진궁의 말은 못 들은 것으로 하겠다."

진등이 기다렸다는 듯 대답했다.

"지금 하비성 쪽으로 침공하고 있는 한섬과 준산 방면으로 쳐들어오고 있는 양봉을 아군으로 투항시키는 것입니다. 그러면 장군의 전력이 적의 전력과 대등하게 되거나 우세해집니다. 정병으로 지키고 기병으로 공격한다면 승리는 아군의 것입니다."

"아니, 양봉과 한섬을 무슨 계책으로 투항시킨다는 말인가?"

"한섬과 양봉은 지금은 원술 휘하 장수이지만, 한나라의 신하입니다. 그들은 천자를 낙양으로 모시고 오는 데 혁혁한 공훈을 세운 사람들입니다. 누구보다도 조정에 대한 충성심이 강한 사람들이지요. 그들은 다만 조조가 싫어 달아났으나, 몸을 의탁할 곳이 없어 잠시 원술 곁에 있을 뿐입니다. 들리는 소문으로는 원술도 이들을 항장降將으로 분류하여 항상 차별한다고 합니다. 더구나 원술이 황제를 참칭하고 있으니 양봉과 한섬은 원술을 대역무도하게 여기며 속으로는 증오하고 있을 게 뻔합니다. 장군께서 이들에게 은밀히 친서를 보내신다면 어찌 투항하지 않겠습니까?"

여포가 진등의 계책에 따르기로 하자, 진등이 사자로 나서기를 자청했다. 한섬이 군사를 이끌고 하비에 도착해 진을 치고 있을 때, 진등이 한섬의 진지를 찾아왔다. 한섬은 여포의 참모인 광릉 태수 진등이 왔다는 소리를 듣고 놀랐지만 일단 그를 안으로 불러들였다.

"당신은 여포 휘하에 있는 참모인데, 어찌하여 나를 찾아왔소?"

진등은 한섬의 말에 빙긋 웃으면서 대답했다.

"장군께서는 왜 저를 여포의 사람이라고 하십니까? 저는 광릉 태수로 한나라의 벼슬을 받은 사람입니다. 오늘 제가 장군을 찾아온 것은 본디 한의 신하였던 장군께서 대역무도한 반역자의 편에 계신 것이 안타까워서입니다. 장군께서 지난날 관중에서 천자를 지킨 공은 만천하가 다 아는 사실입니다. 그런데 이제는 제놈의 분수도 모르고 감히 황제를 참칭하며 천둥벌거숭이로 날뛰는 자를 돕고 있으니 참으로 장군을 위하여 슬픈 일이오. 설령 장군이 이 싸움을 승전으로 이끈다 해도 그것이 장군께 도움이 될 것 같습니까? 원술은 원래 의심이 많은 사람으로 소문이 나 있습니다. 장군은 항장 출신이니 훗날 반드시 화를 면치 못할 것입니다. 지금도 늦지 않았으니 지난 일을 뉘우치고 조정의 신하로 다시 돌아온다면 장군께서는 화도 면하시고 이름도 더럽히지 않게 될 것입니다."

이 말을 들은 한섬은 깊은 한숨을 몰아쉬었다.

"나 역시 내 처지를 생각하면 기가 차오. 한 황실로 돌아가고 싶은 마음 간절하지만 답이 없으니 이러고 있는 것 아니겠소?"

이때 진등이 여포의 친서를 내밀었다. 한섬은 그 밀서를 꼼꼼히 읽고 말했다.

"여장군과 조정의 뜻을 알겠소. 진공은 먼저 돌아가 계십시오. 나는 준산에 주둔하고 있는 양봉 장군과 함께 군대를 돌려 원술군을 반격하겠소. 내가 불을 질러 신호를 올릴 것이니 여포 장군에게 그때를 맞추어 협공하라고 하시오."

한섬에게 다녀온 진등의 말을 듣고 여포는 기뻐하면서 전군에 출전 명령을 내렸다. 먼저 여포는 원술에 맞설 칠로군을 편성했다. 하비와 준산은 각각 한섬과 양봉이 맡은 셈이 되었으니 나머지는 진등 · 위속 · 장요 · 고순이 한 방면씩 군사를 이끌고 나가 대응하고, 서주성의 대로는 여포가 직접 군대를 거느리고 격파한다는 계산이었다. 이로써 원술군은 오로군五路軍이 되고 여포군은 칠로군이 되었다.

원술을 물리치는 여포. 무용을 과시하는 여포의 말발굽 아래 예스러운 한나라 갑옷을
입은 병사들이 쓰러지고 있다. 기존 명문가의 도련님이었던 원술은 시대의 변화를
따라잡을 수 없었기에 그의 '제국'은 한낱 해프닝으로 그치고 만다.

협공을 하기로 약속한 날 새벽 2시가 가까워졌을 때, 드디어 한섬과 양봉은 도처에 불을 질러 신호를 보냈다. 여포는 때를 맞추어 진격명령을 내리고 자신도 군사를 이끌고 적군 속으로 쳐들어갔다. 적장 장훈의 군대는 벌집 쑤셔놓은 듯 혼란에 빠졌다. 어디서 몰려왔는지 알 수도 없는 군사들이 갑자기 공격해오자 맞서 싸울 엄두도 못 내고 군대를 철수시키기 바빴다. 여포군은 승세를 몰아 닥치는 대로 적의 병사들을 잡아죽이자 장훈은 어쩔 수 없이 나머지 군사를 이끌고 멀리 달아났다.

승기를 잡은 여포는 동녘 하늘이 훤히 밝아올 때까지 장훈의 군대를 끈질기게 추격했다. 밤새도록 도망을 가느라 지친 장훈의 군대가 여포의 군사들에게 덜미를 잡히려는 순간, 정체 모를 한 떼의 군사가 함성을 지르며 폭풍처럼 몰려왔다. 멀리서 보니 마치 천자의 나들이 행렬처럼 깃발이 숲을 이루고 있었는데 때마침 불어오는 바람에 용과 봉, 해와 달을 그린 깃발은 물론 알록달록한 오색 깃발들이 줄지어 펄럭였다. 여포가 추격을 멈추고 자세히 보니 천자의 행차를 알리는 금빛 철퇴와 은빛 도끼가 찬란하게 빛나고 있었으며 투명한 아침 햇살 속에서 황제의 일산 日傘(양산)이 움직이고 있었다. 여포를 향해 다가오는 일산 아래로 금빛 갑옷과 투구로 무장한 원술이 양 손목에 칼자루를 묶은 채 보란 듯이 말 위에 앉아 있었다. 원술은 여포를 보자 큰 소리로 외쳤다.

"이놈아, 아무리 오랑캐놈이기로서니 어

찌 제 주인을 죽이고 하늘을 보느냐? 그러고도 네가 인간이냐? 당장 무기를 버리고 투항하라!"

마치 황제라도 된 양 거들먹거리며 거만을 떠는 원술을 보자 여포는 기가 차서 말이 제대로 나오지 않았다. 여포는 바로 창을 휘두르며 원술을 향해 돌진했다. 그러자 원술의 부장 이풍李豊도 창을 꼬나든 채 자신의 기병을 이끌고 제일 앞장서서 여포를 맞아 싸웠다. 그러나 이풍의 기병은 여포가 단련시킨 최강의 기병을 당해낼 수 없었다. 이풍은 자신의 기병으로는 도저히 여포를 당해낼 수가 없자 창을 버리고 달아났다. 여포의 기병은 달아나는 적군을 쫓아 바람처럼 원술의 진영으로 쳐들어가서 닥치는 대로 창칼을 휘둘렀다. 그러자 원술군은 제대로 대항 한번 못 해보고 무너졌다.

여포의 기병이 한바탕 지나간 자리에는 수많은 원술군의 시체와 피비린내가 가득했다. 땅바닥에는 원술군이 버리고 간 군마며 갑옷 등이 널브러져 있었고 원술이 자랑하던 황제의 휘장과 부서진 일산, 찢어진 용과 봉, 해와 달을 그린 깃발은 물론 금빛 철퇴며 은빛 도끼가 주인 없이 이리저리 흩어져 뒹굴었다. 여포의 기병은 순식간에 적군의 주력을 와해시킬 정도로 신속하고 막강했다. 원술은 출전 당시의 패기는 아랑곳없이 겨우 얼마 남지 않은 부하들을 거느리고 회남으로 달아났다.

여포는 원술군에 대승한 후 한섬에게는 기도 목사의 직위를, 양봉에게는 낭야 목사 직위를 내렸다. 그런 후 이 두 사람을 자기 옆에 두고 싶어 그들을 서주에 머물게 하는 것이 어떻겠냐고 참모들에게 물었다. 그런데 진규가 극구 반대를 하고 나섰다.

"그건 안 될 말씀입니다. 한섬과 양봉이 누구입니까? 과거에 천자를 호위해온 사람입니다. 조조와 능히 대적할 만한 사람들인데 그들이 서주에 머무른다면 채 1년도 못 가서 서주는 물론이고 이 산동 땅 전체가 그들 두 장수의 손아귀에 들어가게 될 것입니다."

여포도 그 말이 일리가 있는 것 같아 진규의 말대로 한섬·양봉에게 우선 기도와 낭야에 목사로 있으면서 천자의 정식 발령이 있을 때까지 기다리라는 명령을 내렸다. 나중에 진등이 진규에게 물었다.

"차라리 한섬과 양봉을 서주에 머물게 하여 그들이 여포를 죽이도록 유도할 수 있었을 텐데요?"

"그럴 수도 있겠지만 한섬과 양봉은 조승상을 원수처럼 생각하니 혹시라도 이들이 여포 편이 되어 한 덩어리가 된다면 호랑이에게 날개를 달아주는 격이 될 것이다."

진등은 아버지의 앞을 내다보는 안목에 다시 한번 놀랐다. 한편 크게 패해 돌아온 원술은 군사력이 크게 축나자, 손책에게 사람을 보내 전에 빌려준 군사를 반환해달라고 요청했다. 원술이 보낸 사신의 부탁을 들은 손책은 가당찮다는 듯 소리쳤다.

"흥! 내가 맡겨둔 옥새로 황제라도 된 양 거들먹거리더니, 이제 와서 군사를 돌려달라고! 조정을 배반한 역적을 내가 치려는 판에 뭘 몰라도 한참 모르시는구먼."

이 말을 듣자 사자가 몹시 억울한 듯 호소했다.

"장군, 과거의 일을 잊으셨습니까? 저희 주군께서 얼마나 장군을 아끼셨습니까? 그분께서는 장군을 친아들보다 귀하게 여기시고 많은 군량과 병마를 지원하여 오늘날 강동의 주인이 되게 하셨습니다. 주군의 은공 없이 어떻게 강남의 더 넓은 땅을 아우를 수 있었겠습니까? 만약 장군께서 강동을 평정하실 때 저희 폐하께서 조금이라도 간섭을 하여 군병을 파견했으면 지금의 강동 땅은 모두 저희 폐하의 땅이 되었을지도 모를 일입니다. 옛 정을 생각하시어 병마를 돌려주심이 당연하다고 생각됩니다."

손책이 이 말을 듣자 벼락같이 화를 내며 쏘아붙였다.

"그렇다면 이놈아, 내게 옥새부터 들고 와야 병마를 주든지 말든지 할 것이 아니냐? 어디서 망발을 지껄이느냐!"

원술의 사자를 쫓은 손책은 원술이 자신의 청을 물리쳤다는 구실을 대고 반드시 쳐들어오리라 생각하고 무호·단양·우저·곡아 등 장강을 끼고 있는 지역의 방비를 철저히 하라고 명했다.

이때 조조는 원술이 여포군에게 대패했다는 소식을 듣고 이 기회에 원술의 힘을 완전히 꺾어놓기로 작정했다. 그는 손책에게 사자를 보내 회계 태수의 벼슬을 내리면서 군사를 일으켜 원술을 치라는 명령을 내렸다. 조정으로부터 벼슬을 받은 손책은 크게 기뻐하며 응분의 답이 필요하다고 생각하고 참모들을 불러 이에 대한 대책을 논의했다. 장소가 입을 열었다.

"원술이 이번 싸움에 패하긴 했으나, 그의 군사와 군량이 무시할 만큼 약해진 것은 아닙니다. 결코 가벼이 여겨서는 안 됩니다. 차라리 조조에게 편지를 띄워 그가 먼저 원술을 공격하면 우리가 협공을 하는 것이 좋겠다고 하십시오. 우리는 장강을 끼고 있어서 군대를 이동시키는 데는 많은 군선이 필요하다고 둘러대시면 될 것입니다. 조조의 뜻대로 우리가 단독으로 원술을 공격한다면 위험 부담도 크고 또한 이긴다 해도 회남은 조조가 다스릴 것이니 우리에게 득될 것이 없습니다. 그런데 조조와 협공하여 싸운다면 원술을 제거한다는 목표는 확실하게 이룰 뿐 아니라 혹 일이 잘못된다 해도 조조가 우리편이 될 것이니 안전하지 않겠습니까?"

손책은 장소의 진언에 따라 협공을 제안하는 내용의 편지를 조조에게 보냈다. 조조는 손책의 회신이 마음에 들지 않았으나 일단 '그러겠다'고 한 후 며칠을 망설이고 있었다. 이때 원술의 동향을 알리는 보고가 날아들었다. 지금 원술은 군량미가 바닥나 진류 땅으로 군량미를 조달하러 떠났다고 했다.

조조는 절호의 기회라 생각하고 곧 원술을 칠 준비를 갖췄다. 허도는 조인에게 맡기고 스스로 군사 5만, 군량 200여 수레를 이끌고 원술을 정벌하러 나서는 한편, 손책·유비·여포에게 친서를 보내 원술을 협공하도록 지시했다. 때는 가을로 접어들고 있었다.

조조가 군사를 이끌고 예주와 장주가 만나는 지점에 이르자 유비가 미리 그곳에 와 있다가 조조를 맞이해 바로 자신의 진지로 안내했다. 조조가 상석에 앉자, 유비가 두 사람의 수급을 내어놓았다. 조조가 놀라서 물었다.

"아니, 누구의 머리요?"

"네, 한섬과 양봉입니다. 이들은 승상에 반대하여 원술에게 간 자들입니다. 그러다 일전에 원술군을 거느리고 여포 장군을 치러 왔다가 투항하여 여장군이 이들에게 기도와 낭야를 다스리게 했는데, 그곳에서 말로 다할 수 없는 민폐를 끼쳤다고 합니다. 보다못한 진등이 제게 와서 차라리 이들을 없애는 것이 낫겠다며 도움을 청하기에 관우와 장비를 보내 죽였습니다."

조조는 기분이 좋아져 유비를 치하했다.

"잘하셨소. 그들은 이 나라의 앞날에 걸림돌이 될 자들이었소."

그러면서 그는 진규의 위계가 대단하다며 혀를 내둘렀다. 조조는 속으로 이 일은 결코 진등이 할 수 없는 일이며 책략에 노련한 진등의 부친 진규가 사주했음이 틀림없다고 생각했다. 한섬과 양봉을 죽여야만 앞으로 여포를 없애는 것도 쉬워지니 조조 입장에서는 기쁘고 다행한 일이었다. 어쨌거나 한섬과 양봉은 고지식하여 판세를 읽는 데 서툴렀다. 천하의 군웅들이 손바닥을 뒤집는 것처럼 이합집산을 되풀이하는 어지러운 시대에 두 사람은 이간계의 희생물이 되기에 알맞았던 것이다.

조조와 유비의 군사가 나란히 서주의 경계에 다다르자 여포가 마중을 나왔다. 조조는 좌군 지휘는 여포에게, 우군 지휘는 유비에게 맡기고 자신은 중군을 맡았다. 또 하후돈과 우금을 선봉장으로 내세워 원술을 공격하라고 영을 내렸다. 조조의 대군이 원술을 공격한다는 말을 듣자 손책도 이에 편승해 신속히 강을 건너 회남 땅 서쪽으로 이동하기 시작했다.

여포의 버릇을 고치려고 거병을 했던 원술은 이제 동으로는 여포, 남으로는 유비, 북으로는 조조의 5만 대군을 맞아 싸우게 되었다. 사방에서 달려드는 적에게 공격을 당하게 된 원술은 분하고 난감하여 잠을 이룰 수가 없었다. 그는 부랴부랴 막사로 참모들을 불러 위급한 사태를 타개할 계책을 내놓으라고 닦달했다. 양대장이 먼저 말했다.

"지난번 패전 이후 우리 군은 아직 제대로 힘을 복구하지 못하고 있는 상태이며 이곳 수춘은 계속된 홍수와 가뭄으로 굶어 죽는 백성들도 많습니다. 이 마당에 군사를 동원해 백성들의 마음을 어지럽게 한다면 그들의 원성이 높아질 것은 당연합니다. 그러니 우리는 굳이 군사를 일으켜 싸울 필요가 없다고 생각합니다. 대병이란 강해 보이지만 군량미 문제를 생각한다면 허점이 없는 것이 아닙니다. 우리가 굳이 싸우지 않고 성만 지키고 있어도 적들은 군량 조달 문제에 부딪혀 곤란을 당할 것입니다. 장군께서는 친위대를 거느리고 잠시만 회수를 건너가 계십시오. 첫째로는 서두르지 않고 힘을 비축해야 하며, 둘째로는 일단 소나기를 피하는 게 상책입니다.”

원술은 양대장의 말이 맞는 것 같아 이풍·악취·양강·진기 네 장수에게 군사 2만을 주어 성을 지키도록 했다. 그리고 자신은 남은 1만의 병력을 이끌고 회수를 건넜다.

한편 수춘성을 포위한 조조는 총공세를 펼쳐 단시간에 결말을 내려 했으나 원술군이 성문을 굳게 잠근 채 나와 싸우려 하지 않자 뾰족한 수가 생기지 않았다. 5만이나 되는 군사가 매일 먹어치우는 엄청난 양의 군량미를 도저히 당해낼 수 없자 조조는 시간이 흐를수록 안절부절못했다. 수춘 지역은 요 몇 해 동안 기근이 심해 주변에서 곡식을 긁어모아 봤자 오래 가지 못할 게 뻔했다. 그러던 중 하루는 조조가 심복들에게 투덜거렸다.

“원술이란 놈은 이처럼 백성들이 기근으로 굶어 죽어가는 판에도 황제 위에 오르려 혈안이 되어 있었으니, 그런 자가 중원을 책임진다고? 참으로 가당치도 않군.”

곽가가 옆에서 거들었다.

“세상에 대권에 눈먼 사람이 어디 원술뿐이겠습니까? 누구나 용이 되고 싶어하는 것이지요. 그러나 천자가 되고 싶다고 해서 되는 것도 아니요, 떠들고 다닌다고 운이 오는 것도 아닙니다. 마음을 비우고 때를 기다리며 도량을 키우고 덕을 쌓는 것이 중요합니다. 승상께서는 자질이 충분하시니 백성들을 돌보는 일에 마음을 기울이시면 천하는 반드시 승상께로 향할 것입니다.”

곽가가 그렇게 말해주니 조조는 답답하던 차에 잠시나마 위안을 얻는 기분이 들었다. 그러나 곽가와 함께 막사에서 나온 조조가 군영을 돌아보기 위해 발길을 옮기기가 무섭게 군수담당관으로부터 언짢은 소식이 전해졌다. 병졸들에게 끼니가 제대로 공급되지 않아 곳곳에서 불평이 터져나오고 있다는 보고였다.

'전투를 벌였으면 벌써 끝냈을 일을 아직도 이러고 있으니 큰일이다. 이 기근에 앞으로 또 어떻게 군량미를 보급한단 말인가. 전투 기간이 길어지면 우리는 고립되고 만다. 그리고 5만 대병의 군량을 조달할 방법도 없다. 결론은 속전속결이다'

초조해진 조조가 각 진영에 명을 내렸다.

"앞으로 사흘 이내에 성을 부수고 들어가 적을 쳐없애지 못하면 모두 목을 베겠다."

조조는 먼저 모든 부대에 흩어져 있는 원융노元戎弩(화살을 한꺼번에 쏘는 지금의 다연발 로켓포)를 성루나 망루에서 떨어진 곳에 집중 배치하라 명했다. 설령 원술군이 공격한다 해도 많은 인원이 모이기 힘든 곳에 있는 해자를 먼저 메우고 그 메우는 과정에서 집중적으로 엄호 사격을 하게 했다. 해자를 메우는 작업은 조조가 직접 지휘했다. 조조가 커다란 방패를 우산처럼 받치고 나서서 이 일을 진두지휘하자 병사들도 힘을 얻어 작업에 더욱 열성을 보였다.

그리고 유비와 손책, 여포의 군대도 이 같은 방법으로 성을 공격하기 시작했다. 드디어 해자가 완전히 메워지고 성벽을 부수는 아골차와 성벽 위를 오를 때 쓰는 사다리인 운제가 성벽에 걸쳐졌다. 그러자 쇠가죽 갑옷을 입은 선봉대가 성벽을 오르기 시작했고, 성 주변의 하늘은 성벽을 오르는 병사들을 엄호하기 위해 집중적으로 쏘아대는 원융노의 화살로 뒤덮였다.

조조군이 대공세를 취하며 성벽으로 몰려오는 것을 본 이풍은 크게 당황했다. 군량미가 바닥나면 적이 물러갈 것으로만 기대하고 있던 원술군은 사방에서 파도처럼 조조군이 밀려오자 별다른 항전도 못하고 떼지어 성루 아래로 도망치기 시작했다. 조조군 중의 하나가 성 문지기의 목을 베고, 걸어 잠근 자물쇠를 부수자 군사들은 터진 봇물처럼 성안으로 진격해 들어갔다. 원술의 부장 이풍·진기·악취·양강은 제대로 항전해보지도 못하고 모두 포로가 됐다. 조조는 이들을 시가지에 끌어내 목을 쳐 죽이도록 명을 내리는 한편, 원술이 건립한 대궐과 궁전을 모조리 불살라버렸다. 조조는 원술군을 진압한 이후에 여세를 몰아 회수를 건너 원술의 남은 군사까지 격파하려 했다. 그러나 순욱이 이를 말렸다.

"이번 전투에서 우리 군은 굶주린 배를 안고 사력을 다해 싸웠습니다. 지금 이들은 극도로 피로한 상태입니다. 그리고 최근 해마다 흉년이 들어 군량미를 구하기 어려운 형편입니다. 수춘성은 원술의 본거지로 이미 원술은 결딴이 난 것이나 다름없습니다. 그러니 잠시 허도로 돌아갔다가 보리가 여무는 봄을 기다려 충분한 군량을 갖춘 다음에 다시 일을 도모하는 것이 좋을 듯합니다."

조조가 결정을 내리지 못하고 주저하고 있을 때, 전령이 뛰어들어와 가쁜 숨을 몰아쉬며 보고했다.

"유표에게 달아났던 장수가 다시 군사를 모아 지금 남양·강릉 등의 여러 성을 공격하고 있습니다. 조홍 장군께서 그들을 막아 싸웠으나 역부족으로 패하고 말았습니다."

조조는 곧 손책을 불러 군사를 형주로 들어가는 맥성麥城 쪽으로 이동시켜 맥성의 강 건너편이나 강어귀에 진을 친 후 유표가 경거망동하지 않도록 조치해달라고 청했다. 전쟁을 치를 필요는 없고 단지 유표가 천자가 있는 허도를 공격하지 않도록 막기만 하면 된다는 것을 분명히 했다. 손책은 손책대로 원술이 쫓겨간 마당이므로 형주의 사정과 지형도 파악할 겸 수하 장수들을 시켜 군사 5천여 명을 맥성 쪽으로 보내겠노라고 했다.

조조는 장수 문제는 달리 대책을 세우기로 하고 우선 허도로 회군할 것을 결정했다. 유비에게는 소패를 지키게 하고 여포에게는 '형제처럼 유비를 도와주라'는 말과 함께 여포를 서주로 철수시켰다. 여포가 떠나고 조조는 따로 유비를 불러 말했다.

"유공이 소패에 머물도록 한 것은 굴갱대호堀坑大虎, 즉 함정을 파고 호랑이를 기다리자는 계략이오. 무슨 뜻인지 아시겠지만 여포를 두고 하는 말이오. 혹 무슨 일이 생기면 꼭 진규 부자와 대책을 협의하도록 하시오. 그러면 곤경을 피할 수 있을 것이오."

유비는 조조에게 그렇게 하겠다고 대답하고 군대를 이끌고 소패로 떠났다.

조조는 다시 허도로 돌아왔다. 그곳에는 눈엣가시와 같은 적장들을 없앤 반가운 소식이 기다리고 있었다. 단외段煨와 오습伍習이 각기 이각과 곽사의 목을 베어 그 수급을 조조에게 바쳤던 것이다. 그뿐만 아니라 단외는 이각의 친지와 가족 200여 명도 붙잡아 허도로 끌고 왔다. 조조는 이각의 일족들을 모두 성문 밖으로 끌어내 목을 베게 했다. 이로써 장안과 낙양에 이르는 곳에서 조조에게 반항하는 세력들을 모두 제거한 셈이 됐다.

조조가 이각과 곽사의 잔당들을 모두 제거했다는 말을 들은 헌제는 어전으로 나아가 문무백관을 불러 성대하게 잔치를 베풀었다. 헌제는 또한 조조의 청을 들어 단외는 도적을 모두 소탕한 탕구장군蕩寇將軍으로, 오습은 진로장군鎭虜將軍으로 봉해 장안을 지키도록 했다. 서기 198년 4월의 일이었다.

　한창 보리가 여물어갈 무렵, 조조는 장수를 치기 위해 3만여 명의
군사를 이끌고 다시 허도를 떠났다. 헌제는 친히 궁궐 밖까지 조조군
을 전송하며 그들의 무훈을 빌었다. 조조의 군사들이 허도를 떠나 남
양南陽 땅을 향해 계속 행군하고 있는데 길가에는 보리가 한창 익어
가고 있었다. 그런데 누구 하나 나와서 보리를 베는 사람이 없었다.
젊은이 노인 할 것 없이 조조군이 도로를 점거하고 지나가는 모습을
보고는 피해갈 뿐이었다. 조조는 마을 어귀에서 겁먹은 노인들을 살
피고는 가는 곳마다 영을 내렸다.

　우리는 천자의 명으로 역적을 소탕하여 백성들이 편안하게 생업에
종사할 수 있도록 출병하는 것이다. 전군은 일체의 민폐가 없도록 각별
히 조심하라. 지금은 보리를 타작할 시기이니, 진군이나 행군할 때 모든
군사는 보리밭을 밟지 말라. 만약 보리밭을 밟는 자는 누구를 막론하고
목을 벨 것이다.

　조조가 백성들을 위해 이 같은 영을 내렸다는 소식에 마을 사람들
은 입을 모아 조조를 칭송했으며 바야흐로 팔을 걷어붙이고 나와 보
리 베기에 열을 올렸다.
　진군중인 병사들은 보리밭을 지날 때마다 모두 말에서 내려 보리
밭을 손으로 헤치면서 앞으로 나아가고, 발 앞에 축축 늘어진 보리들
이 다치지 않도록 일일이 보리밭 쪽으로 넘기면서 앞으로 나아갔다.
그런데 조조가 보리밭을 피해 말을 타고 행군하던 중에 보리밭 속에
앉아 있던 비둘기 한 마리가 조조가 타고 가던 말의 눈을 스치고 날
아가 버렸다. 그 바람에 말이 놀라 갑자기 보리밭으로 뛰어들어 보리

밭을 온통 들쑤셔놓고 말았다. 조조가 침착하게 말의 고삐를 잡고 보리밭을 나왔으나 보리밭의 한 이랑은 쑥대밭이 돼버렸다. 조조는 곧 행군의 책임을 진 행군주부行軍主簿를 불러, 자기가 보리밭을 밟은 죄를 졌으니 군령에 따라 이를 처리하라고 했다. 행군주부는 놀라 당황하며 주저했다.

"제가 어떻게 승상의 죄를 감히 물을 수 있겠습니까?"

"법은 지키기 위해 만드는 것이다. 내가 만든 법을 내가 어겼으니 그에 합당한 대가를 치르는 것은 당연한 일이다. 나라고 예외가 된다면 어떻게 군사들에게 법을 지키라 할 수 있겠느냐?"

조조는 결심한 듯 허리에 찬 칼을 뽑아 목에 겨누고 자결할 듯한 시늉을 했다. 이 광경을 보고 있던 장수들이 모두 달려와 조조의 칼을 빼앗고 말렸다. 곽가가 나서서 주변에 들으라는 듯 말했다.

"『예기禮記』에서 말하기를 예禮는 서민에게 내려가지 않고 형刑은 대부 이상 올라가지 않는다고 했습니다. 대군을 책임지고 계신 승상께서 어찌 그리 쉽게 스스로 목숨을 끊으려 하십니까?"

조조가 말이 없자, 곽가가 다시 소리를 높였다.

"지금 승상께서는 천자를 대신하여 천하를 바로잡으시려고 군을 일으키셨습니다. 따라서 승상께서는 사사로이 소풍을 가시는 것이 아니라 대군을 통솔해야 할 막중한 임무를 맡고 계십니다. 대군의 생사는 승상의 안위에 직결되어 있습니다."

조조는 깊은 생각에 잠긴 듯하다가 고개를 들었다.

"굳이 그렇다면 나는 겨우 죽음만은 면할 수 있겠구나."

그렇게 말하고는 들고 있던 칼로 자신의 상투를 잘라버렸다.

"이것으로 내 목을 벤 것을 대신하겠다."

조조에게서 상투를 건네받은 행군주부는 모든 장병들에게 들어 보이며 크게 외쳤다.

"승상께서 보리를 밟으신 죄로 목을 베라고 하셨으나, 전시중이라 이렇게 상투를 잘라 대신했다. 전군은 승상의 깊은 뜻을 명심하라."

이 광경을 본 군병들은 이후 더욱 군율을 잘 지켰다. 조조의 군대는 계속 진군하여 이윽고 남양 가까운 곳에서 진을 치고 장수군과 대치하게 되었다. 장수가 말을 달려 앞으로 나와 조조에게 손가락질하며 꾸짖었다.

"조조 이놈아, 너는 인륜도 모르는 양가죽을 쓴 이리다. 무슨 낯짝으로 또 군사를 동원했느냐?"

조조는 머리끝까지 화가 나 허저에게 당장 장수의 목을 치라고 했다. 장수 역시 부하 장선張先에게 허저를 맞아 싸우게 했다. 그러나 장선은 허저의 칼을 맞고 즉사했으며 조조군은 그 여세를 몰아 장수의 대군을 대파했다. 장수군은 서둘러 남양으로 달아났고, 조조는 군사를 몰아 남양성 아래까지 추격했다. 남양성으로 들어간 장수는 성문을 굳게 닫고 더 이상 응수하지 않았다.

조조군은 남양성을 포위하고서도 성 주변의 해자가 너무 넓고 깊어 이내 공격하지 못한 채 2, 3일을 흘려보냈다. 조조는 말을 타고 남양성 주위를 세심히 살펴보았다. 성의 동남쪽이 문루와 망루에서 멀리 떨어져 있고, 성벽이 비교적 허술한데다 성안의 물길이 밖으로 나가는 곳이므로 이곳을 메우고 한쪽 벽을 부수면 성안으로 침투해 들어갈 수 있을 듯했다.

조조는 군사들에게 밤에는 흙 포대를 동남쪽 근방에 모아 해자를 메우도록 하고 날이 밝으면 서북쪽에 군사를 보내 축대를 쌓아 그곳에 오르도록 지시했다. 그런데 가후가 조조의 이 같은 동향을 일일이 지켜보고 있다가 장수와 함께 성루에 올라 말했다.

"지난 며칠 동안 유심히 살펴보니 조조의 속셈을 알겠습니다. 그는 틀림없이 남양성의 동남쪽 모서리가 허술한 것을 알고 그곳을 공격하기 위해 흙 포대를 쌓아두고 있습니다. 그러면서 낮에는 오히려 서북쪽을 칠 듯이 그곳에 엉터리 망루를 쌓고 노弩를 설치하는 등 눈가림을 하고 있습니다. 상대가 꾀를 부리면 우리도 꾀로 답할 수밖에요."

"조조가 변칙에 능하다는 것은 일찍부터 알고 있었소. 그래 대책이 있겠소?"

"크게 어려운 일이 아닙니다. 내일 오전에 정예병들을 차출하여 배불리 먹인 후, 밤이 되면 몰래 동남쪽에 매복시켰다가 그곳으로 들어오는 조조군을 포위하여 섬멸하면 됩니다."

"군인들을 모두 그쪽으로 몰고 가면 나머지 성벽은 어떻게 지켜야 하오?"

"일반 백성들을 군사로 가장시켜 서북쪽을 지키는 시늉을 하면 됩니다. 어차피 조조는 서북쪽에는 관심이 없는데다 그쪽은 성벽이 견고하고 해자도 깊어서 들어올 수가 없습니다. 그래서 적병이 야음을 틈타 동남쪽으로 올라오면 폭죽을 신호로 복병들이 일시에 기습하는 것입니다. 그러면 조조군을 격파하는 것은 물론 조조까지 사로잡을 수 있을 것입니다."

장수는 가후의 말을 듣고 몹시 만족하여 그대로 실행에 옮겼다. 조조의 정탐꾼이 급하게 말을 몰아와서 보고했다.

"장수는 서북쪽을 방비하느라 모든 군사들을 그쪽에 집중적으로 배치하여 동남쪽은 허술한 상태입니다."

조조는 자신의 예상이 맞아떨어졌다고 내심 기뻐하며 운제는 서북쪽으로 옮기고 아골차는 모두 동남쪽으로 옮기라고 명했다. 그리고 군대를 둘로 나누어 낮 동안은 서북쪽을 공격하다가 밤이 되면 그 중 정예병들은 동남쪽에 집결하여 일부는 수로를 타고 성안으로 들어가서 방어하고, 나머지는 아골차들로 성을 부수고 진입하라고 명령했다.

드디어 밤이 되었다. 조조군은 조조의 계책대로 동남쪽을 집중 공격해 들어갔다. 아골차가 성을 부수기 시작했으나 장수군의 움직임은 나타나지 않았다. 허술한 성벽의 일부가 무너지기 시작했고 그 틈새로 조조군이 성안으로 진입해 들어갔다. 상당수의 군사들이 성안으로 들어가던 중에 갑자기 폭죽 터지는 소리가 난무하더니 이곳 저곳에서 장수의 복병이 나타났다. 성안에 진입한 조조군은 이들에게 완전히 포위되어버렸다. 곧이어 장수군의 복병들이 공격해오자 조조의 군사들이 성안으로 침투했던 좁은 길로 서로 빠져나가기 위해 아귀다툼을 벌이면서 수많은 사상자가 났다.

조조는 성안에 진입했던 병사들이 떼죽음을 당했다는 것을 알고 달아나려 했으나 장수가 성문을 나와 적교를 내리고 조조군을 공격해왔다. 안과 밖에서 두서없이 공격을 당하자 조조는 어쩔 수 없이 군대를 10리 밖으로 철수시켰다. 겨우 정신을 차린 조조가 패잔병들을 점검해보니 살아남은 자가 겨우 2만여 명이었고 많은 군량미와 무기는 장수군의 수중에 들어가버렸다.

조조군이 물러갔다는 보고를 받은 가후는, 장수를 찾아가 유표에게 급히 편지를 띄워 안중安衆에서 철수하는 조조군을 격파하라고 일렀다. 장수의 편지를 받은 유표가 군사를 일으켜 안중을 향해 군대를 몰아가려고 하는데 부하 하나가 손책군이 맥성 부근에서 강어귀에 진을 치고 지키고 있으니 함부로 출병하는 것은 위험한 일이라고 말렸다. 이때 유표의 참모인 괴량이 말했다.

"염려하실 일이 아닙니다. 손책의 군대가 맥성 부근에서 진을 치고 있는 것은 분명 조조의 간계에 의한 것입니다. 우리가 출병한다 해도 손책의 군대는 형주로 들어올 리 없습니다. 손책과 우리는 원수진 일도 없고 손책은 이곳 지리에 익숙지도 못합니다. 그러니 많은 군사를 동원하지 않더라도 손책의 군대를 막을 수 있습니다. 지금 패하고 달아나는 조조를 잡지 못하면 틀림없이 나중에 그에게 당할 것입니다."

유표는 괴량의 말에 따라 황조에게 맥성을 굳게 지키라고 지시하고 스스로 군사를 이끌고 조조의 퇴로를 끊기 위해 안중현으로 떠났다. 한편 조조는 패하여 돌아가는 처지인데도 느긋하게 행군하고 있었다. 이들이 양성을 지나 육수에 이르렀을 때 그는 군대의 행군을 중지시키고 말에서 내리더니 갑자기 통곡을 했다. 부하들 중 하나가 그 이유를 묻자 조조는 울음을 멈추고 말했다.

"이곳은 작년에 대장 전위를 잃었던 바로 그곳이다."

조조는 군사들을 이곳에 주둔하게 하고 제단을 만들어 전위를 위한 제사를 올렸다. 정성스럽게 향을 사르고 술을 부어 절을 올리는 조조의 모습을 지켜보던 사람들은 모두 숙연해졌고 조조의 부하 사랑에 감동했다. 조조는 전위의 제사를 마친 후 자기를 위해 죽은 조카 조안민, 아들 조앙, 그리고 전장에서 전사한 이름없는 병사들이며 자기의 생명을 끝까지 지켜준 애마를 위해서도 제사 지냈다.

다음날 순욱이 보낸 전령이 급하게 말을 몰고 와서 유표군과 장수군이 안중현에서 조조군의 퇴로를 차단하기 위해 집결하고 있다고 보고했다. 이 소식에도 불구하고 조조는 오히려 더 태평스럽게 행군했다. 곽가가 영문을 알 수 없어 조조에게 묻자 그는 이렇게 대답했다.

"내가 행군을 더디게 하는 것은 적이 우리를 추격하고 있다는 사실을 몰라서가 아니네. 다 생각이 있으니 두고보게. 안중현에 이르면 반드시 장수나 유표나 모두 쩔쩔매고 달아나게 될 테니……."

조조군이 안중현의 경계에 다다를 무렵, 조조는 기병과 보병 3천여 명만 남고 나머지 군사들은 밤을 틈타 길 옆 산허리에 참호를 파서 매복하고 있으라는 영을 내렸다. 그리고 먼동이 틀 무렵에 조조는 3천여 명의 정병만을 데리고 안중현에 들어섰다. 안중현에 먼저 와서 진을 치고 있던 유표가 조조의 군세를 살펴보니 3천여 명도 안돼 보였다., 유표는 패잔병이거니 판단하고 가후에게 별다른 상의도 없이 바로 말을 몰아 조조군을 공격하기 시작했다.

조조는 마치 기습이라도 당한 양 혼비백산하여 달아나는 척했다. 장수·유표의 연합군은 2만여 군세를 몰아서 조조를 추격했다. 조조는 군사들을 매복해놓은 곳으로 계속 후퇴하다가 적군이 상당수 매복 지역에 들어왔다고 판단되자 일제히 역공할 것을 명했다. 갑자기 허를 찔린 유표·장수의 군대는 거의 절반이 떼죽음을 당하고 말았다.

이번 승전은 조조의 전략이 맞아떨어져 얻은 것이었으나 싸움이 끝날 때까지 조조는 안심하지 못하고 있었다. 상대편에는 불세출의 전략가인 가후가 있었기 때문이다. 그러나 성격이 전혀 다른 두 우두머리의 의견을 하나로 조율하여 전쟁을 치르는 것이 가후의 입장에서는 여간 힘든 게 아니었다. 장수는 매우 직선적인 성격인 데 비해 유표는 이것저것 생각이 복잡한 성격이다 보니 이 둘을 한꺼번에 통제하는 것이 쉽지 않았다.

조조가 그 동안 흩어졌던 패잔병들을 다시 끌어모으니 2만 5천에 가까운 병력이 확보되었다. 장수·유표의 연합군에 대승한 조조는 군사를 이끌고 안중현을 지나 애외隘外에 진을 쳤다. 그때 순욱으로부터 원소가 군사를 일으켜 허도를 공격하러 오고 있다는 소식이 전해졌다. 조조는 몹시 당황하여 그날로 군대를 철수할 준비를 했다. 장수는 조조가 대승을 하고서도 허도로 회군하고 있다는 말을 듣고 그에게 분명 무슨 일이 생겼다고 판단하고 조조의 뒤를 추격하려고 했다. 그러자 가후가 이를 강력히 말리고 나섰다.

"안 됩니다. 지금 조조군을 추격하는 것은 다시금 패배를 부르는 일일 뿐입니다."

가후의 만류에 유표가 화를 내며 말했다.

"조조의 움직임으로 봐서 그는 지금 경황이 없는 게 분명해요. 이런 때를 놓치면 언제 그의 무릎을 꿇리겠소? 기회는 자주 오는 것이 아니니 바로 출병합시다."

장수가 유표의 말에 찬동하자 유표는 바로 1만여 명의 군사를 풀어 조조를 추격했다. 10여 리를 쫓아가자 조조의 후군이 나타났다. 장수와 유표군은 신이 나서 이들을 공격해 들어갔다. 그러나 조조의 후군은 의외로 막강했다. 마치 정병들을 모두 후군에 배치한 듯했고 또 이들은 사력을 다해 싸웠다. 한 발짝도 앞으로 나가지 못하고 병력만 잃게 되자 장수와 유표는 후퇴할 수밖에 없었다. 장수는 돌아와 가후의 말을 따르지 않은 것을 후회하며 그에게 사과했다.

"공의 말을 따르지 않아 또다시 참패를 당했구려."

"패전은 병가에서 흔히 있는 일입니다. 너무 상심하지 마십시오. 이제 시간을 지체하지 마시고 다시 정병을 모아 조조를 추격하십시오."

장수와 유표는 가후의 말에 깜짝 놀라 물었다.

"방금 패해서 돌아온 군대를 이끌고 다시 싸우러 가란 말이오?"

가후가 웃으면서 말했다.

"지금 조조를 추격하신다면 반드시 이길 것입니다. 만일 그렇지 않다면 그때는 저의 목을 베십시오."

장수는 가후의 말에 따라 조조군을 다시 추격하려 했지만, 유표는 믿기지 않는지 군사를 일으킬 의사가 없었다. 할 수 없이 장수는 혼자서 5천여 군사를 이끌고 조조군을 다시 추격하기 시작했다. 장수가 조조군의 후미에 접근해서 보니 이전과는 달리 늙고 쇠약한 병졸들이 후군을 맡고 있었다. 장수는 군대를 세 갈래로 나누어 공격했다. 병사들은 하나같이 오랜 원정으로 사기가 떨어진 듯 싸울 의사가 없는 사람들 같았다. 장수는 힘들이지 않고 조조의 후군을 격파했다. 이들은 바람에 날리는 낙엽처럼 사방으로 흩어지고 많은 병기와 전쟁물자들이 고스란히 장수군에게 노획되었다. 이렇게 예상을 뒤엎고 승리해 돌아온 장수를 본 유표가 가후에게 물었다.

"조조가 철군한다는 것을 알고 우리가 적을 추격한다고 했을 때 공은 우리가 패할 것이라 말렸지요. 그리고 이번에는 패한 군사를 이끌고 추격하더라도 우리 군이 승리할 것이라고 하셨소. 그런데 그 말이 하나도 틀리지 않았으니 도대체 어떻게 된 일이오?"

"이상한 일이 아닙니다. 조조는 상식으로만 전쟁을 치르는 자가 아닙니다. 항상 변수를 생각해두고 거기에 대비하며 싸우는 사람입니다. 두 분 장군의 작전술과 용병술로는 조조를 당할 수가 없습니다. 조조는 패하기는 했으나 우리의 추격을 예상하고 후방에 정예부대를 배치하여 아군의 추격을 따돌렸던 것입니다. 그런데 조조가 그렇게 급하게 회군을 한 것은 분명 허도에 위급한 일이 생겼기 때문일 것입니다. 그러니 끝까지 추격을 대비하는 데만 신경을 쓸 여유는 없었겠지요. 그래서 우리 군은 쉽게 그들의 후미를 대파할 수 있었던 것입니다. 그러나 그들의 후군이 패했다 하더라도 조조군 전체의 병력에 큰 타격은 없었을 것입니다. 군사력도 그렇거니와 조조는 전략으로 싸우는 사람입니다."

유표와 장수는 가후의 식견에 탄복해 마지않았다. 이들은 가후의 권유에 따라 장수는 양성을 지키고 유표는 형주로 돌아갔으며 이후에도 서로 협력하는 관계를 유지하기로 했다.

허도로 돌아온 조조는 먼저 천자에게 손책의 공을 주상하여 그를 토역장군討逆將軍에 봉하고 오후吳侯의 작위를 주었으며 따로 사신을 보내 유표를 잘 방어하라는 격려를 보냈다. 그러는 동안 승상부에는 조조를 기다리는 문무관료들이 자리를 메우고 있었다. 이들은 하나같이 조조의 노고를 칭송하며 무사히 돌아온 조조에게 예를 올렸다. 문무백관들이 모두 돌아간 다음 맨 마지막까지 남아 있던 순욱이 조조에게로 와서 말했다.

"승상께서 안중현으로 가시는 길이 너무 늦어져 애를 태웠는데, 결과적으로는 적도들을 섬멸할 것을 계산하고 계셨더군요. 어떻게 그런 생각을 하실 수 있었는지요?"

"내가 패전하여 돌아가고 있었으니 유표와 장수가 경솔하게 나를 추격하리라 예상했지. 흔히들 그렇듯이 말일세. 놈들에게는 가후가 있어 혹 내 계산이 빗나가지 않을까 염려하기도 했지만 장수와 유표는 성격이 확연히 다르니 가후도 힘을 발휘하기 어려웠을 테지. 게다가 또 놈들은 죽기살기로 덤벼들 것이었으므로 패잔병을 이끌고 있던 나로서는 복병을 숨겨놓고 싸울 수밖에 없었어. 놈들이 신이 나서 뒤따라올 때 나는 이미 우리의 승전을 자신하고 있었다, 그 말이네."

순욱은 다시 한번 조조의 뛰어난 지략에 고개를 끄덕였다. 이때 곽가가 들어와 조조에게 편지 한 통을 건네주었다.

"무엇인가?"

"원소공이 승상께 전해달라고 인편으로 편지를 보내왔습니다. 공손찬을 공격하고자 하니 군사와 군량미를 지원하라는 내용인 듯합니다."

"아니, 원소가 허도를 치기 위해 군사를 일으켰다는 소식을 듣고 급하게 회군했는데 그게 무슨 소리인가? 공손찬을 친다고!"

조조가 원소의 편지를 건네받아 읽어보니 편지 내용이 교만하기 짝이 없었다.

"이놈의 형제들은 둘다 천자병에 단단히 걸렸구먼! 내 이 오만한 원소놈을 당장에 쳐부수고 싶지만 지금은 준비가 되어 있지 않으니 어찌하면 좋겠는가?"

조조의 분한 얼굴을 바라보며 곽가가 말했다.

"제가 헤아리건대 승상께서는 반드시 원소를 이기실 수 있습니다. 한나라 유방과 항우는 원래 적수가 안 되는 사람들이었습니다. 힘과 출신 배경에서 유방은 항우를 따라갈 수 없었지요. 그러나 결과적으로 유방은 항우를 이기고 한고조가 되었습니다. 그것은 유방의 뛰어난 지략 때문이었습니다. 언뜻 보면 현재 원소공이 승상을 앞서는 것 같으나 드러나지 않는 힘은 승상께서 훨씬 우위에 계십니다."

"어째서 그런지 듣고 싶네."

"우선 현재 여건으로 볼 때 승상께서는 천자를 모시고 있으니 순리에 따르고 있는 반면, 원소가 승상을 꺾으려면 천하를 역으로 움직여야 하니 의義에 있어 승상이 앞서 계십니다. 원소는 허례허식을 좋아예절이 번다하나 승상께서는 현실을 감안해 자연스럽게 대처하시니 도道에서 원소를 앞섭니다. 또한 지난 시대를 되돌아볼 때 법을 무시하고 관용에 치중했기 때문에 실정失政이 생겼는데, 승상께서는 법法의 중요성을 알고 계시니 다스림에서 원소를 앞섭니다. 원소는 인의仁義를 외치며 밖으로 너그러운 체하지만 안으로는 까다롭기 짝이 없는 사람입니다. 반면 승상께서는 밖으로는 대범하시고 안으로는 높은 식견을 갖고 계십니다. 원소가 자기 친족 중심으로 사람을 기용하나 승상께서는 인물의 능력을 보시고 기용하시니 도량度量에서 앞서십니다. 또 원소는 심지가 굳지 못하여 이런저런 소리에 자신의 의사가 흔들리는 반면 승상께서는 뛰어난 총명함과 결단성으로 일을 일관성 있게 추진하시니 일을 성취하는 힘에서도 원소는 승상을 따르지 못합니다. 원소는 오로지 자신의 명예를 중시하나 승상께서는 상대의 입장을 헤아리시어 지성으로 사람을 대하니 덕德에서 앞서십니다. 그리고 체면 때문에 허세를 부리는 원소에 비해 승상은 실용적으로 군사를 다스리시니 용병用兵에 있어서도 승상이 우위에 있습니다. 승상께서는 이처럼 좋은 여건을 스스로 갖고 계시니 원소와 싸워 이기는 것은 당연한 이치가 아닙니까?"

곽가의 말에 조조는 고개를 끄덕이며 기쁨을 감추지 못했다.

"그렇다면 앞으로 어떻게 해야 그 좋은 점들을 살려 원소를 이길 수 있겠는가?"

이때 옆에 있던 순욱도 한마디했다.

"곽공께서는 승상의 좋은 점들을 너무나 잘 파악하고 계십니다. 저 역시 평소에 그렇게 생각하고 있었던 바, 현재 군의 규모에 있어서 원소가 앞선다 할지라도 군을 운영하는 힘을 보면 두려울 것이 없을 듯합니다."

곽가가 다시 말했다.

"원소가 공손찬을 친다고 하니 우리가 이 시점에서 반드시 처리하고 넘어가야 할 일이 있습니다. 서주의 여포를 쳐서 동남 지역을 평정하는 것입니다. 우리의 기치를 원소 쪽으로 돌리면 여포는 틀림없이 허도를 공격해올 것입니다. 여포는 만만한 자가 아니니 그렇게 되면 우리 쪽 피해가 적지 않을 것입니다."

순욱이 곽가의 말에 동의하며 덧붙였다.

"곽공의 말이 옳습니다. 나아가 일을 더 확실히 끝내기 위해 소패의 유비에게 인편으로 편지를 띄워, 함께 여포를 칠 것을 종용해 답을 받아내는 것이 좋을 듯합니다."

조조는 곽가와 순욱의 말이 일리가 있다고 판단하고 사람을 시켜 유비에게 편지를 보내는 한편, 원소가 보낸 사자를 후하게 대접한 후 공손찬을 정벌한다면 반드시 돕겠다는 답서를 딸려보냈다. 이어 원소에게 대장군 태위의 벼슬을 내리고 기주·청주·유주·병주 네 고을의 도독을 겸하도록 했다. 조조의 답장을 받은 원소는 몹시 만족해하며 공손찬을 치기 위해 바로 군사를 일으켰다.

한편 서주의 여포는 하루가 멀다하고 찾아오는 손님들을 맞으며 연회를 벌였다. 이즈음 들어서는 진궁보다 진규 부자가 여포 가까이 있는 시간이 많아졌다. 이들은 여포에게 앞날에 대한 기대를 한껏 키워주는 말들로 그의 환심을 샀다. 진궁은 진규 부자가 마음에 두고 있는 것은 여포가 아니라 유비라는 것을 알고 있었기 때문에 어떻게

든 이들을 여포에게서 떼놓아야 한다고 생각하며 마음을 졸이고 있었다. 참다못한 진궁이 여포를 찾아갔다.

"요즘 들어 장군을 대하는 진규 부자의 행동이 부쩍 부자연스럽습니다. 필요 이상으로 장군 가까이에 머물며 대접하기에 여념이 없으니 무슨 꿍꿍이속이 있는 것은 아닌가 염려됩니다. 조심하시는 것이 좋을 듯합니다."

여포는 의외로 크게 화를 냈다. 진규의 말대로 서주의 온전한 주인이 되어 더 큰 때가 오기를 기다리고 있는 마당에 진궁이 자신을 얕보고 잔소리를 해댄다는 생각이 들었기 때문이다.

"이보시오. 왜 나는 대접받고 살 놈이 아니란 말이오? 그래 맞아. 내가 중원으로 들어온 뒤로 제대로 사람 대접받지 못한 게 사실이지. 모두들 내 무예를 무서워하고 부러워하면서도 나를 벌레 보듯 했어. 진궁 당신을 포함한 이곳의 족속들은 뭐가 그리 잘나서 해만 뜨면 머리 굴리는 소리가 그토록 요란하단 말이오? 나는 당신들 하는 짓거리에 질린 사람이오. 있는 그대로 보고 살고 싶단 말이오. 대접해주면 대접받으면 될 것을, 무슨 말이 그리 많으시오!"

더 이상 말이 먹히지 않을 것 같아 여포 앞에서 물러나온 진궁은 마음이 착잡하고 무겁기 그지없었다.

'진심으로 자신을 생각해서 해주는 말인데 귀를 틀어막으니 앞으로의 일이 첩첩산중이겠구나.'

진궁은 차라리 여포 곁을 떠나 다른 이에게 합류하고픈 마음이 들었다. 그러나 주인을 버렸다고 주변으로부터 비난받을 것이 싫어서 그저 갑갑한 심정으로 시간을 보내고 있었다. 그렇게 울적하게 며칠을 보낸 진궁은 여포는 그렇다 치더라도 자신까지 어리석음을 범해서는 안 되겠다는 생각이 들었다. 지난날 유비가 관우와 장비를 시켜 한섬과 양봉을 죽이게 만든 것도 여포의 날개를 꺾기 위한 진규 부자의 획책이었다는 것을 잘 알고 있는 진궁은 지금 당장 여포에게서 그들을 떼어놓기는 힘들다는 것을 알고, 유비의 거동이라도 잘 살피자는 마음에서 부하들을 시켜 소패를 잘 관찰하라는 영을 내렸다.

그러던 어느 날 그의 부하들이 소패에서 가까운 얕은 산길에서 나는 듯이 달려가는 파발마 한 필을 목격하고는 수상히 여겨 잡아왔다. 진궁이 그의 몸을 샅샅이 수색해보니 유비가 조조에게 보내는 답서가 나왔다. 진궁은 사자를 붙잡아 여포에게로 가 서신을 꺼내 보여주었다.

승상의 뜻이 계시다면 여포를 칠 마음의 준비는 늘 하고 있습니다. 그러나 제가 이끄는 군사가 보잘것없고 장수도 몇 명 되지 않아 함부로 나서기가 어렵습니다. 만일 승상께서 군사를 보내주신다면 저는 마땅히 선봉장이 되어 군사와 무기를 가다듬고 명령을 기다리겠습니다.

유비가 조조에게 보낸 편지를 다 읽은 여포는 몸을 바르르 떨었다.

"유비가 내 뒤통수를 칠 줄이야! 이놈의 땅에는 믿을 놈이 하나도 없구나. 이 배신자를……."

여포는 유비에 대한 원망으로 가슴이 터질 듯했다. 진궁은 가슴을 치고만 있을 때가 아니라 조조와 유비의 계략에 시급히 대처해야 할 것이라고 설득했다. 여포는 마음이 혼란스러워 죽을 지경이었지만 진궁의 말을 수용하고 참모들을 소집해 조조와 유비를 선제공격할 작전을 짜기 시작했다. 진궁·장패에게는 산동성에 있는 연주의 여러 고을을 점령케 하고, 고순·장요에게는 소패성으로 가 유비를 공격하라고 지시했다. 또한 송헌·위속에게는 여남과 영주를 공격하게 하고 자신은 중군을 맡아 3군에 대한 구원병 역할을 하기로 했다. 이들은 바로 출전 준비를 갖추고 각자 목표지를 향해 군마를 몰았다.

여포군이 소패로 향하고 있다는 소식이 유비에게 전해졌다. 유비는 일을 그르친 것을 알고 급하게 조조에게 구원을 요청할 사자를 찾았다. 이에 유비와 동향 사람으로 유비 밑에서 참모로 있던 간옹簡雍이 사자역을 자처했다. 간옹은 그날 밤으로 허도에 도착하기 위해 말을 힘껏 몰아붙였다. 한편 유비는 무기와 군마들을 정비하고 성을 둘러보면서 여포군의 침입에 대비했다. 유비 자신은 남문을 지키기로 하고, 손건은 북문을, 관우는 서문을, 장비는 동문을 지키도록 명했다. 그리고 미축·미방麋芳 형제에게는 중군을 거느리도록 명령을 내렸다. 미축의 여동생이 유비의 둘째 부인이었기 때문에 미축 형제와 유비는 처남 매부지간이었다. 그래서 유비는 작은 부인을 보호하도록 이들에게 중군을 맡겼던 것이다.

드디어 여포군의 맹장인 고순이 군사를 거느리고 소패성 앞에 모습을 드러냈다. 유비는 성문을 굳게 걸어 잠그고 누상에서 소리쳤다.

"나는 여포 장군을 해치려 한 적도 없는데 무슨 일로 이렇게 군사를 동원해 나타났는가?"

"조조와 한통속이 되어 여포 장군을 치려 한 것이 네놈이 아니냐! 더러운 수작이 드러났으니 뻔뻔스럽게 굴지 말고 내 공격이나 받아라!"

고순은 바로 군사들에게 공격을 명했다. 유비는 이에 전혀 응하지 않고 성문을 굳게 닫고 있었다. 다음날 여포의 부장 장요도 군사를 이끌고 나타나 서문 쪽에 군대를 주둔시키고 공격해왔다. 장요가 성 외곽의 공격 지점을 파악하기 위해 돌아다니다가 서문의 성루에서 이를 지켜보던 관우를 보게 되었다. 평소 관우는 장요의 사람됨을 좋아했고, 장요도 관우에게 호감을 갖고 있었다. 관우가 장요를 보고 소리쳤다.

"그대 같은 자가 어찌하여 자기 뱃속을 차리기 위해 주인을 죽이고 의리라고는 모르는 여포 같은 놈을 위해 죽으려는 것이오?"

관우는 장요가 아무런 대꾸도 못하고 머뭇거리는 모습을 보고 그가 충성심과 의리가 있는 사람이라 생각하고 더 이상 말을 걸거나 싸우지도 않았다. 얼마 후에 동문 쪽으로 간 장요가 장비와 맞붙어 싸웠으나 장요는 전투에 그리 적극적이지 않았다. 장요의 그런 낌새를 알아차린 관우가 장비에게 싸움을 거둘 것을 권하며 말했다.

"장요가 저렇게 싸울 사람이 아니네. 내가 그의 잘못된 판단을 지적했더니 전의를 잃고 돌아간 것이나 다름없네."

관우의 설명을 들은 장비도 알아들었다며 더 이상 나가 싸우지 않고 성을 지키는 데만 몰두했다. 유비를 치고자 여포군이 처음 몰려왔을 때와는 달리 소패성은 별다른 전투 없이 서로 대치만 한 채 시간이 흘렀다.

한편 유비의 급서를 지니고 허도로 간 간옹은 조조를 만나 밀서 사건이 탄로났으며 여포군이 소패성을 공격하고 있다고 알렸다. 조조는 곧 휘하 참모들을 불러모았다.

"여포를 공격할 때가 왔다. 그런데 원소는 지금 공손찬과 싸우려 하니 별 문제가 없으나 유표와 장수가 허도를 노리고 무슨 일을 벌일지 염려스럽다."

순욱이 말했다.

"유표와 장수는 얼마 전에 아군에게 크게 패했으므로 쉽게 나서지는 않을 것입니다. 그러나 여포는 결코 무시할 수 없는 자로 혹시라도 원술과 다시 손을 잡는다면 우리의 부담이 몹시 커지게 될 것입니다. 여포가 일을 크게 벌이기 전에 그를 완전히 꺾어놔야 합니다."

곽가도 이 말에 동의하자 조조는 출전을 결심했다. 서기 198년 9월. 조조는 하후돈·하후연·여건·이전에게 군사 2만을 거느리고 선봉대에 서도록 하고, 조조 자신은 3만 대군을 이끌고 그 뒤를 따랐다. 간옹도 조조를 따라나섰다.

도로변 벌판은 가을걷이를 마치고 제법 쌀쌀한 바람이 불고 있었다. 조조가 서주 정벌에 나선 것이 처음은 아니나 그동안 이렇다 할 성과가 없었는데 이번만큼은 왠지 자신이 있었다. 유비가 호응하고 있고 진규가 조조를 기다리고 있었기 때문이다. 이제 서주를 손에 넣게 되면 산동 땅은 자연스럽게 조조의 것이 되고 그렇게 되면 원소가 장악하고 있는 기주와 원술의 세력, 그리고 손책의 강동 지역이 서로 끊어져 이들이 연합하기는 매우 어렵게 된다. 그러니 조조의 서주 정벌은 원소의 고립을 의미하는 것이었다. 조조는 다시금 '적은 분리하여 각개로 격파하는 것이 상책'이라는 병서의 원리를 떠올렸다. 그러면서 이번 전쟁은 천하통일을 위한 중요한 전초전이 될지도 모른다는 예감이 들었다.

선봉대를 거느리고 몇 날을 전진하던 조조의 부장 하후돈이 마침내 여포의 장수 고순의 군사와 마주쳤다. 하후돈과 고순 두 장수는 서로 군을 이끌고 치열하게 싸웠으나 밀고 밀리기를 번갈아할 뿐 어느 한쪽으로도 기울지 않았다. 그러나 시간이 지나면서 고순의 부대는 수적으로 불어나는 조조군을 감당해내지 못하고 진중으로 후퇴하기 시작했다. 하후돈은 선봉에서 말을 타고 달아나는 고순군을 집요하게 추격해갔다.

이때 고순의 진지에서 하후돈이 따라오는 모습을 내려다보고 있던 여포의 부장 조성이 그를 향해 재빠르게 시위를 당겼다. 날아간 화살은 하후돈의 왼쪽 눈을 명중시켰다. 하후돈은 큰 소리로 외마디 비명을 지르고는 말에서 떨어졌다. 이내 부장들이 하후돈을 에워쌌다. 말에서 떨어진 하후돈은 피가 쏟아지는 눈을 감싸고 비틀거리며 일어나더니 곧바로 눈에 박힌 화살을 확 뽑아버렸다. 그 바람에 화살촉에 박힌 눈알이 튀어나왔다. 그 모습을 지켜보던 병사들이 놀라움을 감추지 못하고 하후돈을 치료하기 위해 다가섰다. 그러나 하후돈은 이들을 저지하고는 피가 흐르는 눈알을 입에 넣어 씹어 삼켜버렸다.

"내 신체의 모든 것은 아버지의 정기와 어머니의 피를 받아 만들어진 것이니 어찌 함부로 버릴 수 있겠는가?"

하후돈은 정신을 모으고 부하들에게 총공격을 명했다. 그러자 하후돈의 행위에 고무된 병사들은 저격병들이 있는 위치를 집중 공격했다. 조성은 결국 이들이 쏜 화살에 목숨을 잃었다. 조성이 죽어 넘어지는 것을 본 조조군은 마치 승전이라도 한 양 방심하고 있는데 갑자기 고순이 군사를 이끌고 벌떼처럼 몰려왔다. 대오가 흩어져 있던 조조군은 정신 없이 이들을 맞아 싸웠으나 변변한 대적도 못한 채 도망가기 바빴다. 한쪽 눈을 잃은 하후돈은 동생 하후연의 도움을 받아 가까스로 전장을 빠져나올 수 있었다. 여건과 이전 등 하후돈의 부장들은 겨우 패잔병을 수습해서 제북濟北으로 물러가 진을 쳤다.

하후돈을 이긴 고순은 여세를 몰아 군대를 소패성으로 돌렸다. 그곳에는 여포도 대군을 이끌고 와 있었다. 여포는 장요·고순 등과 함께 3군으로 나누어 유비·관우·장비를 공격하러 나섰다. 강력한 여포 기병의 총공세에 관우와 장비는 있는 힘을 다해 싸웠으나 수적 열세를 이겨내지 못하고 궁지에 몰렸다. 이들은 어쩔 수 없이 요새를 버리고 몇 명의 패잔병과 함께 산속으로 달아났다. 유비 역시 여포군에게 밀려 진영을 빠져나와 소패성 안으로 몸을 피하기 위해 내달렸다. 유비는 급하게 성문의 적교를 내리라 명하고 말을 몰았으나 여포가 뒤에서 바짝 따라오고 있었으므로 성안으로 진입하기가 쉽지 않았다. 성루의 병사들은 뒤쫓아오는 여포군을 향해 활을 쏘려 했으나 몇 발짝 떨어져 있지 않은 유비가 해를 입을까 시위를 당기지도 못하고 적들이 적교를 통과하는 모습을 바라만 보고 있었다. 여포를 선두로 적들이 성문을 향해 폭풍처럼 밀려 들어오자 수문장은 어찌해야 할지 판단을 못하고 흩어지는 군사들 틈에 섞여 달아나버렸다.

유비는 워낙 다급하여 성안에는 몸을 숨길 수가 없자 서문을 빠져나와 말을 달렸다. 몇 보를 달리다 성안에 가족들을 그대로 남겨둔 것을 생각하고 그는 눈앞이 캄캄해졌다. 소패성을 완전히 점령한 여포는 더 이상 유비의 뒤를 쫓지 않고 유비의 집을 찾았다. 그곳에는 유비의 처남인 미축이 남아 유비의 가족들을 돌보고 있었다. 미축은 예를 올린 후 여포에게 말했다.

"천하의 대장부는 적의 처자식을 해치지 않는다고 들었습니다. 또한 장군의 적은 조조이지 현덕공은 아닐 것입니다. 지금 현덕공은 어쩔 수 없어 조조를 돕고 있으니 그를 너그럽게 생각해주시오."

"나는 지난날 유비가 내게 베풀어준 호의를 잊지 않고 있는 사람이오. 내가 어떻게 그의 처자식을 해치겠소? 미축공은 유비의 가족들을 데리고 서주로 가계시오."

여포는 미축이 유비의 가족을 이끌고 서주로 안전하게 갈 수 있도록 만반의 준비를 하라고 일렀다. 그리고 자신은 다시 군사를 이끌고 산동의 연주로 떠나며 고순과 장요에게 소패를 지키라 명했다. 혼자가 된 유비가 소패성을 뒤로하고 말을 몰아가고 있는데 누군가 뒤에서 부르는 소리가 들렸다. 뒤돌아보니 손건이었다. 유비는 반가운 마음에 얼른 말에서 내려 손건의 손을 잡고 하소연했다.

"지금 관우와 장비의 생사도 알 수가 없고 가족들도 모두 소패성에 남아 있으니 이 일을 어찌하면 좋겠소?"

손건이 유비를 위로했다.

"일이 이렇게 되었으니 어쩌겠습니까? 일단 조조에게 투항한 다음 대책을 찾아보는 것이 좋을 듯합니다."

유비는 관우와 장비의 소식도 알 수 없는 마당에 다른 방도가 생각나지 않아 손건의 말대로 하기로 하고 그와 함께 큰 길을 피해 샛길을 따라서 허도로 말을 달렸다. 초겨울 바람이 거세게 불어와 귀밑이 따가웠다. 한참을 달리다 고개를 들어 먼 곳을 바라보니 서산 너머로 해가 지고 있었다. 두 사람은 하루 반나절 동안 물 한 모금 입에 대지 못했기 때문에 배가 무척 고팠다. 강 하나를 건너자 양성으로 가는 길목에서 두 갈래 길이 나왔다. 하나는 산으로 나 있고 다른 하나는 평야로 나 있었다. 피신을 하기에는 평지보다 산이 나을 듯해서 두 사람은 산길로 접어들었다. 그리고 요기라도 할 요량으로 화전민을 찾기 시작했다.

산길을 따라간 지 얼마 되지 않아 곧 해가 졌다. 산속의 어둠은 빨리 찾아온다더니 금방 사방이 캄캄해졌다. 겨우 앞을 헤아리며 가다가 마침내 언덕바지 한켠에서 깜박이는 불빛을 발견했다. 두 사람은 반가워 얼른 그곳으로 말을 몰아갔다. 손건이 오두막에 대고 '누구 없느냐'고 소리쳤다. 그러자 젊은 남자가 나왔다.

"이 분은 서주 목사를 지낸 유현덕공이시다. 귀한 분이신데 하룻밤 신세를 질 수 있겠느냐?"

손건의 말을 들은 남자는 얼른 땅에 엎드려 절을 하며 말했다.

"말로만 듣던 목사님을 모시게 되다니 이보다 더 큰 영광이 어디 있겠습니까? 누추하오나 어서 드시지요."

유비와 손건은 젊은이의 권유대로 집 안으로 들어갔다. 유비가 자리에 앉으며 남자에게 성씨를 물어보자 그 남자는 이름은 유안劉安이며 사냥을 해서 먹고산다고 자기를 소개했다. 유안은 '조금만 기다려주십사' 말하고 방밖으로 나갔다.

패전으로 몸과 마음이 모두 지칠 대로 지쳐 있었는데 아늑한 산골의 따뜻한 방에 몸을 기대자 지금까지의 긴장이 다소 누그러지는 느낌이었다. 얼마 후 젊은이는 고기를 잔뜩 구워서 산나물과 함께 저녁상을 차려왔다. 손건이 고맙다고 치하하며 오늘 진 신세를 반드시 보답하겠다고 말했다. 주인이 유비와 손건이 먹기 좋게 고기를 뒤적이는 것을 보며 손건이 물었다.

"이것이 무슨 고기요?"

"예, 제가 오늘 오후에 사냥했던 이리 고기입니다."

유안이 대답하자 유비와 손건은 별 의심없이 그 고기를 배불리 먹었다. 식사 후 피로에 지친 두 사람은 세상일을 다 잊고 단잠을 잤다. 다음날 아침, 날이 밝아오자 유비와 손건은 길을 떠나기 위해 후원에 매어둔 말을 끌어내려고 뒤꼍으로 갔다. 그곳으로 가다 보니 부엌에

유비의 한 끼 반찬이 되기 위해 남편에게 살해당하는 아내.
후한 말에는 가족을 죽여 윗사람을 봉양하는 '무시무시한' 충신·효자의 이야기가 많다. 과거와 달리 충효는
이제 희생을 요구하는 덕목이 되었다. 인육을 먹는 풍습은 당시의 어려운 사회상을 반영한다고 할 수 있다.

젊은 여자가 죽어 있고 그 여자의 두 팔이 예리한 칼로 도려내져 있었다. 유비는 소스라치게 놀라며 유안을 불러 자초지종을 물었다.

"아니, 이것이 도대체 어찌된 일인가?"

유안이 아무 말 없이 있다가 손건이 다그치자 눈물을 뚝뚝 흘리며 입을 열었다.

"그 여자는 소인의 아내입니다. 제가 여태껏 사는 동안 태수님같이 높고 어지신 분이 저희 집에 찾아온 적은 없었습니다. 그런데 어제 날은 저물었는데 아무것도 준비된 것이 없어서……."

유비와 손건은 말문이 막혔다. 손건이 딱하다는 듯 꾸짖었다.

"아니, 그래도 그렇지. 어찌 아내를 죽여서까지 대접한단 말인가?"

유비는 할말을 잃고 그저 유안의 손을 잡은 채 눈물을 흘렸다.

"모두가 다 내 잘못이네. 내가 제대로 처신을 못해서 생긴 일일세. 내 자네의 마음은 깊이 새기겠네. 그러나 이것은 인륜을 크게 저버리는 일로 하늘에 용서받을 수 없는 범죄일세. 사람이 짐승과는 달라야 하는 게 아닌가? 정성껏 아내의 시신을 장사지내주게. 이번에 자네에게 신세진 일은 꼭 갚겠네."

유비와 손건은 죽은 남자의 아내에게 절을 올리고 자신들을 용서해달라고 빌었다. 말 위에 올라 길을 나서는 동안 유비는 줄곧 눈물이 앞을 가렸다. 다시 양성으로 가는 갈림길에 접어들자 두 사람은 바쁘게 말을 몰았다. 제법 시간이 지나 큰 길에 접어들자 눈앞에 구름처럼 먼지가 일어나는 것이 보였다. 그들은 일단 말에서 내려 길옆으로 몸을 숨기고 전방을 자세히 살펴보았다. 뿌연 먼지 속에서 조조군의 기가 보이고 이어 줄지어 달려오는 조조군이 모습을 드러냈다.

조조의 중군장 속으로 찾아들어간 유비는 조조에게 예를 올리고 소패성이 함락되었다는 것과 관우·장비 두 동생과 기약 없이 헤어지게 된 일, 소패성에 처자식을 남겨둔 일, 유안을 만나서 본의 아니게 사람고기까지 먹은 일 등 지난 사정들을 이야기했다. 유비의 기막힌 이야기를 듣던 조조는 착잡한 심정으로 그를 위로했다.

유비를 포함한 조조군은 다시 출발해 제북 땅에 도착했다. 그곳에는 여포군과의 싸움에서 한 눈을 잃은 하후돈이 아직 병석에 누워 있었다. 그를 대신해 동생인 하후연이 조조를 맞았다. 하후연은 하후돈이 눈에 화살을 맞은 상처가 심해 아직 자리에서 일어나지 못한다고 보고했다. 보고를 들은 조조는 즉시 하후돈이 누워 있는 곳으로 찾아가 병문안을 하고, 하후돈을 허도로 돌려보내 안전하게 몸조리하도록 했다.

하후돈을 허도로 후송한 조조는 연락병 중 하나에게 여포가 현재 어디 있는지 알아오게 했다. 연락병은 오래 걸리지 않아 여포가 연주의 여러 곳을 공격하고 있다는 사실을 알렸다. 조조는 조인에게 3천 병력을 주어 여포군이 점령하고 있는 소패성을 공격하라고 명하고 소패성을 함락하면 즉시 여세를 몰아 서주까지 공략하라고 지시했다. 또한 자신은 대군을 이끌고 서주의 동북방에 있는 태산 주위의 소관簫關을 거쳐 서주성을 공격함으로써 서주를 중심으로 조인과 자신이 서로 협공하는 전략을 구사하기로 했다.

조조가 소관 가까이 이르자 진을 치고 있는 여포군의 모습이 눈에 들어왔다. 조조는 허저에게 당장 나아가 이들을 치도록 명했다. 1만여 명의 여포군과 조조군은 서로 맞붙어 싸우기 시작했다. 처음에는 팽팽한 접전을 벌였으나 얼마 되지 않아 여포군과 그 진지들은 허저가 인솔하는 부대의 맹공격을 받고 초토화돼버렸다. 조조는 승세를 몰아 여포군을 소관으로 밀어붙이며 닥치는 대로 시살해나갔다. 전황이 불리한 것을 느낀 여포의 부장이 이 사실을 여포에게 알렸다.

여포는 소관이 조조군에게 함락될 위기에 놓여 있다는 소식을 듣자 이내 군대를 몰아 그곳으로 달려가려 했다. 소관은 만약의 경우 여포군의 주요 퇴로가 될 수 있었고 산동 반도로 나가는 요충지이기도 했다. 행여 서주를 빼앗기고 달아나야 할 경우에도 태산을 중심으로 웅거할 수 있기 때문에 소관은 반드시 지켜야 할 전략적 거점이었다. 여포는 소관으로 출정할 채비를 하며 진등에게는 자신을 따르라 하고 진규에게는 서주를 지키라고 했다. 진등이 여포를 따라나서려 하자, 진규가 아들의 출정을 막으며 말했다.

"전에 조승상이 산동의 일은 모두 네게 맡긴다고 하지 않았느냐? 이번엔 여포가 조조를 이길 수가 없어. 그러니 지금 여포를 따라 소관으로 가는 문제는 신중히 생각해야 한다."

"저에게도 이미 생각이 있으니 아버님은 너무 걱정 마십시오. 나중에 여포가 패하여 서주성으로 돌아오거든 아버지께서는 미축과 협의하여 성문을 굳게 잠그고 여포를 성안으로 들이지 마십시오. 그러면 여포는 갈 곳이 없어 하비로 도망칠 것이고 아마도 그곳에서 최후를 맞이하게 될 것입니다. 저도 제 몸 하나는 탈 없이 빼낼 계략이 있으니 너무 염려 마시고 여포가 오면 성안으로만 못 들어오게 해주세요."

"이곳에는 여포의 소첩도 있고 심복들도 진을 치고 있는데 일이 뜻대로 되겠느냐?"

"그 부분에 대해서는 저한테 달리 계략이 있습니다."

진등은 진규를 안심시켜놓고 여포에게로 갔다.

"장군, 조조는 지금 북으로는 소관을, 서로는 소패를 압박해 들어오고 있습니다. 서주성은 소패와 소관의 중앙에 있으므로 만에 하나 서주성이 함락된다면 아군은 근거지를 잃게 됩니다. 이 경우를 대비해 하비에 군량과 장비들을 옮기고 장군의 식솔들을 그곳으로 모시는 것이 안전할 듯합니다.”

“그래, 미리 대비해서 나쁠 것이 없겠지. 군량미를 운반할 때 내 아내들도 같이 이주시키는 것이 좋겠네.”

여포는 송헌·위속을 불러 자신의 가족들과 군량미를 하비로 옮겨 보호하도록 명하고 자신은 말에 올라 군사를 이끌고 진등과 함께 소관을 향해 출발했다. 여포 옆에는 진등이 그림자처럼 따르고 있었다. 소관을 10여 리 앞둔 곳에서 진등이 말했다.

“지금 소관에는 진궁이 있으니 제가 먼저 그곳으로 가서 조조군의 동정을 살피고 오겠습니다. 그런 후에 용병을 하시는 것이 좋겠습니다.”

여포는 진등의 말에 따라 그를 먼저 소관으로 보냈다. 소관에 도착한 진등이 진궁을 찾았다.

“여장군께서는 공이 서둘러 조조군과 맞서 싸우지 않고 주저하고 있다며 공을 의심하시고 저에게 그 죄를 문책할 것이라 말씀하셨습니다.”

“이번 조조의 군세는 막강합니다. 쉽게 나설 일이 아닙니다. 우리가 이곳을 확실하게 지킬 테니 여장군께서는 소패성을 지키시는 것이 서주의 안전을 도모하는 일이 될 것이라 전해주십시오.”

진등은 그렇게 하겠다고 대답했다. 밤이 깊자 진등은 성루에 올라 조조군의 움직임을 살폈다. 칠흑 같은 어둠 속에서 조조군 진영의 불빛이 아른거렸다. 그들은 이미 소관성과 상당히 가까운 거리에 와 있었던 것이다. 진등은 마치 준비라도 해온 것처럼 세 통의 편지를 급하게 써서 화살에 묶어 조조의 진중으로 날렸다. 편지에는 '성 위에서 횃불이 크게 솟아오르면 바로 공격하라'는 내용이 담겨 있었다. 다음날 진궁과 헤어진 진등은 다급한 듯 여포에게로 와 말했다.

"제가 살펴보니 얼마 전에 장군에게 투항했던 산적 손관孫觀과 오돈吳敦의 무리가 조조에게 크게 패하고 소관성을 그에게 넘겨주려는 듯했습니다. 그 사실을 진궁에게 알려주고 성을 단단히 지키라고 일러두고 왔습니다. 장군께서는 어두워지면 군사를 몰고 가 조조를 치십시오. 진궁이 지키고 있는 소관을 구하는 최선의 방법일 것입니다."

"진궁은 어째서 일이 그 지경인 것도 모르고 있었단 말인가? 진등공이 아니었으면 가만히 앉아서 소관을 잃을 뻔했구먼. 공은 다시 소관으로 가서 날이 어두워지면 성루에 횃불을 올리고 건문乾門을 열어두게. 그 불을 신호로 내가 성으로 들어가 진궁과 함께 손관의 무리를 진압할 것이네."

진등은 시각을 맞춰 해거름녘에 심복 다섯 명을 데리고 소관성에 도착했다. 그는 뭔가 급한 듯 말에서 뛰어내려 문루에 있는 진궁에게로 헐레벌떡 올라갔다. 진등은 숨을 헐떡거리며 진궁에게 말했다.

"조조군의 일부가 지름길을 따라 소관을 빠져나가 서주 가까이로 향했다고 합니다. 여장군께서는 속히 군사를 거느리고 서주로 가라고 명하셨습니다. 조조군은 소관성과 서주성 사이에 있기 때문에 신속하게 대처하면 아군이 조조군을 포위할 수 있습니다. 진궁 장군이 조조군의 후방을 치면 여장군께서는 조조의 선봉을 격파하겠다고 하셨습니다."

진궁은 날이 어두워질 무렵에 함부로 군사를 이동시킨다는 것이

내키지 않았으나 진등이 조조의 첩자가 아닌 아군의 전령으로 왔으니 그 말을 듣지 않을 수도 없는 노릇이었다. 겨울해는 짧아 어느새 어둠이 몰려오고 매서운 바람까지 성을 치고 있었다. 서주로 이동해야 한다면 더 어둡기 전에 출발하는 것이 좋을 듯했다. 진궁은 서둘러 군사를 정비하고 출병을 명했다.

진등은 진궁이 군대를 이끌고 남문으로 빠져나가는 것을 확인하고는 심복들에게 남문을 단단히 걸어 잠그게 한 후 성루에 올라가 횃불을 크게 올렸다. 불이 솟아오르는 모습을 본 여포군은 성의 남문을 향해 일제히 진격했다. 어두운데다 바람까지 세차게 불어대자, 군사를 이끌고 소관성을 빠져나오던 진궁은 여포군을 조조의 후군으로 잘못 알고 공격을 명했다. 여포는 여포대로 진궁의 군사가 손관과 오돈의 부대라 판단하고 이들을 맞아 싸웠다. 앞도 제대로 보이지 않는 칠흑 같은 어둠 속에서 이들은 서로를 죽이고 찌르며 알 수 없는 전투로 병사들을 축내고 있었다. 진궁군과 여포군이 어우러져 싸우는 동안, 조조는 지난밤 진등이 날려보낸 편지의 내용대로 횃불이 솟는 모습을 보고 소관성으로 공격해 들어갔다. 진등이 조조를 기다리며 북쪽의 문을 열어놓고 있었으므로 조조군은 바로 소관성 안으로 들어가 손관 등을 몰아내고 성을 차지했다.

먼동이 트면서 여포는 어젯밤 전투가 크게 잘못되었음을 알아차렸다. 그와 진궁은 위계僞計에 걸렸음을 깨닫고 황급히 서주로 달렸다. 서주성에 도착한 여포는 큰 소리로 적교를 내리라 명했으나 성 위에서는 난데없이 화살이 쏟아져내렸다. 여포가 놀라서 뒤로 물러나는데, 성루에 미축이 나타났다.

"네놈은 이 성을 강탈한 놈이다. 이 성은 이제 주인을 찾았으니 네

"이 한족놈들이 툭하면 하는 말이 싸우지 않고 이긴다더니, 바로 이런 더러운 짓거리를 두고 하는 말이었구나. 이놈들은 전쟁을 하는 것이 아니라 궁중의 계집들처럼 이간 놀음이나 하는구나. 이게 정녕 대장부가 할 짓인가? 내가 무슨 출세를 하려고 오원五原을 떠나 병주로, 낙양으로 왔던고."

여포의 탄식을 아는지 모르는지, 진궁은 마지막 남은 하비를 떠올리며 여포를 재촉해 하비성으로 말을 몰았다. 한편 여포군의 공격으로 뿔뿔이 흩어졌던 관우와 장비는 다시 만나 서로 얼싸안고 반가워하며 지난 이야기를 했다. 관우가 장비를 보며 말했다.

"나는 그 동안 해주海州 길목에 군사를 거느리고 있다가 형님이 조조와 함께 여포를 치러 온다는 소식을 듣고 이곳으로 달려왔네. 여기에 오면 아우도 만날 수 있을 거라 생각했지."

장비도 관우에게 그간의 일들을 들려주었다.

"저도 망탕산芒碭山에 숨어 있다가 조조가 여포를 공격한다는 말을 듣고 이곳으로 왔어요. 형님들이 계실 것이라 생각하고 말입니다."

관우와 장비는 그간에 있었던 일과 무용담을 주고받으며 각자의 군사를 이끌고 유비에게로 갔다. 유비를 만난 관우와 장비는 땅에 엎드려 절을 하고는 그 자리에서 통곡했다. 유비 역시 이들의 손을 잡아 일으키며 기쁨의 눈물을 흘렸다. 유비는 조조에게 두 아우를 데려가 인사를 시켰다. 조조는 여포를 쫓아낸 관우와 장비의 공을 치켜세우며 격려해주고 모두 함께 서주성으로 들어갔다. 서주성 안에 들어서자 미축이 유비를 반기며 가족이 모두 무사함을 알렸다. 이어 진규와 진등 부자도 나와서 조조와 유비 일행을 맞이하고 기쁨을 나눴다. 조조는 성대하게 잔치를 베풀어 유비와 진규 부자의 공을 알렸다. 조

조는 진규에게 열 개 고을의 녹을 주고, 진등에게는 벼슬을 높여서
복파장군伏波將軍에 봉했다.

유비와 진규 부자의 도움으로 손쉽게 서주를 차지한 조조는 속으
몹시 흡족해하며 참모들을 불러모았다. 내친김에 하비성까지 공격하
여 여포를 완전히 제거해버릴 심산이었다. 이에 정욱이 먼저 입을 열
었다.

"지금 여포는 다른 성들을 모두 잃고 오직 하비성 하나에만 의지하
고 있습니다. 아군이 급히 그를 친다면 그는 사생결단하고 싸우면서
원술과 공모할지도 모릅니다. 만일 여포와 원술이 손을 잡는다면 보
통 일이 아니지요. 때문에 여포를 확실하게 고립시키는 것이 급선무
라고 생각됩니다. 지금 바로 회남으로 가는 길목에 날랜 군사와 유능
한 장수를 보내어 주둔시켜야 합니다. 철저히 포위하여 여포가 도망
가는 것을 막고 원술이 여포를 돕는 것 또한 막아내야 합니다. 더욱
이 아직도 산동 땅에 장패와 손관의 무리가 투항하지 않고 떠돌고 있
으니, 아군이 하비성을 공격하다가 협공을 받을 수도 있는 일입니다.
그놈들에 대한 방비도 잊지 말아야 합니다."

조조가 들어보니 과연 옳은 말이었다. 조조가 유비를 바라보며 말
했다.

"나는 산동에 이르는 모든 길목을 차단하고 하비 쪽으로 공격해 들
어가겠소. 회남과 연결되는 길은 현덕공께서 맡아주시오."

"책임지고 승상의 명을 받들겠습니다."

이 말을 듣고 곽가가 한마디 덧붙였다.

"지금은 한겨울입니다. 장병들이 야전 막사에서 오래 견디기 힘들
고 전투를 치르기도 어렵습니다. 반드시 속전속결로 전쟁을 끝내야

할 것입니다."

다음날 유비는 미축·간옹 두 장수에게 서주를 지키게 하고, 자신은 손건·관우·장비와 함께 군사를 이끌고 회남으로 떠났다. 이어 조조는 하비성을 치기 위해 나섰다.

한편 하비에 닿은 여포는 자기 집으로 들어가 두문불출하며 공무도 돌보지 않았다. 여포는 심통에다 사람에 대한 의심증까지 생겨나 초라한 모습으로 변해가고 있었다. 이런 여포로 인해 답답하고 속이 타는 사람은 진궁이었다. 다행히 하비는 군량미를 모두 옮겨둔 덕에 군량미가 넉넉하고 사수泗水와 기수沂水로 삼면이 둘러싸여 있어서 북쪽만 확실히 방어하면 함락되기 힘든 곳이었다. 진궁은 여포가 어떤 일에도 의욕을 보이지 않자 하는 수 없이 수성전에 대비하는 여러 조치들을 취해두었다.

한겨울의 서북풍이 사정없이 불어닥치고 있을 때, 조조의 대군은 하비로 이르는 길목을 모두 장악하고 하비성을 겹겹이 포위해 들어갔다. 진궁이 이 사실을 알고 여포에게로 가 다급하게 간했다.

"장군, 지금 조조군은 사수와 기수 양편을 철통같이 포위하며 군영을 만들고 있습니다."

하비성에 온 뒤로 부쩍 술을 많이 마시는 여포는 이때도 취중이었다.

"그래, 어찌하면 좋겠소?"

"지금 조조군은 추운 날씨에 계속된 원정으로 지쳐 있습니다. 그리고 땅이 얼어서 참호를 파기도 힘듭니다. 전쟁의 승리란 항상 정해진 것이 아닙니다. 작은 실수 하나가 전세를 역전시키기도 합니다. 지금의 이 상황이 우리에게는 기회가 될 수도 있습니다. 호랑이에게 물려가도 정신만 차리면 살아오듯 우리도 정신을 바짝 차리면 그들을 격퇴할 수가 있습니다. 장군, 조조군이 진지를 구축해 자리를 잡기 전에 그들을 먼저 쳐야 합니다. 그러면 반드시 승리할 것입니다."

여포는 진궁의 말을 듣고도 별 의욕 없이 응대했다.

"성이란 성은 모두 빼앗기고 말았소. 우리 군도 이미 여러 번 패한 끝이라 사기도 땅에 떨어져 있는데 조조군의 저 엄청난 군세를 어찌 감당하겠소?"

진궁이 다시 설득했다.

"군의 규모가 크면 그에 따르는 병참의 문제도 많은 법입니다. 군량미나 장비의 공급선이 길어지기 때문에 때에 따라서는 아주 어이없이 무너지기도 합니다. 대군을 이기려면 반드시 기각지세掎角之勢, 즉 공격 세력을 분산하여 약화시키는 전법을 사용해야 합니다. 큰 세력을 잘게 나누어 섬멸해 들어가야 한다는 뜻입니다. 원정군일 경우에는 군대가 피로하기 때문에 더욱 공격하기가 쉽습니다. 지금은 또 한겨울이라 병사들이 견디기 어려울 것입니다. 아무리 군기가 엄정한 조조의 군대라도 계속적으로 공격하여 괴롭히면 견딜 수가 없을 것입니다. 한편으로는 성을 굳게 지키고 다른 한편으로는 성밖으로 나가 싸워야 합니다."

진궁이 애써 설득했으나 여포는 이치에 닿지도 않는 말을 했다.

"군사들을 성밖으로 내보내다니 당치 않소. 또 어느 놈이 나가서 조조군에 투항해 내게 칼을 들이밀지 내가 어찌 알겠소? 조조놈더러 먼저 공격하라 하시오. 그놈들이 강을 건너오면 일시에 공격해 모두 사수의 물귀신으로 만들 테니."

"아니, 조조가 함부로 사수와 기수를 건너 하비성 바로 앞에다 배수진을 칠 사람입니까? 조조가 어떤 사람입니까? 조조에게 그만큼 당하시고도 그리 말씀하십니까?"

오랜 설득에도 불구하고 여포는 듣지 않았다. 며칠이 지나 조조군이 하비성 아래에 진지를 구축해 각 공격 거점들을 확보하더니 바로 성을 공격하기 시작했다. 화살이 소나기처럼 성안으로 날아들어오고 사방에서 성을 부수는 공성기攻城機 소리로 땅이 꺼지는 듯했다. 그리고 날아드는 불화살로 성의 여기저기가 타들어갔다. 진궁이 다시 여포를 찾아갔다. 여포는 초선과 함께 술을 마시고 있다가 진궁이 왔다는 기별을 듣고 옷을 채 갖춰입지도 않고 내실을 나와 그가 있는 곳으로 왔다. 진궁이 여포를 보자 간절하게 말했다.

"장군, 사태를 바로 보시고 급히 대처하셔야 합니다. 조조는 이미 모든 진지를 구축했습니다. 그러나 지금이라도 늦지 않습니다. 조조군은 먼길을 왔기 때문에 매우 지쳐 있습니다. 때로는 공격이 최선의 방어이기도 합니다. 장군께서는 보병과 기병을 이끄시고 성밖으로 나가 진을 치고 적을 공격하십시오. 저는 나머지 군사로 성을 굳게 지키겠습니다. 그러면 피로한 조조군은 아마 견디지 못할 것입니다. 반대로 조조가 성을 계속 공격하면 장군께서는 조조의 후면을 공격하십시오. 그러면 군량미 공급선이 끊어져 조조는 열흘도 견디기 힘들 것입니다. 그때 가서 조조를 치십시오. 그러면 이 하비성만이라도 지킬 수가 있습니다."

여포는 자기가 나가서 싸우고 성은 진궁이 방어한다는 말이 계속 마음에 걸렸다. 그러나 진궁의 말이 틀리지 않았고 가만히 앉아서 죽는 것보다는 무엇인가 대책을 세워 하비를 지켜내야 한다는 생각이 들었다.

"공의 말이 옳소. 내가 준비하리다."

여포는 군사들에게 엄동설한이므로 솜옷을 단단히 챙겨 입으라고 명하고 출정준비를 서둘렀다. 이때 여포의 아내 엄씨가 그에게로 와 물었다.

"영감, 지금 어디로 나가시려 하십니까?"

여포는 진궁의 말에 따라 조조를 칠 생각이라고 말했다. 그러자 엄씨의 얼굴에 수심이 가득 내려앉았다.

"영감, 이번에는 그냥 성에 있는 게 좋겠습니다. 지난번 진등의 일을 들었습니다. 만약에 영감이 나간 후에 진궁이 또 성문을 닫아걸면 어떻게 합니까? 그러면 영감은 성밖에서 오도가도 못하고 죽게 될 것이고, 저는 적에게 더럽힘을 당할지도 모릅니다. 가지 마세요."

"진궁은 진등과는 다른 사람이오. 진규 부자가 교활하고 간사해서 생긴 일이지 진궁은 그런 사람이 아니오."

"진궁이 그렇지 않다고 어떻게 믿겠습니까? 저번 진등의 일도 너무 믿어서 생긴 일 아닌가요? 전 이곳 사람들을 더 이상 믿지 않아요. 설령 진궁이 배반하지 않더라도 다른 사람이 모반할 수도 있는 일이지요. 조조군은 엄청난 대군이라고 들었습니다. 싸우다 안 되면 항복하면 되지 왜 적은 군대로 나가 싸웁니까? 조조는 항복한 사람에게 관대하다고 들었습니다. 그리고 조조도 아마 영감을 살려줄 겁니다. 그것이 자기에게 득이 되는 일이니까요."

여포는 엄씨의 말을 듣자 나가 싸우는 것이 다시 망설여졌다. 여포가 출정을 미루자 진궁은 크게 실망했다. 매서운 겨울바람 속에서 성을 포위한 조조의 군사들이나 성안에 있는 여포의 군사들이나 힘들기는 마찬가지였다. 그러던 어느 날 진궁이 급히 여포에게 달려와 보고했다.

"첩자들이 전하기를 조조의 군량이 거의 바닥나서 허도로 사람을 보냈다고 합니다. 곧 허도에서 군량이 운반돼 올 것입니다. 우리가 나가서 공격은 하지 않더라도 장군께서 친히 정예 부대를 이끌고 나가셔서 미리 보급로를 끊어야 합니다. 지금이 기회입니다."

여포가 진궁의 말을 막았다.

"내가 직접 나가서 조조의 대군 사이를 뚫고 보급로를 차단하는 것은 쉬운 일이 아니오. 조조가 보급로를 그리 허술하게 두었을 리도 없지 않소. 유비군이 소패에서 회남에 이르는 곳을 모두 방어하고 있고, 허도로 가는 길목은 조인이, 그리고 하비에 이르는 길도 곳곳에 모두 조조군이 지키고 있소. 좀 생각해봅시다."

여포는 머리도 아프고 쉴 겸 초선의 방으로 갔다. 여포가 수심에 젖어서 들어오자 초선이 물었다.

"장군님 얼굴에 근심이 가득합니다."

"조조군이 하비성을 조여오고 있소. 어떻게 해야 할지 답이 서지 않는구려."

초선은 몹시 걱정스러운 얼굴로 다시 물었다.

"장군, 그러면 이제 우리는 어떻게 되는 거예요?"

여포가 대답이 없자 초선이 말을 이었다.

"만일 장군께서 그들과 싸우러 나가신다면 형님(엄씨)이나 저의 운명은 바람 앞의 등불입니다. 장군께서 안 계시는데 과연 진궁과 고순이 이 성을 무사히 지킬 수 있을지 의심스럽습니다. 전에 제가 장안에 있을 때, 영감은 형님과 절 버려두고 달아나셨죠. 그때 방서가 우리를 구해주었으니 망정이지 그렇지 않았더라면 까다로운 형님은 벌

초선의 품에 안겨 괴로워하는 여포.
초선의 매력은 후세의 상상력을 끊임없이 사로잡았다. 민간의 전설 가운데에는
'초선이 후일 관우의 부인이 되었다' 는 이야기까지 생겼다고 하니, 초선에 대한
『삼국지』 매니아들의 사랑이 어느 정도였는지 짐작할 수 있다.

써 목을 매달았을 것이고 저는 아마도 잡놈의 천기가 되었을 겁니다. 또다시 그런 일을 당할 수는 없습니다. 장군, 제발 나가시지 마세요. 출병하시지 마세요."

초선은 거의 애원하며 매달리다시피 했다. 여포는 더욱 심란해 초선의 방을 나와 진궁에게로 갔다.

"내가 문루에서 살펴보니 조조군은 우리를 겹겹이 에워싸고 있소. 군량이 떨어졌다는 말은 날 성밖으로 유인하기 위한 계략일 수도 있소. 나가서 싸우다간 더 쉽게 당할 것 같소."

진궁은 절망적인 심정이 되었다.

"하비성도 얼마 안 있어 조조의 것이 되겠구나. 이제 내가 죽어도 묻힐 땅조차 없게 되었다!"

성밖의 조조는 여포가 응전할 생각을 하지 않고 있자 답답한 마음을 달래며 다른 계책 마련에 부심하고 있었다. 하비·서주·소패· 낭야·거평·소관 등에 펼쳐진 군영을 유지하고 군량미를 지속적으로 조달하는 것은 매우 어려운 일이었으므로 어떻게든 이제 이 전쟁을 결판지어야 했던 것이다. 성안에 틀어박힌 여포는 갈수록 나올 생각을 않고 부인 엄씨와 초선을 번갈아 불러 술로 날을 보내는 일이 잦아졌다.

조조는 다시 20여 일을 계속해 하비성을 공격했으나 아무런 성과가 없었다. 겨울을 견디는 것도 어려운데 공격이 힘을 발휘하지 못하자 애가 탄 조조는 연일 곽가를 불러 대책을 논의했다. 그러던 중 곽가가 한 가지 제안을 했다.

"제게 한 가지 계책이 있긴 합니다. 제대로만 된다면 10만 대병을 동원하는 것보다 쉬운 일입니다."

"그래, 그것이 무엇인가?"

"하비의 지형을 보면 기수와 사수가 만나는 지점에 위치하고 있어 물이 많습니다. 그래서 공격하기도 어렵지만 역으로 물을 잘만 이용하면 쉽게 승리할 수도 있습니다. 사수는 소패와 팽성彭城을 거쳐 하비로 이르고 기수는 태산에서 발원해 낭야를 거쳐 하비에 이르니 이 둘은 하비에서 만납니다. 하비는 팽성이나 소패 혹은 낭야보다 지대가 낮아 만약에 기수나 사수의 물을 성안으로 흘려보낼 수만 있다면 하비성이 물에 잠기는 것은 시간문제입니다. 수로를 새로 파거나 둑을 터뜨리면 나서서 싸우는 것보다 더 큰 성과를 얻을 것입니다."

조조가 이 말을 듣자 희색이 만면하여 영을 내렸다.

"지금은 겨울이라 수로를 새로 파기는 어려울 듯하다. 그러니 하비성으로 통하는 저수지의 둑을 터뜨리는 것이 좋겠구나. 바로 시행해야겠다."

조조는 당장 군사들에게 명해 하비성에 물을 공급하는 수로를 찾고 그 수로를 따라 설치된 저수지의 둑을 터뜨리는 동시에 기수에서 물이 계속 저수지로 흘러 들어오도록 수로를 넓혔다. 수천 명의 병사가 전투는 안 하고 수로 공사에 동원되었다. 엿새 만에 기수와 사수의 둑을 트자 물은 시시각각으로 하비성을 향해 흘러 들어갔다.

조조는 군사들을 높은 지대로 이동시킨 후 쉼 없이 물이 흘러들고 있는 하비성을 내려다보았다. 저지대를 타고 흘러들어간 물은 시간이 지날수록 성안 전체를 잠식하고 있었다. 마치 여름 홍수라도 만난 듯 성안 도로들은 자취를 감추고 가옥들만 물에 떠 있는 모습이 되었다. 대책 없이 오직 수성에만 전념하던 여포군은 곧 수장이 될 판이었다. 사태가 이와 같은데도 여포는 계속 술에 절어 제정신이 아니었다. 기온이 내려가면서 성에 차 있던 물은 모두 얼어붙기 시작했다. 가축은 물론이고 군마들이 동사하고 사람들도 더 이상 피할 곳이 없어 차라리 성문을 열라고 아우성이었다. 급해진 진궁이 여포를 찾아가 현실을 바로 보고 살아날 방도를 구해야 한다고 진언했다. 그러나 진궁이 보니 여포의 몰골은 말이 아니었다. 진등에게 당하고 난 이후 술로만 지낸 탓인지 여포의 얼굴은 병색이 완연했다. 검게 변한 얼굴은 말라서 광대뼈까지 튀어나와 있었다. 대충 걸쳐입은 옷에다 머리도 손질하지 않아서인지 한때 빼어난 장수로서의 모습은 간 데 없고 초라한 늙은이가 진궁 앞에 앉아 있었다. 진궁은 기가 막히고 절망스러워 속으로 외쳤다.

'이제 나의 운명도 여기서 끝이 나는구나.'

여포는 진궁의 간곡한 말을 듣고 뭔가 깨달은 바가 있었는지 갑자기 벌떡 일어나더니 갑옷을 챙겨입고 진궁을 앞세워 밖으로 나갔다. 성내는 이미 물바다가 되어 있었다. 거리 곳곳은 침수되어 발목까지 물이 차고 치우지 못한 군마들의 시체가 여기저기 나뒹굴었다. 불안에 떨고 원망에 찬 백성들의 모습은 이만저만이 아니었다.

고여 있던 물은 겨울바람을 만나 계속 얼어붙고 그 위로 또 물이 흘러들었다. 성의 처참한 모습을 확인한 여포는 낙심하여 어찌할 바를 모른 채 관아로 발길을 옮겼다. 관아 역시 무사하지 않아 마당의 이곳저곳이 물에 잠겨 있거나 살얼음판으로 변해 있었다. 여포는 무거운 발을 이끌고 안으로 들어갔다. 그곳 한편에서 참모들인 송헌·후성·위속 등이 탄식하며 술을 마시고 있었다. 이 광경을 본 여포가 갑자기 소리쳤다.

"이놈들아, 지금 조조군이 코앞에서 우리를 희롱하고 있는데 이렇게 술이나 퍼마시고 있단 말이냐?"

후성이 갑자기 나타난 여포의 모습에 당황하여 변명을 했다.

"그 동안 성안으로 들어오는 물을 막고 군마들을 안전한 곳에 피신시키느라 정신이 없었습니다. 이제 물이 자꾸 불어나서 달리 대책을 세워야 하겠기에 잠시 쉬면서 술을 한잔 마시고 있었습니다. 용서해주십시오."

후성의 말이 끝나기도 전에 여포는 칼을 빼어들어 후성을 내리치려 했다. 진궁이 급하게 이를 막으며 말했다.

"이들의 말이 사실입니다. 오죽이나 답답했으면 이랬겠습니까? 지금은 크지 않은 일로 잘잘못을 따지기보다 마음을 모두 하나로 모을 때입니다. 용서해주세요."

그런데 여포는 표정이 굳어지면서 괴성을 질러댔다.

"이놈들아 지금 성안은 물바다가 되어 있는데 네놈들이 술이나 마시면서 하는 이야기가 뭐냐? 네놈들이 함께 모의하여 날 죽이겠다는 수작이렸다?"

그러더니 후성을 지목해 말했다.

"네 이놈 후성아, 너는 진등과 가까웠던 놈이다. 분명 네놈은 조조에게 성문을 열어줄 놈이다. 여봐라, 당장 후성의 목을 베어라!"

여포의 말에 진궁·송헌·위속 등 여러 장수들이 여포에게 엎드려 빌었다. 후성은 진궁의 간곡한 만류로 곤장 50대를 맞고 겨우 풀려났다. 이 광경을 본 여러 장수들의 마음에 동요가 일었다. 평소 여포의 성격이 급한 것은 알고 있었지만, 근 보름 만에 나타난 여포의 모습은 어느 한 구석도 믿을 만한 데가 없어 보였던 것이다. 그날 밤 송헌과 위속이 후성을 위로하기 위해 그의 집을 찾아갔다. 이들을 맞은 후성은 입술을 깨물며 말했다.

"여포, 저놈은 이 지경이 될 때까지 술과 계집에 빠져 있었으면서 이제까지 고생한 우리를 마치 개 돼지 취급하는구려! 오늘날 아군이 이 모양이 된 것이 어찌 우리 탓이오, 제놈의 탓이지."

송헌도 입을 열었다.

"오늘 보니 여포는 이제 제정신이 아니오. 성은 물바다가 되어 있고, 우리도 살길을 찾아야 하지 않겠소. 여포를 보니 더 이상 우리를 보호해주기는 어려울 듯하오. 성을 버리고 도망치는 게 오히려 나을 것 같아요."

위속이 말을 받았다.

"이렇게 된 바에야 정신 나간 여포를 붙잡아 조조에게 바칩시다. 성이 이 지경이니 우리도 살길을 찾아야지요."

세 사람은 이렇게 의견을 맞추고 당장 실행에 옮겼다. 그날 밤 후성은 송헌과 위속의 도움을 받아 몰래 성을 빠져나갔다. 그리고 곧바로 조조의 진영으로 가서 항복할 의사를 밝히고 여포를 사로잡아 오겠다고 말했다. 조조는 '이제야 끝이 나는구나' 하고 속으로 쾌재를 부르며 후성을 치하했다. 조조의 영채에 당도한 후성이 말했다.

"내일 동이 틀 무렵 송헌과 위속이 하비성의 문루에서 동쪽으로 백 보 떨어진 곳에 흰 깃발을 꽂을 것입니다. 이를 군호로 하여 동·남·서쪽의 성문을 열어 투항할 테니 수로를 막아 군이 쉽게 들어올 수 있도록 하십시오."

조조는 긴 원정이 끝날 것이라고 기뻐하면서 그날 밤 방문 수십 장을 써서 화살에 매어 하비성 안으로 쏘아올렸다.

대장군 조조는 황제 폐하의 명을 받들어 여포를 징벌한다. 만약에 천자의 대군을 향해 항거하는 자는 대군이 성을 함락하는 날, 전 가족을 몰살할 것이다. 그러나 반대로 장수나 일반 백성 그 누구라도 여포를 사로잡거나 그 목을 바치는 자에게는 벼슬과 큰 상을 내리겠다.

이 같은 사실도 모르고 여포는 밤을 새워 하비성 전체를 꼼꼼히 돌아다니며 대책을 찾았다. 그러나 이 일을 해결할 만한 어떤 실마리도 찾을 수가 없었다. 지친 여포는 새벽녘이 되어서야 잠이 들었다.

한편 조조는 밤을 이용해 수로를 막게 하여 강물 유입을 중단시키고 비교적 물이 덜 차오른 서문과 동문 쪽으로 병사들을 이동시켰다. 서문과 동문 쪽에서는 물이 고인 땅이 얼어서 오히려 걷기가 편했다. 여포가 잠든 새벽녘에 성을 함락하기 위한 준비가 끝이 났다.

날이 밝아오자 갑자기 천지를 울리는 함성이 하비성에 몰아쳤다. 성 아래에 있던 조조의 군사들이 성 위에서 흰 깃발이 바람에 나부끼는 것을 보고 일제히 성문으로 진입하기 시작했다. 조조군은 일제히 치달려 관아를 장악하고 군사들을 무장해제시켰다. 서쪽 성문을 지키고 있던 고순과 장요는 사로잡혀 포박당했고 또한 진궁도 남문 쪽으로 도망치다가 조조의 장수 서황에게 붙잡히고 말았다. 하비성 안에 들어온 조조는 군사들에게 신속하게 성안의 물을 빼도록 명하고 다시 수십 장의 방문을 붙여 백성들을 안심시켰다.

송헌·위속·후성은 조조군이 성안으로 쏟아져들어오는 것을 확인하자 심복들을 데리고 여포의 집으로 향했다. 이들은 은밀하게 내실로 들어가 경계를 보던 사병 두 사람을 때려눕혔다. 그리고 여포의 침실로 몰래 들어가 준비한 밧줄로 깊은 잠에 빠진 여포를 꽁꽁 묶었

다. 이들은 밧줄에 묶인 여포를 관아로 데리고 가서 10여 명의 수하
들에게 잘 지키라 이르고 이내 조조에게 연락했다. 그러자 얼마 안
있어 조조가 휘하 장병들을 거느리고 관아로 들어왔다. 백기를 올린
채 관아에 모여 있던 군인들과 민간인들은 조조를 향해 허리를 굽혀
절했다.

얼음판인 관아의 마당에는 포로가 된 여포와 진궁을 비롯한 여러
장수들이 포승줄에 꽁꽁 묶여 꿇어앉아 있었다. 조조는 유비와 함께
관아로 들어오며 이들을 둘러보았다. 포로들을 둘러본 조조는 유비
와 함께 당상에 올라서 이들의 죄상을 보고받고 형벌을 주거나 방면
할 것을 결정하도록 했다. 곧 관아의 마당과 이어져 있는 작은 마당
에 참수용 장비와 교수형 틀이 놓였다. 조조가 바닥에 꿇어앉아 있는
여포를 보니, 범처럼 장대한 기골을 자랑하던 천하의 영웅호걸도 밧
줄에 묶여 있으니 별 수 없는 듯했다. 여포가 조조를 올려다보며 소
리쳤다.

"네 이놈들아 밧줄을 어찌 이다지도 심하게 묶었느냐, 아무리 죽을
몸이지만 너무하지 않느냐?"

조조가 이 말을 듣고 꼭 필요한 부분을 제외하고는 좀 느슨하게 풀
어주라고 했다. 여포는 다시 후성 · 위속 · 송헌을 바라보며 입술을
깨물었다. 조조에게 투항한 자신의 장수들을 본 여포는 아무 말도 하
지 않고 밧줄에 묶인 채 마치 꿈이라도 꾸고 있는 사람처럼 요동도
하지 않았다. 조조는 여포를 제쳐두고 진궁을 먼저 끌어오라고 명했
다. 서황이 진궁을 결박해 조조 앞에 끌고 왔다. 진궁은 어찌된 일인
지 머리는 산발한 채 피로 얼룩져 있고 눈가는 멍들어 부어 있었다.
마당은 얼음판인데 아무것도 신지 않은 채 진궁의 발이 시퍼렇게 얼

어 있었다. 조조가 진궁을 보자 냉소적인 어투로 말했다.

"공대公臺(진궁의 자), 그간 별고 없었소? 날 버리고 떠나더니 그래 이게 무슨 꼴이오?"

진궁은 조조를 똑바로 바라보며 말했다.

"조조는 들거라. 지금 내가 이 지경까지 왔지만 천자와 천하를 기만하는 네놈 밑에 들어가는 것보다는 나을 것이다. 역사는 결코 너를 인정하지 않을 것이다. 천하의 주인은 백성들이 만들어주는 것인데 네놈은 천하를 억지로 훔치려 하는 도적이다."

"내가 천하를 훔치다니요? 나는 나이 어린 황제를 돕고 있을 뿐이오."

"너는 전에 서주 태수 도겸이 네 부친을 죽였다고 오해한 일로 무고한 백성들을 마구 살상했다. 사적인 감정으로 백성들을 몰살시킨 자가 어찌 감히 천하를 넘볼 수 있느냐? 무고한 백성을 한 사람이라도 죽이면 그는 죽어서 천벌을 받는다고 했다. 아마 너는 그 일로 자손 대대로 욕을 당하게 될 것이고 하늘은 너의 씨를 말릴 것이다."

조조의 얼굴이 갑자기 붉어졌다. 진궁이 조조의 가장 부끄러운 과거를 들추었던 것이다. 그것도 바로 서주 땅에서 말이다. 조조는 얼른 말머리를 돌려 진궁을 다시 꾸짖었다.

"그래, 내 죄가 그리 크다면 너는 어째서 저 오랑캐놈인 여포를 섬겼느냐? 여포는 자기 아비나 다름없는 이를 둘이나 죽인 패륜아가 아니냐?"

"여장군은 비록 꾀는 없지만 너처럼 기만하거나 농간을 부리지는 않았다. 여장군이 동탁을 죽인 일도 왕윤의 계략에 의한 것이었고 오히려 그는 희생자였다. 오히려 동탁을 죽인 후에 그 과실들은 네놈이

다 먹고 있지 않느냐? 또 네가 하는 짓이나 동탁이 하는 짓이 무엇이
다른가?"

애써 태연한 척하려던 조조가 다소 흥분하는 모습을 띠었다.

"네가 지금 그 자리에 앉아 있으니 이치에 닿지도 않는 망발을 지
껄이는구나. 그래 너는 네가 스스로 지모가 많다고 자만하더니, 오늘
의 네 꼴을 보아라. 그 잘난 놈이 그래 이 지경이 되었느냐?"

"만약 여장군이 내 말을 들었더라면 너도 기수의 물귀신이 되었을
것이다. 여장군이 저 유비놈과 진규·진등놈을 믿은 죄로 오늘날 이
꼴이 되었다."

조조가 다시 여유를 가지고 물었다.

"그러니 그대처럼 재주가 많은 이를 이제 어떡하면 좋겠소?"

"더 이상 욕보이지 말고 죽여라."

조조는 진궁의 강직함에 대해서는 이미 잘 알고 있었다. 그와의 기
나긴 인연을 생각해서인지 다시 진궁을 향해 물었다.

"너는 그렇다 치더라도 늙은 어머니와 처자식은 어찌 하겠느냐?"

진궁은 얼굴을 붉혔다.

"천하를 효로 다스리려 하는 자는 남의 어버이를 죽이지 않고, 어
진 정치를 베풀려는 자는 그 후손을 끊지 않는다고 들었다. 내 노모
와 처자식이 죽고 사는 것은 네놈 손에 달렸다. 나는 이미 사로잡힌
몸이다. 빨리 죽어서 이 수모를 벗어나고 싶을 뿐이다."

진궁의 태도가 워낙 당당하여 주변의 포로들과 이를 보고 있던 사
람들이 한층 숙연해졌다. 여포만이 넋이 나간 사람처럼 앉아 있을 뿐
이었다. 조조가 잠시 상념에 젖어 있는데 어느새 진궁은 스스로 몸을
일으켜 형장 쪽으로 내려갔다. 조조가 어쩌지 못하고 있자 조조의 측

근들이 형 집행을 중지시키고 진궁을 설득하려 했다. 그러나 진궁은 거들떠보지도 않고 형장으로 향했다. 이때 조조가 진궁이 들리도록 큰 소리로 시자들에게 명했다.

"진궁의 노모와 처자식을 허도로 보내어 편히 지낼 수 있도록 하라. 즉시 명을 실행치 않으면 목을 베리라!"

진궁은 마지막으로 자신을 회유하는 듯한 조조의 목소리를 뒤로하고 아무 말 없이 형장 문 입구로 들어섰다. 진궁이 죽자, 조조는 좋은 관을 준비하게 하여 진궁의 시신을 허도로 옮겨 장사를 지내주라고 명했다. 진궁이 참수된 뒤에 조조 앞에 여포가 다시 끌려나왔다. 자세히 보니 지금의 몰골은 지난날 조조가 보아온 여포가 이미 아니었다. 조조는 여포의 변한 모습을 보고 있자니 기가 차기도 하고 한편으로는 아까운 생각도 들었다. 조조는 여포가 무슨 생각을 하고 있는지 들어볼 작정으로 말을 붙여보았다.

"이보시오 여장군, 장군은 천하의 영웅호걸이지만 이미 내게 붙잡힌 신세요. 그러니 이제라도 항복하는 게 어떻겠소? 내가 만약 공을 나의 부장으로 삼으면 천하를 평정하기는 손바닥 뒤집는 것처럼 쉬울 텐데, 어떻소?"

"뜻대로 하시오."

조조가 잠시 말없이 여포를 내려다보더니 유비에게 뭔가를 속삭였다.

"여포를 살려주어 우리와 합류시키는 게 어떻겠소?"

"승상께서는 이 전쟁을 처음 시작했을 때의 마음을 돌이켜보십시오. 또한 정원과 동탁의 일도 잊어서는 안 됩니다."

유난히 사람 욕심이 많은 조조는 여포를 잃는 것이 한편 아까웠으나 유비의 말이 옳았으므로 여포를 처형하라 명했다. 조조의 명에 여포는 잠시 침묵하더니 유비를 바라보며 말했다.

"유비 아우, 이제 그대는 높으신 의자에 앉아계시고 나는 이렇게 초라하게 붙잡혀 언 땅바닥에 앉았으니 나를 위해 뭐라 한 말씀 하실 생각은 없소?"

여포의 생은 어찌 보면 이간과 배신으로 얼룩진 삶이었지만 죽기 전에 그래도 진심으로 마음을 트고 교류를 가진 한 사람이 있었다는 것을 확인하고 싶었던 것이다. 그러나 유비는 아무 말이 없었다. 그것을 지켜보고 있던 조조는 속으로 놀라지 않을 수 없었다. 이제껏 유비를 인정에 끌려다니는 사람이라고 판단해왔는데 오늘 보니 그것이 아니었던 것이다. 조조는 유비가 진정 두려워하는 것이 바로 자신과 여포가 합치는 것이라는 것을 미처 생각지 못했다. 그만큼 조조는 유비를 대수롭지 않게 여기고 있었던 것이다. 여포는 끝내 유비에게서 아무런 말도 듣지 못했다. 조조는 여포에게 두 명의 부인과 딸이 하나 있다는 말을 듣고 그들을 허도로 보내어 편히 살게 하라고 명했다.

조조는 진궁과 여포를 죽인 후에 대부분의 장수들을 자신의 휘하로 끌어들였다. 장요에게는 중랑장의 벼슬과 함께 관내후關內侯를 내리고 손관·오돈에게도 벼슬을 주어 청주와 서주의 해안을 지키게 했다.

서주 정벌을 끝내고 허도에 돌아온 조조는 출정했던 장수와 사졸들의 공적을 철저히 심사하게 하여 각자의 공훈에 따라 벼슬을 올려주거나 상을 내렸다. 서주 정벌에 큰 공을 세운 유비는 특별히 승상부 왼쪽에 있는 집을 정리해 별관으로 주며 그곳에서 쉬도록 했다.

다음날 조조는 유비를 데리고 황제를 알현했다. 조조는 조회가 끝나고 특별히 헌제에게 유비를 소개하며 서주 정벌에 혁혁한 공을 세웠다는 표문을 함께 올렸다. 유비는 조복朝服을 갖춰입고 대궐 안 전각 아래의 붉은 섬돌에 엎드려 헌제에게 절을 올렸다. 헌제는 친히 유비를 대전 위로 오르라고 말했다. 유비가 전상殿上으로 오르자 헌제가 반갑게 맞으면서 유비에게 물었다.

"짐이 경의 높은 이름을 들은 지 오래요. 경은 한 황실 종친이라 들었는데 누구의 후손이오?"

유비는 처음으로 직접 대하는 황제였으나 안정감 있는 목소리로 자신을 소개했다.

"신은 중산정왕의 후손으로, 효경황제 폐하의 현손 유웅劉雄의 손자이며, 유홍劉弘의 아들입니다."

유비의 말을 듣자 헌제는 종족의 세보世譜를 가져오게 한 후, 종정경宗正卿에게 큰 소리로 읽어보라고 했다. 종정경은 황실의 족보인 종족세보宗族世譜를 펼친 후 중산정왕 부분을 찾아서 큰 소리로 읽기 시작했다.

"효경황제께서는 휘하에 열네 아드님을 두셨습니다. 그 가운데 일곱째 아드님이 중산정황 유승劉勝이십니다. 유승은 육성정후 유정劉貞을 낳으시고 유정은 패후 유앙劉昻을 낳으셨습니다. 유앙은 장후 유록劉祿을 낳으시고 유록은 기수후 유연劉戀을 낳으셨습니다. 유연은 흠양후 유영劉英을 낳으시고, 유영은 안국후 유건劉建을 낳으셨습니다. 유건은 광릉후 유애劉哀를 낳으시고, 유애는 교수후 유헌劉憲을 낳으셨습니다. 유헌은 조읍후 유서劉舒를 낳으시고, 유서는 기양후 유의劉誼를 낳으셨습니다. 유의는 원택후 유필劉必을 낳으시고, 유필은 영천후 유달劉達을 낳으셨습니다. 그리고 유달은 풍령후 유불의劉不疑를 낳으시고, 유불의는 제천후 유혜劉惠를 낳으셨습니다. 유혜는 동군 범령 유웅을 낳으시고 유웅은 유홍을 낳으셨습니다. 유홍은 벼슬에 오르지 아니했으며 유비는 유홍의 아드님이십니다."

종정경이 읽어내리는 종족세보를 듣고 난 뒤, 헌제가 명했다.

"짐과의 촌수寸數를 따져보라."

종정경은 잠시 살핀 뒤에 말했다.

"유비는 폐하의 아저씨뻘이십니다. 즉, 황숙皇叔입니다."

종정경의 말을 듣자 헌제는 크게 기뻐하면서 유비를 편전에 오르게 하여 먼저 절하고 숙질간의 예를 나눴다. 헌제는 날이 갈수록 자신을 무시하는 듯한 조조에게 거리감과 두려움을 느끼고 있던 차에 아저씨뻘이 된다는 유비를 만나고 보니 내심 안심이 되었다.

'유비의 출신지가 탁군이라면 그곳은 요서遼西와 고구려高句麗 땅에 접해 있으니 시골 중에서도 시골이로다. 황족이 어찌하다 그 구석까지 갔을까? 황족이지만 종실과는 거리가 한참 멀긴 하다. 어쨌거나 천하가 공인하는 영웅이 내게 아저씨뻘이 된다니 다행이로다. 황제인 나를 위한답시고 나선 이들이 하나같이 나를 가리고 앉아 국사를 마음대로 농락하고 방자하기 짝이 없이 구는데 유비는 그래도 내 친척이니 나를 지켜주겠지. 저 사람을 가까이하고 숙부로 대접하면 저 사람에게서 분명 도움을 받을 수 있을 것이야.'

헌제는 유비를 황숙이라고 부르며 그의 자리를 확고히 해주기 위해 유비에게 좌장군左將軍 의성정후宜城亭侯의 벼슬을 내렸다. 유비는 황제의 극진한 대접을 받고 조정에서 물러나와 자신의 근무지로 갔다. 이후 사람들은 유비를 황제의 숙부님이라 하여 '유황숙'이라 불렀다. 조조가 승상부에 돌아오자 순욱과 여러 모사들이 조조에게 찾아와 근심스럽게 말했다.

"천자께서 유비가 숙부뻘이 된다는 것을 안 사실은 승상께 별로 이롭지 못한 일입니다. 유비는 충의 정신이 뛰어난 사람이라 자처하는 자이니 앞으로의 일이 걱정입니다. 승상께서 그를 너무 키워주시는 것 아닙니까?"

"유비가 비록 황숙이라고는 해도 다 나의 손아귀에 있네. 황제의 조명을 만드는 사람은 날세. 내가 황제의 조명을 만들어 유비에게 언제든지 명할 수 있는데 무엇이 걱정인가? 유비를 움직이게 하는 것은 나야. 내가 유비를 허도에 머물게 한 것은, 유비가 천자를 가까이 모시게 한다는 명분을 내세웠지만, 사실 내 손아귀에 두려고 그런 것이네. 내가 유비를 두려워할 일이 뭐 있겠나? 유비는 명예욕이 큰 사람이야. 그걸 잘 이용하면 되는 것이지."

순욱이 다소 안도하는 듯한 모습을 보며 조조는 말을 계속했다.

"내가 당장 걱정하는 사람은 태위 양표일세. 양표가 누구인가? 이각·곽사의 변란이 있을 때 이각과 곽사를 이간계로 해치운 사람이 아닌가? 그리고 양표는 황제의 어가를 낙양으로 모시고 온 공로도 있는 원로 중신인데 이 사람이 이간계에 능하다 하니 앞으로 내게 어떤 피해를 입힐지 모르는 인물이야. 더구나 그는 원술과는 친척관계에 있고 황제의 두터운 신임에다 문무백관들 사이에 인망도 높으니 함부로 다루기 어려운 사람이야. 그런 그가 원술과 내통이라도 하게 되면 내가 어려워질 수도 있지 않겠는가? 우선 이 양표놈부터 제거해야 해."

조조의 의중을 알아차린 조조의 한 측근이 은밀하게 사람을 시켜 양표가 역적 원술과 내통하고 있다는 상소문을 올렸다. 조조는 자신이 만든 것이나 다름없는 상소문을 받고는 바로 양표를 하옥시키고, 만총에게 명하여 양표를 문초하도록 했다.

양표가 하옥되었다는 소식에 조정이 술렁거리기 시작했다. 헌제도 이 문제에 대해 깊이 우려하며 양표를 잃게 되지나 않을까 노심초사했다. 이때 바른말을 잘하기로 유명한 북해 태수 공융이 허도에 와 있었다. 공융은 과거에 서주 일로 조조와 사이가 벌어져 있었다. 더구나 조조는 그 당시 서주에서 저지른 만행 때문에 공융을 만나기가 껄끄러운 상태였다. 공융은 양표가 하옥되었다는 소식을 듣고 승상부로 조조를 찾아가 따졌다.

"승상께 드릴 말씀이 있습니다. 양태위께서 하옥된 것은 당치 않습니다. 양태위는 4대에 걸쳐 밝고 바르게 천자를 섬긴 분으로 그 덕망을 모두가 우러러보고 있습니다. 이각·곽사놈을 처치한 것도 다 따지고 보면 양태위의 공이 아닙니까? 양태위가 이미 몰락해버린 대역죄인 원술과 내통할 까닭이 없습니다. 이건 분명 양태위를 모함하려는 자의 거짓 상소입니다."

조조가 공융을 보지도 않고 퉁명스럽게 대답했다.

"죄가 있는지 여부는 조정에서 알아서 처리할 일이오."

공융이 조조에게 다시 간했다.

"제가 한 가지 예를 들어보겠습니다. 승상께서는 제 말을 들으시고 대답해주십시오. 주나라 시대에 창업주이신 무왕武王이 귀국한 지 2년 만에 돌아가셨습니다. 그래서 어린 성왕成王이 등극하고 무왕의 아우님이신 주공周公께서 섭정을 하셨습니다. 주공께서는 당신의 아우님인 소공召公과 의논하셔서 정사를 돌보셨습니다. 그런데 어느 날 이제 열 살도 안 된 어린 성왕이 소공을 죽였다고 한다면, 주공의 입장에서 나는 모르는 일이라고 발뺌을 하실 수 있겠습니까?"

조조는 공융이 따지고 드는 말에 대꾸할 말이 없었다. 특별히 잘못도 없는 공융을 하옥할 수도 없고 그대로 넘어가자니 승상부를 떠날 사람 같지도 않았다. 조조는 어쩔 도리가 없어 양표의 벼슬을 거두고 고향으로 귀양을 보내고 말았다.

양표가 귀양을 간 일이 조정에 알려지자 간관諫官 일을 맡아보는 의랑議郎 조언趙彦이 기군망상하는 조조의 처사에 크게 분개하여 '조조가 황제의 명을 받들지도 않고 전권을 휘두르며 함부로 대신들의 벼슬을 주었다 빼앗았다 하는 죄를 저지르고 있다'며 조조를 탄핵하는 상소문을 천자에게 올렸다. 그런데 그 사실을 알게 된 조조는 즉각 조언을 잡아서 비밀리에 죽이고 그 죄명을 대역죄로 발표했다. 조언이 허무맹랑하게 죽자 문무백관들은 조조의 말에 어떤 이설도 달지 않고 눈치만 보게 되었다. 여포를 제거하고 서주를 정벌한 이후 조조는 대세에 더욱 민감해졌고 자신감도 가진 듯했다. 어느 날 모사인 정욱이 조조를 찾아와 말했다.

"승상께서 원술과 여포를 정벌하시고 난 뒤, 높으신 명성이 하루가 다르게 천하에 퍼지고 있습니다. 이제 승상께서는 제후의 반열을 넘어서 왕위에 오르실 때가 온 것이 아니겠습니까? 폐하께서도 이를 마다할 이유가 없을 것입니다. 원래 한 분의 천자인 황제 아래에 10여 분의 왕이 있어야 천하가 제 모습을 갖추는 것이 되는데 지금은 어디에도 왕은 없고 오로지 황제만이 존재하니 이것은 잘못된 일이지요. 이러한 때를 놓치지 마시고 승상께서 왕이 되시는 패업霸業을 도모해보심이 어떻습니까?"

조조는 이 말이 내심 몹시 반가웠다. 누구에게서든 이런 말이 나와주기를 은근히 기다리고 있던 조조였다. 그러나 자신의 미래에 대해 신중하기 짝이 없던 조조는 정욱의 말에 겉으로는 쉽게 동조하지 않았다.

"조정은 아직도 한의 천하일세. 사람들은 내가 권력을 다 가진 듯 말하지만 실제는 그렇지 못하네. 나는 한 번도 여건이 좋았던 적이 없었으면서도 도량과 인내를 가지고 자신의 때를 기다릴 줄 알았던 유방을 잊지 않고 있네. 그 기다림을 배워야 하네."

정욱과 함께 조조의 말을 경청하고 있던 순욱이 입을 열었다.

"승상의 말씀을 들으니 대세의 흐름을 더욱 명확히 알 듯합니다. 천하를 평정하고 계시는 것은 승상이시나 세상은 그 공로를 황제에게 돌리고 있습니다. 천자를 끼고 도는 저 무리들을 보면 어찌 기가 막히지 않겠습니까? 저는 과거에 동탁을 비난했으나 요즘은 동탁의 입장에 이해가 갑니다. 세상 사람들은 동탁을 천하의 무뢰한이라고 몰아붙이기만 하는데 사실 동탁을 비난하는 그 입들도 자랑스러울 게 하나도 없습니다. 따지고 보면 동탁도 결국 천자를 꿰차고 앉아 제 밥그릇 챙기려는 놈들에 의해 제거된 것이죠. 무릇 천하의 주인이 되기도 어렵지만 그것을 바꾸기는 더 어려운 것 같습니다. 승상의 노고가 안쓰러울 뿐입니다."

조조가 웃으면서 말했다.

"그리 말해주니 고맙네. 그러나 세상일은 그리 간단하지 않소. 권력을 다 잡고 나면 마치 세상을 마음대로 할 수 있다고 사람들은 생각하지만 권력에는 항상 완급이 있소. 힘으로 사람을 굴복시키는 것은 한계가 있기 때문이오. 그러다 보면 힘이 느슨해지게 되고 그 틈으로 사정없이 권력을 나눠가지려는 놈들이 들어오는 법일세. 마치 그것은 승냥이 무리들이 범이 잡은 노루 고기를 밤에 와서 가져가려는 것과도 같소. 나는 조고趙高에 대해서도 다시 생각하게 되었소. 진나라 2세 황제 때 환관 조고가 백관들이 보는 앞에서 황제에게 사슴을 가리키며 '폐하 여기 훌륭한 붉은 말을 바치겠습니다' 라고 하니 황제 호해胡亥가 '무슨 말을 하오? 사슴을 보고 말이라니' 라고 물었지. 그러자 조고가 주위의 백관들에게 물어보자고 제안을 했다네. 그러나 백관들은 조고의 눈치만 보다 아무 말도 못하고 조고의 말에 따라 훌륭한 말이라고 칭찬을 했지. 이 사건은 단순히 조고가 황제를 희롱한 사건이라고 볼 수만은 없네. 권력투쟁의 한 단면을 보여주는 것이야."

정욱은 다시 말을 이었다.

"세상 사람들은 조고를 혹평합니다만 그의 인생유전에 대해서는 침묵합니다. 조고는 어릴 적에 궁형宮刑(거세를 당하는 형벌)을 받고 환관이 된 사람이지만 좌절하지 않고 열심히 공부하여 형법에 관해서는 당대에 그와 견줄 사람이 없었다고 합니다. 조고는 진시황 말년에 중거부령中車府令(옥새보관 및 왕명출납을 담당하는 관리)의 지위에 있으면서 진시황이 죽자 첫째 아들 부소扶蘇 대신 둘째 아들 호해를 황위에 앉히는 데 큰 역할을 했습니다. 그 일에는 또 몽염과 권력을 다투던 이사李斯가 적극 협조했지요. 호해를 황위에 앉힌 이사는 승상직에 유임되고 조고는 낭중령 벼슬을 하게 되었으나, 나중에 이사는 조고와의 권력투쟁에서 패배하여 죽임을 당합니다. 이때 이사는 '신은 30년 넘게 국사를 수행해왔고, 진시황을 도와 6국을 병합하고 종묘를 세우고 문자와 도량형을 표준화했으며 길을 넓히고 형벌을 완화해 폐하의 성덕을 기렸습니다. 이 일들에 대한 보답이 죽음입니까?' 라고 항변했다지요. 사람들은 조고와 대비하여 이사를 충신으로 묘사합니다. 그러나 엄밀한 의미에서 무능한 호해가 황제가 된 것은 이사의 도움이 없이는 불가능한 일이지 않았습니까? 이사는 충신, 조고는 만고의 역적이라는 등식은 또 다른 형태의 신화입니다. 두 사람은 권력투쟁을 벌였고 그 과정에서 조고가 승리한 것입니다. 역사는 어차피 승리자가 마음대로 농락하는 것입니다. 만약 조고가 왕조를 새로 창업하거나 호해를 도와 진을 번창케 해 자기가 권력을 유지했다면 역사는 아마 조고를 공자나 맹자가 이상적 인물로 보는 주공으로 서술했을지도 모릅니다. 역사에서 패배자의 운명이란 이와 같은 것입니다."

조조가 정욱의 말에 맞장구를 쳤다.

"멀리 갈 것이 있겠는가? 지금 동탁에 대해서도 마찬가지가 아닌가? 동탁이 한 일을 모두 깎아내리고 있네. 내가 들으니, 천자 주변을 맴도는 녀석들은, 동탁이 한때 북지군의 항복한 반란군 수백 명의 혀를 자르고 손과 발을 절단하고 눈을 뽑아 가마솥에 삶았다느니, 동탁을 매장했더니 하늘의 폭우가 쏟아지고 뇌성벽력이 치고 하늘에서 내려온 불덩어리가 관에 있는 동탁의 시체를 끌어내어 태웠다느니 하는 터무니없는 말들을 떠벌이고 있더구먼. 북지라는 곳이 어떤 곳인가? 그곳은 흉노의 땅일세, 원래 흉노는 항복하는 군인에 대한 개념이 없는 족속들이었네. 항복한 군사를 삶아 죽이는 것은 그곳의 오랜 관행이었네. 문치文治 개념이 없는 오랑캐들의 전쟁 관행을 그대로 따라한 것뿐이지. 그리고 동탁의 장례식 날은 중원 전체가 맑았는데 무슨 폭우가 내렸으며, 무슨 천둥이 쳤겠는가? 동탁의 시체는 왕윤이 도륙을 한 후 나중에 이각과 곽사가 안치하지 않았나. 그런데도 이놈들은 별의별 이야기를 다 만들고 있다네. 이것이 소위 인간의 역사라는 것이네."

정욱이 말했다.

"그놈들이 동탁의 일을 과장하는 것은 결국 승상을 욕보이려고 하는 짓입니다. 동탁에 대한 저주는 바로 승상에 대한 저주와 반역의 표현입니다. 이놈들을 다스려야 합니다. 대저 군주가 성공을 거두기 위해서는 두 가지 방책이 있습니다. 하나는 법률이고 다른 하나는 창검의 힘입니다. 창검의 힘만을 빌린다면 그 나라는 언제나 전쟁 상태에 있는 것과 다름없습니다. 그래서 법률이 필요한 거지요. 하지만 아무리 법률로 치장을 하더라도 권력이란 근본적으로 창검에서 나오는 법입니다. 군주는 창검과 법률을 두 손에 쥐고 있으면서 때에 맞추어 적재적소에 쓸 줄 알아야 합니다. 이번 기회에 지록위마指鹿爲馬의 고사를 이용해보시는 게 어떻습니까?"

"지록위마라?"

"지금 조정에는 또다시 천자의 심복들이 우글거리고 있습니다. 우선 천자에게 사냥을 나가자고 청하여 황제 주변의 동정을 살펴보십시오. 그러면 반심을 품은 역도들을 어느 정도는 분간하실 수 있을 것입니다."

"그래, 그거 괜찮은 생각이네."

다음날 조조는 대궐로 들어가서 헌제에게 성밖으로 사냥을 가자고 청했다. 헌제가 조조에게 웃으며 말했다.

"성밖으로 사냥을 나가는 것은 관례적으로 금하고 있지 않소? 하夏나라의 태강왕太康王이 놀음에 빠져서 정사를 돌보지 않다가 낙수洛水에 사냥을 나가 100일이 되도록 돌아오지 않았소. 그러자 유궁후有窮厚 예羿가 태강왕을 하북河北에서 막아 돌아오지 못하게 하고 결국 폐위해 버린 일이 있소. 그 동안 승상은 천하를 평정하러 다녔기 때문에 내치에 어려움이 있었어요. 근데 사냥이라니 어인 일이오?"

조조가 이에 답했다.

"폐하, 태강왕의 일은 물론 타산지석으로 삼아야 할 것입니다. 그러나 이번의 사냥은 태강왕과 같이 경천근민敬天勤民하지 않는 것이 아니라 천하가 어지럽기 때문에 필요한 것입니다. 천하가 어지러울

수록, 제왕의 무위武威를 천하에 떨쳐야 하는 것을 모르십니까? 옛날에 제왕들은 철마다 성밖으로 나가 씩씩한 기상으로 사냥을 하여 천하에 무위를 떨쳤습니다. 지금은 천하가 온통 시끄러운 때이니 이럴 때일수록 무위를 떨치셔야 합니다."

헌제는 조조의 기세에 눌려 청을 듣기로 했다. 당연히 만조백관이 모두 사냥에 참가하게 되었다. 황제는 영롱한 보석들로 치장한 활과 황금촉이 달린 화살을 준비하여 소요마逍遙馬에 올랐다. 소식을 들은 유비도 만일의 사태에 대비하여 옷 속에 엄심갑掩心甲(심장을 가린 갑옷)을 갖춰입고 관우·장비와 함께 각각 화살과 활을 준비해 수십 명의 기병을 거느리고 사냥에 참가했다.

조조는 자신이 아끼는 비전마飛電馬를 타고 5천 명에 이르는 친위군을 거느린 채 헌제와 함께 성밖으로 나가 허전許田으로 향했다. 군사들이 이미 사냥터로 향하는 길을 단장해놓았고 사냥몰이꾼의 규모만으로도 200여 리나 되는 길이 수놓아졌다. 조조는 헌제와 겨우 말머리 하나 정도의 거리를 유지하며 말을 타고 갔으며 그 뒤로 조조의 심복 장교들이 마치 조조가 황제인 양 호위했다. 이것은 조조가 자신이 황제와 대등함을 드러내놓고 보이기 위한 계산된 조치였다. 문무백관들은 조조와 헌제의 행렬과는 멀리 떨어져 따라가며 가끔씩 황제의 시중을 들 뿐 어느 누구도 조조와 헌제의 행렬에 가까이 갈 엄두를 내지 못했다. 헌제가 허전에 도착하자, 유비는 옆에서 황제를 보살폈다. 이에 헌제가 유비에게 말했다.

"오늘은 황숙의 사냥 솜씨를 보고 싶소."

유비는 국궁鞠躬하여 예를 올리고 곧 말에 올랐다. 이때 마침, 풀숲에서 토끼 한 마리가 튀어나왔다. 유비가 이때를 놓치지 않고 달아나는 토끼를 향해 활을 날렸고 토끼는 그 자리에서 꼬꾸라졌다. 헌제는 손뼉을 치며 유비의 활솜씨를 칭찬했다. 이때 갑자기 가시덤불 속에서 황소만한 사슴 한 마리가 놀라 뛰어나오자, 이를 본 황제가 말을 몰아 달려가 사슴을 향해 연속 세 발을 쏘았으나 맞히지 못했다. 세 번씩이나 사슴을 맞히지 못하자 겸연쩍어진 헌제가 활과 화살을 조조에게 건네주었다.

"조승상께서 한번 쏘아보시지요."

조조는 조금도 사양하는 기색이 없이 황제의 어궁御弓과 금촉 화살을 받아들고 말을 몰아가더니 사슴을 향해 화살을 메겨 힘껏 쏘았다. 시위를 떠난 화살은 허공을 가르며 날아가 사슴의 가슴에 명중했다. 화살을 맞은 사슴은 비명을 지르더니 얼마 가지 못하고 풀밭에 쓰러졌다. 마침 황제의 행렬을 뒤에서 따르던 문무백관들과 장수들은 사슴의 가슴에 금촉 화살이 꽂혀 있자, 황제가 쏘아 맞힌 것으로 생각하고 모두 '황제폐하 만세!'를 외쳤다. 조조는 사슴을 쫓아 따라가다가 문무백관 앞에 이르게 되어 문무백관들이 황제에게 보내는 환호성을 받았다. 조조는 능청스레 '황제폐하 만세!'를 외치는 문무백관들 앞에 나가 손을 들어 답례했다. 뒤따라오던 황제는 자연히 조조의 뒤에 서게 됐다.

전후 사정을 알 리 없는 문무백관들은 조조의 손에 천자의 어궁이 쥐어져 있는 것을 보고는 조조의 행동을 방자하게 생각했다. 이때 조조의 의중을 파악한 유비가 눈치 빠르게 몸을 굽혀 그의 활솜씨를 칭찬했다.

"승상의 활솜씨는 참으로 신의 경지입니다."

조조는 사냥의 원래 목적이 어느 정도 달성은 되었으나 유비가 선수를 치는 바람에 문무백관들의 동태를 파악하는 데는 실패하고 말았다. 조조는 멋쩍게 웃으며 유비의 칭찬에 답했다.

"이 모두가 천자께서 복이 많으시기 때문이 아니겠소?"

조조는 말 머리를 돌려 천자에게로 가 풀이 죽은 듯 서 있는 그에게 절을 하고 돌아섰다. 그러나 조조는 천자의 어궁은 돌려주지 않고 자신의 허리에 그대로 찼다. 이 광경을 지켜보고 있던 관우가 분함을 참지 못하고 조조에게로 향할 듯이 몸을 빼자 유비가 관우의 팔을 강하게 잡았다. 조조는 천자를 추종하고 감싸는 무리를 떠보기 위해 사냥을 나왔는데 일이 생각대로 풀리지 않아 아쉬운 마음이 컸다. 사냥의 뒤끝이 모두들 씁쓸했으나 사냥꾼과 몰이꾼들은 사냥터에서 잔치를 벌이고, 천자를 호위하여 허도로 돌아왔다. 허도로 돌아오는 길에 관우가 유비 옆으로 다가와 말을 건넸다.

"저 방자한 조조놈이 천자와 맞먹으려 들고 있어요. 오늘 제가 기군망상하는 조조놈을 허도에 도착하기 전에 당장 이 자리에서 죽여버리면 어떻겠습니까?"

유비가 깜짝 놀라며 낮은 목소리로 말했다.

"아우님, 쥐를 잡으려다 독을 깬다는 말이 있네. 조조 주위를 살펴보게. 심복들과 호위병들이 겹겹이 싸고 있는데 조조를 죽이려다 혹 폐하를 상하시게라도 하면 어쩔 텐가? 아우가 잠시의 분함을 참지 못하고 나섰다가 일이 잘못되면 폐하는 물론이고 우리도 죄를 뒤집어쓸 것이네."

"어쨌거나 오늘 보니 조조란 놈은 그냥 두어서는 안 될 작자임이 분명합니다. 폐하께서 그놈으로 인해 또다시 어려워질 것입니다."

"오늘 일은 떠벌리지 말고 그저 가슴에만 담아두게."

유비가 관우에게 타일렀다.

대궐로 돌아온 헌제는 씁쓸하고 분한 마음을 금할 수가 없었다. 그러나 함부로 이야기할 수도 없어 그 답답한 마음을 복황후에게 털어놨다.

"이보시오, 황후. 짐이 제위에 오른 이래 왜 이리도 간웅奸雄들이 설치는지 모르겠소. 어린 시절 동탁이 나를 우롱하더니, 그 뒤로 이각·곽사가 난을 일으켜 짐과 당신은 온갖 수모를 다 겪지 않았소. 그러다가 조조를 얻어 사직을 바로잡을 신하라고 생각하고 매우 기뻐했는데 이자가 뜻밖에 전권을 휘둘러 마치 나라를 자기 것인 양 농락하고 위세를 떨치고 있소. 오늘 사냥을 나갔다가 조조가 무례하게도 내 앞을 가로막고 나 대신 문무백관들의 하례를 받는 행동을 했소. 그자의 행동거지가 그러하니 앞으로의 일들이 걱정이오. 그자가 어떤 음모를 꾸며 우리를 해할지 알 수 없는 일이오."

"폐하, 너무 심려치 마시옵소서. 한 황실의 녹을 먹고 있는 공경公卿들이 조정에 가득한데 그저 보고만 있겠습니까?"

복황후가 황제를 위로한 후 마침 조정에 나와 있던 자기의 아버지 복완伏完을 불렀다. 헌제가 또다시 눈물을 머금고 복완에게 물었다.

"황장皇丈(황제의 장인)께서도 사냥터에서 조조가 하는 모습들을 보았소? 그 행동은 마치 환관 조고가 호해를 우롱할 때와 똑같은 모습이었소."

"허전에서 조조가 방자히 구는 모습을 보지 않은 사람이 어디 있겠습니까? 그러나 현재 조정의 신하들 가운데 주요 요직은 조조의 친족이거나 심복들뿐입니다. 이런 상태에서 믿을 자가 어디 있을 것이며 누가 나서서 그 역적을 몰아내겠습니까? 믿을 만한 사람은 친족들밖에 없을 듯합니다."

"친족이라니 내게 황장 말고 또 누가 친족이라는 말씀이세요?"

"신은 이미 늙고 힘이 없어 그 일을 해낼 수 없습니다. 그러나 국구
國舅(헌제의 또다른 장인으로 동귀비의 아버지)이신 거기장군 동승은 군
사도 많고 하니 그분께 부탁하시면 가능할 것입니다."

복완의 말을 들은 황제는 표정을 풀고 당장 그 일을 시행할 듯 동
승을 불러들이라고 했다. 복완은 황제 가까이 다가가 속삭였다.

"폐하의 주위에는 조조의 심복들이 깔려 있습니다. 만일 이 일이
누설된다면 해당자의 가족이나 친지들이 몰살당하게 됩니다. 매우
신중하셔야 합니다."

"일거수일투족을 감시당하는 내 처지가 서글프기 짝이 없구려."

"신에게 한 가지 방법이 있습니다. 먼저 폐하께서 의복 한 벌과 옥
대玉帶 하나를 준비하시고 옥대 안에다가 비밀리에 동승에게 줄 밀서
를 넣고 꿰매어 감추시면 됩니다. 동장군에게 그 옥대를 주면서 집에
가지고 가서 읽어보라고 넌지시 말씀하십시오. 그러면 동장군은 강
직한 사람이라 밤낮을 가리지 않고 계책을 세울 것입니다. 일을 이같
이 하시면 귀신도 모를 것입니다."

복완이 나간 후 헌제는 손가락을 깨물어 그 피를 작은 항아리에 받
았다. 그리고 흰 종이 위에 피를 적신 가는 붓으로 깨알 같은 글씨의
밀조密詔를 썼다. 그런 다음 종이를 여러 번 접어 복황후에게 건네주
며 조심스레 붉은 비단에 한 번 더 싼 후 옥대 속에 넣고 꿰매라고 했
다. 다음날 헌제는 내시에게 동승을 들게 하라고 영을 내렸다. 동승
의 예를 받으며 황제가 말했다.

"짐이 간밤에 황후와 함께 패하霸河에서 고생하던 이야기를 하다

가, 그때 동국구께서 크게 공을 세웠던 일이 생각났습니다. 모처럼 청해 위로나 해드릴까 하여 특별히 드시라고 했습니다."

의례적인 몇 가지 일을 마치자 헌제는 동승을 데리고 전각 밖으로 나가 태묘太廟(황제의 조상을 모신 사당, 종묘)로 향했다. 헌제는 공신각 功臣閣(공신들의 화상과 위패를 모신 곳)에 올라 분향재배를 마친 뒤 동 승을 거느리고 한 왕조 공신들의 영정을 둘러보았다. 두 사람이 공신 각을 한바퀴 돌아오자 공신각 입구 정면에 있는 한고조의 영정 앞에 이르게 되었다. 황제는 발길을 멈추고 동승에게 물었다.

"동국구, 짐의 선조이신 고조 황제께서는 어디에서 몸을 일으키셨 으며, 어떻게 이 나라를 여셨소?"

동승이 놀라 황제에게로 얼굴을 돌려 대답했다.

"폐하, 어쩐 일로 그리 새삼스러운 질문을 하십니까? 어찌 한의 신 하가 고조께서 창업하신 일을 모르겠습니까? 한고조께서는 사상 고 을 정장亭長의 몸이셨으나 작은 검 하나로 망탕산의 큰 백사白蛇의 머 리를 칼로 베고 군사를 일으키셨습니다. 의로써 천하를 종횡무진한 지 3년 만에 진나라를 멸망시키시고, 5년 후에는 초를 멸하고 천하를 통일해 만세의 터를 이룩하신 것 아닙니까?"

"짐의 조상이신 고조께서는 천하를 호령하셨던 훌륭한 영웅이셨는 데, 그 자손이 되는 짐은 이처럼 나약하니 어찌 한심한 일이 아니겠 소!"

이어서 헌제는 한고조 유방의 영정 좌우에 있는 두 개의 화상을 가 리키며 말한다.

"이 두 분은 장량과 소하가 아니오?"

"그렇습니다. 고조께서 만세기업인 한나라를 열고 창업하신 것은 실로 견마지로犬馬之勞를 다하신 이분들의 공로 덕분이었습니다."

동승의 말을 듣자 헌제는 주변을 살피더니 시종들이 멀리 있음을 확인하고, 작은 목소리로 동승에게 말했다.

"장인어른도 이 두 분처럼 내 옆에서 짐을 도와주오."

"황송하옵니다, 폐하. 제가 무슨 힘이 있어 저 두 분의 공을 따라갈 수 있겠습니까?"

"국구, 그렇지 않습니다. 짐은 경이 그 어려움을 뚫고 낙양으로 짐을 호위한 것을 한시도 잊은 적이 없습니다. 언제 우리가 그때의 일을 지난 일처럼 웃으면서 이야기할 때가 올지 모르겠소. 짐이 지금 차고 있는 이 비단 도포와 옥대를 줄 것이니 항시 입고 둘러 짐의 곁에 있는 듯 생각해주면 좋겠소."

동승은 천자가 각별히 자신을 생각해주는 것에 감사하여 절을 하며 헌제를 다시 한번 바라보았다. 헌제는 비단 도포와 옥대를 풀어 건네주며 동승에게 속삭이듯이 말했다.

"국구께서는 댁으로 돌아가서서 이 옥대를 자세히 살펴보시오. 그 안에는 내가 부탁한 일이 들어 있을 것이오."

동승은 전후 상황을 짐작하게 되었다. 두말없이 고개를 끄덕이며 도포와 옥대를 받아 걸치고 헌제에게 하직인사를 하였다. 그런데 이 사실이 이미 조조에게 보고됐다. 조조는 급히 대궐로 들어와 돌아가는 동승을 기다리고 있다가 대궐문 앞에서 불렀다. 조조가 물었다.

"동국구께서는 어인 일로 천자를 뵈었소?"

"폐하께서 부르셔서 가보니 지난번 낙양으로 오실 때 호위한 공로라 하시면서 이 비단 도포와 옥대를 하사하셨소."

"아하, 그렇소이까? 어디 그 도포와 옥대를 한번 봅시다."

조조는 시자에게 명하여 옥대를 가져오게 했다. 옥대를 찬찬히 살펴보아도 별다른 이상은 없었다. 도포에 무슨 글귀라도 있는지 찾아보았지만 별다른 것이 없었다. 이 광경을 보고 있던 동승은 숨이 터질 것 같아 견딜 수가 없었다. 조조가 다시 동승에게 말했다.

"동국구, 이 도포와 옥대를 제게 주시는 것은 어떠하오?"

동승은 얼굴을 붉히며 말했다.

"승상께서는 농담이 지나치십니다. 폐하께서 제게 내리신 은사품을 달라고 하시다니요?"

조조가 웃으면서 말했다.

"아니오. 제가 그냥 드린 말씀이오. 요즈음 꿈자리가 뒤숭숭해서 한번 해본 소리요. 너무 심려치 마시오. 죄송하오."

조조와 헤어진 동승은 집으로 돌아와 밤늦도록 혼자 서재에 틀어박혀 도포와 옥대를 이리저리 살펴보았다. 그러나 눈에 띄는 것이 없었다.

"폐하께서 내게 도포와 옥대를 하사하시며 잘 살펴보라고 하셨는데, 아무것도 보이지 않으니 어떻게 된 일인가. 요즈음 심기가 몹시 불편하실 텐데 공연히 그런 말씀을 하셨을 리는 없고……."

동승은 다시 옥대를 들춰봤다. 옥대는 희고 깨끗한 백옥 판에 작은 용과 꽃이 새겨져 있고, 옥대의 뒷면에는 자주색 비단을 대어 단정하게 바느질되어 있었다. 이리저리 뒤집어보고 세심하게 살폈으나 특별한 것이 발견되지 않았다. 동승은 그날 낮의 일로 긴장한데다 옥대를 살피느라 신경을 곤두세워서인지 피로가 몰려왔다. 책상 위에 옥대를 올려놓고 잠시 쉬려다 깜박 잠이 들었다.

잠시 후 뭔가 타는 냄새가 나는 듯하여 동승은 깜짝 놀라 머리를 들었다. 그새 책상 위에 놓여 있던 등의 불꽃이 옥대에 튀었는지 자주색 천으로 바느질해놓은 곳이 동그랗게 타들어가 있었다. 동승은 자신이 부주의하여 황제가 하사한 귀한 물건에 흠집을 냈다고 자책하며 옥대를 살펴보니 타들어간 자국 뒤로 뭔가 허연 것에 붉은 글씨가 내비치는 듯했다. 동승은 조심스럽게 자주색 천을 칼로 도려냈다. 마침내 그 속에서 황제가 친히 피로 쓴 밀조가 나왔다.

　짐이 듣기로, 인륜에서 가장 중요한 것은 부자지간의 도리요, 상하의 높고 낮음에서 가장 중요한 것은 군신의 의리라고 했다. 그러나 근래에 조조가 국권을 장악하고 자기의 세력을 조정에 부식扶植하여 권세를 희롱하고 짐을 기만하며 억압하고 있다. 조조의 행동은 조정의 기강을 심히 무너뜨리는 것이지만 이를 막을 방도가 없다. 최근에는 조조가 내리는 상벌도 짐이 알 수가 없는 상태가 돼버렸다. 고조 황제께서 만세의 기업을 이룩한 이후 오늘에 이르러 짐이 밤낮을 가리지 않고 걱정하지만 더 이상 종묘사직을 보존하기는 어려울 것 같다. 경은 짐의 장인이기도 한 동시에 한 황실의 중신이다. 짐은 경이 고조 황제께서 어렵게 창업하신 일을 생각하면서, 충의지사들을 규합하여 간사한 무리들을 섬멸하고, 사직을 바로잡아주기를 바란다. 그렇지 않으면 짐이 어찌 구천에 있는 조상들을 뵐 수 있으리오. 짐은 손가락을 깨물어 피로써 이 조서를 써서 경에게 내리노니, 경은 짐의 뜻을 저버리지 말고 신중에 신중을 기하여 일을 도모해주기 바란다. 건안 40년(서기 199년) 3월.

　황제의 밀조를 읽고 난 동승은 조조의 존재가 더욱 분하게 다가왔다. 뿐만 아니라 나라의 일과 자신, 그리고 황제의 처지가 한탄스러워 자신도 모르게 눈물이 쏟아졌다. 동승은 그날 밤 본채에서 떨어진 서재에서 뜬눈으로 밤을 새웠다. 그러나 별다른 대책이 떠오르지 않았다. 동이 틀 무렵 심신이 피로해진 동승은 밀조를 치우지도 못하고 책상에 엎드려 잠이 들었다. 그 사이에 시랑 왕자복王子服이 찾아왔다. 문지기는 왕자복이 평소에 동승과 가까이 지내고 있었기 때문에 그가 서재로 들어가는 것을 막지 않았다.

왕자복이 헛기침을 하며 서재에 들어섰는데 인기척이 없었다. 안으로 들어가니 동승은 책상에 엎드려 자고 있었고 동승의 소매 밑으로 하얀 종이에 혈흔血痕 같은 글씨로 '짐'이라는 글자가 희미하게 보였다. 왕자복은 동승의 엎드린 팔을 가만히 젖히고 흰 천같이 생긴 종이를 꺼내어 읽어보고 나서, 그것을 소매 속에 집어넣고 동승을 흔들어 깨웠다.

"이보게, 해가 중천에 뜨도록 어찌 사람 오는 것도 모르고 자고 있는가?"

동승이 깜짝 놀라 잠에서 깼다. 옆에는 왕자복이 서 있는데 황제의 친필 조서가 보이지 않았다. 동승은 마치 넋이 나간 사람처럼 책상 위아래를 더듬으며 손발을 부들부들 떨었다. 이 모습을 보자 왕자복이 꾸짖듯 말했다.

"지금 자네가 정신이 있나? 자네가 감히 조승상을 죽이려 하다니, 내가 직접 나가서 알리겠네!"

동승은 새파랗게 질린 얼굴로 금방 눈에 눈물을 머금고 왕자복에게 사정했다.

"제발 그러지 말게. 그대도 한의 신하가 아닌가? 원래 우리가 누구의 명령을 받아 움직여야 하는가? 황제인가, 조조인가? 이를 조조에게 알리면 이제 한나라 종묘사직은 끝이 난다네."

그러자 왕자복이 안심하라는 표정을 지으며 말했다.

"허어, 이 사람아. 내가 장난삼아 해본 소릴세. 내가 자네를 왜 조조놈에게 고발하겠나? 허전 사냥터에서 그런 참담한 일을 당하고도 가만있으면 그것은 신하의 도리가 아니지. 나나 우리 집안도 대대로 한 황실의 녹을 먹은 사람 아닌가? 나도 자네의 한 팔이 되어 돕겠네. 우리 힘을 합해 나라의 역적 조조의 목을 베어버리세."

동승이 밝은 얼굴이 되어 대답했다.

"참으로 다행한 일이네. 나는 간밤에 이 계책을 생각하느라 밤을 새웠네. 이제부터 동지들을 규합하세. 그리고 일단 우리 둘이 먼저 구족이 모두 죽더라도 황제에게 충성을 다하겠다고 맹세하는 글을 쓰도록 하세."

동승은 하얀 비단 천을 꺼내 취지문을 간략히 적고 맨 위 첫째 줄에 자기 이름을 서명했다. 왕자복도 그 다음에 자기의 이름을 썼다. 서명을 마친 왕자복이 다른 한 사람을 떠올렸다.

"동국구, 오자란吳子蘭 장군은 자네와는 거리가 있지만, 나와는 절친한 사이네. 그도 지난번 허전의 일로 조조를 비난하고 있네. 이번 거사에 참여시키면 좋겠네."

동승도 왕자복에게 뜻을 같이할 만한 사람들을 천거했다.

"만조 대신들 중에 장수교위長水校尉 충집种輯과 의랑議郎 오석吳碩은 나의 심복들이니, 반드시 우리 거사에 동조할 것이네. 지금 인편으로 그들을 불러오겠네."

"너무 이 사람 저 사람을 끌어들이진 말게. 거사란 얼마나 위험한 일인가? 한 집안이 도륙나는 일일세. 어찌 가벼이 하려는가?"

동승이 왕자복의 말을 듣고 잠시 머뭇거리고 있는데 동승 집의 하인 하나가 들어와 충집과 오석이 왔다고 전해주었다. 동승은 순간 차오르는 반가움을 억누르고 왕자복에게 잠시 병풍 뒤에 숨어 있으라 이른 뒤, 충집과 오석 두 사람을 서재로 안내했다. 세 사람은 자리에 앉아 차를 마시며 여러 가지 얘기를 주고받던 중에 충집이 허전의 일을 꺼냈다.

"저는 요즘 살맛이 나지 않아요. 허전에서의 일을 생각하면 밤에 자다가도 눈이 번쩍 뜨입니다."

"분통이 터지지만 어떻게 해볼 방법이 있어야지."

힘없이 내뱉는 동국구의 말에 오석도 거들었다.

"무슨 수를 써서라도 조조 그 역적놈을 죽이고 싶지만 도와줄 사람이 있어야지요!"

충집이 말을 이었다.

"이럴 게 아니라 우리 뜻이 모두 같으니 우리가 한번 일을 도모해봄이 어떤가? 나라의 도적을 제거하고 죽는다면 장부로서 그만한 영광이 또 어디에 있겠는가?"

충집의 말이 끝나자, 왕자복이 병풍 뒤에서 나오면서 충집과 오석에게 소리쳤다.

"너희 두 놈이 조승상을 죽이려 날뛰고 있구나. 내가 당장 가서 조승상에게 알리겠다. 여기 계시는 동국구님이 증인이다."

충집은 서재 입구를 막아서고, 오석은 왕자복의 멱살을 잡고 벽으로 밀어붙이며 눈을 무섭게 뜨고 소리쳤다.

"이런 구신具臣 같은 놈을 보았나? 너도 한나라의 녹을 먹는 놈인데 그런 말을 하다니. 설령 네놈이 조조에게 고변한다고 해도 내가 죽음을 두려워할 것 같으냐! 설령 내가 죽어 한나라의 귀신이 될지언정 조조 같은 도적놈에게 아부하며 살지는 못해. 그 전에 이놈아, 너는 내 손에 죽었다.”

동승이 가볍게 웃으며 끼어들었다.

“그만두시게. 나와 왕자복도 이 일을 함께 의논하고 있던 중이었소. 왕자복이 자네들을 떠본 것이네.”

동승은 이렇게 말한 후, 황제의 밀조를 꺼내 두 사람 앞에 내밀었다. 밀조를 읽은 두 사람은 흰 비단에다 서명했다. 이어서 오자란도 찾아와 다른 사람들과 인사를 나누고 역시 서명했다. 동승은 의외로 뜻을 같이 할 동지들을 쉽게 만난 것에 감격하여 왕자복·오자란·충집·오석과 함께 후원 별당으로 가서 술을 들며 다시 거사를 모의했다. 그때 동승의 하인이 서량 태수 마등이 찾아왔다고 전했다. 동승은 마등을 맞이해도 될지 얼른 판단이 서지 않아 하인을 내보내, 잠시 기다리라고 하였다. 왕자복이 낮은 목소리로 걱정을 했다.

“서량인들은 성격은 강직하나 오랑캐와 가까운 족속이라 믿기가 어렵소. 그들을 중대사에 포함시키는 것은 어리석은 일일 것입니다.”

동승도 난처한 듯 이야기했다.

“그래도 마등은 농서隴西 사람이라 강羌이나 흉노匈奴 출신은 아니지요.”

오석도 한마디했다.

“농서나 임조臨兆(동탁의 고향)나 북지北地(이각의 고향)나 장액張掖(곽사의 고향)이나 다 같은 곳이 아닙니까? 농서에 붙은 곳이 임조지요.”

동승은 하는 수 없이 하인을 불렀다.

"몸이 불편하여 만날 수 없다고 전하라."

하인이 문지기에게 동승의 말을 전했다. 문지기에게 이 말을 듣자 마등은 문전박대에 화가 나서 꾸짖었다.

"이놈이 무슨 말을 하느냐? 내가 엊저녁에 동화문 밖에서 동승이 비단 도포와 옥대를 두르고 나가는 것을 보았는데 어째서 오늘 몸이 불편하단 말이냐! 이놈아, 나도 다 할 일이 있어 온 사람이다. 다시 국구께 전해라. 오늘은 좀 보아야겠으니."

문지기가 다시 들어와 마등이 불같이 화를 내며 어제 도포와 옥대를 두르고 나가는 것까지 보았다고 하더라고 전하자, 동승은 마등을 맞이하러 나갔다. 두 사람이 예를 나누고 자리에 앉았다. 마등이 화를 가라앉힌 듯 한결 차분한 음성으로 말문을 열었다.

"오늘 폐하를 뵈었더니 폐하께서 동국구를 찾아가보라 하셔서 온 것이오. 그런데 병이 났다니 그것이 무슨 말이오? 보기에는 별 탈은 없으신 듯한데요?"

"마음의 병이 깊은 것이지요."

마등이 이 말을 듣고도 동국구의 의중을 전혀 알아차리지 못하고 자기대로 탄식을 했다.

"동국구, 사람은 많아도 나라를 구할 인물은 없구려!"

"마태수, 그게 무슨 말이오?"

"국구께서는 보지 못했소. 허전에서 있었던 그 망극한 일을 말이오. 국구께서는 폐하의 근친近親이 아니시오? 그래 그 광경을 보고도 아무런 느낌이 없었단 말이오? 나는 그 일을 생각하면 아직도 비위가 뒤틀려 참을 수가 없소. 국구께서도 무슨 마음의 병 운운하시는데 지금 그런 호사를 부리고 있을 때가 아니지 않소? 도대체 황제의 장인이신 분마저 역적이 제 마음대로 놀아나는 꼴을 보고만 있는 마당에 황제를 구하겠다고 나설 사람이 어디 있겠습니까?"

동승으로서는 마등의 본심을 알 수 없었으므로 놀라는 척하며 물었다.

"이보오, 말조심하시오. 지금 시대가 어떤 시대요? 낮말은 새가 듣고 밤말은 쥐가 듣소. 그리고 조승상은 나라의 대신으로, 조정 일을 알아서 잘 처리하고 있지 않소? 공은 왜 공연히 그런 말을 하여 평지풍파를 일으키려 하오?"

마등은 동승의 말을 듣자, 더욱 노하여 소리쳤다.

"허어, 아니 국구. 당신마저 조조놈을 그렇게 싸고도시오? 나는 이제 당신과 상종하지 않겠소. 그리고 다시는 허도에 오지도 않겠소."

마등은 자리를 박차고 일어나 곧바로 계단을 내려갔다. 그제야 동승은 마등을 붙잡으며 서재로 안내하여 황제의 밀조를 보여주었다. 마등은 상기된 얼굴로 황제의 밀조를 끝까지 읽고 난 뒤, 동승의 손을 잡고 이를 갈며 말했다.

"당장 나를 여기에 끼어주시오. 국구께서 거사를 일으키신다면 나는 당장 최강의 서량 군사를 이끌고 허도를 공격하여 황제를 구하겠소."

동승은 마등을 왕자복 등과 인사시키고 거사의 취지를 적은 하얀 비단에 서명을 받았다. 마등은 자기의 술잔에 피를 섞어 마시며 말했다.

"우리, 죽는 일이 있어도 오늘의 이 맹세를 저버리지 맙시다."

마등은 거기에 있는 사람들을 둘러보더니 다섯 사람밖에 없는데다 그나마도 대부분이 힘없는 문관들이라 안심이 되지 않는지 다시 말했다.

"지금의 동지들이 다섯 분인데, 그래도 열 사람은 되어야 거사를 치를 수 있지 않겠소?"

동승이 말했다.

"물론 장군들이 있어 군대를 동원하면 좋겠지만 그것은 더욱 난감한 일이고, 신뢰가 깊은 충의지사들만 모인다면 굳이 많을 필요는 없지요. 도모하는 사람이 많을수록 비밀이 새기도 쉽습니다."

마침 그 방안의 문갑 위에 조정에서 벼슬을 하는 사람들의 명부名簿인 원행노서부鴛行鷺序簿가 있었다. 마등이 이 명부를 펼쳐들어 손으로 한 사람 한 사람 짚어나가다가 손뼉을 치며 말했다.

"여기 이 사람, 이 사람도 분명 도움이 될 것이오."

동승이 마등에게 물었다.

"그 사람이 누구란 말이오?"

"예주 목사 유비 말입니다."

마등의 말에 동승이 의외라는 표정으로 말했다.

"그 사람이 황숙이라고는 하나 아직은 신뢰가 가지 않아요. 변방에 있다시피 한 사람을 조조가 데려온 것 아닙니까? 그런 사람을 어떻게 거사에 참여시킨단 말이오?"

마등이 말했다.

"다른 사람은 못 봤을지 모르나 허전에서 조조가 황제 앞에서 무례하게 굴 때 유비가 데리고 다니는 관우라는 자의 행동을 나는 유심히 보았소. 당장에라도 뛰쳐나와 조조를 죽일 듯했소. 물론 유비가 말려서 다른 일은 없었지만 관우의 행동은 곧 유비의 뜻을 담고 있는 것과 같다고 생각하오. 그러니 그리 골육처럼 붙어다니는 것 아니겠소? 다만 유비는 소문대로 심사숙고하는 형이라 늘 바로 행동으로 옮기지는 않는 사람이라는 점이 다르지요. 유비가 조조에게 아부라도 하고 있는 듯 보일지 몰라도 조조도 유비도 서로를 그리 믿는 사이는 아닐 것이오.”

오석도 한마디했다.

“아까 마등 장군께서 관우라는 자를 말씀하셨는데 그와 장비라는 이가 실은 시골 구석에서 개나 돼지를 잡고, 사람을 해쳐 피해다니던 작자라고 들었어요. 그런 비천한 이들을 이런 대사에 함부로 끌어들여서야 되겠습니까?”

마등이 오석의 말에 답했다.

“이보시오. 사람을 출신 지역이나 과거의 직업 등으로만 평가하지 마시오. 나라에 충성하는 데 출신 지역이 무위武威(가후의 고향)이면 어떻고, 오원五原(여포의 고향)이면 어떻소? 그리고 그 직업이 백정이면 어떻고, 창부면 어떻소? 당신들은 무엇이 그리 잘났소. 이런 식으로 일을 처리하면 반드시 일을 그르치게 돼 있소. 맑은 물 흐린 물을 구분하는 사람들치고 한 가지라도 제대로 하는 사람들을 본 적이 없소. 일을 성사시키는 데 주력하기보다 엉뚱하게 청과 탁만 따지다가 원래의 일이나 대사를 그르치는 예가 허다하지 않소? 왕윤만 해도 그렇소. 굳이 채옹을 죽인 것도 그렇거니와 이각과 곽사가 항복을 한다는데도 받아주지 않았다가 결국 천하를 더욱 혼란에 빠뜨리지 않았소?”

성질이 다소 급한 마등은 잠시 숨을 몰아쉬더니 다시 말을 이었다.

“지금 우리에게는 천자를 구한다는 목표가 있고, 그것을 달성하는 데는 실질적으로 도움이 되는 사람이 있어야 하오. 허전의 사냥터에서도 자세히 보시오. 유비가 어디 조조에게 아부만 했소? 조조가 방자하게 황제의 앞을 가로막고 문무대신들의 치하를 받을 때, 황제와 조조 사이에서 어색한 분위기를 빨리 무마하여 상황을 종결시킨 사람이 유비요. 어찌 보면 그 상황에서 누구보다 민첩하게 폐하께 누가 되는 것을 막은 사람이라는 것이오. 내일이라도 유황숙에게 가보시오. 동국구께서 부탁한다면 반드시 응낙할 것이오."

그 말을 듣고 있던 사람들은 아무 말 없이 그저 서로의 얼굴만 바라보았다. 다음날 동승은 밤이 깊어지기를 기다려 헌제의 밀조를 소매에 넣고 유비의 공관을 찾아갔다. 유비는 반갑게 동승을 맞이했다. 동승이 유비와 개인적으로 만난 것은 그날이 처음이었다. 유비는 그 특유의 온화함으로 동승을 접견실로 안내했다. 동승이 접견실을 한번 둘러보더니 문앞에 서 있던 관우와 장비에게 잠시 눈길을 멈추었다.

"국구께서 이렇게 늦은 밤 저를 찾아오신 것을 보니 무슨 특별한 일이라도 계신 듯합니다."

"낮에 유황숙의 댁을 찾아오면 조조 첩자들의 눈에 띨까봐 어쩔 수 없이 밤에 왔습니다."

"잘 오셨습니다. 동국구의 높고 큰 이름은 이미 듣고 있습니다. 우리 폐하를 모시고 낙양까지 오신 일하며 그 충성심이야말로 만세의 귀감이십니다."

동승이 유비의 말에 잠시 입을 다물고 있다가 결심한 듯 입을 열었다.

"실은 마등 장군의 권유로 유장군을 찾아왔습니다. 단도직입적으로 말씀드리겠습니다."

"예, 말씀하세요."

"전에 사냥터에서 조조의 무례한 행위 끝에 뭔가 움직임을 보이던 관우를 저지하셨고, 돌아오는 길에도 말로써 관우를 달래는 듯하시던데……."

유비가 깜짝 놀라며 물었다.

"국구께서 그걸 어떻게 아셨습니까?"

"폐하의 심기를 살피려다 보니 그런 것들이 눈에 들어왔나 봅니다. 저만 보았겠지요."

"국구께서 보셨다니 드리는 말씀입니다만, 아우가 조조의 방자한 행동에 그만 실수를 할까 두려워 말리느라 그리 했습니다."

동승은 갑자기 울면서 유비의 손을 잡고 말한다.

"조정의 신하들이 모두 관우와 같은 충의지사라면 우리 폐하께서 오늘날 이런 욕을 당하셨겠습니까? 그리고 천하에 역적놈들이 발붙일 곳이 어디에 있겠습니까? 지금 천하는 어지럽기가 한이 없는 듯합니다."

동승의 말이 과격해지자 유비는 매우 당황했다. 유비는 일단 자신이 조조에게 의탁하고 있는 상태나 다름없었으므로 조조의 심복들이 이 같은 대화를 나누며 모의하는 것을 안다면 큰일이라고 생각하고 동승에게 말했다.

"국구, 소리를 낮추십시오. 그리고 말씀이 너무 과하십니다. 조승상께서는 동탁이나 이각·곽사 때와는 비교할 수 없을 정도로 나라를 잘 다스리고 있고 나라도 안정됐습니다. 그리고 국가가 어찌 태평하지 않다 하십니까?"

유비의 말을 듣자, 동승은 얼굴을 붉히고 자리를 박차고 일어나면서 말했다.

"유공은 어떻게 그런 말씀을 하십니까? 유공은 황제의 황숙이십니다. 그래서 유공을 믿고 위험을 무릅쓰면서 속에 있는 말을 상의하러 왔는데 계속 이렇게 절 속이시렵니까? 마장군이 사람을 잘못 본 게로군."

유비가 한층 정중히 말했다.

"너무 노하지 마십시오. 실은 세상이 어지럽고 국구님의 진의를 확실히 모르기 때문에 일부러 그렇게 말한 것뿐입니다. 그리고 승상부가 여기서 불과 500여 보가 되지 않습니다. 매우 위험한 곳입니다."

유비가 말을 마치자, 동승은 다시 자리에 앉으며 황제의 밀조를 유비 앞에 내밀었다. 유비는 황제의 밀조를 받고서 단정히 꿇어앉아 읽었다. 밀조를 읽고 난 후 유비는 눈물을 글썽이며 천자가 처한 아픔을 마음속 깊이 되새겼다. 동승이 왕자복·오자란·충집·오석·마 등 등의 이름이 차례로 적힌 연명장을 유비에게 내보이자 유비는 잠깐 생각에 잠기더니 입을 열었다.

"천자께서 내리신 밀조입니다. 어찌 제가 이 일을 마다하겠습니까?"

유비는 동승이 내민 서약서에 '좌장군 유비'라는 다섯 글자를 정성껏 써서 동승에게 건네주었다.

"오늘 유황숙을 만나고 나니 한결 힘이 생깁니다. 앞으로 세 분 정도를 더 규합하여 본격적으로 일을 추진해봅시다."

"무엇보다 안전이 중요합니다. 급히 서둘기보다는 서서히 치밀하게 진행시켜야 할 것입니다."

둘은 새벽이 어슴푸레 밝아올 때까지 이야기를 나누다 동승이 더 밝기 전에 돌아가야겠다며 자리를 떴다. 그러나 동승을 보내놓고 난 뒤, 유비는 마음이 몹시 무거웠다. 조조의 심중을 전혀 모르는 바 아니었으나 그래도 지금까지 자신을 특별히 대접해주고 또 그만큼 철저하게 감시하는 것도 알고 있었기 때문이다. '지금 있는 곳만 해도 승상부와 바로 지척간이 아닌가.' 동승이 다녀간 뒤로 유비는 매일 후원 채마밭으로 나가 씨를 뿌리고 물을 주는 한가로운 일에 매달렸다. 하루 종일 채마밭을 돌본 뒤 개나 말과 장난을 치며 소일하거나 때로는 악사를 청하여 음악을 들으며 반달 남짓을 보내자, 관우와 장비가 걱정이 되어 유비에게 물었다.

"형님은 지금 천하 대사를 제쳐두시고 농사꾼처럼 무엇을 하시는 겁니까?"

"아직 두 아우가 알 바가 아니네."

관우와 장비는 유비를 워낙 믿는 터라 더 이상 말이 없었다. 그러던 어느 날 유비 홀로 후원에서 채소에 이리저리 물을 주고 있는데 조조의 심복 허저가 10여 명의 군사를 거느리고 그곳을 방문했다.

"유장군님, 승상의 명을 받고 모시러 왔습니다."

유비는 속으로 놀라움이 앞섰지만 내색하지 않고 그들의 표정을 읽으면서 말했다.

"그래, 무슨 긴급한 일이라도 생겼소?"

"저희들도 자세히는 모릅니다. 승상께서 공을 모셔오라는 분부만 내리셨습니다."

허저의 태도로 보아서 큰일이 일어난 것 같지는 않다는 생각이 들었다. 유비는 긴장을 풀고 허저를 따라 승상부로 들어갔다. 다행스럽게도 조조가 반갑게 유비의 손을 잡으며 후원으로 안내했다. 후원에는 매실꽃이 진 자리에 파란 매실들이 알알이 매달려 있는 매실나무가 두 사람을 반겨주고 있었다.

"공께서는 요즘 집에서 큰일을 하고 계신다고 들었는데요."

유비는 순간 심장이 멈추는 것 같았다.

"농사일을 배우신다던데 그게 생각처럼 그리 쉬운 일은 아니지요. 어떻습니까?"

유비는 안도의 숨을 돌렸다.

"농사일이랄 게 있습니까? 거기에 취미가 있다보니 소일 삼아 해보는 것뿐입니다."

왠지 오늘은 조조가 푸근하고 너그러워 보였다. 평소 경계를 늦추지 않고 지켜보던 유비가 한가롭게 지내는 것을 보고 안심을 하고 있는 듯했다. 후원을 가로질러 가니 정자에는 이미 술상이 보기 좋게 차려져 있고, 작은 쟁반에는 매실이 가득 담겨 있었다. 술상과 나란히 작은 풍로가 마련되어 그 옆으로는 매실주를 데울 수 있도록 술주전자가 놓여 있었다.

"저렇게 먹음직스런 매실들이 가지 가득 열린 것을 보니 문득, 지난해 장수를 칠 때의 일이 생각났소. 그때 병사들이 모두 갈증으로 시달리고 있었는데 내가 조금만 더 가면 매실 숲이 있다고 꾀를 부려 소리쳤지요. 그랬더니 병졸들 입에 침이 고여 잠시나마 갈증을 달랠 수 있었어요. 이제 또 매실을 보니 그때 생각도 나고 공과 술을 나누고 싶기도 해서 내 이렇게 공을 부른 것이오. 기분 좋게 한잔합시다."

조조와 유비 두 사람은 마주앉아 서로 술잔을 주고받았다. 풍로에서 데워진 술이 향긋한 매실향을 은은히 뿜어내고 조조와 유비가 한껏 취흥에 젖어드는데 갑자기 하늘 한쪽에서 검은 구름이 일더니 삽시간에 하늘 전체로 퍼졌다. 하늘은 금방이라도 소나기가 퍼부을 듯한 기세였다. 바람이 심하게 불기 시작했다. 그때 술심부름하던 하인

하나가 하늘을 가리키며 소리쳤다.

"승상, 지금 용이 하늘로 승천하고 있습니다."

조조와 유비가 하인이 가리키는 쪽을 바라보니 마침 검은 구름 사이로 굵고 새카만 용의 모습을 한 회오리바람이 소용돌이치면서 하늘로 오르고 있었다. 조조와 유비는 나란히 난간으로 나와 앉아 도포와 머리카락을 휘날리며, 땅 밑에서 하늘 위로 솟구치는 깔때기 모양의 강한 회오리바람을 구경했다. 검붉은 구름이 펼쳐진 하늘 끝으로 검은 소용돌이 모양의 회오리바람이 빨려들어가듯이 사라지자 조조가 유비에게 물었다.

"공은 용의 움직임을 아시오?"

"몇 가지 들은 바는 있지만 크게 아는 것이 없습니다."

"용은 그 몸의 크기를 자유자재로 조절할 수 있는 영물이요. 뿐만 아니라 누구도 알아내지 못하게 숨기도 하고 나타나기도 하지요. 용은 몸집이 커졌을 때는 하늘의 안개를 토해낼 정도이고, 아주 작아졌을 때는 물고기의 작은 비늘 크기밖에 안 되오. 우주 사이를 종횡무진 날아다니기도 하고, 파도 속으로 잠겨버리기도 하지요. 지금이 한창 봄철이라 용이 운신하기가 가장 좋은 계절이지요."

유비가 맞장구를 쳤다.

"참으로 용은 영물이군요."

조조가 신이 나서 다시 이야기를 시작했다.

"용이란 사람이 뜻을 얻어 천하를 종횡무진으로 누비는 것과 다르지 않소. 그러니 용이란 천자를 말하지요. 주나라에서 천명을 받은 사람은 왕이었던 까닭에 여러 명의 제후만을 거느릴 수 있었지만 시황제는 제후는 물론 많은 왕을 수하에 거느린 최초의 천자가 되지 않았습니까? 진秦의 재상이었고 진시황의 실제 아버지로 세상이 다 아는 여불위呂不韋가 찬집한 『여씨춘추呂氏春秋』를 보면 '용은 맑은 물에서 먹으며 맑은 물에서 놀고 이무기[螭]는 맑은 물에서 먹고 흐린 물에서 놀며, 용은 분명히 맑은 물에서 태어나 맑은 물에서 놀지만 그가 다스리는 수많은 물고기는 흐린 물에서 태어나 흐린 물에서 논다[龍食乎淸而游乎淸. 螭食乎淸而游乎濁. 魚食乎濁而游乎濁]고 합니다."

유비가 조조의 말을 듣고 물었다.

"저의 식견이 짧아서인지 그 말의 뜻을 잘 모르겠습니다."

조조가 다시 말했다.

"이 말은 제왕의 역할과 위치 혹은 제왕이 가져야 할 덕목을 가장 알기 쉽게 논한 것이오. 그렇다고 해서 맑고 고상하기만 해서야 용이 될 수 없지요. 용이 물고기와 다른 곳에 산다 해도 자기가 다스릴 백성들에 대한 깊은 이해심과 사랑을 가지지 않는다면 용이 될 자격이 없는 것이오. 용이 가진 힘과 능력, 그 권세만을 바라고 용이 되려고 한다면 그것은 더러운 권세욕이요, 대권병에 불과한 것이지요. 지금의 원술이 그 꼴이오. 이 병은 불치병이오. 천하의 영웅들이란 작자들이 대부분 원술과 같이 독선이나 아집으로 가득 차서 병이 들 수밖에 없는 것이오."

유비가 물었다.

"그러면 대권병이 있는지 없는지를 무엇으로 알 수 있을까요?"

"바로 일을 대하는 태도에 달린 것이오. 세상의 군주 가운데는 정권을 잡을 줄만 알았지 그 정치를 제대로 하는 사람들은 그리 많지 않아요. 그래서 『여씨춘추』에서는 군자는 '남을 책망함에 있어서는 인으로써 하고 자신을 책망함에 있어서는 의로써 한다[君子責人則以仁

自責則以義〕'고 강조했지요. 다시 말해서 정치가는 철저히 타인에게는 관대하되, 자기 자신에 대해서는 엄격한 도덕률을 가지라는 말이지요. 여포와 원술에게서 부족했던 것이 바로 이것이 아니겠소?"

조조가 계속 말을 이었다.

"용이 되려는 자는, '물이 너무 맑기만 해서는 고기가 없다〔水至淸則無魚〕'는 원리를 깨달아야 해요. 용은 자신만이 맑은 물에서 놀면 되는 것인데 물고기들에게조차 이를 강요할 경우 물고기들은 세상을 살아갈 수가 없다는 뜻입니다. 반대로 물고기처럼 살아온 사람이 용이 되려고 하면 자기도 죽고 나라도 망치게 되지요. 그러니까 용이 되려는 자는 호연지기浩然之氣와 항상 겸허한 마음을 가지고 민심에 귀기울이고 쉼없이 자신을 갈고 닦아야 하는 것이오."

조조는 하늘의 먹장구름을 보면서 말했다.

"용이란 물론 천자뿐만 아니라 난세에서는 천하의 영웅들을 의미할 수도 있지요. 유공도 오랫동안 천하를 종횡무진했으니 당대의 영웅들을 잘 알 것이오. 어디 한번 영웅들을 짚어보구려."

유비가 이 말을 듣자 매우 난감해졌다.

'조조가 용에 대한 식견을 저만큼 가졌다는 것은 결국 자신이 용이 되기 위해 모든 노력을 다하고 있다는 의미이다. 그렇다면 세상에는 여러 마리의 용이 있을 수 없는데 잘못하다가는 곤욕을 당할 수도 있다.'

비바람이 차츰 심해지고 있었다. 술상 위로 떨어진 매화 나뭇잎들과 바람이 지나간 자국들로 정자의 분위기가 처음과는 달리 어지러워졌으나 조조는 하인들에게 그대로 나가 있으라고 명했다. 유비는 웃으면서 부드럽게 말했다.

"제게 어찌 천하의 영웅을 가릴 만한 눈이 있겠습니까? 저는 승상의 두터운 은혜를 입어 조정에 봉사하는 것을 천직으로 알고 있을 뿐, 천하의 영웅을 염두에 둔 적이 없습니다. 제 한몸 부지하기도 어려운 세월입니다."

조조가 말했다.

"그저 아는 대로 영웅을 꼽아보시오."

유비가 대답했다.

"하북의 원소는 4대에 걸쳐 삼공을 지냈습니다. 뿐만 아니라 원소의 휘하에는 많은 훌륭한 관리가 나왔습니다. 원소는 현재 범같이 기주 땅에 버티고 있으며 탁월한 부하들을 많이 데리고 있습니다. 그러니 원소는 승상과 더불어 가장 큰 영웅이라 할 수 있습니다."

조조는 유비의 말을 듣자 껄껄 웃었다.

"원소는 겉보기만 멀쩡한 사람이오. 그는 잔꾀를 잘 부리며 결단력이 없소. 또한 원소는 담이 작아 큰일에 몸을 도사리는 사람이오. 그리고 자기만의 잇속을 위해서는 목숨을 내걸고 덤비니 영웅이랄 수 없지요."

유비가 말했다.

"무용이 워낙 뛰어난 강동 땅의 손책이 영웅이 아닐까요?"

"손책이야 그 아버지 손견의 후광을 입었을 뿐이지, 어디 그 아이를 영웅이라고 하겠소? 그 아이는 무모한 구석이 많아서 아마 오래 살지는 못할 것이오. 그 손가 집안이 좀 그렇지 않소? 집안 전체가 너무 불필요한 모험을 즐기고 필부의 용맹을 중시하는 경향이 있어요. 영웅의 모습이라고 할 수는 없지요."

"그렇다면 유표가 아닐까요? 여덟 명의 뛰어난 인재[八俊]에 들어가고 그 이름을 아홉 주에 떨치고 있지 않습니까?"

"허허허, 유표는 이름만 있지 천하를 경륜할 만한 무력이 없는 사람이오."

"익주의 유장은 영웅이 아닐까요?"

"유장은 황제의 친족이지만 집을 지키는 개에 불과하오. 유장은 천하를 도모하는 일과는 거리가 먼 사람이오."

유비가 말했다.

"저는 더 이상은 잘 모르겠습니다."

조조가 다시 말했다.

"천하에 용이 많은 것을 난세라고 하는 것이오. 용이 많을수록 천하는 소란스러워져요. 왜냐하면 용을 따르는 많은 물고기들이 편을 가르기 때문이지요. 나는 젊었을 때 한고조 유방의 처사를 납득하기가 어려웠소, 그러나 이제는 좀 알겠소."

유비가 물었다.

"한고조의 어떤 점을 말씀입니까?"

비바람이 잠시 멎은 듯했다. 조조가 말을 이었다.

"한고조가 한신을 제거한 점 말이오. 한신의 군사였던 괴통蒯通은 '용기와 지략으로 군주를 떨게 하는 자는 위태로우며, 공이 천하를 덮는 자는 칭찬받지 못한다' 라고 했지요. 한고조 유방이 한신을 제거한 것도 바로 이 때문일 것이오. 한고조가 한신을 죽인 것은 개인적으로는 용서받을 수 없지만 천하로 볼 때는 오히려 다행일 수도 있어요."

유비가 조조를 보며 말했다.

"승상의 식견에 탄복하였습니다. 참으로 위대한 영웅이자 지도자이십니다."

조조가 씩씩하게 웃었다.

"결론적으로 영웅이라고 부를 만한 자는 가슴에 웅지를 품고 있으며 뱃속에는 지모가 가득하여 넓고 넓은 우주의 진리를 비장하고 천지의 기운을 밖으로 내뱉을 만한 사람이겠지요. 그것이 영웅이요, 이 시대의 용이지요."

유비가 말한다.

"승상을 제외하고 그만한 인물이 어디 있겠습니까?"

조조는 거친 바람이 불고 있는 하늘을 바라보면서 껄껄껄 웃더니 유비에게 다가와 속삭이듯 말했다.

"천하의 영웅은 오직 공과 내가 있을 뿐이오."

유비가 조조의 말을 듣는 순간 천둥소리가 크게 들리면서 사방에 비가 억수같이 퍼부었다. 때맞춰 유비가 갑자기 손에 들고 있던 잔을 땅에 떨어뜨렸다. 이 광경이 매우 우스웠던지 조조는 깔깔 웃었다.

"유공 같은 대장부도 천둥소리에 겁을 내시오?"

유비가 깨어진 술잔을 주워올리며 말했다.

"오늘 용의 승천에다 천둥소리까지 너무 거세어 평소와 같지 않습니다. 승상께서는 오히려 웃으시니 그 기상이 대단하십니다. 옛날의 성인들도 천둥소리와 사나운 바람은 세상을 뒤집을 것이라 했습니다. 하물며 제가 어찌 두렵지 않겠습니까?"

말을 하면서도 자자한 천둥소리에 신경을 쓰는 듯한 유비를 보며 조조는 유비가 남다른 영웅의 기상이 있긴 하나 본래 타고난 기질은 유약한 자임에 틀림없다고 생각했다. 이 일로 유비에 대한 경계심을 조금 늦추게 된 조조는 몇 번 더 유비를 사석에 불러 술자리를 같이했다. 그럴수록 조조는 유비를 더 이상 천하의 쟁패를 나눌 적수는 아닐 것이라는 생각을 하게 되었다. 하지만 조조가 유비를 가리켜

'천하의 영웅'이라고 속삭였을 때 정작 유비가 놀란 까닭은, 일전에 동승이 가져온 연판장에 서명을 했던 게 탄로난 게 아닌가 지레짐작을 해서였다.

유비가 점점 더 편해진 조조는 어느 날 승상부에서 유비와 함께 술잔을 기울이고 있는데, 원소의 동정을 살피러 갔던 만총이 돌아왔다. 만총이 조조에게 보고했다

"공손찬이 원소에게 완전히 패하여 목매어 죽었습니다."

조조가 깜짝 놀라서 물었다.

"그게 무슨 말인가? 좀더 자세히 말해보게!"

"공손찬은 원소의 침공에 대비하여 수비용 성곽을 따로 지어 일족을 모두 옮기고 많은 군량도 쌓아두었습니다. 이 성곽을 역경루易京閣라고 합니다. 전쟁이 길어지자 원소군이 점점 더 승세를 굳히게 되었는데 이때에도 공손찬이 좀더 적극적으로 밀어붙이지 못하고 성곽을 더 높이 쌓아서 방어에만 치중했다고 합니다. 그런데 동시에 다른 성들이 원소군의 침공을 받아 공손찬에게 구원을 요청했지만, 공손찬은 이를 묵살하고 역경루 방어에만 치중했다 합니다. 다른 성에서 죽거나 잡혀가는 군사가 많아서 부장들이 이들을 구원하자고 하는데도 공손찬은 '그들을 구하다가는 적의 흉계에 말릴 수가 있고, 잘못하면 포로들을 구하다 끝날 것'이라고 거부했는데 그 일로 공손찬이 부하들의 신망을 잃어 그의 많은 군사들이 원소에게 투항해버렸습니다."

조조가 말을 막고 물었다.

"아니 그러면 내게로 원병이라도 청할 일이지 앉아서 몰살을 당했단 말인가?"

만총이 답했다.

"아닙니다. 사태가 불리해진 공손찬은 구원병을 청하는 편지를 써서 허도로 보냈으나, 철통같은 원소의 포위망을 뚫지 못하고 원소의 군사에게 붙잡히고 말았습니다. 공손찬은 다시 장연張燕에게 사람을 보내어 협공을 시도했으나 그 역시 원소의 군사에게 붙잡혔습니다. 원소는 그것을 역이용하여 자기 군대를 장연의 군대로 변장시킨 다음 약속된 불화살을 쏘아올리자 공손찬군은 멋모르고 성밖으로 나왔다가 2만 군사의 태반을 잃었습니다. 이때를 놓치지 않고 원소군이 물밀듯이 성으로 진격하자 철옹성 같은 역경루가 함락되고 말았습니다. 더 이상 도망칠 수가 없게 된 공손찬은 먼저 자기 손으로 처자식을 죽이고 집에 불을 지른 다음 스스로 목을 맸습니다. 원소는 공손찬의 항복한 군대로 더욱 군세가 막강해졌습니다."

만총의 전갈을 듣고 있던 유비는 하염없이 눈물을 흘리고 있었다. 죽마고우이자 선배인 공손찬의 불행을 듣고 나자 참담한 심정을 추스르기가 힘들었다. 조조가 다시 만총에게 물었다.

"그래, 원소는 지금 형편이 어떠한가?"

"지금 원소는 마치 범에 날개를 단 형상입니다. 천하 제후들 가운데 20만 명의 군대를 동원할 수 있는 유일한 사람일 것입니다. 원래 공손찬의 세력도 만만치가 않았는데 그 세력의 대부분을 장악했기 때문입니다. 더욱이 원소의 사촌동생인 원술이 의탁할 곳이 없어 원소에 의탁하는 조건으로 손책에게서 얻은 옥새를 바치기로 했다고 합니다. 만일 구석에 몰려 있는 원술이 하북의 원소와 연합한다면 승상이 힘겹게 장악하신 서주가 위태롭게 됩니다. 승상께서는 빨리 원술의 북진과 그들의 연합을 막으셔야 할 것입니다."

유비는 만총의 말들 가운데서 오직 공손찬이 죽었다는 말만 계속

들리는 듯했다. 지난날 공손찬이 자기를 천거했던 일이 생각나서 마음이 저렸다. 그러다가 문득 공손찬의 군대에 있던 조운이 생각났다. 유비는 '무엇보다도 조자룡을 데려와야 한다'고 생각했다. 그리고 이 살벌한 허도를 떠나야겠다는 생각이 들었다. 그리고 다행스런 일은 모사 곽가와 정욱이 허도를 떠나 출장중이라는 사실이었다.

'이 기회에 조조에게서 몸을 빼지 않으면 다시 또 언제 기회가 오겠는가?'

유비는 마음을 굳히고 조조에게 말을 꺼냈다.

"승상, 만에 하나라도 원술이 원소에게 의탁한다면 그것은 심각한 일입니다. 그렇게 되면 승상께서 지난번 원술의 근거지인 수춘성을 함락한 것이 무의미해집니다. 원술이 원소에게 투항하러 간다면 반드시 서주 땅을 지날 것입니다. 저에게 일단의 군대만 내주신다면 서주로 가 원술의 동향을 소상하게 파악하겠습니다. 그리고 만약에 원술이 원소에게로 간다는 정황만 있으면, 그들을 격파하고 원술을 사로잡아 허도로 압송하겠습니다."

조조는 유비의 말을 듣자, 걱정스러운 일이 하나 해결된 듯 기뻐하며 말했다.

"유공, 고맙소. 내일이라도 황제께 아뢰고 즉시 군사를 일으켜 서주로 가도록 하시오."

다음날 유비는 황제를 알현했다. 헌제는 유비가 막상 떠난다고 하니 안타깝기 그지없었지만, 어쩔 수 없는 일이었다. 조조는 유비에게 자기의 심복 주령朱靈·노소路昭와 함께 2만 명의 군사를 주어 서주로 가라고 명했다. 유비가 헌제와 작별하고 대전을 떠나려 하자, 헌제는 눈물을 흘리며 전송했다. 헌제는 지금이 유비를 보는 마지막이라고 생각했다.

조조의 명이 떨어진 그날 유비는 외부적으로 큰 표시 없이 허도를 떠날 준비를 시작했다. 만에 하나 이것을 문제삼는 작자가 나서면 안 될 일이었기 때문이다. 조조의 명이 떨어진 후 군사들은 출정준비에 바빴다. 병참부대는 병참부대대로, 전투부대는 전투부대대로 각 병력들이 이곳저곳에서 차출되기 시작했다. 닷새가 지나자 각 부대에서 차출된 병력들은 전투·공병工兵·병참兵站·예비豫備·군의軍醫·휼병恤兵 등으로 새로이 편성되었다. 전투 병력은 다시 기병과 보병으로 나뉘었다. 기병은 다시 전차대戰車隊와 단기병單騎兵으로 분류되고 보병은 다시 창병과 궁병 그리고 일반 노병弩兵과 원융노병元戎弩兵 등으로 다시 분류됐다.

조조의 명이 있은 지 사흘째 되던 날 종복들은 먼저 허도를 출발했다. 허도에 남아 있던 유비는 불안하여 잠을 잘 수가 없었다. 유비는 무기며 말안장, 대장인大將印들을 준비하여 각급 지휘관들에게 원술의 서주 침공이 예상되니 가급적 빨리 출병하자고 독촉했다. 드디어 일주일이 지나자 출정준비가 마무리되었다.

유비는 조조에게 출정 보고를 하고 나서 허도를 출발했다. 유비가 허도를 벗어나 10여 리를 가고 있었는데 국구 동승이 그곳까지 전송을 나왔다. 유비를 떠나보내는 동승은 말할 수 없이 착잡했다. 변방이 위급하다는 보고를 받고 마등이 서량으로 떠난데다가 유비마저 떠나는 판이니, 실제적인 군사력으로 거사를 지원할 사람들이 모두 사라진 것이다. 유비가 동승에게 말했다.

"지금 원술이 기주 쪽으로 움직이고 있다고 하여 부득불 허도를 떠나 서주로 가게 되었습니다. 국구께서는 몸조심하시며 참고 계십시오. 제가 이번에 원술군을 평정하고 돌아오면 기필코 지난번 폐하의 밀조를 이행하겠습니다."

안타까운 작별의 인사를 나눈 뒤 한 번도 뒤를 돌아보지 않고 제 갈길로 떠나는 유비의 등을 오랫동안 바라보면서 동승의 뇌리에는 무엇인가 크게 사람을 잘못보았다는 생각이 퍼뜩 스치고 지나갔다.

'흠, 저 사람은 폐하를 뵙고 황숙이란 이름만 얻어가는군. 앞으로 저자는 걸핏하면 유황숙이란 이름을 팔겠지. 어수룩하게 처신하고 있지만 자신에게 필요한 것은 소리 소문 없이 챙길 줄 아니, 실로 무서운 사람이다!'

동승은 2만 명의 대병이 피워올린 뽀얀 먼지가 하늘 높이 솟아오르는 광경을 보면서 쓸쓸히 허도로 돌아갔다. 동승과 헤어져 꽤 오랫동안 행군을 했을 때 관우가 유비에게 물었다.

"형님, 이번 출정을 준비할 때만큼 형님이 불안해하는 모습을 본 적이 없습니다. 이번 출정을 이렇게 서두르는 까닭이 무엇입니까?"

"나는 하루라도 빨리 조조의 감시를 벗어나고 싶었네. 나는 그 동안 새장에 갇힌 새요, 어망에 붙잡힌 물고기였지. 원술이 원소에게 의탁하려 한다는 말만 없었다면 아마 나는 조조의 손아귀에서 벗어나지를 못했을 것이네. 내가 사는 공관이 승상부에서 500보도 떨어져 있지 않으니 무슨 일을 어떻게 해보겠나. 이번에 우리가 허도를 떠나 서주로 출정하는 것은 새가 창공을 향해 날아오르는 것과 같네."

유비의 말을 듣자 관우는 그 동안의 일들을 짐작할 수가 있었다. 유비는 주령과 노소를 불러 원술이 경거망동을 하기 전에 서주에 당도해야 하니 각 행군교위들을 재촉하여 좀더 빨리 군사를 이동시키라고 명했다. 유비가 떠난 후 사흘째 되던 날 곽가와 정욱은 전곡錢穀

을 조사하러 나갔다가 돌아왔다. 그들은 조조가 유비에게 군사를 내주어 서주로 파견했다는 소식을 듣고 급히 조조를 찾아왔다. 정욱이 따지듯이 조조에게 말했다.

"승상, 유비에게 군사를 주어 서주로 가게 하셨다더군요?"

"원술이 지금 원소와 연합한다는 정보가 있네. 원술을 치기 위해서야."

정욱이 놀라고 낙심하여 말했다.

"지난날 유비가 예주 목사로 있을 때, 저희들이 유비를 죽이라고 말씀드렸으나, 승상께서는 듣지 않으셨습니다. 이번에 유비에게 군사를 주어 서주로 보내신 것은 승상의 착오인 듯합니다. 호랑이를 산으로 돌려보낸 것입니다. 앞으로의 일을 어떻게 수습하시려 합니까?"

곽가도 거들었다.

"제가 일전에 유비에 대해서 길게 드린 말씀을 기억하실 겁니다. 승상께서는 유비를 죽이지는 못하시더라도 유비를 살려 보내서는 아니됩니다. 옛말에도 '적을 제대로 알지 못하고 한번 놓아보내는 것은 만대의 후환거리' 라고 했습니다. 만대의 적을 한번 죽여버리면 끝날 일을 잘못 판단하여 그대로 두면 두고두고 근심거리가 되는 법입니다. 지금이라도 늦지 않았습니다. 기병들을 보내어 일단 허도로 돌아오게 하십시오."

조조는 허저를 불러 곧바로 날랜 기병 300여 명을 편성하여 유비군을 따라가 허도에 긴급한 일이 생겼으니 빨리 회군하라고 전하도록 했다. 허저와 그 부대는 이틀을 꼬박 달려 유비를 뒤쫓아갔다. 날이 어두워질 때쯤 멀리서 야영 준비를 하고 있는 유비군의 모습이 보였다. 허저가 유비 병사들의 야영지 속으로 말을 달려오자 초병의 보고를 받은 유비가 달려나와 물었다.

"허장군이 웬일로 여기까지 오셨소?"

"장군, 저는 승상의 명을 받아 장군께 회군하시라는 말씀을 전하러 왔습니다. 승상께서는 장군님과 긴히 상의하실 말씀이 있다고 하셨습니다."

"그래, 승상의 영을 받을 때 그 주위에 누가 있었소?"

"곽가공과 정욱공이 계셨습니다."

"아마 군병에 관해 아무것도 모르는 그 작자들이 승상께 뭔가 한 소리 한 모양이로군. 이보시게 허장군, 장군도 잘 아실 거요. 전쟁이란 조정의 대전 앞마당에서 벌어지는 것이 아니지 않소? 그래서 장군이 전장에 있을 때는 지엄하신 황명조차 따르지 않을 수도 있는 것이오. 이것은 병가의 상식이오. 나는 허도를 떠날 때 황제 폐하도 뵈었고 또한 승상의 친명도 받았소. 더 이상 승상과 상의할 일은 없어요. 그것은 아마 허장군이 더 잘 알 것이오. 허장군은 다시 허도로 돌아가 내 말을 승상께 전하시오."

다음날 허저는 단호하게 나오는 유비를 억지로 잡아갈 필요까지는 없다고 생각하고 허도로 돌아갔다. 허저와 헤어진 유비는 더욱 행군을 재촉했다. 허도와의 거리를 얼추 엿새나 벌려놓고 나서 유비는 비로소 안심했다. 허저는 허도로 돌아와 조조에게 유비가 한 말들을 그대로 보고했다. 조조는 아무 말 없이 듣고만 있었다. 정욱이 꽤씸한 투로 말했다.

"유비가 회군하지 않은 것은 그가 승상의 명을 따르지 않겠다는 것입니다. 그것은 곧 승상께 반기를 들겠다는 얘기입니다."

"걱정하지 말게. 내가 유비에게 주령과 노소를 딸려보낸 것도 그

때문이네. 유비는 그리 위험한 사람이 아닐 수도 있어. 설령 그렇다 해도 이미 보내놓고 후회한들 어쩌겠나?”

유비는 풍현豐縣을 지나면서 안도했다. 이제 더 이상의 추격은 불가능하다고 판단했기 때문이다. 그리고 자신이 이끌고 온 2만여 군대를 무력으로 회군시키려면 4만~5만의 군단 병력이 필요하므로 그것은 현재의 상황으로는 불가능했다. 유비가 서주에 도착하자, 서주 자사 차주車冑가 나와 유비를 영접하고 잔치를 베풀어 대접했다. 손건과 미축 등도 찾아와서 유비를 반갑게 맞이했다. 오랜만에 집을 찾아간 유비는 가족들을 만나서 회포를 풀었다. 그리고 부하들에게 명하여 원술의 동정을 낱낱이 살피라고 했다. 유비가 서주로 온 지 두어 달이 지났다. 원술군의 동정을 탐문하러 갔던 군사들이 돌아와 보고했다.

“수춘성이 대파된 후 궁궐도 불타고 시가지가 폐허가 되다시피 했습니다. 원술의 진영은 사기가 떨어질 대로 떨어져 회생이 불가능해 보였습니다. 그런데도 원술은 여전히 사치에 젖어 있어 원술의 부하인 뇌박雷薄과 진란陳蘭도 모두 숭산嵩山으로 가버렸다고 합니다. 원술은 원소에게 옥새를 보내고 황제의 위에 오를 수 있도록 만반의 도움을 주겠다고 한 듯합니다. 지금 원술의 진영을 보니 황제와 관련된 각종 기물들과 휘장, 장비 등이 포장되고 있었습니다. 아마도 곧 원소가 있는 기주로 향할 듯했습니다. 잠시 후 세작들로부터 소식이 올 것입니다. 회남 땅 만족으로 피신했던 원술의 무리가 수춘을 피해 우이盱眙를 경유하여 동해東海를 돌아서 기주로 갈 공산이 큽니다. 아니면 서양으로 갔다가 진류를 거쳐 기주로 갈지도 모르겠습니다. 다시 전령을 기다려 원술군을 매복 공격하면 거의 섬멸할 수 있을 것입니다.”

여러 곳에 풀어놓았던 세작들이 차례대로 돌아와서 유비에게 알렸다.

"장군, 원술군이 합비를 거쳐 하비 쪽으로 올라오고 있습니다."

"원술도 다됐구나. 하비는 바로 서주의 입구가 아니냐? 서주에 지금 정예병력이 2만이나 있는 줄도 모르고 서주로 향해 오다니. 더 이상 전령도 제구실을 못한다는 얘기지."

유비는 관우·장비·주령·노소에게 각 3천의 군사를 주고 자신도 7천의 군사를 거느리고 하비로 향했다. 유비는 원술군이 오기 전에 각 지역별로 매복조를 편성하고 있다가 적이 나타나면 바로 섬멸하라고 명했다.

원술군 진영에서는 장수 기령이 선봉대를 거느리고 나타났다. 하비에 이르자 넓은 평야에 들어서 있는 소나무 숲과 관목들 사이사이에 매복된 군사들이 원술군을 공격하기 시작했다. 장비가 이끄는 부대는 기령의 선봉군을 격파하고 기령을 저격하여 사살했다. 기령이 피투성이가 되어 말에서 떨어져 나뒹구는 것을 본 선봉군은 사방으로 달아나고 말았다. 선봉이 격파됐는데도 중군을 이끄는 원술은 이를 알아채지도 못한 듯했다.

유비는 군사를 세 갈래로 나누어 주령과 노소에게는 좌군을 거느리게 하고 관우와 장비에게는 우군을, 자신은 중군을 거느리고 원술군을 맞았다. 중군을 이끌던 유비가 원술을 향해 소리쳤다.

"원술, 너는 대역무도한 죄인으로 천자의 명을 받들어 너를 잡으러 왔다. 이 자리에서 투항하라!"

유비의 말을 들은 원술은 분통이 터지는 듯 고함을 질렀다.

"이놈, 유비야! 너는 촌구석에서 짚신이나 팔고 다니던 놈이 눈알이 뒤집혔구나. 감히 나와 맞서겠다는 것이냐!"

원술은 바로 군사를 몰아 유비군을 향해 진격했다. 유비가 잠시 뒤로 물러나는 듯하더니 양쪽에서 주령과 노소, 관우와 장비가 각기 군사를 몰고 원술군을 맞아 싸웠다. 원술군의 대부분은 전의가 없는 상태였기 때문에 쉽게 붕괴됐다. 곳곳에서 매복에 걸려 죽고 기병들에 의해 난자당하기도 하며 많은 무리들이 항복하거나 대오를 이탈하여 수춘 쪽으로 도망했다. 겨울 평야라 숨을 곳을 찾지 못한 많은 군사들 가운데 항복하지 않은 군졸들의 시체는 하비의 드넓은 들판을 덮었다. 원술군의 시체에서 흐르는 피는 냇물을 이루었다.

원술도 유비를 피해 합비로 돌아가려고 했으나, 그나마도 황건 농민병들을 만나서 가지 못하고 강정江亭 땅에 머물렀다. 원술의 일행을 따라온 패잔병 무리들은 겨우 500명도 되지 않았다. 긴 겨울을 나다보니 식량이 바닥이 나 먹지 못한 병사들은 마른 말들을 잡아먹기도 하고 조금 남은 보리를 삶아 먹기도 하며 추위를 견디고 있었다. 더 이상 식량을 징발할 군대도 남아 있지 않아 시간이 지날수록 굶어 죽거나 얼어죽는 사람들이 늘어났다.

원술의 밥상에 올릴 말고기조차 떨어졌다. 삶은 보리만 놓인 밥상을 받은 원술은 밥이 껄끄러워 먹을 수가 없는데다 갈증까지 나서 요리사에게 꿀물을 대령하라고 명했다. 원술의 명을 받은 요리사가 난처하여 몸둘 바를 모르며 대답했다.

"폐하, 마지막으로 잡은 말고기 씻어낸 핏물밖에 없는 상황입니다. 군졸들도 먹을 것을 찾아 대부분 이탈했습니다. 지금 어디에서 꿀물을 구할 수 있겠습니까?"

이 말을 들은 원술은 울화가 치밀어 견딜 수가 없었다. 야영지로 가보니 말은 한 마리도 없고 병사들마저 보이지 않았다. 대신 바람이 숭숭 부는 추운 막사 안에 누더기를 겹겹이 걸친 병자들만 죽을 날을 기다리고 있었다. 원술이 자신의 막사로 돌아와 자리에 눕더니 며칠 못 가서 피를 토하고 죽으니, 때는 199년 12월이었다.

원술이 죽고 난 뒤 원술의 조카 원윤袁胤은 원술의 시체와 원술의 가족을 거느리고 여강廬江으로 갔다. 그런데 원윤이 옥새를 가졌다는 소문이 인근으로 퍼져나갔다. 이때 여강에 살고 있던 서구徐璆라는 사람이 동네 건달들을 동원하여 원술의 남은 가족들을 남녀노소 없이 모조리 죽이고 옥새를 빼앗았다. 서구는 그 길로 허도로 달려가 조조에게 옥새를 바쳤다. 조조는 저절로 굴러들어오다시피 한 옥새를 받고 기뻐 어쩔 줄 몰라하며 서구에게 고릉高陵 태수의 벼슬을 내렸다. 이렇게 하여 옥새는 마침내 조조의 손에 들어가게 됐다.

〈3권에 계속〉